KATHRIN GERLOF

NENN MICH NOVEMBER

aufbau

KATHRIN GERLOF

NENN MICH NOVEMBER

ROMAN

aufbau

MIX
Papier aus verantwortungsvollen Quellen
FSC® C083411

ISBN 978-3-351-03723-9

Aufbau ist eine Marke der Aufbau Verlag GmbH & Co. KG

1. Auflage 2018

Einbandgestaltung zero-media.net, München
Satz LVD GmbH, Berlin
Druck und Binden CPI books GmbH, Leck, Germany
Printed in Germany

www.aufbau-verlag.de

Für Lea, Mara und Meda

Wenn das Dorf schläft, schleichen all seine Hunde über die Höfe und durch die Gärten. Ihre Schnauzen spüren dicht am Boden nach Lebendigem. Das Lebendige ist draußen. Drinnen schläft, was noch lebt.

Die Hunde haben ihren eigenen Code. Nicht jedem von ihnen ist bellen erlaubt. Aber alle dürfen einfallen ins Geheul, Gejapse und Geknurre. Eine Sinfonie frustrierter Stimmen. Deren vierbeinige Besitzer werden am Tage an Ketten gelegt. Die Länge der Kette begrenzt den Radius angestauter Wut.

Bellen die Hunde im Chor, regt sich mancher Mann im Schlaf und dreht sich um. Er atmet der Frau, die neben ihm liegt, in den Nacken. Der Nacken der Frau schlägt Falten, als gehörte er einem Welpen. Dabei ist es nur das Fett der Langeweile und des Alters.

Im Dorf gibt es kein Begehren mehr. Nur die Hunde steigen aufeinander, wenn die Zeit läufig ist. Sie zeugen unverwüstliche Mischlingsbrut, der sich nachts niemand entgegenstellen will. Gemischtes ist stark und gefährlich. Es muss sich an keine Erziehung mehr halten. Nur ein Wort existiert noch, dem Hunde folgen, wenn sie Lust dazu haben. Aus! Dann lassen sie davon ab, ein Blutbad anzurichten. Manchmal.

Das Dorf stirbt. Seine Menschen haben vergessen, wie man lebt. Sie existieren, aber sie sind schwach und geben nur unnützes Wissen weiter. Die Hunde jedoch werden immer stärker. Sie lassen sich nicht mehr lange an Ketten legen.

In dieser Nacht gibt Arko den Ton an. Ein Reinrassiger mit tödlichem Verlangen, in dem alles steckt, was Hunde zum Überleben brauchen. Der Letzte seiner Art. Sein Besitzer hat längst aufgehört, ihm Befehle zu erteilen. Der schläft in dieser Nacht, die Arko gehört und keinem sonst im Dorf, allein. Liegt trunken in seinem Bett, dessen Laken zum letzten Mal gewechselt wurde, als noch Sommer war. Seitdem ist die Frau verschwunden. Im Dorf sagen sie, die Frau habe das Weite gesucht, weil sie noch Beine hatte, auf denen sie fortlaufen konnte. Der Mann weiß es besser. Seine Frau hat das Dorf nicht auf eigenen Beinen verlassen. Aber das ist egal.

Nachts tut der Mann, was er tagsüber auch getan hat. Nur die Farben sind anders, und die Proportionen wirken verzerrt. Was groß ist, wirkt klein, was gerade ist, krumm. Im Traum fährt der Mann mit seinem Traktor aufs Feld. Wieder und wieder. Das ganze Dorf ist von Maiswüsten umgeben. Im Traum des Mannes steht der Mais meterhoch und versperrt die Sicht auf alles, was jenseits des Dorfes noch kommen könnte. Aber das berührt ihn nicht. Der Mann weiß, dass hinter dem Dorf nur ein nächstes Dorf steht, das umgeben ist von Maisfeldern.

Als er noch hin und wieder eine Zeitung in die Hand genommen hat, konnte er lesen, dass es im ganzen Land zweikommadrei Millionen Hektar Maiswüste gibt. Zweihundertfünfzig davon nähren eine Biogasanlage. Am Rande des Dorfes stehen inzwischen drei davon. Der Mann hat schon lange nichts mehr gelesen, aber die Zahlen können bis heute ihre Gültigkeit haben oder gewachsen sein. Auch wenn die Biogasanlagen immer größer zu werden scheinen. Vielleicht ist ihr Hunger inzwischen von zweihundertfünfzig auf vierhundert Hektar angewachsen. Manchmal ist dieser Hunger so groß, dass es einen ganzen Mann braucht, ihn zu stillen. Die Anlagen verarbeiten Menschenfleisch mit der gleichen Perfektion wie Grünzeug. Das weiß der Mann. Aber es interessiert ihn nicht mehr.

Manchmal ist seine Frau in die Maisfelder gegangen, um Champignons zu suchen. Sie hatte sich eines Tages daran erinnert, dass die zu ihren Kinderzeiten zwischen den schnurgeraden Reihen zu finden waren. Und an das Abenteuer des Verschwindens zwischen den hohen Pflanzen, deren Kolben man zu der Zeit noch essen mochte, wenn einem danach war. Damals wie heute passierte es hin und wieder, dass einem marodierendes Schwarzwild im Maisfeld begegnete. Als Kind hatte seine Frau die Gefahr geliebt und unterschätzt. Als Erwachsene war sie mit einem Gewehr in die Maiswüste gegangen. Fast alle im Dorf hatten ein Gewehr, und nicht jedem war erlaubt, es zu tragen. Aber auch das interessierte niemanden. Das Dorf würde nicht mehr lange existieren. Es gehört einer aussterbenden Spezies an. Unfruchtbarkeit, Unlust und Inzucht besiegeln sein Schicksal.

Der Mann träumt, wie sein Traktor in die Maiswüste fährt und darin verschwindet. Ihm gefällt dieses Traumbild, denn er sieht wie ein Held aus, wie er auf diesem haushohen Traktor sitzt und sich scheinbar auflöst zwischen kraftstrotzenden riesigen Pflanzen. Ergebnisse machtvoller Eingriffe in den Urcode der Natur. Der Mais ist eine hungrige Pflanze geworden. Verbraucht Energie und Nährstoffe. Was er später gibt, hat er sich vorher genommen. Und noch ein bisschen mehr dazu. Das ganze Drumherum des Dorfes eine einzige Verlustrechnung. Kaufen Sie zwei fur den Preis von einem, auch wenn Sie sich eigentlich nicht einmal eins leisten können. Die Rechnung schicken wir später. Und sollten Sie dann nicht mehr zu Hause sein, bekommt sie jemand anderes.

Es dauert nur vier bis sieben Tage, bis ein Maiskorn durch die Ackerkrume bricht. Das weiß der Mann auch im Traum. Aber er hat vergessen, wie viel Methangas ein Kilo Trockenmasse bildet. Der Mais, der das Dorf umzingelt, verspricht eine hohe Ausbeute. Massenwüchsiger Silomais. Als es noch wichtig war, kannte der Mann die Fachbegriffe. Heute muss er nur noch hin und her fahren. Es kann ihm egal sein, wie die Dinge heißen. Ihm gehört kein Stück Boden. Das ganze Land ringsum befindet sich in der Hand zweier Männer, deren Väter es einst kollektiviert hatten. Als die Zeit gekommen war, dass alles sich zurückdrehen ließ, haben diese beiden Männer zugegriffen und aus der guten Gelegenheit eine unumkehrbare Gegebenheit gemacht. Sie haben die Felder gekauft und stillgelegt, weil dies das meiste Geld brachte. So lange, bis die Zeit der Maiswüsten angebrochen war. Die haben fast alle Tiere vertrieben, die dort lebten, als der Acker noch nützte, weil er klimaschädliche organische Substanz speicherte und eine Kohlenstoffsenke war. Nun ist er durch den himmelhohen Mais zur Kohlenstoffquelle geworden.

Das interessiert im Dorf niemanden. Ein paar Ökospinner waren irgendwann einmal aufgetaucht und hatten gegen drei Buchstaben verloren. EEG. Obwohl sonst maulfaul, konnten die Dorfbewohner Energieeinspeisegesetz aussprechen, ohne sich die Zunge zu verknoten. Sie hätten auch Geld sagen können. Geld, das sich am schnellsten mit Mais machen ließ. Meterhoch, wie er wuchs, konnte es keine andere Pflanze mit ihm aufnehmen.

Im Traum schrumpft der Traktor des Mannes, und der Mais wächst in den Himmel. Am Ende der Maiswüste steht seine Frau. Eine Riesin mit stämmigen Beinen und einem Vogelnest aus Haaren auf dem Kopf.

Die Hunde bellen. Arko springt über den schmiedeeisernen Zaun, den der Mann in besseren Tagen geschweißt hat. Der Hund riecht eine läufige Mischlingsbraut. Der wird er jetzt seine Stärke in den Leib pflanzen, und der neue Wurf wird fast jeden von den Alten im Dorf überleben.

Der Mann dreht sich um und verbraucht die letzten Duftpartikel seiner Frau. Obwohl sie am Ende immer ein wenig schlampig aussah, hatte sie nach Maiglöckchen gerochen. Selbst wenn sie aus dem Hühnerstall kam. In der Truhe ihrer Mutter hatte ein Vorrat Maiglöckchenseife gelegen. Der genügte für eine ganze lange Ehe und darüber hinaus.

Das Laken, auf dem der Mann schläft, haucht seinen allerletzten Maiglöckchenodem aus. Danach riecht es nur noch nach dem Schweiß des Mannes und nach seinem müden

Sperma. Im Dorf gibt es keine Frau mehr, die scharf darauf wäre.

Der Mann fährt im Traum mit seinem Traktor durch die schnurgeraden Reihen meterhoher Maispflanzen, in denen der Wind ein wenig raschelt. Als sei auch der unlustig, sein Spiel zu treiben. Am Ende des Feldes steht die Frau, und in ihrem Vogelnest aus Haaren liegt eine alte Zeitung.

Arko hat es der Hündin besorgt. Eine Mischlingshündin zwar, aber das ist egal.

Ein Marmeladenbrot am Morgen. Schwarzes Brot, gelbe Butter, rote Marmelade. Kirschrot, schattenmorellenrot, rockrot.

Ich mag es, wenn du den roten Rock trägst. Ich liebe deinen Hintern.

Ihren Hintern liebt er.

Du sagst das so oft.

Es ist immer wahr.

Er liebt ihren Hintern, wenn sich darüber ein kirschmarmeladenroter Rock spannt. Das kam aber erst mit den Jahren so. Dieses Runde und Weiche. Das man lieben konnte. Röcke, unter denen sich apfelbackiges Fleisch abzeichnet. In jungen Jahren war sie mager gewesen. Nichts hatte ihrem dünnen Körper schmeicheln können. Es hatten zehn Kilo zum Begehren gefehlt. Niemand hatte sich nach ihr umgedreht. Auch wenn sie links auf der Rolltreppe stand, obwohl man dort hätte gehen müssen, links gehen, rechts stehen, schoben sich die Männer achtlos an ihr vorbei. Verschafften sich, ihren dünnen Körper beiseiteschiebend, einen Vorsprung. Kamen als Erste auf dem Bahnsteig an, ohne einen Blick auf sie geworfen zu haben. Wäre sie zwanzig Zentimeter größer gewesen. Dann vielleicht. Groß und mager, das ist begehrenswert. Klein und dünn.

Für zwanzig Zentimeter mehr hätte sie vieles gegeben. Sie wäre zu Opfern bereit gewesen. Heute konnte man sich verlängern lassen. Alles war möglich, wenn der Chirurg sein Handwerk verstand.

Ich könnte mich verlängern lassen, wenn wir das Geld hätten. Aber heute ist es egal. Mein Hintern ist kreisrund und weich geworden. Und David liebt mich so, wie ich bin. David hat vom ersten Moment an gewusst, dass in mir eine Frau mit apfelrundem Hintern wohnt.

Er wusste, dass in ihr eine Frau mit apfelrundem Hintern steckt, die sich nur trauen musste.

Und er hatte die Gabe, warten zu können. Vom ersten Augenblick an hat er auf die apfelrunde Marthe gewartet. Geduldig wie ein Seepferdchen war er gewesen. So groß seine Geduld, dass ihn nicht einmal fremde apfelrunde Hintern in Versuchung geführt hatten. Er wusste von Beginn an, was in Marthe steckt und dass es zum Vorschein kommen würde, bliebe er nur in aller Ruhe an ihrer Seite.

Die Geduld ist ihm verlorengegangen, meinem armen Mann. Jetzt sitzt er mir gegenüber und zappelt mit den Beinen. Aber damals, am Anfang, als wir anfingen, als wir uns neu waren, da war er geduldig. Manchmal hat er nachts eine Hand auf meinen Hintern gelegt und die Backen ein wenig massiert. Wenn sie warm sind, werden sie sich ausdehnen, hat er mir ins Ohr geflüstert und mich damit zum Lachen gebracht. Diese Vorstellung, David könnte meinen schmalen Hintern groß und rund kneten, nur weil seine Hände warm sind und sein Begehren ungebrochen bleibt.

Marthe hat sich den apfelrunden Hintern erarbeitet. Hat ihn sich angefressen. Dann dürfte die Misere, in der sie jetzt stecken, auch kein Problem sein. Nur eine Aufgabe, die sie lösen muss. Wer sich einen schönen Hintern anfressen kann, löst auch Geldprobleme.

Was macht dieser fremde Arm auf dem Tisch? Das ist.

Der Mann, der ihr gegenübersitzt, heißt David und ist ihr Ehemann. Er liebt sie, und er ist ein schöner Mann. Manchmal dreht sich eine fremde Frau nach ihm um. Weil er groß und schlank ist und dieses sanfte Gesicht hat. Das Antlitz eines Heiligen. Nur ein wenig, aber genug, um sich nach ihm umzudrehen. Auf alten Gemälden, die den heiligen Sebastian zeigen. Das von El Greco. Marthe hat David nie erzählt, dass sie eine Postkarte mit diesem Gemälde in ihrem Kalender bei sich trägt. Weil der heilige Sebastian von El Greco aussieht wie David. Nur ein wenig. Denn beiden steht immer eine große Frage ins Gesicht geschrieben. Selbst wenn David schläft, verliert sich dieser fragende Ausdruck nicht.

Das ist mein Mann, und er heißt David. Ich weiß bis heute nicht, warum er mich liebt. Und vielleicht weiß er es selbst nicht. Stattdessen stellt er sich diese Frage. Warum liebe ich Marthe?

Sie darf es nicht vergessen. Sie sind schon so lange verheiratet. Aus dem geduldigen Seepferdchen David ist ein ungeduldiger Verlierer geworden.

Ich sehe ihm die Ungeduld an.

Sie sieht ihm an, wie ungeduldig er ist.

Die Ehe hat gehalten, obwohl sie noch so jung waren, als sie zum Standesamt. Das steht heute nicht mehr. Dabei war es ein hübsches Standesamt gewesen. Klein und ein wenig verwohnt hatte es ausgesehen. Der richtige Ort für Hochzeiten und Sterbefälle, die ebenso angezeigt werden mussten wie ein Lebensbeginn. Die Standesbeamtin hat vom Blatt abgelesen, und doch war die Rede schön. Das Wort sozialistisch und das Wort Sozialismus hatte die Frau in dankenswerter Weise weggeschludert, als seien die Begriffe nur Stolpersteine auf dem Weg, die sich elegant umgehen ließen, machte man nur einen kleinen Hüpfer. Die Stimme der Beamtin war über sozialistisch und Sozialismus gehüpft, als sei das ein Spiel.

Ich habe ein grünes Kleid getragen. So grün, dass ich zwischen den Bäumen hätte verschwinden können, ohne dass mich jemand sieht. Diesen Stoff zu bekommen. Eine Odyssee. Stoff gegen Vorschalldämpfer. Und weil das Ersatzteil so schwer wog, Stoff für zwei oder drei Kleider.

Sie hatte ein grünes Kleid getragen und den Modeschmuck, den sie von ihrer Mutter zum Abitur bekommen hatte. Blaues Glas, geschliffen und ordentlich eingefasst. So ordentlich, dass es nun schon seit fast dreißig Jahren hält. Grün und Blau putzt die Sau. Mit solchen Sätzen ist sie groß geworden. Einer ihrer Stiefväter hatte all diese Sprüche im Kopf und sich zu den Sprüchen ein Leben ausgedacht. Er war morgens mit einem Spruch auf den Lippen aufgewacht, hatte Sprüche klopfend den Tag verbracht und küsste seiner Frau, ihrer Mutter, abends im Bett noch einen Spruch auf die Lippen. So ein Mann war er gewesen. Grün und Blau putzt die Sau, hatte ganz sicher zu seinem Repertoire gehört.

Aber als David und ich geheiratet haben, war er tot, der Sprüchcklopfer. Unter den Rasen gebracht, ein Häufchen Asche der Stiefvater und die Mutter ein unglücklicher Berg, zweihundert Kilogramm Trauer und Erleichterung. Wie konnte ich nur so dünn sein? Bei diesem Berg von einer Mutter, der sich um mich gekümmert hat, als sei ich ein rohes. Behindert. Ein rohes Ei.

Angeschlagen an einigen Stellen von Geburt an. Schreckhaft, angstvoll. Zu jeder Angst sortierte sich ein körperliches Ungemach. Ein Ausschlag auf den Armen, wenn im Dunkeln die Augen der Katzen leuchteten, als seien sie der Zugang in ein Höllenuniversum. Ein Zucken im Bein, wenn am Schlachtetag dem Schwein der Leib aufgeschnitten wurde und das Gedärm rausfiel. Ein Durchfall, wenn die MiG-20, diese russischen Höllenmaschinen, über die Dörfer zogen und mit lautem Knall ins Nichts verschwanden, als seien sie von fremden Sternen gekommen. Ihr Körper hatte auf jede Bedrohung und jeden unbotmäßigen Eingriff in die unheile Welt mit einer Antwort aufgewartet, die ihre Mutter ratlos machte. Auch noch als Witwe hat sie es nicht lassen können, das Kümmern um Marthe. Die Männer vor dem Stiefvater, der gestorben ist, sind gegangen.

Ich habe sie fast alle vergessen. Nicht aber den Stiefvater, der so viel wusste und das ganze Wissen in Kalauer packte, als sei es nur so erträglich und zu gebrauchen.

Sie hat sie vergessen. Nur diesen letzten Mann nicht, der

ihre Mutter dick gemacht hat mit seinen Sprüchen. In der Not schmeckt die Wurst auch ohne Brot. Und mit seiner Lust auf Frittiertes. Alles hat er zu frittieren versucht. Was ihm unterkam. Er war ein Meister der Panade, hatte die Rezepte fein und geschliffen in ein kleines Vokabelheft geschrieben. Einhundertsieben waren es am Schluss. Alles, was zu einer klebrigen Hülle verarbeitet werden, und alles, was man damit einhüllen konnte und was essbar war, wurde ausprobiert.

Dein Stiefvater liebt die Friteuse mehr als mich, Marthe.

Zwischen dem Tod des Stiefvaters und ihrer Hochzeit mit David sind siebzig von den zweihundert mütterlichen Kilogramm verlorengegangen. Und die Friteuse hatte zwei Tage vor dem abschließbaren Müllcontainer gestanden, mit einem aufgeklebten Zettel. Den hatte die Witwe.

Meine Mutter.

Mit Tesafilm am Gerät befestigt. Dazu das Vokabelheft mit einhundertsieben Rezepten für Panade mit Inhalt. Zu verschenken. Fast einen ganzen Tag war die Friteuse geschrubbt worden, weil man schmutzige Dinge nicht verschenken kann. Sie verschenkt auch keine schmutzigen Dinge.

Ich verschenke keine dreckigen Sachen, vor der Kleidertonne kommt der Waschgang. Ich war eine sehr schöne Braut, warum fällt mir das jetzt beim Frühstück ein? Ich habe so lange nicht mehr an unsere Hochzeit und mein grünes Kleid, das einen Vorschalldämpfer gekostet hat, gedacht.

Sie ist eine sehr schöne und sehr besondere Braut gewesen. Klein und dünn, in die Farben des Meeres oder eines Frühlingswaldes gekleidet. Eine Seejungfrau mit langen dunklen Haaren, die noch weiterwachsen würden, bis sie ihre schmalen Hüften erreichten. Das sollte drei Ehejahre dauern, aber dann waren die Haare so, wie es sich für eine kleine dünne Seejungfrau gehört. Eine Seejungfrau mit dem schrecklichen Namen Marthe, den sie ihrer Mutter nie verzeihen konnte. Sie wollte November. Nenn mich November.

Heißen. Das ist der Monat, der am besten zu ihr passt.

Nenn mich November, das ist ein schöner Name.

Ihre Mutter hatte jedes Mal gelacht ob dieser Bitte. David hatte gelächelt und November zu ihr gesagt. Allein dafür. Nur dafür wäre er schon ausreichend zu lieben.

Irritierend, der Arm. Es ist früh am Morgen, sie hat nichts getrunken, ist nüchtern und sauber, und dann dieses Ding auf dem Tisch.

Wenn ich jeden Monat viertausend verdiene, braucht es dreiundsechzig Jahre, bis die Schulden abbezahlt sind. Vorausgesetzt, wir können jeden Monat tilgen.

Dann bin ich einhundertundneun Jahre alt. Wie kann er so etwas ausrechnen. Wir werden tot sein. Und dann ist da noch diese ungelöste Frage. Wir wissen nicht, wie teuer das Leben in zehn Jahren ist. Als ließe sich so etwas vorhersehen. Dabei macht es sich schon heute schwer. Das Rechnen, das Leben. Und die Dispozinsen. Ein Leitzins kaum über Null und zweistellige Überziehungszinsen. Der Bankmensch hat gesagt, das eine und das andere seien verschiedene Schuhe. Man dürfe es sich nicht so einfach machen mit den Erklärungen. Eine Bank müsse auch wirtschaften und wirtschaftlich denken. Ich hasse Bankmenschen.

Sie hasst Bankmenschen. Und Banken. Deren unerschöpfliche Ideen, Geld aus Dingen und Dienstleistungen zu pressen. Vier Jahre lang war sie mit zwei EC-Karten herumgelaufen, auf denen Wunschmotive. Schon das Wort. Wunschmotiv. Abgedruckt waren. Und weil sie hin und wieder gern zu einem krawalligen Spiel gegangen war. Egal was, Hauptsache, ein bisschen krawallig, hatte sie eine EC-Karte mit dem Logo von Eisern Union und eine mit dem grimmig dreinblickenden Eisbären. Ein hübsches kleines Angebot ihrer Bank, der Bank ihres Vertrauens, das ihr gefallen hatte. Und dann der Brief, dass von nun an weiterhin die sehr beliebten Wunschmotive zur Verfügung stünden, aber nur gegen ein Entgelt. Nach und nach kam ihre Bank auf den Geschmack, was Gebührenerhöhungen anbelangte. Und wurde sehr erfinderisch.

Sie finden, es ist wirtschaftlich gedacht, wenn Sie mich in Zeiten meiner Not besonders schröpfen?

Doch, ich kann auch laut sein, das glaubt mir immer keiner. Aber ich habe gelernt, meine Meinung zu sagen. Dieser Bankmensch war ein Besserwisser, dem ich gesagt habe, was ich von ihm halte. Diese ganze einstudierte Palette an Gesichtsausdrücken. Betroffen, freundlich, gewinnend. Je nachdem, was ich gerade verdient habe. Ernst, beruhigend, strafend, vernichtend, desinteressiert, mäßig interessiert, zugewandt, ganz und gar interessiert. Wo die das lernen.

Wo lernen die das?

Sie hat ihm gesagt, was sie von ihm hält. Tatsächlich. In ihrer Erinnerung ist es so abgebildet.

Sie finden, es ist wirtschaftlich gedacht, wenn Sie mich in Zeiten meiner Not besonders schröpfen? Wenn Sie mich ausnehmen wie eine Weihnachtsgans, weil ich gerade in Geldschwierigkeiten stecke? Sie schicken mich in die Wüste, wenn ich Durst habe? Das finden Sie wirtschaftlich gedacht? Und wenn ich tot bin, von wessen Dispozinsen wollen Sie dann wirtschaftlich sein?

Der Bankmensch hatte gelächelt. Das beruhigende Lächeln. Und den Kopf geschüttelt.

Umschuldung. Das könnte man noch einmal versuchen. Einmal mehr. Vielleicht geht es.

Was redet der Kerl, mit dem sie hier am Tisch sitzt? Ihr Ehemann hat sich in das Wort vielleicht verwandelt. Der Bankmann war schon längst darüber hinaus. Dem rutschte kein Vielleicht über die Lippen, denn es könnte ja ein Versprechen beinhalten, das er gar nicht geben will. Aber David, der ist beim Vielleicht hängengeblieben. Ein Vielleicht mit drei l, so wie er es ausspricht. Als bliebe er jedes Mal, wenn es aus seinem Mund kommt, am zweiten l hängen. Er sagt *viel*, und dann bleibt seine Zunge am l kleben, als wüsste sie nicht weiter, danach sagt er *lleicht*. So ein Mann ist das. Ihr Ehemann. Ein Mann, der sich in den vergangenen drei Jahren vollkommen vergaloppiert hat. Erst die Abfindung in Aktienpakete gesteckt und dann ein Unternehmen gegründet, dessen Angebote bald niemanden mehr interessiert hatten. Hedgefonds und Geschirr, das man nach dem Essen auf den Kompost werfen kann. Aus diesen beiden Dingen ist ihr Untergang gewebt. Teufelszeug und Weltrettung. Wie sind sie nur auf diese Idee gekommen?

Dabei hätte beides funktionieren können. Es waren einfach nur die falschen Fonds, und es ist nicht die richtige Zeit, um die Welt zu retten. Die Welt ist am Arsch.

Wenn ich das zehnmal am Tag denke, wird es auch nicht besser. Ich muss aufhören, Zeitung zu lesen, Nachrichten zu hören, mir die Welt anzuziehen, als sei sie mein Leibchen. Ich muss. Mich distanzieren. Sonst bekomme ich Ausschlag, Durchfall, Haarausfall.

Sie braucht Distanz zur Welt. Ihre Mutter hatte nur ein Mittel gewusst, ihr die zu verschaffen. Diese Distanz. Warme Sachen und dicke Bettdecken. Federbetten und Steppanoraks. Zum Schlachtefest musste sie trotzdem immer mitkommen, auch wenn es ihr nicht gutging. Aber sie brauchte erst da zu sein, wenn das Schwein tot und ausgeleert war. Der erste Teller Wurstbrühe am Schlachtetag. Das ist eine gute Erinnerung.

Ich mag diese Erinnerung. Der erste Teller Wurstbrühe. Sternchennudeln. Ich kann versuchen, den ganzen Tag an Dinge zu denken, die schön sind. Nicht, dass es klappen würde. Versuch macht klug. Stiefvater im Kopf, Spruch passt. Der tote Mann wird mir noch mal das Leben retten.

Die Sache mit den Ratten aber. Nur zum Beispiel. Lässt sich nicht auf Abstand halten. Man sitzt im Kino, und ringsum wird Popcorn gefressen. Manipulierter, gezuckerter Mais. Monstermanipuliertes Zeug. Zweihundert Ratten in einer Versuchsanordnung. Ein Teil von ihnen mit gentechnikfreiem Futter ernährt, der andere Teil bekommt GMO. Sie bricht sich noch heute die Zunge beim Aussprechen. Genetically modified organism.

GMO ist einfacher. Aber es ist schlecht, dass solche Worte meine Tagebücher füllen. GMO. Die drei Buchstaben klingen wie eine Hilfsorganisation.

Von den weiblichen GMO-Ratten sterben dreimal so viele Tiere wie in der Gruppe der glücklichen Ratten. Riesige Mammakarzinome für die Weibchen, für die Männchen Leberstauung und Lebernekrose. Auf den Fotos, die sie sich angesehen hatte.

Ich hätte mir die Bilder nicht anschauen dürfen. Die Tumore halb so groß wie das ganze Rattentier, riesige behaarte Bälle. Widerlich, bedauernswert. Dabei mag ich gar keine Ratten. Ich finde sie genauso eklig wie ein rattenleibgroßes Mammakarzinom. Wegen mir sollen sie krepieren, die Viecher.

Auf dem runden Esstisch sieht der Arm wie ein Exponat aus. Ein weißhäutiges, blauädriges Ausstellungsstück. Wie eine Postmortem-Fotografie aus dem Viktorianischen Zeitalter. Oder davor, als es die Fotografie noch nicht gab und ein Arm oder eine Hand des verstorbenen Kindes aus hochtemperaturig gebranntem Porzellan in der Vitrine lag. Zur Erinnerung. So vielleicht. Gestern Abend lag er noch nicht hier. Es ist ein linker Arm, die Handfläche ruht auf der Holzplatte, der Daumen zeigt nach rechts. Also muss es ein linker Arm sein.

Ihr Hintern ist heute nicht für ihren Mann in den roten Rock gestiegen. Sie muss sich kümmern.

Ich muss mich kümmern. Ich kann nicht stundenlang mit dir frühstücken, und ich kann auch nicht auf deine Scherze eingehen, David.

Um dies und das. Kümmern ist anstrengend. Sie macht den ganzen Tag nichts anderes. Die Bank zum Beispiel. Braucht ihre Angaben.

Ich bin eine Geschäftskundin ohne funktionierendes Geschäft. Das Geschäft ist gerade in großen Schwierigkeiten. Alles eine Frage der Sichtweise. Ich kann doch.

Widerlich der Arm. Das Marmeladenbrot daneben sieht obszön aus. Ein angebissenes rotes Brot und ein weißhäutiger, blauädriger Arm.

Was soll sie machen?

Was werde ich tun?

Was machst du?

Der Ehemann legt den Arm wieder auf den Tisch. Und streichelt ihn.

Lass. Das gehört nicht hierher. Das ist eklig. Hast du es mitgebracht?

Was?

Dieses Ding, den Arm. Soll das ein Scherz sein, um mich aufzumuntern? Einer deiner Freunde aus der Klinik? Mit denen du trinkst. Die du einweihst in unser Leben und die dich haben sitzenlassen mit.

Ach, jetzt schaut er sie an, als sei es an ihr, verrückt zu werden.

Soll ich jetzt an seiner Stelle durchdrehen?

Sie hat sich ja bis heute gut gehalten.

Ich habe mich sehr gut gehalten bis hierher.

Es ist dein Arm, November.

Jetzt kommt er auf die Tour. Also. Lässt sich irgendwelche Dinge aus der Klinik nach Hause bringen. Ein betrunkener Scherz, und ich soll darüber lachen.

Sie soll sich über seine betrunkenen Scherze amüsieren. Sie schubst den Arm vom Tisch.

Ich schiebe den einfach weg. Das eklige Ding.

Hör auf!

Brüll mich nicht an. Ich rede ja auch ganz ruhig mit dir. Darüber, wie wir unsere Probleme lösen. Zumindest die mit dem Geld. Die anderen müssen alle warten. Keine Zeit für Fisimatenten.

Ach, dieses schöne alte Wort. Sie hat gelesen, so lang ist das her, dass sie es gelesen hat, es käme von der liebestollen Aufforderung »Visetez ma tente!«. Komm in mein Zelt. Französische Soldaten im Rheinland, eine Revolution und die deutschen Mädels so sauber und hübsch. »Visetez ma tente!« Nun komm schon, Mädchen, auch wenn du das Zelt wohl mit einer Krankheit wieder verlassen wirst, nachdem wir uns geliebt haben. Aber jetzt komm. Und später warnten die Eltern sauberer und hübscher Mädchen »Mach keine Fisimatenten!«. Wo hat sie das gelesen? Eine solche Unsinnsgeschichte.

Der Mann, ihr Ehemann seit so vielen Jahren, streichelt den Arm, als brauchte das Stück Liebkosung.

Sag mir einfach, wie er hierherkommt? Vorhin war er noch nicht da. Jetzt liegt er hier und stört unser Gespräch.

Dein Arm? Stört unser Gespräch? Wie kann er das tun? Er tut nichts. Ein wenig blass vielleicht. Du warst in diesem Frühjahr nicht viel draußen. Deshalb ist er blass. Wir sollten ein wenig an die Sonne gehen, solange sie uns noch nicht umbringt. Draußen reden. Was sagst du?

Sie geht nicht mit diesem Ding.

Ich geh nicht mit diesem Ding.

Jetzt schaut er sie mitleidig an.

Als wäre ich die Verliererin.

Als hätte sie alles ins Unglück gefahren. So schaut er. Obwohl es eher wie Angst aussieht. Ein ängstlicher Mann.

Er fürchtet sich vor mir.

Was ist mit dir los, November?

Na wenigstens kennt er noch meinen Namen. Ich stehe jetzt auf und packe die Unterlagen in die Tasche. Und fahre zur Bank. Der Arm bleibt hier.

Den Arm lässt sie hier.

Wenn ich zurückkomme, hast du das Ding wieder weggebracht. Versprich es mir. Ich bin nicht zu Scherzen aufgelegt. Ganz und gar nicht. Bring es zurück zu deinen Freunden. Wir reden nachher. Wenn ich weiß, was der Bankmann uns anzubieten hat.

Jetzt kann sie endlich weg. Sie hat eine Aufgabe, einen Auftrag. Um elf das Gespräch. Alle Listen, die sie dem Bankmenschen zeigen wird. Die Unternehmensbilanz, die Papiere zur Insolvenz. Rechtzeitig angemeldet, kein Verzug, kein Zögern, nichts verschleppt. Sie kennt sich aus. In ihr steckt eine Prokuristin, auch wenn sie gar keine ist. Nicht von Haus aus. Wie man so schön sagt. Aber sie hat sich alles angeeignet. Um kompostierbares Geschirr zu verkaufen. Weil sie ihrem Mann geglaubt hat. Dass die Zeit dafür gekommen ist und die Menschen sich wohlfühlen wollen mit dem, was sie tun. Im Einklang. Er hatte ihr Vorträge gehalten, die sie für bare Münze genommen hat.

Ich habe alles geglaubt. Schließlich ist man deswegen verheiratet. Dass man sich glauben darf und ein bisschen aufmuntert, wenn es schwierig wird. Und deshalb habe ich.

Hat sie.

Meinem Mann.

Ihrem Mann.

Vertraut.

Die Leute spenden, wenn sie mit dem Flugzeug fliegen, anstatt in den Zug zu steigen. Für jede Flugmeile ein kleines Geld für Umweltprojekte. Eine neue Art des Ablasshandels, aber vielleicht auch gut. Anders wird es nicht gehen. Als dass wir uns alle freikaufen. Die Menschen werden nie aufhören zu glauben, dass sie die Welt retten können, wenn sie nur mehr konsumieren. Und dieses Geschirr passt gut da rein, November. Die Leute wollen Party machen, aber sie bekommen ein schlechtes Gewissen, wenn sie hinterher den Plastikmüll in die Tonne werfen. So ist das, November, eine neue Zeit bricht an. Jetzt, wo nichts mehr zu reparieren ist. Zweikommasechs Millionen Tonnen Sperrmüll. Nur Sperrmüll, November. In einem Jahr, in einem Land. Zweiundzwanzig Kilogramm Elektroschrott pro Mensch und Jahr und in einem Land. Wenn du denen anbietest, dass sie an einer Stelle Müll vermeiden können, werden sie es dankbar annehmen. Glaub mir.

Sie hatte nachgelesen und musste ihrem Mann zustimmen.

Greenwashing war einfach groß in Mode. Im großen Stil und im kleinen Leben auch. Alle taten es. Entdeckten in den verstaubten Ecken ihres Hirns ein Gewissen oder die bunten Leuchtbuchstaben »Verkaufsargument« in irgendeinem Strategiepapier. »Papier rettet Meer«. Plötzlich wurde man an der Kasse schief angeschaut, nahm man eine Plastiktüte, um den Einkauf zu verpacken. Papier rettet Meer. So einfach ist das. Verstau den ganzen plastikbewehrten, zehnfach versiegelten, vakuumverpackten Scheiß in einer Papiertüte, und du rettest das Meer. Ein bisschen. Zu Hause die Flugtomaten aus der Plastikfolie geschlagen, in die gelbe Tonne mit der Folie und die Papiertüte schön zusammengefaltet ins Regal, um sie beim nächsten Einkauf noch einmal zu benutzen. Eine neue Zeit war angebrochen, ein neuer Markt entstanden. David hatte recht und sie.

Ich habe ihm doch fast immer zugestimmt. Er weiß so viel. Mehr als ich. Ich fühle nur. Diffuse Gedanken verstopfen meinen Kopf. Und Bilder. Sechstausend Containerschiffe an den Küsten fern von hier in den Schlick gerammt. In nur dreißig Jahren. Die ganze Scheiße aus Asbest, Kühlmitteln, Altöl, Ölschlamm, Schwermetallen abgeladen in den Sand und ins Wasser. Und dann kommen die Sklaven und nehmen die Kolosse auseinander.

Dieser Film. Sie ist fast verrückt geworden beim Schauen. Mit bloßen Händen und archaischem Gerät und die Schiffe unendlich groß. Schreckliche Gedanken verstopfen ihren Kopf. Über all die Unterlassungen. Die dazu führen werden, dass sie ihr Leben noch zu Ende bringen können, wie es sich gehört. Und ihre Kinder.

Unsere Kinder werden es vielleicht auch noch schaffen. Aber dann. Mehr geht nicht. Mehr hält der Laden nicht aus. Ich habe alles gelesen.

NK603, so hieß die erste rounduptolerante Maissorte, die in Europa von den zuständigen Behörden empfohlen worden war. Keine Gefahr im Verzug bei dem Zeug. Ebenso sicher wie herkömmlicher Mais. Wahrscheinlich keine nachteiligen Auswirkungen auf die Gesundheit von Mensch und Tier.

NK603, wie hübsch das klingt. Sie hat ihren Kindern verboten, Mais zu essen. Auch kein Popcorn. Sie war damals schon skeptisch. Da gab es die Studie noch gar nicht. Und als es sie gab, hat sie das Verbot in eine Bitte umgewandelt. Erwachsenen Kindern kann man nichts verbieten. Esst keinen Mais, bitte, hatte sie gesagt.

Ihre Kinder.

Meine Kinder werden sich nicht daran halten. Warum sollten sie auch? Sie halten mich für verrückt. David findet alle meine Ängste übertrieben. Alle finden sie das. Alle, die ich kenne.

Sie hat alle Informationen zusammen, die es braucht, um panisch zu werden. Und sie ist panisch. Aber handlungsfähig. Vielleicht sollte sie doch etwas anderes anziehen. Nicht diesen schwarzen Pullover, der Bankmensch wird es missverstehen. So wie sie aussieht, glaubt er am Ende, sie hätte schon aufgegeben.

Natürlich habe ich aufgegeben.

Ich werde mich umziehen. Ein schwarzer Pullover passt nicht zu diesem Anlass. Man geht nicht in schwarzen Klamotten zur Bank, das hättest du mir sagen können. Anstatt solche Scherze zu machen. Mit wem telefonierst du? Musst du jetzt telefonieren?

Sie geht in ihr Zimmer. Sie knallt mit der Tür. Die Tür knallt auch ohne sie, aber das weiß David nicht. Ohne dieses Zimmer wird sie nicht leben können. Die Wohnung und die anderen Dinge, das ist alles egal. Auto. Weg damit. Urlaub. Brauchen sie nicht. Klamotten. Sie hat genug. Nur dieses Zimmer muss bleiben. Wenn sie umziehen müssen, braucht sie einen Raum, der genauso aussieht wie dieses Zimmer hier. Aber das wird nicht gelingen. Sie kriegt die Bilder gar nicht von der Wand. All die Fotos. Der Kleber. Sie hätte doppelseitiges Klebeband nehmen sollen. Stattdessen dieser Kleber. Wie dumm sie war.

Wie dumm ich bin. Ich kann ohne die Fotos nicht fortziehen. Wenn ich jetzt noch mein Hochzeitskleid hätte, könnte ich damit zur Bank gehen. Nein, das könnte ich nicht. Mein Hintern passte nicht mehr rein in das Kleid. Vielleicht genügt der kirschmarmeladenrote Rock ja doch.

Aber der Bankmensch wird nur ihren schwarzen Pullover sehen. Sie werden sich gegenübersitzen, und sie wird schwitzen.

Ich werde schwitzen, und er wird meinen Schweiß riechen. Das soll nicht sein. Schweiß ist etwas viel zu Intimes, um es einem Bankmenschen zu gönnen.

Als sie das letzte Mal Zug gefahren ist, vor einer Ewigkeit, hatte vor dem Großraumwagen, gleich neben der Toilette, ein Plakat gehangen, auf dem für Achselpads geworben wurde. Gegen Schweißgeruch. Die bräuchte sie jetzt. Diese Pads.

Die hätte ich mir kaufen sollen. Warum habe ich das nicht getan?

Auf dem Plakat hatte ein junger, gutaussehender Mann in einer Straßenbahn gestanden und sich mit der Hand an einem oberen Haltegriff festgehalten. Unter der Achsel hatte das brave hellblaue Hemd.

Button-Down, wieso tragen junge Männer diese schrecklich seriösen Hemden? Ich könnte nie mit einem Mann ins Bett, der Button-Down-Hemden trägt. Das wäre mir.

Das wäre ihr zuwider. Brave Männer in braven Klamotten. Einmal war sie mit so einem ins Bett gegangen. Die braven Klamotten hatten während des langweiligen Sexes über einem Stuhl gehangen, als warteten sie auf ihren Einsatz in einem Bewerbungsgespräch. Alles auf rechts gewendet, in der Reihenfolge abgelegt, in der dieser Mann die Sachen nach dem Sex wieder anziehen würde. Obenauf Boxershorts und Unterhemd, darunter Socken, Hemd und ganz unten die Hose. So hatte sie ihren Kindern die Sachen für den nächsten Morgen hingelegt. Und die Kinder hatten sich nie an die Reihenfolge gehalten.

Der Mann mit dem hellblauen Hemd auf dem Werbeplakat hatte ausgesehen wie der Typ, mit dem sie ins Bett gegangen war. Unter der Achsel hatten sich auf dem braven hellblauen Hemd dunkle Schweißflecken abgezeichnet. Und die junge Frau neben dem gutaussehenden Mann wendet ihr Gesicht ab, das sich ganz genau auf Höhe seiner Achselhöhle befindet. Das war so einfach. Diese Botschaft. Wie früher die Werbung, in der man vor Mundgeruch und seinen Folgen gewarnt wurde.

Jetzt muss sie in die hohle Hand atmen, um zu riechen, ob sie Mundgeruch hat. Dieser Arm verfolgt sie. Auf einmal ist er hier in ihrem Zimmer. David. Das geht wirklich zu weit.

Also Schweißpads für unterwegs. Sie hätte daran denken müssen. Für die Bank, für den Bankmenschen, für heute. Ein wichtiger Tag, und sie wird schwitzen und schlecht riechen. Vielleicht besser die weiße Bluse zum kirschmarmeladenroten Rock anziehen. Siebenundsechzig Fotos kleben an der Wand. Ein vollständiges Puzzle ihrer Sehnsüchte und Ängste. Fürchterlich. David findet das Puzzle fürchterlich.

Wieso klebst du ein Foto, auf dem ein totes Reh auf einer Straße liegt, neben das Bild unserer Tochter? Was soll das, Marthe?

Wenn er sie Marthe nennt, ist er wütend.

Mich nennen nur wütende und gleichgültige Menschen Marthe. Natürlich, es ist ein billiger Trick. Das tote Reh, noch ganz frisch und kein Blut zu sehen, neben Caro, die mit schokoladenverschmiertem Mund in die Kamera grinst. Was hat sie sich dabei gedacht?

Was denke ich, wenn ich das sehe?

Das tote Reh war ihr eigenes Werk. Es war ihr an einem Oktobermorgen vor das Auto gelaufen. Ein kleines Reh, der Aufprall hatte nicht laut geklungen. Und sie musste es fotografieren, für die Dokumentation, den Schadensbericht. Aber dann hat es schön ausgesehen, das tote Reh, mit diesem Nebel dahinter auf dem abgeernteten Feld. Mais musste vorher auf dem Feld gewesen sein.

Ich hasse Mais.

Sie hatte Angst vor diesen Ungetümen, die immer in schnurgeraden Reihen standen, damit der Teufel von einem Ende zum anderen schauen konnte. An dem Tag, als der Unfall geschehen war, hatte Nebel auf den stoppeligen Resten der Maispflanzen gelegen. Vielleicht war das Reh durch diesen Nebel gelaufen und erschrocken, als es plötzlich auf die Straße geriet. Direkt vor ihr Auto. Das beantwortet definitiv nicht die Frage, warum dieses Foto neben Caro hängt.

Ich weiß, ich weiß. Mir fällt aber auch nichts Passendes dazu ein. Keine schöne und keine schlechte Antwort.

In ihrem Zimmer ist ihr andauernd nach Reden.

Ich rede so gern mit den Dingen in meinem Zimmer. Mit den Bildern, Büchern, sogar mit meinem Kleiderschrank, der so groß ist.

Sie könnte sich in dem Kleiderschrank verstecken, so groß ist er. Und dann sind da die kleinen Steinchen überall. Auf die sie getreten war, die sie gesucht, die das Meer ausgespuckt hat. So viele Steine, auf dem Fensterbrett, auf den Regalbrettern, auf den Büchern. Wenn sie Staub wischt.

Ich wische viel zu wenig Staub. Und das ist auch egal. Wenn ich nur diesen Arm aus dem Zimmer kriege.

David telefoniert nebenan. Redet von dem fremden Arm. Endlich. Er kümmert sich darum. *Sprechstunde.* Das Wort passt nicht zum Thema. Aber soll er telefonieren. Er kann sich auch mal um was kümmern. Sie kümmert sich andauernd. Um alles. Sie ist ständig am Machen.

Ich werde dem Bankmenschen sagen, dass wir schon im nächsten Monat unsere Miete nicht mehr bezahlen können. *Wir sind pleite, Herr Bankmensch. Ganz und gar pleite. Nichts mehr im Strumpf. Und die Wohnung kostet tausendeinhundert im Monat.*

November, redest du mit jemandem?

Hat sie wieder laut gesprochen, dabei vernutzen sich die Worte. Wenn man sie sagt, bevor sie gesagt werden müssen, sind sie aufgebraucht. Man darf sie erst aussprechen, wenn sie wirklich benötigt werden. Deshalb ist es so dumm von ihr, andauernd vor sich hin zu reden. In ihrem Zimmer. Sie verschwendet eine Menge Worte und Sätze, die danach unbenutzbar sind. Das ist das Problem der meisten Menschen, die sie kennt. Sie verbrauchen zu Zeiten, da es gar nicht nötig ist. Und wenn es dann nottut, wissen sie nicht mehr, was sie sagen sollen. Sie.

Ich könnte Vorträge darüber halten, wie man haushält mit seinen Worten und Sätzen. Wie man lernt, sie nicht zu vernutzen. Sich ihrer Bedeutung bewusst zu werden. Spare in der Zeit, dann hast du in der Not. So hat es mein Stiefvater gesagt. Worte zu vernutzen raubt ihnen die Lebendigkeit. Ich könnte von mir reden.

Sie kann von sich sprechen. Wie sie monatelang in ihrem Zimmer Worte und Sätze laut gesagt hat. Und die waren dann nicht mehr abrufbar, als sie mit David reden wollte. Es gab so viel zu besprechen, aber sie hatte alles schon gesagt. Am falschen Ort zum falschen Zeitpunkt. Ganz am Anfang ihrer Beziehung war das.

Als wir neu waren. Für uns. Als ich zum ersten Mal einen dicken Bauch bekam. Einen Schwangerschaftsfreudenbauch. Als das Kind geboren wurde, nur um am gleichen Tag zu sterben. Als wir allein waren. Und ich habe im Bett gelegen und vor mich hin geredet. Stunde um Stunde.

Wenn David dann kam, um sie zu besuchen. In dem Krankenhaus.

In der Klapse, wollen wir doch bei der Wahrheit bleiben. Ich lag in der Klapse, mit einem toten Kind im Rücken und der Vorstellung im Kopf, dass es meine Schuld war. Meine und die Schuld von David. Dass wir irgendetwas falsch gemacht hatten in diesen neun Monaten. Tschernobyl war ja gerade erst passiert. Wir haben nicht aufgepasst. Gemüse gegessen, als wäre nichts passiert. Wasser aus der Leitung getrunken.

Sie hatte es auf Tschernobyl geschoben. Noch gar nicht lange her, und irgendwohin musste doch der ganze Mist geflogen sein. Aber das Kind.

Das Kind hatte völlig gesund ausgesehen. Serena. Warum wollten wir sie eigentlich Serena nennen. Heute gefiele mir der Name nicht mehr. Er ist viel zu ambitioniert. Serena. Äußerlich völlig unversehrt und doch gar nicht lebensfähig. Nicht mal eine Stunde wollte die Kleine auf der Welt bleiben. Das Schweigen.

Die Ärzte hatten geschwiegen. Sie hatten das Kind ganz schnell an sich genommen. Nicht einmal, dass sie es richtig anschauen konnte. An sich genommen und weggebracht und wer weiß was für Lebensmaßnahmen ergriffen, die alle nichts genützt hatten. Hatten sie liegenlassen. Nur eine Hebamme. Die immer wieder behauptet hat, alles würde gut. Und ganz sicher könnten die Ärzte helfen. Man habe hier schon so viele durchgebracht.

Warum denke ich jetzt. Genau jetzt. An diese Geschichte. Sie ist so alt und fast vergessen. Wir haben zwei Kinder, Serena ist mir in den letzten Jahren kaum noch in den Sinn gekommen. Verarbeitet. Weggearbeitet. Totgeschwiegen. Was auch immer. Völlig egal. Ich muss mich eilen, ich muss mich sputen. Ich muss gut aussehen. Der Termin ist wichtig. Und David kümmert sich um den Arm. Anziehen. Das Richtige finden im Kleiderschrank. Ist die vordringlichste Aufgabe.

So muss es gehen. Diese Klamotten passen zum Anlass. Sie wird jetzt einfach losgehen.

Ich gehe jetzt. David kann sich in der Zwischenzeit um den Arm kümmern.

Wenn ich zurückkomme, ist der Arm weg. Ich bitte dich, David. Diese Scherze müssen wir uns für bessere Zeiten aufheben. Nicht jetzt. Jetzt ist keine gute Zeit dafür.

David starrt sie an. Vielleicht ist sie ihm heute fremd. Schon möglich. In Krisenzeiten verirrt man sich manchmal, und dann werden die Dinge und Menschen alle sehr fremd. Sie kennt das sehr gut. In letzter Zeit ist es ihr häufig passiert, dass David.

Mein Mann. Es kommt vor, dass ich vergesse. David ist mein Mann. Wir haben geheiratet, und das ist nun schon sehr lange her. So viele Jahre. Anderswo werden die Menschen gar nicht so alt. David und ich sind einander vertraut.

Doch nun geschieht es, dass David sich völlig fremd anfühlt. Als hätten sie nicht Jahre um Jahre miteinander verbracht.

So kannst du nicht gehen, November. Die Bluse. Du musst deinen Arm noch durch den Ärmel stecken. Du siehst aus wie eine Kriegsversehrte.

Welchen Arm? Kümmere du dich darum, dass der aus meinem Zimmer wegkommt. Bis nachher.

Sie knallt ein wenig mit der Tür. Nur ein wenig.

Ich will ihn nicht erschrecken. Er ist schließlich mein Mann. Aber ein bisschen wütend darf ich sein. Das sei mir gestattet. Das gestatte ich mir. Schließlich bleibt es an mir hängen, unsere Existenz zu retten. Und es wird mir nicht gelingen.

Sie wird es nicht schaffen.

Ich schaffe das nicht.

Tatsächlich stellt sie unten an der Haustür fest, dass sie sich in der Eile doch nicht richtig angezogen hat. Sie muss ihren linken Arm noch durch den Blusenärmel schieben. Offensichtlich ist sie überfordert.

Ich bin noch nie so schlampig aus dem Haus gegangen. Vielleicht sollte ich noch mal kurz in die Wohnung. Vor den Spiegel. Bin ich überhaupt geschminkt?

David steht noch an der gleichen Stelle. Im Flur, mit Blick auf die Wohnungstür, der Mund leicht offen.

David, was starrst du? Hast du gewusst, dass ich noch einmal zurückkomme? Ich bin mir nicht sicher, ob ich mich geschminkt habe. Siehst du, wir geraten noch völlig aus dem Häuschen, wenn das so weitergeht. Ich. David, was ist los?

Du bist geschminkt, du siehst schön aus. Die Bluse sitzt jetzt auch gut. Beide Arme in den Ärmeln, wie es sich gehört. Ich liebe dich, November.

Ach, ihr Mann. Sie war zu grob, sie müssen zusammenhalten. Sie dürfen nicht streiten.

Ein Kuss. Wie romantisch. Sie ist nur eines Kusses wegen noch einmal in die Wohnung zurückgekehrt.

Das Haus behauptet seinen Platz im Dorf seit mehr als einhundert Jahren. Als es gebaut wurde, stand es am südlichen Ende der holprig gepflasterten Dorfstraße. Es bekam die Nummer neunzehn, denn damals gab es nur achtzehn weitere Häuser im Dorf. Aber die Hausnummer schien ein gutes Omen zu sein. Neunzehn im Jahr neunzehnhundert. Der Schmied aus dem Nachbardorf schmiedete für den Schuster, der sich das Haus gebaut hatte, zwei Einsen, zwei Neunen und zwei Nullen. So bekam es ein Baujahr und eine Postadresse aus geschmiedetem Eisen. Die Neunen ein wenig krumm und nicht zwillingsgleich, das Oval der Nullen einem Ei ähnelnd. Das Baujahr wurde am östlichen Giebel des Hauses angebracht, die Hausnummer rechts neben der Eingangstür.

Der Schuster hatte zwei Apfelbäume vor das Haus gepflanzt und seine Werkstatt im vorderen linken Zimmer untergebracht. Das Werkstattfenster geriet größer als die anderen Fenster, was dem Haus ein schiefes Bild verpasste. Eine Asymmetrie, die nie jemand ändern mochte. Am Fenster der Werkstatt hatte der Arbeitstisch des Schusters gestanden. Ein großer, schwerer, selbstgezimmerter Tisch aus Eichenbrettern. An dem saß er Tag für Tag, und die Leute konnten ihm beim Arbeiten zuschauen. Sie durften ihre Schuhe durchs Fenster reichen und den freundlichen, krummrückigen Mann bitten, diese schnell zu reparieren, weil es nur dieses eine Paar für die Feldarbeit gab. Dann legte der Schuster beiseite, was er in den Händen hatte, und kümmerte sich gleich um die Feldschuhe oder Stiefel. Er wusste, dass für Knochenarbeit gutes Schuhwerk unerlässlich war.

Das Haus hat sich den krummrückigen Schuster, der es erbauen ließ, gemerkt. Es war lange ein freundliches Haus geblieben, mit unebenen Lehmwänden, die knapp unter der Decke eine Blumenbordüre schmückte, die der Schuster selber aufgebracht hatte. Seiner Frau zuliebe. Der Fußboden aus schartigen Dielenbrettern hatte viele Jahre nach Wald gerochen, und sein Geruch hatte sich erst spät den pflegenden Händen der Schusterfrau ergeben. Die hat ihn jeden Samstag geschrubbt. Erst mit Sand ausgefegt, dann gewischt und dann gesalbt mit allen möglichen Substanzen, die dem Boden nach und nach einen feinen Glanz verliehen, aber den guten Geruch stahlen und durch einen anderen guten Geruch ersetzten.

Ihr ganzes Leben lang hatten der Schuster, seine Frau und die vier Kinder, die sie ihm gebar, ihr Sein und ihr Tun. Zwei Kinder waren früh gestorben, eines an der Schwindsucht, das andere an Diphtherie. Schuhe für die Feldarbeit und für den Sonntagsstaat reparieren, Gemüse und Obst im Garten anbauen, ein paar Kaninchen und Hühner halten, immer standen ein oder zwei Schweine im Koben, und in manchem Jahr kamen noch ein paar Gänse dazu, und das alles brachte sie durchs Leben. Auch durch den ersten großen Krieg, in dem die beiden Söhne des Schusters, die kräftig genug gewesen waren, allen Krankheiten zu trotzen, noch zu jung waren, um im Schützengraben zu sterben. Der Schuster hatte sich immer für einen Glückspilz gehalten, und das Haus atmete sein kleines Glück ein und aus und speicherte es für schlechtere Zeiten, die sicher kommen würden. Auch wenn es die Last zweier toter Kinder trug, aber da war ja noch Gott, der es so entschieden und die Kleinen zu sich genommen hatte, um ihnen einen guten Platz im Himmel zuzuweisen.

Und sie kamen, die schlimmeren Zeiten. So gewiss wie das Amen in der Kirche. Der Schuster starb ein Jahr bevor der zweite große Krieg begann. Seine Söhne, nicht mehr die Jüngsten zu dieser Zeit, zogen die braune Uniform an und kommandierten im Dorf all jene rum, die nicht an der Front waren. Sie hatten vergessen, was ihnen der Vater beigebracht hatte. Dass es guttut, wenn man freundlich zu den Menschen ist. Eine Christenpflicht geradezu. Sich dem Leid und der Not der anderen nicht zu verschließen. Sondern zu helfen, wenn man helfen kann. Der Schuster hatte die Söhne angehalten, jeden Abend ein Dankgebet zu sagen. Sich darüber zu freuen, dass der Herrgott ihnen ein Auskommen schenkt. Aber sie hatten sich verführen lassen und das Antlitz ihres Vaters vergessen.

Als der Krieg vorbei war, ließen die Söhne des Schusters das Haus im Stich, denn ihnen drohte Ungemach wegen der braunen Uniform und der Macht, die sie ihnen gegeben hatte.

Das Haus stand nach diesem Krieg, der kaum einen Stein auf dem anderen und wenige Menschen im Dorf ohne Schuld gelassen hatte, nur ein paar Tage leer. Seit die ersten Flüchtlinge kamen, war es keinen Tag mehr unbewohnt. Dann stürzte im Jahr zweitausendundacht dessen letzte Bewohnerin, als sie nach dem Wäscheaufhängen die steile Bodentreppe hinuntergestiegen war. Sie brach sich das Genick und blieb am Fuße der Treppe liegen, bis der Bofrostmann seine Tiefkühlgerichte loswerden wollte. Da hatte das Haus schon fast dreißig Jahre Einsamkeit geatmet. Die Lehmwände, überklebt mit gemusterten Tapeten und übermalt mit abwaschbaren Ölfarben, konnten die Einsamkeit nicht ausschwitzen. Stattdessen mussten sie alles speichern. Jeden Seufzer, jede Verzweiflung und jeden Fluch.

Das Haus war schon, bevor diese dreißig Jahre Einsamkeit begonnen hatten, vom Rand in die Mitte des Dorfes gerückt. Statt neunzehn standen hier nun vierzig Häuser. Und es gab mindestens genauso viele Hunde. Die Bewohnerin des Hauses hatte keinen Hund besessen. Doch es hatte immer eine Katze gegeben. Die letzte war vom Bofrostmann mitgenommen worden, der ein Erbarmen hatte und wusste, dass die Katze ertränkt oder erschossen würde, wäre sie durchs Dorf gestreift. Hier fackelte man nicht lang, streunende Katzen galten als Ärgernis. Nur Hunde hatten ihr Auskommen. Ein besseres als die meisten Menschen, denen das Elend aus jeder Pore schwitzte, dass sie schlecht rochen und unruhig schliefen. Die ihr letztes Geld ausgaben, um sich ein Glückslos zu kaufen, mit dessen Gewinn manch einer von ihnen nicht mal mehr gewusst hätte, was damit anzufangen wäre, außer sich noch schneller ins Grab zu trinken.

Das Haus sah nicht besser oder schlechter aus als viele Häuser im Dorf. Es hatte ein Leben auf dem Buckel, das mal gut gewesen ist und dann schlecht geworden war. Von außen mochte es noch als lebendig durchgehen, innen war es längst gestorben. Die Stille glich der vieler anderer Häuser, die leer standen und niemanden mehr hatten, der ihnen einen Sinn gab. Denn wofür sonst sollten Häuser gemacht sein, als dass sie Menschen beherbergten, die sich an ihnen zu schaffen machten und sie am Leben hielten.

Drei Jungs aus dem Dorf hatten einen Weg ins Haus gefunden, nachdem es ein und noch ein Jahr leer gestanden hatte. Es schien sich niemand dafür zu interessieren, obwohl es hieß, dass die einsame Frau ihr Hab und Gut einem Neffen vermacht hatte. Der war nur einmal aufgetaucht. Er war durchs Haus gegangen, hatte ein paar Minuten auf dem Hof gestanden und eine Zigarette geraucht, an der Scheunentür gerüttelt, deren Schlüssel er im Haus nicht gefunden hatte. Dann hatte er den Schlüssel für das Haus unter den Fußabtreter gelegt, der auf der Hofseite vor der Tür zum Vorbau lag. Wiedergekommen war er nicht. Wahrscheinlich, weil man Häuser in dieser Gegend nicht verkaufen kann. Die Maisfelder ringsum, die flache, schmucklose Landschaft, der leere Himmel über dem Dorf und die Lethargie seiner Bewohner sorgten dafür, dass die Leute unter sich blieben. Wenn hier etwas neu gebaut wurde, war es eine Biogasanlage. Und wenn jemand starb im Dorf, wurde dieser Mensch nicht ersetzt durch die Geburt eines neuen Menschen.

Die Einsamkeit der Frau, die sich beim Sturz von der Bodentreppe das Genick gebrochen hatte, war nur eine von vielen Einsamkeiten gewesen, die das Dorf beherbergte. Dagegen hatte auch nicht geholfen, dass die Frau viele Jahre vor ihrem Tod auf die Idee gekommen war, eine kleine Bibliothek im Haus aufzubauen. Sie hatte im Flur drei große Bücherregale aufgestellt und mit Büchern gefüllt, die man hier so liest. Wobei ihr klar gewesen war, dass Lesen nur noch für wenige ein Vergnügen war. Das Fernsehen hatte die Lust an Büchern fast endgültig ausgetrieben. Trotzdem hatte die Frau die Regale gefüllt. Mit Büchern über Landwirtschaft und Gartenbau, mit Kriminalromanen und Liebesschnulzen, mit Abenteuergeschichten und Ratgebern, die das Leben auf wenigen Seiten zusammenfassten und erklärten. Hin und wieder hatten ihr Leute aus dem Dorf und aus Nachbargemeinden Bücher vorbeigebracht, die sie als Ballast in ihrem Wohnzimmerschrank empfunden hatten. An den Bücherkisten, die ihr gebracht wurden, konnte die Frau ablesen, wer diese Leute mal gewesen waren und was sie nicht mehr sein wollten oder konnten. Einmal war einer aus dem Nachbardorf gekommen und hatte die prachtvolle Ausgabe eines Lexikons gebracht. Dunkelblauer Ledereinband mit Goldschrift. Zwölf Bände, die so schwer waren wie ein Sack Kartoffeln und nach Leder rochen. In dem Lexikon hatte die Frau hin und wieder geblättert. Ausgeliehen hatte es nie jemand. Wozu auch, wenn es doch das Fernsehen gab, das einem alles schmackhaft erklärte und keine Fragen offenließ. Das Internet konnte nur mit Mühen und gegen ordentlich Geld ins Dorf gelockt werden. Die meisten Leute scheuten die Mühe und hatten das Geld nicht. Ihnen genügte das Internet auf ihren Smartphones, das sie meist nur dann nutzen konnten, wenn sie das Dorf verließen.

Zweimal in der Woche hatte die Frau ihre kleine Bibliothek geöffnet. Und am Anfang waren auch hin und wieder Menschen gekommen. Vor allem Kinder und Jugendliche, als es die noch einigermaßen zahlreich gegeben hatte. Also war die

Frau in die Kreisstadt gefahren und hatte in der Bibliothek nachgefragt, ob die nicht ein paar Kinderbücher und Jugendromane entbehren konnten. Damit sie ihre Regale auffüllen kann. Sie waren freigiebig gewesen und hatten ihr geraten, Fördermittel zu beantragen. Aber dafür war sie nicht gemacht. Dieser Papierkram. Sie wollte einfach nur, dass hin und wieder Menschen in ihr Haus kamen, mit denen sie ein paar Minuten reden konnte.

Es wurden weniger und weniger. Bald kam nur noch ein Junge, der Robin hieß und wahllos mitnahm, was er bekommen konnte. Der manchmal auch ein bisschen geblieben war und mit ihr in den prachtvollen dunkelblauen Lederbänden geblättert hatte. Sie hatten die Bilder angeschaut und am meisten die aufklappbaren Schaubilder bewundert, die ihnen Welten erklärten, von denen sie beide nicht allzu viel oder gar nichts wussten. Dann war auch Robin nicht mehr gekommen. Und irgendwann hatte die Frau jemanden aus dem Dorf gebeten, die Regale aus ihrem Flur zu räumen und in die Scheune zu stellen. Sie hatte die Bücher in Kisten gepackt und in der Bibliothek angerufen. Die waren gekommen und hatten die Kisten abgeholt.

Manchmal hatte die Frau danach darüber nachgedacht, sich das Leben zu nehmen, aber sie hatte nicht gewusst, wie sie es bewerkstelligen sollte. Stattdessen hatte sie angefangen, jeden Abend ein paar Gläser Likör zu trinken. Den Likör hatte sie selber gemacht, aus Johannisbeeren, Brombeeren, Äpfeln und Kirschen. Sie hatte lauter gute Rezepte gegen Einsamkeit ausprobiert, und der Likör brachte sie über die langen Abende und über die noch längeren Winter.

Am Ende, kurz bevor die Frau starb, hatte sie den ersten Likör des Tages schon vor dem Mittagessen getrunken. Sie hatte sich ausgerechnet, wie lange es dauern würde, bis sie sich bereits vor dem Frühstück ein Gläschen gönnen würde. Zweiundachtzig hätte sie dafür werden müssen, hatte ihre Rechnung ergeben. Mit siebzig hatte sie angefangen, vor dem

Schlafengehen ein oder zwei Gläschen zu trinken, mit sechsundsiebzig trank sie bereits vor dem Mittagessen.

Das Schöne am Trinken war, dass man nur noch wenig aß. Das Kochen hatte der Frau nie sonderlich Spaß gemacht. Sie konnte Mahlzeiten zubereiten, aber sie hatte es nicht gern getan. In den letzten Monaten vor ihrem Tod hatte sie das eine und andere Mittagessen ausfallen lassen. Und manchmal auch das Abendbrot. Der Bofrostmann war immer weniger bei ihr losgeworden. Hätte es tiefgefrorenen Likör gegeben, wäre es für ihn besser gelaufen.

Die drei Jungs aus dem Dorf hatten nach dem Tod der Frau und dem kurzen Besuch des Neffen den Schlüssel für das Haus unter dem Fußabtreter gefunden, nachdem sie an einem langen Abend und unter einem hohen Sommerhimmel auf dem Hof gesessen, eine Flasche Klaren geleert und unendlich viele Zigaretten geraucht hatten. Einer der Jungs, mit dreizehn der jüngste, hatte auf den Fußabtreter gepinkelt und den danach mit einem schönen Schuss über die Hecke in den Garten befördert. Dann hatte da dieser Schlüssel gelegen, und sie waren ins Haus gegangen. Ihnen war gruselig zumute gewesen, aber keiner von den dreien hatte es zugeben wollen.

Es hatte schrecklich gerochen, nach totem Tier und schlimmen Gedanken. Der Gestank kam von der kleinen Tiefkühltruhe, die unter dem alten Waschtisch in der Küche stand. Vielleicht hatte der Neffe einfach die Hauptsicherung ausgeschaltet und nicht nachgesehen, was sich noch in der Kühltruhe befand. Die drei Jungs taten es auch nicht. Was da drin ist, könnte leben, hatte der Jüngste gedacht und diesen Gedanken für sich behalten. Es wäre einer Mutprobe gleichgekommen, die Kühltruhe zu öffnen. Später, an einem hellen, warmen Tag hatte die drei Jungs das Ding dann doch einfach rausgetragen und hinter die Scheune gestellt. Das war, nachdem sie auf die Idee gekommen waren, ein paar Mädchen aus dem Nachbardorf herzulocken und mit denen eine Nacht im Haus zu verbringen. Sie hatten phantasiert, wie es sein würde, könnten sie alle drei Mädchen dazu bringen, mit ihnen ein bisschen rumzufummeln oder aufs Ganze zu gehen.

Die beiden älteren Jungs hatten vor dem Jüngsten geprahlt damit, wie oft sie es schon getan hätten und dass die Weiber immer ganz heiß darauf gewesen wären. Der Jüngste wusste es besser, aber er hatte die Klappe gehalten. Ihm war nicht daran gelegen, es sich mit den beiden Jungs zu verderben. Man konnte so fürchterlich allein sein im Dorf. Und es gab nur sie drei. Alle anderen waren über hundert oder scheintot. Auch die eigene Mutter. Der Junge hatte sich an einem dieser Prahlabende überlegt, bald abzuhauen. Spätestens mit sechzehn, bis dahin würde er durchhalten müssen.

Und dann waren wirklich drei Mädchen aus dem Nachbardorf gekommen. Keine hübsch, aber alle drei hatten Titten und das, worin man einen versenken konnte, wie die großen Jungs es nannten.

Sie hatten die Mädchen betrunken gemacht, und dann hatten sie es getan. Eine von den dreien war dermaßen hinüber gewesen. Die hatten sie ihm überlassen. Hinterher hatte er gedacht, dass es gewesen war, als hätte er ihn in eine Luftmatratze gesteckt. Aber zumindest hatte er ihn hoch- und reingekriegt. Hatte sich nicht blamiert. Das war die Hauptsache. Als sie fertig waren mit den Mädchen, hatte über ihnen, auf dem Dachboden, jemand geheult. Wie ein Tier oder ein kranker Mensch. Und obwohl sie betrunken gewesen waren, sind sie in Panik geraten. Zuerst zwei der Mädchen und dann auch sie, die ein paar Minuten vorher noch laut und auftrumpfend gewesen waren und so getan hatten, als könne sie nichts aus der Kurve werfen. Aber dieses Heulen.

Sie waren seitdem nie wieder in dem Haus gewesen. Niemand von ihnen hatte gestanden, wie groß die Angst gewesen war in dem Moment, als auf dem Dachboden dieses Heulen anfing. Der Jüngste schon gar nicht. Denn der hatte an den Maismörder gedacht. Und dass der das sein müsse. Wenn es ihn denn wirklich gab.

Vom Maismörder wurde hier im Dorf viel geredet. Vor drei Jahren waren Hubschrauber über die Felder und Wälder geflogen. Eine Frau sei verschwunden, hatte es geheißen. Keine von hier, sondern eine Urlauberin. Das hatte so unglaublich geklungen. Eine Urlauberin, als ob es solche Frauen hierherzog. Später hatten die Leute im Dorf erzählt, es sei die Frau des Bürgermeisters aus dem Nachbarort gewesen, die man gesucht habe. Am Ende wusste niemand etwas Genaues. Aber der Maismörder war in ihre kleine Welt gekommen, und seitdem gab es ihn.

Der Jüngste geht nicht mehr allein in die Maisfelder. Sein Name lautet Robin, denn seine Mutter mochte den Schauspieler Robin Williams. Sie kennt fast alle Filme, in denen er mitgespielt hat. König der Fischer mag sie am liebsten. Vielleicht, weil Robin Williams in dem Film jemand ist, der sich fallenlässt.

Robin. Die beiden Älteren nennen ihn Stinkie. Sie hatten recht, er riecht nicht gut. Irgendwas mit den Drüsen, hat der Arzt gesagt, und dass es sich vielleicht später geben würde. Aber bis jetzt war nichts dergleichen passiert. Er wäscht sich dreimal am Tag und sprüht sich Deodorant unter die Achseln. Trotzdem riecht er nicht gut. Das Mädchen, sein erstes Mädchen, war in der Nacht zu betrunken gewesen, um das zu merken. Vielleicht würde er nie wieder ein Mädchen haben, weil er so schlecht riecht. Als der Gedanke geboren war, hatte er begonnen sich einzureden, dass der Geruch verschwinden würde, verließe er das Dorf. Und tatsächlich schienen die Drüsen ein wenig Ruhe zu geben an den seltenen Tagen, an denen er nicht hier war. Auch in der Schule, die immerhin zwölf Kilometer entfernt vom Dorf steht, riecht er nicht so schlimm. Trotzdem nennen ihn alle Stinkie. So ein Name klebt wie Pech und Schwefel.

Das Haus atmet wieder ruhig, seitdem es sich der Jungs entledigt hat. Es beherbergt ein paar Mäuse, die sich tapfer vermehren, und Spinnen, die ihre unansehnlichen klebrigen

Netze bauen und mit der Geduld einer jahrtausendealten Spezies darauf warten, dass sich ein paar Fliegen darin verfangen.

In einigen Dachbalken hat sich der Holzwurm eingenistet. Wenn man ihn nicht stört, wird er das Haus zu Fall bringen.

Im Dorf gibt es bereits elf Häuser, die zu Fall gebracht worden sind. Weil es keine Nachfahren gibt oder weil die Nachfahren nichts mit dem Dorf zu tun haben wollen. Häuser, zumal alte und ungepflegte, Einsamkeit, Verblödung und Elend atmende Häuser, gibt es in der Gegend zur Genüge. Sie geben den Dörfern die Anmutung eines lückenhaften Gebisses. Niemand stört sich daran. Die verfallenen Orte tragen die Namen der Letzten, die in ihnen gewohnt haben. Man geht bei Anders vorbei, kürzt durch Kittelmanns Grundstück ab, holt sich im Sommer aus Bauses Garten die Kirschen vom Baum und vergräbt seinen Elektromüll hinter Grindels Scheune. Zweimal haben in den vergangenen Jahren Fremde versucht, eines dieser verlassenen, verstorbenen Häuser wiederzubeleben. Beide sind gescheitert. Das Dorf lässt sich nicht von Fremden ficken. Lieber stirbt es.

Aber seit wenigen Tagen geht das Gerücht, der Neffe, der bislang nur einmal in dem Haus gewesen war, würde zurückkehren und einziehen wollen. Man wird sehen, ob es so weit kommt. Für einen Neffen aus fremder Gegend ist hier eigentlich kein Platz. Andererseits muss die Not schon groß sein, damit sich einer hier den Platz zum Leben sucht. Und große Not, davon verstehen die Leute im Dorf etwas.

Robin, den alle anderen Jungs und auch einige Mädchen Stinkie nennen, hat seine Mutter gefragt, ob sie etwas Genaueres weiß. Sie hat langsam den Kopf geschüttelt und ihn gebeten, die Hühner in den Stall zu sperren. Sie sei zu müde dazu nach diesem anstrengenden Tag. Robin wusste ziemlich genau, wie die anstrengenden Tage seiner Mutter aussehen. Die mal eine Fesche gewesen sein soll, wie ihm sein Vater, als er schon nicht mehr bei ihnen lebte, erklärt hatte.

Die Tage sind eine Mischung aus vergeblichen Versuchen, das Haus zu putzen und dabei nicht an Langeweile zu sterben, und ernsthaften Bemühungen, sich ins Grab zu saufen. In der Küche steht der Fernseher, der seiner Mutter dabei hilft, nicht zu sterben. Er wird morgens um sechs angeschaltet, wenn er aufsteht, weil der Schulbus schon um halb sieben fährt, und er wird ausgemacht, wenn sie schlafen gehen. Manchmal lässt seine Mutter den Fernseher auch in der Nacht laufen.

Ich finde es beruhigend, Robin, lass mal. Dann kann ich besser schlafen.

Er machte sich keine Illusionen darüber, dass seine Mutter nicht nur wegen des laufenden Fernsehers nachts besser schläft. Herr Nordhäuser, der Doppelte, war ein viel verlässlicherer Freund und Helfer. Am Anfang war es Rotwein von Aldi gewesen. Von dem hatte er sich auch hin und wieder ein Gläschen genommen. Und dann beschlossen, es zu lassen. Wenn er aus dem Dorf wegwill, muss er nüchtern bleiben. Fast alle, die es nicht geschafft hatten, hier wegzukommen, waren nicht nüchtern geblieben. Und dann gab es noch die wenigen, die tatsächlich behaupteten, gern hier zu sein.

Schulz zum Beispiel. Der Großbauer. Aber der hatte gut reden. Dem gehörte das Dorf, und das ganze Land ringsum gehörte ihm auch. Und Krüger, der zweitreichste Bauer im Dorf, hatte sich die Biogasanlagen gebaut, die Getreidespeicher und die Mastanlage unter den Nagel gerissen und auf Pump einen Fuhrpark angelegt, in dem die riesigen Traktoren und haushohen Mähdrescher stehen, die man hier braucht, um die Felder zu bewirtschaften. Schulz hat gegengehalten, und nun ist dessen Fuhrpark größer als der von Krüger. Wer sein Land bestellen will, kommt an den beiden Männern nicht vorbei. Die Entscheidung für den einen oder anderen ist dann fast eine fürs Leben. Denn Krüger und Schulz sind wie Feuer und Wasser. Aber es gibt kaum noch jemanden, außer Schulz, der eigenes Land besitzt. Selbst der Wald, der sich im

Süden des Dorfes bis zum nächsten Dorf, das genauso aussieht wie dieses hier, erstreckt, gehört dem alten Schulz. Der noch gar nicht so alt ist. Für Robin aber schon.

Und weil dem Schulz alles gehört, hat er wohl auch dem Neffen ein Angebot für das Haus gemacht. Erzählt man sich im Dorf. Das Haus ist noch bewohnbar. Gut genug für die paar Saisonarbeiter, die im Sommer für den Großbauern arbeiten und eine Sprache sprechen, die hier niemand versteht. Bisher hausen sie immer in den Baracken, die am Waldrand stehen. Zwangsarbeiterbaracken sagen sie im Dorf zu den verfallenen Hütten, in denen es spuken soll. Robin hat sich irgendwann einmal die Mühe gemacht und nachgelesen, warum die so heißen. Er hat keinen allzu großen Unterschied erkennen können zwischen denen, die damals in den Baracken hausten, und denen, die dort heute in den Sommern campieren. Offensichtlich sprechen sie auch die gleiche Sprache.

Das Haus arbeitet an seinem Verfall. Es hat den Frost in die Rohre gelassen, und eines ist geplatzt. Die Risse in den Lehmwänden sind größer geworden, und die zahlreichen Tapetenschichten, die auf den Wänden kleben, lösen sich an vielen Stellen. Im Wohnzimmer hängen sie von der Decke und bilden in der Mitte eine große Blase. Sollte jemand kommen und in dem Haus wohnen wollen, würde derjenige viel zu tun haben. Und wahrscheinlich nicht wissen, dass sich Einsamkeit nicht austreiben lässt. Nicht hier im Dorf, wo noch Menschen leben, die es seit Dutzenden Jahren nicht mehr verlassen haben. Und wo man sich, wenn es gar nicht mehr weitergeht, in seiner Scheune erhängt.

Nicht mal eine Vorwarnung. Die Karte bleibt im Automaten. Der Automat hat sie gefressen. Was ist denn das für eine Nachricht? Sie wusste, dass es irgendwann passiert. Der Bogen ist überspannt. Ihre Hände zittern. Ganz leicht.

Meine Hände machen, was sie wollen. Ich habe überhaupt nichts mehr im Griff.

Transaktion abbrechen. Das muss sie nicht tun, der Automat hat es bereits für sie erledigt.

Ich sollte mich jetzt nicht aufregen. Alles geschieht erwartungsgemäß. Erwartungsgemäß zieht mir die Bank die EC-Karte ein. Es ist nur noch ein kleines Puzzleteil im großen Panorama unseres Untergangs.

Sie hat damit gerechnet, aber nun ist es doch eine Katastrophe. Wenigstens einhundert Euro hätte sie bekommen müssen. Nach ihrer letzten Aufstellung wären die noch im Dispo enthalten. Auf dem Auszug, den sie sich erst jetzt anschaut, steht aber, dass die Bank heute Überziehungszinsen abgebucht hat. Das ist ihr Todesurteil. Elfkommasechs Prozent Überziehungszinsen, bei null Prozent Leitzins.

Diese Schweine. Man muss sie umbringen. Alle. Diese Schweine. Ernähren sich von meinem Geld und sogar von meinem Minus. Noch mehr von meinem Minus als von meinem Geld. Diese Schweine. Ich bringe sie um.

Sie verbraucht schon wieder Wörter. Aber das ist egal. Sie wird niemanden umbringen können, also darf es wenigstens mal gesagt werden. Dass sie den Wunsch verspürt, da reinzugehen, nach dem Chef zu fragen und den zu erschießen, wenn er aus seinem Büro kommt.

Ich bin tot. Der Kühlschrank ist leer. Meine Kinder. Wenn die das erfahren. Wir waren so vorsichtig all die Jahre. Und jetzt bin ich mit der Miete im Rückstand, habe die Stromrechnung nicht bezahlt und muss mir wahrscheinlich Essen von der Tafel holen.

Der Mann am Kontoauszugsdrucker tut so, als hätte er ihr Mantra nicht gehört. Er starrt auf seine Auszüge und bewegt leise die Lippen. Eine kleine, dickliche Rechenmaschine ohne Sorgen. Marthe sieht ihm an, dass er keine Sorgen hat. Vielleicht ist eine Abbuchung nicht erfolgt, ein Geld noch nicht eingegangen. Er wird sich gleich beschweren gehen. Mit gerunzelter Stirn wird er fragen, warum die Bank bei den Überweisungen so zögerlich ist. Nicht, dass er es nicht wüsste. Er will es aber von dem Fräulein hinterm Schalter hören. Dass sie mit jeder noch so kleinen Summe zocken. Und sei es nur einen Tag. Ach was, einen Tag. Und sei es nur eine Stunde. Seine Kunden aber, die warteten auf das Geld. Und er hätte sich ja selbst seriöse Geschäftsbedingungen verordnet. Was er auch von anderen erwarte. Zumal von seiner Bank des Vertrauens. Keine Außenstände. Immer gleich bezahlen, wenn eine Rechnung kommt. Wie soll er den Dienstleistern dann erklären, dass die Bank langsamer ist als er.

All das wird der dickliche Typ gleich der Bankfrau oder dem Bankmann erzählen. Während sie hier steht und nicht mal mehr über eine EC-Karte verfügt.

Sie kann sich noch gut an die Jahre der Vorsicht erinnern. In denen David und sie gearbeitet haben, und von dem Geld, das sie am Monatsende erhielten, konnten sie leben. Daran erinnert sie sich. Die Kollegen im Büro haben sie Marthe genannt, und immer war sie diejenige, die Geld für Geburtstagsgeschenke eingesammelt hat. Sie hat an einem Schreibtisch in einem hellen Büro gesessen und sich mit den Angelegenheiten anderer Menschen beschäftigt. Ihnen das Leben sortiert, wenn man so will. Fälle gemanagt. Irgendwann war die Sprache des Geldes auch in ihre Büros eingezogen. Sie haben nicht mehr gearbeitet, sondern gemanagt. Aus Leuten wurden Klienten, und aus Ansprüchen wurden Möglichkeiten, die Klienten zu bestrafen, anstatt sie zu vertreten. Nicht zum Termin erschienen, unerlaubt Urlaub von der Zwangsfreizeit genommen, Geld von den erwachsenen Kindern aufs Konto überwiesen bekommen, alles konnte zur Strafe gedeihen, die Kürzung der Leistungen genannt wurde.

Sie hat sich gewehrt, Teil einer Strafvollzugsbehörde zu werden.

Ich habe mich gewehrt mit Händen und Füßen. Dafür habe ich nicht studiert, dass ich anderen Leuten auf dem Kopf rumtrample, die sowieso schon in der Gosse liegen. Dass ich denen das Leben schwermache und sie bestrafe für lauter Sachen, die jeder normale Mensch einfach so tun darf. Einen Termin vergessen, eine Rechnung nicht bezahlen, ein bisschen Geld zum Fenster rausschmeißen, den Kindern ein Geschenk zum Geburtstag kaufen, das die eigenen Möglichkeiten ein wenig übersteigt. Ich habe das nicht mitgemacht. Ich bin doch keine.

Stattdessen hat sie mit den Klienten weiterhin geredet. Aber auch sie hatte Vorgaben, die erfüllt werden mussten. Eine Mindestanzahl von Sanktionen, die niemand genau definierte, doch es wurde erwartet, dass man diese Zahl bringt. Nicht, dass sie es schriftlich bekommen hätten. Es war ja nicht gesetzeskonform, so zu handeln. Eher so im Graubereich. Sanktionen sollten Erziehungsmaßnahmen sein und waren nicht dafür gedacht, Geld in die Kassen zu spülen oder, besser gesagt, den Leuten Geld vorzuenthalten, das ihnen eigentlich zusteht.

Ich bin lange tapfer geblieben. Aber irgendwann ist halt Schluss.

Diese ganzen Gespräche, die ihr Chef mit ihr geführt hatte. Erst höflich, dann ungeduldig, später ungehalten. Dass sie hier keine Sonderrolle innehat, den Kollegen gegenüber verpflichtet ist, sich solidarisch zu verhalten. Dieses Wort hatte der Mann wirklich gebraucht. Solidarisch. Als ließe sich solch ein Verhalten mit diesem Maßstab messen. Solidarisch. Sie war trotzdem lange bockig geblieben, aber durchgehalten hatte sie nicht.

Ich bin kein sonderlich guter Mensch. Doch Leute zu bestrafen, die sowieso am Ende sind. Ich hätte es nicht länger ausgehalten. Demzufolge sollte ich heute auch nicht damit hadern. Der Entschluss war richtig. Was wir danach versucht haben, war falsch.

Sie hat den Job gekündigt und angefangen, ihr eigenes Grab zu schaufeln. Aus heutiger Sicht liest sich das so. Obwohl die Jahre beim Ausschnittdienst. Das waren doch.

Meine ersten Suchtjahre. Aber auch schön. Den Zeitungen und Zeitschriften und dem Internet die Welt entreißen, sie in schöne thematisch sortierte Pakete packen, einscannen oder kopieren und einfügen und die digitalen Informationspakete an Leute schicken, die fest daran glaubten, dass ihnen solches Wissen einen ausreichenden Vorsprung verschaffen würde. Vor wem oder was auch immer.

Der Arm, verdammt, der Arm. David muss ihn. Oder sie. Um ihn aus der Wohnung zu kriegen. Das ist ja krank, mit diesem Ding jetzt in die Filiale zu gehen. Zu Herrn Sommer, der schon auf sie wartet. Ungeduldig vielleicht. Während sie noch immer vor dem Bankautomaten steht und darauf wartet, dass der wundersamerweise ihre EC-Karte wieder hergibt. Als geschähen solche Wunder ausgerechnet in Banken. Geldinstitute, wie sie sich nennen. Als gäbe es hier Schönheit zu kaufen oder kluge Sprüche oder wissenschaftliche Erkenntnisse. Geldinstitut. Sie hasst diese Umschreibungen. Erziehungsmaßnahme anstatt Sanktion, Geldinstitut anstatt Zockerbude, zutiefst betroffen anstatt leckmichamarsch.

Ich kann Herrn Sommer nicht länger warten lassen. Ich muss jetzt endlich meinen Auftritt hinlegen. Ich habe geübt, ich bin vorbereitet, er wird mir noch eine Chance geben. Eine einzige.

Sie kann ihn nicht warten lassen. Sie ist überfällig. Der Mann hat ihr schließlich den Existenzgründerkredit gewährt. Und danach den Kredit für das Unternehmen, das sie so großartig in den Sand gesetzt haben. Er ist ihr Bankberater.

Für einen Zeitungsausschnittdienst. Der Existenzgründerkredit. Selbstständigkeit, das war der Weg aus dem Sanktionsbüro. Weg vom Jobcenter, das mehr Strafen als Jobs auf Lager gehabt hatte. Elektronischer Zeitungsausschnittdienst natürlich. Das hatte Herrn Sommer überzeugt. Ein elektronischer Ausschnittdienst. Zeitungen sind passé, aber das Internet macht die Leute planlos. Sie wissen nicht mehr, wie sich Informationen sortieren lassen. Das hatte er verstanden, der Bankberater. Es gibt einen Informationsbedarf, und Marthe Lindenblatt setzt genau an diesem Punkt an. Sie versorgt Menschen, die das brauchen, mit wichtigen Informationen. Menschen, die glauben, der ausbleibende Erfolg habe nur etwas damit zu tun, dass sie über zu wenig Informationen verfügen. Denen eingebläut worden ist, dass es nicht nur darauf ankommt, etwas zu wissen, sondern vor allem darauf, dass man es als Erster weiß. Vor allen anderen. Immer einen Schritt voraus. Marktanalyse betreiben. Jeden Tag. Die Nase in den Wind halten, riechen, wenn sich eine neue Chance ergibt.

Und dafür gibt es einen Markt, Herr Sommer. Ich sortiere den vielbeschäftigten Leuten in Führungspositionen die Welt. Die geben mir Stichworte und Themen vor, und ich packe ihnen jeden Tag überschaubare Informationsordner. Ja, natürlich gibt es inzwischen entsprechende Angebote der Suchmaschinen. Aber glauben Sie mir: Gerade in Führungspositionen, im mittleren Management, da fehlt die Zeit, sich mit so was zu befassen. Und auch die nach einem Algorithmus ausgewählten Informationen sind immer noch viel zu umfangreich. Wissen Sie, Herr Sommer, das sind Leute, die sind hungrig. Die wollen nach oben. Die müssen den Eindruck erwecken, alles zu wissen. Die benötigen eine wie mich. Die ihnen alles vorsortiert.

Sie war überzeugend. Herr Sommer hatte ein ums andere

Mal genickt und ihr zugelächelt. Hatte dabei in den Papieren geblättert, die sie ihm vorgelegt hatte. Ein aufgeblasenes Konzept und ein noch aufgeblasenerer Businessplan, mit dem sie behauptet hatte zu wissen, wo sie in drei Jahren stehen wird. Excel. Sie war ein Ass in Excel, schließlich hatte sie in einem Jobcenter gearbeitet. Da hießen die Programme anders, aber am Ende war alles irgendwie Excel gewesen. Mit Excel und PowerPoint ist die Zivilisation an ihr vorläufiges Ende gekommen, hatte sie manchmal gesagt, und die Kolleginnen hatten gelacht. Zustimmend. Mit Excel kann man Menschen beliebig sortieren, Fleisch und Blut verschwinden lassen zugunsten einer alphabetischen oder anderen Ordnung. Die größten Sünder nach oben, die ärmsten Würstchen nach unten, die Unvermittelbaren zuerst oder die Maßnahmetauglichen an den Anfang. Alles ist möglich mit Excel, und es erspart viele Gespräche. Mit Excel ließ sich noch jeder Betrug so darstellen, als wäre es die reinste Wahrheit. Excel ist die Rampe der Neuzeit. Man kann aussortiert werden oder in die erste Zeile rücken. Hitler hätte mit Excel sein tödliches Werk vollendet, niemand wäre dem Programm entkommen.

Nur einmal hatte Marthe sich während eines gemeinsamen Mittagessens mit den Kolleginnen in der Kantine des Jobcenters so in Rage geredet, dass ihr der Hitlervergleich über die Lippen gegangen war. Die Stille, die danach eingetreten war, hielt sich lange. Eine Kollegin hatte sich aufgerafft zu sagen, dass solch ein Vergleich hier nicht hinpasse. Und Marthe hatte genickt und sich entschuldigt. Nur ein paar Wochen später war sie mit ihrem großartigen Businessplan bei dem Bankmann vorstellig geworden.

Ich habe ihn überzeugt. Habe Drogen hergestellt und bin selbst meine beste Kundin gewesen. Nachrichtensucht. Kennt kein Therapeut. Muss ich gar nicht erst von anfangen oder versuchen, mich heilen zu lassen.

Wissen Sie, Herr Therapeut, ich komme von den Nachrichten nicht weg. Ich sammle Katastrophen und werte sie für mich aus.

Jede wird von mir auf Tauglichkeit geprüft. Ob sie zu mir passt, ob sie mir oder meinen Kindern oder meinem Mann oder meiner Welt zustoßen kann und wie ich mich dann verhalten werde. Ich beschäftige mich mit lauter unsinnigen Fragen. Zum Beispiel lese ich Bücher über die Osterinsel. Als Gleichnis funktioniert die gut. Menschen kommen, machen sich breit und schaffen es, innerhalb weniger Jahrhunderte eine ganze Insel unbewohnbar zu machen. Sie holzen alles ab und lassen nur diese Moais stehen. Schon mal was davon gehört? Riesige Skulpturen, die nach menschlichem Ermessen gar nicht hätten gebaut werden können. Jedenfalls nicht zu der Zeit, in der sie gebaut wurden.

Abholzen und an Syphilis sterben. So ist das abgelaufen. Eine große Insel mit Menschen drauf. Heute erledigt das vielleicht Ebola. Ich sammle diese Geschichten und speichere sie in meinem Gehirn ab. Dort bekommen sie ein Eigenleben. Und dagegen gibt es keine Medizin.

Ja, so hat sie es gemacht. Genauso. Sie hat Zeitungen gelesen und Internetportale durchsucht und alles in Ordner gepackt und die meisten Ordner für sich behalten. Mit den wenigsten hat sie Geld verdient. Der Bankberater war ihr auf den Leim gegangen. Niemand wollte, dass sie Informationen filtert und sortiert. Kaum jemand.

Immerhin hatte ich fünf Kunden.

Fünf Kunden hatte sie. Aber die haben nicht ausreichend Geld gebracht. Die fanden vielleicht nur ihren apfelrunden Hintern interessant, nicht aber ihre Informationspakete, mit denen sie Geld verdienen wollte.

Und dann kam David mit seiner schönen Idee. Kompostierbares Geschirr für die Wegwerfgesellschaft. Wären Arbeitslose kompostierbar, hätte ich ja in meinem Job bleiben können. Das wäre eine verkaufbare Idee gewesen, Langzeitarbeitslose zu kompostieren. Fälle. Kunden. Klienten. Eingespeist in den ewigen Kreislauf. Zur Wiederverwendung aufbereitet.

Ich hätte Herrn Sommer sagen sollen, dass es mit den Informationen nicht geklappt hat, ich aber stattdessen zusammen mit meinem Mann eine Idee zur Kompostierung von Langzeitarbeitslosen entwickelt habe. Die den Staat entlastet und die Betroffenen nützlich für die Umwelt werden lässt. Das hätte ich ihm sagen können. Lustig. Wäre das gewesen.

Ihre Gedanken schlagen nur noch Purzelbäume. Hier steht sie am Bankautomaten, der gerade ihre Karte einbehalten hat. Und in fünf Minuten das Gespräch mit dem Berater. Der wird auf ihr Konto schauen, in dieser Art der Beiläufigkeit und vermeintlichen Gedankenlosigkeit, wie Bankberater das tun. Flüchtig auf seinen Bildschirm schauen, der aus ihrem Blickwinkel schwarz aussieht, kurz die Stirn runzeln und sich ihr dann wieder zuwenden. Jetzt aber mit einem festen Plan im Kopf. Diese Frau ist verloren, die muss man nur noch loswerden. Beziehungsweise zusehen, dass sie ihre Schulden zurückzahlt. Da ist nichts zu machen. Kompostieren vielleicht. Sie könnte gleich nach Hause gehen.

Ich gehe nach Hause und sage David, dass wir uns einen Kredit bei einem von den Anbietern holen, die keine Auskünfte haben wollen. Davon bezahlen wir unsere Schulden, und dann verschwinden wir. Nach Neuseeland zu Caro. Oder nach Uruguay zu Oliver. Wozu hat man Kinder? Die sind zwar noch sehr jung, aber auf einem guten Weg. Stehen jetzt schon auf eigenen Füßen, während es uns gerade die Beine weghaut.

Marthe schüttelt den Kopf. Niemals.

Sie geht in die Bank. Sie wackelt mit dem Hintern und lächelt der Frau am Empfangstresen zu. Seit wann sieht das hier aus wie in einer Hotellobby?

Guten Tag, was kann ich für Sie tun?

Nichts, Schätzchen, gar nichts. Mein Name ist Lindenblatt, und dein Kollege wird mich einfach nur schnell loswerden wollen. Ihr seid eine Bank und kein Sozialunternehmen.

Ich habe einen Termin bei Herrn Sommer. Um elf.

Die Frage ist, ob sie den Arm bei der Tresenfrau lassen kann. Und nachher wieder mitnehmen. Nach Hause. David die Leviten lesen. Der vorhin offensichtlich nur mit seinen Freunden telefoniert hat, um zu besprechen, wie man den Scherz weitertreiben kann. Aber warum sollte er das wollen. Er weiß doch.

David weiß doch, dass ich an der Kante bin. Mit übereinandergeschlagenen Beinen in den Abgrund stürze.

Das hatte sie gelesen. In einem Roman, der genau ihren Vorstellungen von Literatur entsprach, weil er über fast eintausend Seiten das Desaster der Gegenwart ausbreitete. Bolaño. Roberto Bolaño. Ihr hatte der Name gefallen und der kryptische Titel des Romans, der einfach nur nach einer beliebig gewählten vierstelligen Zahl klang und nicht nach einem Thema. Und mittendrin die Frau, die es verstand, in Würde unterzugehen. Eine Frau, die sich trotz ihres Alters ihre Entschlossenheit bewahrt hatte, eine, die sich nicht an den Rand des Abgrunds klammerte, sondern voller Neugier und mit übereinandergeschlagenen Beinen in den Abgrund stürzte.

Marthe hatte diese Stelle auswendig gelernt. Sie war ihr wie eine Weissagung erschienen. Jetzt nimmt sie sich vor, ebenfalls nicht zu klammern. Stattdessen zu fallen, wenn es sein muss. Aber vorher.

Vorher kämpfe ich noch ein bisschen. Ich werde nicht sanglos und klanglos abstürzen. Ich habe ja auch meinen Stolz. Und auch wenn ich eine von vielen bin. Die klassische Mittelstandsfrau mit einem leidlich großen und intakten Herzen und überschaubaren Sehnsüchten, die nun mit übereinandergeschlagenen Beinen in den Abgrund stürzt.

Ihr Mann sollte das einfach hoch anrechnen. Dass sie sich nicht kleinmacht, sondern nach Lösungen sucht. Bis zum Letzten.

Mein Mann kann kein Interesse daran haben, dass ich kollabiere. Schließlich kümmere ich mich um alles. Jetzt um unseren Bankberater. Meinen. Aus welchem Grund sollte David mir Steine in den Weg legen? Mich verrückt machen? Ich bin doch schon.

Sie ist bereits ziemlich verrückt.

Guten Tag, Herr Sommer. Schön, dass Sie Zeit für mich haben. Ich hatte Ihnen ja schon am Telefon gesagt, dass es dringend ist. Wir sind. Also die Insolvenz ist angemeldet. Beziehungsweise. Das ist nicht so einfach. Wir haben ja unser ganzes Privatvermögen. Da muss ich jetzt ein bisschen lachen, entschuldigen Sie bitte. Aber Privatvermögen klingt so groß. Wir hatten Ersparnisse. Immerhin vierzigtausend, Sie erinnern sich. Die waren sozusagen der Grundstock. Davids Abfindung, als er bei dem Medizingeräteehersteller aufgehört hat. Da hätte er übrigens besser bleiben lassen sollen. Aber das steht auf einem anderen Blatt. Und dann der Kredit. Der Ihrer Bank. Alles zusammen reicht für eine Ewigkeit im Schuldturm. Für ein Unternehmen nicht so viel. Jetzt ist aber. Die Einlage ist auch weg. Das waren ja sozusagen die Maschinen, mit denen unser Produkt hergestellt wurde. Und die letzten Raten, die konnten wir nicht mehr. Sie sind weg, die Maschinen. Tatsächlich. Deshalb die Insolvenz. Es ist sinnlos, produzieren zu wollen, wenn man keine Maschinen hat. Mein Plan? Sie fragen nach meinem Plan? Ja, wir werden uns beide eine Arbeit suchen. Ich, vielleicht kann ich wieder ins Büro. Jobcenter. Das habe ich ja zufriedenstellend gemacht. Bis. Aber das gehört jetzt auch nicht hierher. Ich will Ihre Zeit nicht übermäßig beanspruchen. Und David, der würde jetzt umschulen, sagt er. Sechs Semester Medizin. Und dann mehr als zehn Jahre bei einem Medizingeräteehersteller gearbeitet. Immerhin. Er würde in die Pflege. In den alten Beruf geht nicht mehr. Er ist aus dem Thema raus, die nähmen ihn nicht. Die technische Entwicklung. Da wiegen ein paar Jahre wie drei Jahrzehnte. Man ist draußen, wenn man nicht ständig. Aber umschulen ginge. Das ist alles bereits abgesprochen. Braucht jedoch ein bisschen Zeit, wie Sie sich denken können. Und im Moment fehlt uns das Geld für die Alltäglichkeit. Das alltägliche Leben also. Miete, Strom, Essen, Telefon, Auto. Das Auto können wir verkaufen, obwohl. Es ist so ein Pick-up, Sie wissen. Wegen des Geschirrs, der Auslieferungen und so. Und das Auto wird wahrscheinlich auch in die Insolvenz-

masse. Ist ja ein Firmenwagen. Aber wenn es die Firma nicht mehr gibt.

Also, ich habe hier alle Papiere mitgebracht. Und ich möchte mit Ihnen über einen privaten Überbrückungskredit reden. Wir brauchen Zeit, um uns neu aufzustellen.

Was starrt der Bankberater auf den Arm. Sie hat ihn doch schon ganz diskret zur Seite geschoben. An den Rand des Tisches. Sie traut sich nicht, ihn einfach runterzuschubsen.

Ich kann doch den Arm nicht unter den Tisch schubsen.

Nein, natürlich haben wir im Moment keine Sicherheiten. Es gibt da ein Haus, ein altes Haus, das hat mein Mann geerbt. Aber er hat sich nicht gekümmert, weil. Wo das ist? Nun ja, in einer Gegend, wo man Häuser nicht so einfach verkauft. Da will niemand hin. Und zu dem Haus gehört ein gefangenes Grundstück. Ich kannte den Begriff gar nicht, ehrlich gesagt. Ein gefangenes Grundstück. Klingt irgendwie. Ist aber blöd. Hab ich mir sagen lassen. Das Haus ziemlich marode. Keine Arbeit dort in der Gegend, mir fällt gerade der Name des Dorfes nicht ein. Weit und breit nichts. Deshalb. Das werden Sie wohl nicht als Sicherheit anerkennen. So ein Haus in einer Gegend, die nicht prosperiert. Keine Zukunft hat. Sie müssten sich darauf verlassen, dass wir beide eine Arbeit finden und den Kredit abbezahlen. Natürlich, Sie haben recht, mit den aufgelaufenen Schulden ist das. Privatinsolvenz? Ja. Nein, darüber haben wir noch nicht. Das wäre dann so richtig das Ende, finden Sie nicht? Wenn wir beide. Unsere Kinder? Nein, die.

Ihr fällt nichts mehr ein. Das mit den Kindern ist ein Totschlagargument. Der Bankberater hat sie am Haken. Sie nicht und David nicht. Sie wollen beide nicht, dass Caro oder Oliver für ihre Schulden aufkommen müssen.

Ich lass doch meine Kinder nicht für unsere Blödheit zahlen. Dafür zieht man keine Kinder groß. Dass die am Ende. Wie viele Jahre hat es sie beide gekostet, alles so hinzukriegen, dass die beiden selbständig sind? Und dann sollen sie jetzt hingehen und sagen, gebt mal was von eurem Geld ab, uns geht es gerade schlecht, und schließlich haben wir euch großgezogen auch dafür. Dass ihr uns unter die Arme greift, wenn es mal schiefläuft. Für so was macht man doch nicht Familie. Dass man die später in Sippenhaft nimmt und büßen lässt für etwas, das man selber verbockt hat.

Sie findet, dass es Zeit ist, zu gehen. Der Bankberater wird nicht helfen. Das sieht sie ihm an. Er schüttelt den Kopf. Leicht. Seine Augen schweifen durch den Raum, er hat sie noch nicht einmal richtig angeschaut. Wieso sind die dann auch noch so feige, wenn sie schon so einen Beruf ergreifen. Berater. Da muss man den Leuten doch in die Augen schauen können. Ihnen ins Gesicht sagen können, dass nun aber Schluss mit lustig ist. Dass es so nicht mehr weitergeht und die Bank kein Almosenverein ist. All diese Sätze muss man doch auf Lager haben und aussprechen können, anstatt hier an ihr vorbeizuschauen und auszusehen, als wünschte man sich weg. Dieser Typ wird doch nicht etwa ein Gewissen haben.

Der lässt mich hängen. Der hat kein Gewissen. Dem ist völlig egal, dass ich hier rausgehe und richtig am Arsch bin. Und dass da noch mein Mann mit dranhängt. Zwei Leute, die nicht mehr weiterwissen, und dieser Herr Sommer. Warum überhaupt dieser Name? Wie aus der Werbung.

Er wird sie hängenlassen. Sie müssen eine andere Lösung finden. Privatinsolvenz. Dann also das noch dazu. Warum nicht. Hartz IV im ersten Schritt. Sie müssen beide zum Jobcenter. Zu ihren einstigen Kollegen. Und ihre Ansagen machen. Wegen der Miete. Erst einmal der Vermieter, dann das Jobcenter. Weil sonst die Wohnung weg ist.

Danke fürs Zuhören, Herr Sommer. Ich weiß, Ihnen sind die Hände gebunden. Nein, über den Dispokredit können wir jetzt nicht reden. Ich habe keine Ahnung, wie ich den zurückzahlen. Sie müssen sich einfach bei unseren Gläubigern einreihen. Das ist mir jetzt auch ein Fest, wissen Sie? Ihnen das zu sagen. Reihen Sie sich ein, und machen Sie Ihre Ansprüche geltend.

Ich brauche noch einen würdigen Abgang.

Marthe erinnert sich an die Kollegin aus dem Nachbarbüro. Der ein Klient das Messer in den linken Oberarm gerammt hat. Ganz außer sich, der Mann. Schultern wie ein Gewichtheber, Unterarme im Umfang ihrer Oberschenkel. Zwei Tränen unter dem rechten Auge tätowiert. Ein Baum von einem Mann mit einem Messer in der Tasche. Und dann geheult, bis die Polizei kam. Ein Straßenarbeiter mit kaputtem Rücken, der sein ganzes Hartzgeld in Fitnessstudios trug und nur selten zu den Terminen gekommen war. Natürlich hatte die Kollegin sich gefragt, wie man es schafft, mit einem kaputten Rücken, bescheinigt kaputt, arbeitsunfähigkeitsbescheinigt kaputt, jeden Tag in ein Fitnessstudio zu gehen und sich Oberarme anzutrainieren, die so dick waren wie eine Boa constrictor.

Wenn Ihr Geld für Anabolika und Fitnessstudio reicht, kann ich Ihnen die Bezüge auch kürzen.

Hatte die Kollegin gesagt. Das waren die zwei Sätze, bei denen sich der Mann seines Messers in der Hosentasche erinnerte.

Danach haben sie Schulungen über Schulungen absolvieren müssen. Deeskalationstrainings, Konfliktmanagement, Umgang mit psychisch labilen Kunden. Sagen Sie niemals, wenn Ihr Geld für Anabolika und Fitnessstudio reicht, kann ich Ihnen die Bezüge auch kürzen. Fragen Sie den Kunden, ob er sich schon mal um Arbeit in einem Fitnessstudio bemüht hat.

Sie muss hocherhobenen Hauptes hier rauskommen. Mit dem Arm, der ihr nicht gehört, aber dem Bankberater auch nicht. Also mitnehmen das eklige Ding und David um die Ohren hauen, dass die Zeit nicht geeignet ist für Scherze. In der schwarzen Dose, die in ihrem Zimmer steht, liegt noch eine Menge Kleingeld. Das reicht, um für heute und morgen etwas zu essen zu kaufen. Dann zum Amt. Morgen gleich. Und Schuldnerberater. Den brauchen sie auch. Die Papiere sind so weit aufbereitet.

Zum Glück habe ich fast alles fertig, was man für eine Privatinsolvenz braucht. Ich bin immer ordentlich gewesen mit all diesen Sachen. Das zahlt sich jetzt aus. Es wird nicht lange dauern, die Papiere zu vervollständigen. Das kostet mich einen Tag. Schließlich habe ich das meinen Klienten beigebracht. Wie man seine Papiere ordentlich und zusammen hält.

Marthe, nenn mich November, geht hoch erhobenen Hauptes aus der Bank. Sie nickt der Frau am Tresen freundlich zu. Sie nimmt den Arm mit, der ihr nicht gehört. Sie zählt ihr Kleingeld im Portemonnaie und stellt fest, dass es noch für eine Mahlzeit reicht. Heute Abend kocht sie.

Ich koche eine Fenchelsuppe. Ohne Fleisch. Stattdessen eine Flasche Rotwein.

Sie hat einen Plan für den Abend. David wird angetan sein von ihrem Plan. Sie wird ihn bitten, die Fotos von diesem Haus zu suchen. Es gibt auch einen Grundriss. Sie erinnert sich daran. Und eine genaue Beschreibung des Hauses und des Grundstücks, die der Notar vorgelesen hatte, als das Testament dieser Tante vollstreckt wurde.

Vor der Bankfiliale steht ein Mann und lächelt. Ein großer, starker Mann, der sein Hemd über der Hose trägt, wie Marthe es mag. Er tut es des Bauches wegen, der sich unter dem Hemd wölbt. Das ist ihr egal. Sie findet Männer, die ihre Hemden über der Hose tragen, schön. Fast immer.

Können Sie mir helfen?

Ich kann niemandem helfen.

Was suchen Sie?

Das Novotel. Die Frage ist, ob ich in diese oder in jene Richtung muss. Die Nummerierung der Häuser ist etwas verwirrend.

Marthe kennt das Hotel.

Ich habe da mal einen Abend mit einem fremden Mann verbracht. Ein Fastseitensprung, den ich mir dann doch untersagt habe. Der Mann war nett.

Er hatte sein Hemd auch über der Hose getragen. Ein knallbuntes Hemd, dessen Stoff teuer und edel glänzte. Der ganze Mann das Gegenteil von David. Jeder Satz eine zauberhafte Lüge. Das erste Mal in ihrem Leben, dass ein Kerl sie sich geradezu von der Straße weg fast ins Bett gelogen hätte.

Wie er mich umkreist hat. Auf dem S-Bahnsteig. So anmutig. Mir in der Bahn gegenübersaß und mich anschaute, als sei ich ein Wunder.

Sie sind ein Wunder, wissen Sie das? Schenken Sie mir einen Nachmittag. Nur einen einzigen Nachmittag. Ich stehe ganz zu Ihrer Verfügung. Wie heißen Sie?

November. Ich habe ihm meinen Geheimnamen genannt, und er war entzückt.

Sie sind durch die Stadt gelaufen. Er hat gefragt, und sie hat gezeigt. Das Leben hinter den Kulissen. Jenes Leben, das sie noch von früher kannte. Ein Vorleben mit Kohlenkellern, in denen heute Souterrainwohnungen untergebracht sind. Manchmal. Sie sind mit der Ringbahn durch die alten Wundkanäle der Stadt gefahren. Eine ganze Runde und noch eine Runde. Sie hat geredet, er hat zugehört. Ein Mann mit einem Wiener Akzent.

Ich werde dich nie vergessen, November.

Sie hat ihn nie vergessen.

Ich vergesse ihn nicht.

Gehen Sie in diese Richtung. Zwanzig Minuten. Das Hotel steht auf der rechten Seite.

Sanft, sehr sanft weht der Wind durch die Scheune. Er pustet sich durch brüchiges Sackleinen, malt müde ein kleines Muster auf den Lehmboden, wedelt Stroh von der großen Egge, bringt Frieda zum Schaukeln.

Frieda hat in den vergangenen Tagen, Wochen, Monaten oft am Zaun ihres Grundstücks gestanden und auf das Haus nebenan geschaut. Früher ist sie hin und wieder dort gewesen. Bei der Nachbarin, die immer mehr trank und immer schlechter roch. Irgendwann war es Frieda zu viel. Man lässt sich nicht so gehen, hatte sie gedacht und war die Nachbarin nicht mehr besuchen gegangen. Und so war die Einsamkeit auch zu ihr ins Haus geraten. Die Frucht einer Unterlassungssünde, wie Frieda sich eingestehen musste. Sie hätte sich auch um die Nachbarin kümmern können. Aber sie war ein Dickkopf, und stolz war sie auch.

In der Scheune haben die Kerle früher ihre Hände an den Hintern der Weiber gewärmt. Frisch geschrubbt waren die Hände, aber unter den Fingernägeln immer noch Schweineblut oder Erde. Die Hintern mancher Weiber waren groß und rund oder groß und birnenförmig. Die Hände im weichen Fleisch vergraben, gaben die Kerle endlich einmal Ruhe. Ihre Wurstfinger malten blaue Flecken auf die Hinterbacken, und ihr Atem verlor sich zwischen prallen Brüsten.

Frieda hat die Scheune immer gehasst. Sie war ihr geblieben als Familienerbstück, und sie war ein Fluch. Irgendwann, als die Scheune schon längst keinen Zweck mehr erfüllte, musste das Dach neu gedeckt werden. Jeder Dachziegel verschlang Friedas Geld, das ihren Töchtern zugedacht war. Doch wäre das Dach nicht gedeckt worden, hätte ein Ziegel auf irgendeinem Kopf landen können. Und Frieda hätte daran schuld gehabt. Schuld war ihr schon immer ein schreckliches Wort. Haben oder in jemandes stehen, beides hat sie nicht ertragen können. Also hat sie das Dach decken lassen, und die Töchter würden nach ihrem Tod das Nachsehen haben.

Frieda hat nie in der Scheune getanzt. Sie hat gekocht, bedient und am Tresen gestanden. Zum Tanzen war da keine Zeit, und von wem hätte sie sich schon anfassen lassen? Ihr Mann zapfte das Bier, und die Schwiegereltern standen auch in der Küche, die Frieda nach jedem Tanzabend blitzblank putzte, damit niemand ihr etwas nachsagen konnte.

Tanzabende waren kein Vergnügen. Wurde es spät, rochen die wurstfingrigen Männer nach Stall und die prallbrüstigen Frauen nach Schweiß. Friedas Brüste waren nie groß, und irgendwann mussten sie abgenommen werden, um den Krebs aufzuhalten. Ihren schmalen Hintern, der auch im Alter nicht fett geworden ist, hat nur ein einziger Mann gestreichelt. Der war tot umgefallen, als die Töchter klein waren.

Frieda war an jenem Tag aus dem Hühnerstall nach Hause gekommen, den Gestank halblebendiger, unglücklicher Tiere im Haar, und hatte ihren toten Mann gefunden. Er lag auf dem Teppich, die Nase im flauschigen, gerade erst frisch gereinigten Erbstück vergraben. Frieda hatte geglaubt, ihm sei nur schlecht geworden von der Blutwurst, die es zum Mittagessen gegeben hatte. Im Hühnerstall war ihr ganz komisch gewesen. Vom Magen her.

Aber ihrem Mann war nicht die Blutwurst zum Verhängnis geworden, sondern ein Blutgerinnsel im Kopf. So hatte es jemand beim Leichenschmaus gesagt, und einige hatten gelacht. Der Schnaps macht die Leute locker und ehrlich. Selbst Frieda hat ein wenig lächeln müssen über das Wortspiel. Aber sie hat seitdem nie wieder Blutwurst gegessen.

Das Blutgerinnsel war entstanden, als ihr Mann zwei Tage zuvor die Regenrinne an der Scheune gereinigt hatte. Hoch auf die wacklige Leiter war er gestiegen. Dann hatte die Regenrinne nicht gehalten, die Leiter war gerutscht, der Mann heruntergefallen und mit dem Kopf auf einen Stein geschlagen. Dabei muss sich an einer Stelle im Kopf das Blut erst gesammelt haben und dann dick geworden sein.

Nur ein Jahr vorher hatte Frieda die Schwiegereltern begraben, die einst Besitzer von Tanzscheune und Lokal waren. Gerade erst war aus der einstigen Gaststube ein Wohnzimmer geworden. Mit Nachtspeicherofen und gläserner Vitrine. Noch immer hatte sich der Geruch von Bier und Zigarettenrauch nicht ganz verflüchtigt, da fiel Friedas Mann mit dem Gesicht nach unten auf den Teppich und war tot.

Frieda wollte hinterher sterben. Es schien ihr falsch, weiterhin jeden Tag in die Hühnermast zu gehen. Aber da waren die Kinder. Und es ging auch um die Meinung der Leute. Man stahl sich nicht davon. So war es ihr beigebracht worden, und daran wollte sie sich halten. Auch wenn im Dorf schon damals der eine oder die andere nachhalf, um aus dem Leben zu kommen.

Heute hat sich Frieda eine frische Strumpfhose angezogen, dazu das Sonntagskleid, fast neue Schuhe, die Strickjacke, die sie erst vor vier Wochen beim Vietnamesen gekauft hatte. Blasslila mit großen Knöpfen. Den Rollkragenpullover unter dem Kleid hat sie wieder ausgezogen und ordentlich in den Schrank zurückgelegt. Besser, der Strick gräbt sich in nackte Haut und nicht in ein Polyesterbaumwollgemisch, hatte sie gedacht. Frieda war ihr Leben lang ein vorsichtiger und vorausschauender Mensch gewesen, warum sollte sie am letzten Tag damit aufhören?

Sie hatte ihren Mann vermisst und hörte damit erst auf, als drei Jahrzehnte ins Land gegangen waren. Gab es einen neuen Freier, zog sie Vergleiche und entschied sich für die Einsamkeit. Und die Einsamkeit legte eine zweite Haut um ihren schmalen Körper, die war so fest, dass auch die Töchter kein Durchkommen hatten. Also besuchten sie ihre Mutter in den letzten Jahren nur noch alle zwei Wochen. Sie brachten alle Kindeskinder mit und aßen Friedas Gulasch. Sie gingen mit Frieda in den Garten, maßen die Kürbisse, bestaunten den Kopfsalat, stupsten die Vogelscheuche an und zählten die Hühner im Stall neben der Scheune. Am Nachmittag spazierten sie, fein angezogen, mit Frieda einmal durchs Dorf bis ans Ende der Welt. Bis dahin, wo im Sommer der Mais stand und im Winter der Wind fegte. Das Ende der Welt malte einen geschlossenen Kreis um das Dorf, und in der Mitte stand Friedas Haus, das mal eine Gaststube beherbergt hatte, und nebenan die Tanzscheune. Dahin kehrten sie immer wieder zurück vom Spazierengehen, überließen Frieda ihrer Einsamkeit, winkten und fuhren zwanzig Dörfer weiter.

Einen Strick konnte man im Baumarkt kaufen. Einen Kälberstrick. Zehn Meter hatte Frieda haben wollen und nicht gesagt, wofür. Es hatte auch niemand gefragt. Sie war mit dem Fahrrad und nicht mit ihrem orangefarbenen Auto in den Baumarkt gefahren. Das Auto hatte schon dreißig Jahre auf dem Buckel und sah aus wie neu. Vierzigtausend Kilometer in dreißig Jahren. Das ergibt aufs Jahr gerechnet eine Zahl, die malt die Dreien ins Unendliche. Eintausenddreihundertdreiunddreißigkommadreidreidrei und weiter so. Frieda hat es, bevor sie zum Baumarkt gefahren war, ausgerechnet und gedacht, dass diese unendliche Zahl auch ein schöner Schlussakkord sei. Deshalb hatte sie das Fahrrad genommen und in ihr Testament, das gerade mal zwanzig Zeilen umfasste, geschrieben, dass niemand mehr mit dem Auto fahren soll, wenn sie tot ist. Ob man sich daran halten würde, war ihr egal.

Das orangefarbene Auto war in besseren Zeiten gekauft worden und hatte immer in der Scheune gestanden. Frieda mochte es nicht gegen ein neumodisches Auto tauschen, das sich leicht lenken ließ und einen kleinen Wendekreis hatte. Für sie war wichtig, sich auszukennen im Gefährt. Einen

Keilriemen will ich schon allein wechseln können, hatte sie manchmal zur Tochter gesagt, wenn die den Vorschlag machte, ein neues, kleines, wendiges Auto anzuschaffen. Aber nie war der Keilriemen gerissen. Einmal hatte Frieda den aufgeweckten Jungen mit dem komischen Namen Robin gebeten, ihr dabei zu helfen, die Winterreifen aufzuziehen. Das hatte der Junge prima hingekriegt. Trotzdem war sie im Winter nicht mit dem Auto gefahren und danach dann auch nicht mehr. Nun steht es schon drei Jahre unbewegt in der Scheune, mit Winterreifen und glänzend orangenem Blech.

Frieda hat sich in den vergangenen Jahren hin und wieder gefragt, wie es wohl wäre, bei der älteren Tochter zu wohnen. Die war ein verträglicher Mensch und hätte ein Zimmer frei gemacht für die Mutter. Als Frieda ihren achtzigsten Geburtstag feierte, saß eine achtundfünfzigjährige Tochter neben ihr und eine, die war gerade sechsundfünfzig geworden. Zwei schon fast alte Frauen. Frieda hatte ihren Töchtern in die müden Gesichter geschaut und sich ihre Gedanken gemacht. Dann war sie zu dem Entschluss gekommen, ihr Haus nicht zu verlassen. Stattdessen hatte sie angefangen, Prospekte über ambulante Pflegedienste zu sammeln. Hatte all das bunte Papier auf die kleine Anrichte neben dem Nachtspeicherofen gelegt und die Prospekte, wenn die Kinder zu Besuch kamen, versteckt. Es ging nur sie etwas an, wenn sie sich Sorgen machte. Manchmal konnte Frieda vom Wohnzimmerfenster aus sehen, wie eine Pflegerin durchs Dorf fuhr und mehr und mehr zu tun bekam.

Das Leben im Dorf ging an Krücken oder am Rollator. Einen Kinderwagen hatte Frieda schon lange nicht mehr gesehen. Das Dorf war ein Auslaufmodell geworden. Die Leute gingen. Fort, wenn sie jung genug waren, und unter die Erde, wenn sie nicht mehr wegkamen oder sowieso für immer bleiben wollten. Frieda hat die Pflegerin einmal gefragt, was deren Dienste kosteten, käme sie einfach so zu ihr. Ohne Vertrag. Ein Vertrag schien Frieda wie das Ende von allem.

Hinter einem Vertrag stand das Wort Pflegestufe. Und dort wollte sie nie ankommen. In einer Pflegestufe.

Aber nun wird das alles nicht nötig sein, denn vor zwei Tagen ist Frieda auf die Leiter gestiegen und hat den Strick am Haken befestigt. Wie ein Henkersknoten geknüpft wird, hatte sie gewusst. Ihrer sieht solide aus. Einen Tag und eine Nacht hatte sie ihn baumeln lassen. Der Garten musste noch umgegraben werden, und die Küchenschränke brauchten neues Papier.

Zum zweiundachtzigsten Geburtstag, der schon drei Wochen zurücklag, waren zwei alte Frauen aus dem Dorf gekommen. Ein Jahr davor waren es noch vier gewesen. Eine war am Schlagfluss gestorben, der anderen einfach das Herz stehengeblieben. Beneidet wurden sie an Friedas Geburtstagstafel beide um ihren schönen Tod. Jeder schnelle Tod ist schön, wenn man nur alt genug ist, ihn schätzen zu können.

Friedas Kuchen hatte wie immer geschmeckt, und zum Nachtisch hatte es einen Likör gegeben. Dann hatte sich Frieda die beiden Weiber angesehen, den gedeckten Tisch, die Astern in der dunkelgrünen Vase und gewusst, dass sie keinen weiteren Geburtstag mehr würde feiern wollen. Es war tatsächlich genug. In dem Moment war die zweite Haut namens Einsamkeit von ihrem Körper abgefallen, und aus Frieda war ein schmerzendes Bündel Verzweiflung geworden.

Zwei Wochen hatte es gedauert, all die Dinge zu tun, die man tun sollte, bevor es ans Sterben geht. Frieda hatte es immer gehasst, wenn der Kamm neben der Butter liegt. Alles brauchte seine Ordnung, und sauber muss es auch sein, wenn man geht. Als sie ihre Fenster geputzt hatte, war die nette Pflegerin vorbeigekommen und hatte gesagt, sie könne sich gar nicht vorstellen, dass eine so rüstige Frau wie Frieda jemals würde Hilfe brauchen. Da haben Sie recht, hatte Frieda geantwortet, und fast war ihr fröhlich zumute gewesen bei dem Satz.

Der Wind hat irgendwo in der Scheune drei Hühnerfedern

gefunden. Eine weht er Frieda ins schön frisierte weiße Haar. Dann lässt er sie noch mal ein wenig schaukeln. Dreht Frieda um und um. Als sei sie zum Tanzen verabredet.

Robin geht an der Scheune vorbei und hört den Wind atmen. Er mag Frieda, sie ist eine von denen, die keine Fragen stellen und kein Getue machen. Vielleicht geht er morgen mal vorbei und fragt, ob es etwas zu tun gibt in der Scheune oder am Haus.

Der Regen spült den Dreck und die schon alten klebrigen Lindenblüten vom Auto.

Da sparen wir die Waschanlage. Aber das ist kein Sparen.

Als wären sie jemals mit dem Auto in die Waschanlage gefahren.

Wir haben doch immer auf Regen gewartet.

Sie haben immer auf Regen gewartet oder sind zu Konstantin in den Garten gefahren und haben sein Brunnenwasser benutzt, um das Auto zu putzen.

Ohne Chemie, Marthe. Ihr könnt putzen, so viel ihr wollt, aber ohne Chemie. Ich habe ein Buch über Wasser gelesen. Einfach nur über Wasser. Allorten, weißt du. Da, wo es fehlt, da, wo es zu viel davon gibt, und da, wo man es nach und nach vergiftet und vermüllt. Es ist der Hammer, glaub mir. In den Ozeanen schwimmen Müllstrudel, die sind so groß wie Frankreich. Vergiss den Krieg um Öl, wir werden uns wegen Wasser umbringen.

Marthe hält den Kopf schief und folgt dem Scheibenwischer mit den Augen. Sie weiß, dass dieses Hin und Her der Augen Entspannung bringen kann.

Schauen Sie auf meinen Finger, und denken Sie an das, was Sie gerade am meisten beschäftigt.

Das hat doch geholfen. Die Dinge sind handlicher geworden. Ich habe sie beherrscht.

Schauen Sie auf meinen Finger, und denken Sie das Schlimmste.

Langsam gewöhnt sie sich daran. Dass Entscheidungen gefallen sind und jetzt nur noch umgesetzt werden müssen. Ich denke das Schlimmste. Es ist eingetreten, und ich denke daran. Ich sitze mit übereinandergeschlagenen Beinen am Abgrund und verliere nicht die Contenance. Was für ein schönes Wort. Es passt zum Regen und klingt viel besser als: Ich werde den Teufel tun und anfangen zu heulen.

Schauen Sie auf meinen Finger, und geben Sie dem Schlimmen eine Zahl. Wählen Sie eine Zahl zwischen null und zehn.

Zehn.

David schüttelt den Kopf, als wollte er es Marthe gleichtun und dem Hin und Her des Scheibenwischers folgen. Woran er wohl denkt. Ich denke zehn. Schlimmer geht es nicht. Man darf das Schlimmste mit maximal zehn benennen. Eins ist gut, zehn ist das Schlimmste. Null ist unmöglich. Niemals eine Null, weil das Schlimmste ja nicht ganz verschwindet. Es gibt Metamorphosen, aber kein Verschwinden. Manchmal kommt etwas Schlimmeres als das Schlimmste. Dann relativieren sich die Dinge. Was vorher schlimm war, gilt als erstrebenswerter Zustand. Die Hoffnung stirbt zuletzt. Aber sie stirbt. Das hatte mal auf einem Wahlplakat gestanden. Das Plakat einer Spaßpartei, die es wohl doch ernst gemeint hatte.

Wollen wir umdrehen? Du willst doch auch nicht dorthin. Es ist zwar dein Haus, aber du möchtest da nicht hin. Ich weiß es.

Wir schauen es uns wenigstens zusammen an, Marthe. Ja? Ich habe das Haus ja schon einmal gesehen. Wir schauen es uns an, und wenn es richtig schlimm ist. Ich meine, richtig schlimm. So schlimm, dass du denkst, lieber unter eine Brücke.

David lacht und schaltet den Scheibenwischer auf die höchste Stufe. Der Gummi kreischt über die Frontscheibe, und Marthes Augen kommen nicht mehr hinterher. Sie werden ihr rausfallen.

Mir werden die Augäpfel rausfallen, und dann kann ich nicht entspannen.

Dann hört der Regen schlagartig auf. Als wären sie durch eine Wand gefahren. Marthe bewegt noch eine Weile die Augen hin und her.

Schauen Sie auf meinen Finger, und denken Sie das Schlimmste.

Ich bin noch gar nicht fertig mit dem Schlimmsten, und jetzt hört es auf, zu regnen. Ausreichend Platz ist da. In dem Haus. Mehr als in der Wohnung. Wir hätten Konstantin mitnehmen sollen. Der kennt sich mit Häusern aus. Auch wenn seines nur eine Laube ist.

Eine beheizbare Laube mit Garten ringsherum und einem Brunnen, den er heimlich hat bohren lassen. Konstantin, dem zu viel Natur Angst macht. Aber eine Laube mitten in der Stadt ist ja nicht zu viel Natur. Laube im Tausch gegen das Einrichten eines digitalen Überwachungssystems im Haus des Brunnenbauers. Ein Mann, der plötzlich auf die Idee gekommen war, alles von seinem Computer aus beobachten und beherrschen zu wollen. Das Öffnen und Schließen der Türen und Jalousien, den Stromverbrauch, die Bewegungsprofile von Frau und Kindern im Haus, das Atmen und Sein des Hauses in seiner Abwesenheit, die Verstecke der Igel im Garten, mögliche Einbrecher, den Füllstand des Öls und des Kühlschranks, die Nachrichten auf dem Anrufbeantworter, die Temperatur in allen Räumen, das Auto in der Garage, die Gartentür, die Straße jenseits des Zauns.

Konstantin hatte vier Tage im Haus des Brunnenbauers zugebracht, und am Ende war es ein flächendeckend überwachtes Areal gewesen, in dem es keine Geheimnisse mehr gab. An dem Abend, als Konstantin mit allem fertig gewesen war, hatten sie auf der Terrasse gesessen, und der Brunnenbauer hatte gegrillt.

Dann wurde es dunkel, und während der Überwacher, dem nun nichts mehr aus dem Ruder laufen konnte, einen Vortrag über gefühlte und reale Sicherheit hielt, schlossen sich leise summend die Jalousien, und die Schlösser der Türen gaben ein sanftes Klack von sich.

So war das nicht geplant, hatte der Brunnenbauer gemurmelt, nachdem sie festgestellt hatten, dass niemand Schlüssel oder Mobiltelefon mit auf die Terrasse genommen hatte. Nur Konstantin hatte seinen Laptop bei sich gehabt.

Ich habe mich ins Sicherheitssystem des Brunnenbauers eingehackt, um ihm die Haustür zu öffnen. Sonst hätten sie die Nacht über draußen bleiben müssen. Die ganzen Zugangscodes hatte ich ja in seinem Beisein gelöscht. Schließlich war es nicht so gedacht, dass ich ein Mitglied der Familie werde, mit Verfügungsgewalt über Kühlschrank, Ölheizung und Bewegungsprofil der Ehefrau. Also musste ich mich meiner eigenen Hintertür bedienen, die ich bei der Programmierung gelassen hatte, für genau so eine Scheiße.

Marthe, glaub mir, die Leute sind verrückt. Sie lassen sich von einem Typen wie mir, der nur durch Zufall ein halbwegs anständiger Mensch geworden ist, ihre ganzen Geheimnisse verschlüsseln und fühlen sich dann tatsächlich sicher. Der Typ ist an dem Abend nicht mal auf die Idee gekommen, dass andere vielleicht auch können, was ich kann. Oder dass seine Jalousien und Haustüren irgendwann mal machen, was sie wollen. Und er steht ohne Schlüssel draußen.

Konstantin hätte ihnen vielleicht helfen können, eine Entscheidung zu treffen. Mit dem Haus, dort im Nirgendwo. Von dem David meint, es wäre bewohnbar.

Warum haben wir Konstantin nicht mitgenommen?

Weil wir uns ein altes Haus anschauen und keinen neuen Computer kaufen. Konstantin versteht nichts von Häusern. Er hat eine Laube, die ist aus Fertigteilen gebaut und steht zwischen anderen Lauben. Hast du jemals gesehen, dass er irgendwas an dem Teil gemacht hat? Er hat zwei linke Hände und ein großes Herz. Er kann uns nicht helfen.

Als ob es darum ginge. Marthe öffnet das Fenster und hängt den Arm raus, als sei sie ein Truckfahrer, dem die Hitze zu Kopf steigt. Vielleicht fällt der Arm auf die Autobahn und wird zu Brei gefahren. Aber es ist ihr Arm, und auf den sollte sie besser aufpassen. Schlimm ist, dass der andere, der fremde Arm immer noch da ist. Er liegt leblos links neben ihr, sie kann die Hand sehen, deren Finger sich hin und wieder bewegen, als wollten sie ihr etwas mitteilen. Sie könnte versuchen, den Arm in den Fußraum zu schubsen, und dann ein bisschen draufrumtreten. Ihr ist schon klar, was da abläuft. Dass es sich gar nicht um einen fremden Arm handelt. Aber er sieht fremd aus, er gehört ihr nicht, sie wäre ihn einfach gern los. Sie könnte David bitten, sie fahren zu lassen. Dann säße sie auf der richtigen Seite, um den fremden Arm aus dem Autofenster zu werfen. Lächerlich. Sie benimmt sich wirklich.

Ich bin eine lächerliche, verrückte Ehefrau, die ihrem Ehemann nicht in schlechten Zeiten beistehen will. Dabei geht es nur darum, den Ort zu wechseln und in ein anderes Haus zu ziehen. Das ist nicht schlimm, ich mache nur etwas Schlimmes draus. Das Haus.

Der Grundriss des Hauses ist einfach. Drei Zimmer, eine Küche, ein Bad, eine Kammer. Darunter ein Heizungskeller, darüber ein Dachboden. Garten, Scheune, Hof.

Wenn es kein Internet gibt, kann ich dort nicht wohnen. Ich muss wissen, was passiert. Ringsum, in der Welt, dort, wo ich nicht bin.

Sie kann nicht irgendwo sein, wo es kein Internet gibt. Sie muss an jedem Tag überprüfen können, was die Welt macht. Sterbebegleitung nennt sie das. In den vergangenen Jahren waren sie ernsthaft bemüht gewesen, sich bei der Sterbehilfe zurückzuhalten. Indem sie gute Dinge produzieren lassen, die keinen Schaden anrichten. Eine Winzigkeit nur im Großen und Ganzen. Völlig belanglos und kindisch. Aber angesichts all dessen, was Marthe sich jeden Tag an Nachrichten über den Zustand des Planeten aus dem Internet holte, schien es trotzdem die einzig mögliche Art, nicht ganz und gar zu verzweifeln. Schließlich stirbt die Welt nicht auf eigenen Wunsch. Sie wird gestorben. Aber wenn es ihr schlimm geht.

Jetzt geht es mir schlimm.

Wenn es ihr schlimm geht, nennt sie es doch Sterbehilfe.

All das, was sie tun. Vor allem aber all jenes, was sie unterlassen. Ihre Lesezeichenliste in der Suchmaschine liest sich wie eine apokalyptische Linksammlung. Sie beobachtet die Klimaerwärmung, das Schmelzen der Gletscher, die wachsende Zahl der Überschwemmungskatastrophen, den Landraub, die Rodung des Regenwaldes, die Versandungen und Verwüstungen, die Bodenerosionen und Dürrekatastrophen, das Artensterben und die Heuschreckenplagen, die größer werdenden Müllberge und Bevölkerungszahlen, die Rüstungsexporte, Fluchtströme, Bürgerkriege und Terroranschläge, die Vertreibungen und Massenmorde, die neu entstehenden und alteingesessenen Diktaturen, die steigenden Zahlen von Hochsicherheitsanlagen an den Grenzen zwischen Elend und Wohlstand, die neuen und alten Warlords, die Vergewaltigungsexzesse in Kriegen, die Massenepidemien und neuen Krankheiten, die Ausweitung der Schlachtfelder in der Massentierhaltung, das Kindersterben und Verhungern, die Korruption und Hilflosigkeit der Regierenden, die Apathie und Verdummung der Regierten.

Das alles wird sie nicht mehr verfolgen können, wenn sie kein Internet hat. Gestern hatte sie auf Google Earth nachgeschaut, wo dieses Haus liegt, in das sie jetzt fahren und in dem sie nicht wohnen möchte. Sie hatte ein winziges Dorf gesehen, ringsum von Maisfeldern umgeben. Hinter den Maisfeldern Wälder und dann wieder Maisfelder. Wie soll sie sich bewegen in einer Landschaft, die im Sommer von meterhohen Maispflanzen, im Winter von kahlem Acker umgeben ist?

Wie soll ich es da aushalten? Die Telekom schreibt, dass es dort eine schlechte bis gar keine Breitbandversorgung gibt. Die Postleitzahl dieses Kaffs wird bei denen nicht mal aufgeführt.

Sie wird jeden Tag mit ihrem Laptop irgendwohin laufen oder fahren müssen. Nur, um online sein und ihre Leseliste abarbeiten zu können. Es käme einer Katastrophe gleich, könnte sie die Katastrophen der Welt und in der näheren Umgebung nicht mehr beobachten und analysieren. Ihr System bräche zusammen. Mühsam aufgebaut und suchmaschinenoptimiert. Nicht bedenkend, dass sie die Stadt würden eines Tages verlassen müssen. Weil sie die Miete nicht mehr bezahlen können und keinen Ausweg gefunden haben. Weil die Bank ihnen erklärt hat, dass sie nichts mehr tun kann und dass sie wiederkommen sollen, wenn es ihnen bessergeht.

Ich hätte diesen Herrn Sommer umbringen sollen. Wenigstens schlagen. Mir war doch danach. Warum habe ich es nicht getan?

Marthe glaubt einen kurzen Moment, die Hand hätte sich an ihr vorbei, ins Auto und auf ihr Knie geschummelt. Aber es ist Davids Hand. Groß und unbehaart. Sie mag Männer mit unbehaarten Händen und Rücken. Auf der Brust darf, aber nicht auf Rücken und Händen. Das ist unangenehm.

Natürlich kann Konstantin irgendwann kommen und dir Internet ins Haus zaubern. Das wird er hinkriegen, glaub mir. Ansonsten wird es doch im Dorf Menschen geben, die uns helfen können, das Haus bewohnbar zu machen.

Wovon sollten sie diese Menschen bezahlen?

Wir könnten das Haus verkaufen und von dem Geld unsere Miete bezahlen. Vielleicht nehmen sie die Kündigung zurück, wenn wir ihnen sagen, dass wir das Haus verkaufen und dann die Miete bezahlen. Vielleicht.

David schüttelt den Kopf und überholt einen Traktor. Schert kurz hinter dem Ungetüm aus und knapp vor einem entgegenkommenden Milchlaster wieder ein. Der Lasterfahrer hupt, und es klingt, als führe ein großes Schiff in den langersehnten Hafen ein. Marthe summt. Ich bin ein Mädchen von Piräus und liebe den Hafen, die Schiffe und das Meer.

Das Haus ist unverkäuflich. In dieser Gegend kauft keiner Häuser. Nur für 'n Appel und 'n Ei. Davon werden wir nicht mal unsere Mietschulden bezahlen können. Oder vielleicht doch, gerade so. Aber ich bin für einen Neuanfang.

David. Ihr süßer kleiner David. Wie er das Wort Neuanfang ausspricht. Als sei es eine Verheißung. Als könnten sie mit schon fast fünfzig Lebensjahren im Rücken die Welt noch einmal aus den Angeln heben.

Als sie sich in ihn verliebt hatte, war er schüchtern. Er hatte drei Monate gebraucht, sie anzusprechen. Obwohl er es vom ersten Augenblick an wollte. Auf diesem Friedhof.

Wir haben uns auf einem Friedhof kennengelernt, ist das nicht witzig? Ich habe das am Anfang allen erzählt. Dass ich David auf einem Friedhof kennengelernt habe und deshalb glaube, es wird ein Leben lang halten mit uns.

Auf diesem Friedhof wollte David nichts mehr, als dass sie sich zu ihm umdreht, aus dem Leichenzug ausschert, zu ihm kommt, ihn an die Hand nimmt und mit ihm losrennt. Quer durch die Gräberreihen, raus auf die Straße und ab in den Himmel. So hat er es ihr gesagt. Drei Monate nach dieser Beerdigung, die sie zusammengebracht hatte. Der Tod eines Sängers, den sie beide gemocht hatten. Verehrt. Keine Berühmtheit, für sie einer der besten.

Jung genug waren wir für Verehrung. So jung, dass wir sogar zu einer Beerdigung gegangen sind, die uns nichts anging. Alle, die diese Beerdigung nichts anging, waren hinterher auf eine Wiese gegangen, in einem Park in der Nähe des Friedhofs, und haben billigen Wein und preiswertes Bier getrunken. Eine traurige kleine Fangemeinde eines depressiven Sängers, dessen Lieder nicht selten vom Verschwinden und Verwesen gehandelt hatten.

Nimm bitte den Arm ein bisschen zur Seite, Marthe. Ich habe andauernd das Gefühl, dass du für mich schalten willst.

Den Teufel wird sie tun. Sie ist froh, das Ding nicht sehen zu müssen. Es hängt immer noch an irgendwas fest. An ihr. Ein fremder Arm. Nicht wegzukriegen das Miststück.

Es ist mein Arm. Ich muss wieder normal werden. Aber es wäre schön, ihn David in den Schoß legen zu können und nichts mehr damit zu tun zu haben.

Wir suchen uns Arbeit. Zuerst beantragen wir Stütze, und dann suchen wir uns Arbeit. Die Kreisstadt ist dreißig Kilometer entfernt, da gibt es ein Arbeitsamt. Vielleicht suchen die dort Leute. Du könntest fragen. Und ich bin geschickt. Einer der Bauern wird Arbeit für mich haben.

Du willst auf den Acker oder in den Stall?

Marthe sieht David, wie er morgens in dreckstarrende Klamotten und Gummistiefel steigt, sich eine speckige Mütze aufsetzt und das Haus verlässt. Mit den Gummistiefeln durch einen Stall läuft und antibiotikaverseuchte Scheiße abpumpt. In den Maisfeldern verschwindet. Sie haben nie darüber geredet, wie sie leben wollen.

Wir haben uns nie erzählt, was wir vom Leben erwarten. Immer nur gemacht, nicht gesprochen. Ich will nicht, dass mein Mann. David soll kein Scheiße fahrender Bauer werden. Kein Güllebaron und kein Maisexperte. Sie haben aus Liebe geheiratet.

Wir haben uns geliebt.

Aber inzwischen, nach so vielen Jahren, braucht die Liebe ein paar Bedingungen, um existieren zu können. Eine Existenz braucht sie. Sie nährt sich nicht mehr von Luft. Sie ist bequem geworden und ein bisschen fett. Benötigt drei Mahlzeiten am Tag, eine warme Wohnung, ein Auto, die Möglichkeit, sich ein Kleid zu kaufen, wenn man es denn unbedingt haben möchte, und ein Paar teure Schuhe, weil der Hallux valgus einem die Füße gespreizt und zwei knochige Beulen hervorgebracht hat, die zu schmerzen beginnen.

Die Liebe genügt sich nicht mehr allein. Die Liebe legt Wert auf iTunes-Einkäufe und Zeitschriftenabonnements. Sie mag es nicht, auf Stroh zu liegen, es müssen Latexmatratzen sein, die einem Bandscheibenvorfall vorbeugen und die s-förmige Krümmung des Rückens ausgleichen. Sie trinkt immer noch Aldiwein, wenn es sein muss, aber auch gern mal bessere Trauben. Sie ernährt sich von Bio, die Liebe, und schaut verächtlich auf mit Wasser vollgepumpte Geflügelschenkel. Rümpft die Nase über IKEA, wo sie doch mal in Freudentänze ausgebrochen ist, wenn es für drei Billyregale gereicht hat. Die Liebe verlangt Unterhalt und ein Dach über dem Kopf, das in der Sonne glänzt und Gaubenfenster hat. Und wenn das nicht, sich wenigstens in einer angenehmen Gegend der Stadt befindet.

Wir haben unsere Existenz verloren. Jetzt können wir uns nicht mal darauf einigen, ob Konstantin was von Häusern versteht. Wir sind leer. Unsere Liebe wird nicht mehr lange halten. Ich könnte alleine.

Sie könnte allein von vorn anfangen. Ohne David. Sie.

Ich verlasse meinen Mann. Das ist schwerer getan als gesagt. Aber ich kann es schaffen. Wenn wir in dem Dorf angekommen sind, schaue ich mir noch das Haus mit ihm an. Und wenn ich das Gefühl habe, dass er dort auch allein leben könnte, nehme ich den nächsten Bus.

Marthe schließt die Augen. Schon wieder ein Traktor vor ihnen. Vielleicht fährt David auch gegen einen Baum. Da sterben sie dann, und der letzte Ton, den sie hören werden, ist die Schiffssirene eines Milchlasters.

Ich bin ein Mädchen aus Piräus und liebe den Hafen, die Schiffe und das Meer. Ich bin ein Mädchen aus.

Ich habe dir doch erzählt, dass ich auf dem Dorf aufgewachsen bin.

Du hast nur selten darüber gesprochen, November. Und warum sagt man eigentlich auf dem Dorf?

Natürlich habe ich oft davon erzählt, du hast nie zugehört. Im Dorf wäre richtig, aber auf sagt mehr. Manchmal ist die falsche Präposition die richtige, weißt du. Nachdem klar war, dass es keine lustigen Geschichten sind, die ich da erzähle, hast du mir nicht mehr zugehört. Meine Dorfgeschichten waren dir egal.

David schweigt. Schert kurz hinter dem Traktor aus, und die Landstraße vor ihnen ist leer. Kein Milchlaster, kein Mähdrescher, kein Auto. Marthe seufzt und schluckt das Dorf runter. Ihre alten Geschichten. Natürlich hat David ihr immer zugehört. Das war auch eine Abmachung. Dass sie sich zuhören.

Und meine Dorfgeschichten waren doch hübsch. Gruselig, aber hübsch. Die lebenden Toten und toten Lebenden mit ihren Eigenarten. Ihre Eltern, die morgens in die Stadt fuhren und abends wiederkamen. Ihre Brüder, die sich nach der Schule im Dorf rumtrieben mit anderen Brüdern, während die kleinen Schwestern all dieser Brüder ihre eigenen Cliquen bildeten, in denen sie sich langweilten. Die Langeweile.

Ich bin jetzt zu alt für Langeweile. Ich werde daran sterben. Als Kind konnte ich Hoffnung haben auf später. Jetzt werde ich sterben.

Nur Konstantin in ihrer Clique. Der einzige Junge zwischen lauter Mädchen. Schwul. Aber erst später. Nicht auf dem Dorf. Das wäre Selbstmord gewesen. Konstantin, klein und ein bisschen pummlig damals. Mit raspelkurzen Haaren, weil ihm sein Vater alle acht Wochen mit der Maschine den Kopf schor. *Wegen der Läuse,* hatte Konstantin jedes Mal gesagt, wenn sie ihn gefragt hatten.

Mein Vater will nicht, dass ich Läuse nach Hause bringe.

Aber von wem sollst du denn Läuse bekommen. Von uns?

Marthe erinnert sich noch an die Empörung, mit der sie Konstantin damals gefragt hatte, ob dessen Vater ernsthaft glaube, die Mädchen, mit denen sein Sohn spielte, hätten Krabbeltiere auf dem Kopf.

Ich hätte so gern lange Haare.

So etwas zu gleichaltrigen Mädchen, dritte Klasse waren sie damals, zu sagen, hatte Marthe unglaublich mutig gefunden.

Ich hätte so gern lange Haare.

Sie waren in die Maisfelder gegangen und hatten den überreifen Maiskolben die langen grünen und gelben Haare ausgerissen, um Konstantin daraus eine Perücke zu basteln. Eine Perücke, gehalten von einem Kranz aus kleinen Weidenzweigen. Konstantin hatte ausgesehen wie ein kleiner, pummliger Jesus. Sein Vater hätte es nicht gemocht. Das wussten sie alle.

Aber Konstantin war glücklich. Als er vierzehn war, durfte er sich die Haare wachsen lassen. Und dass er keine Lust darauf hat, ein Mädchen zu küssen oder gar anderes mit ihr zu tun, hat er mit sechzehn verkündet. Kurz bevor er in ein Internat kam, um eine Ausbildung machen zu können. Weg vom Dorf. Der elektronischen Datenverarbeitung auf die Spur kommen. Rechenmaschinen, Computer. Drei Buchstaben, die sein Mantra wurden. IBM. Und Männer. IBM gab es nicht. Oder doch? Das hat sie vergessen. In irgendwelchen Rechenzentren muss die Technik aus Feindesland gestanden haben. Konstantin hatte davon erzählt. IBM und Männer. In der Stadt der erste Mann. Einer, der ihn sofort erkannte, an die Hand nahm und ihm erklärte, wie es geht. Konstantin hatte das Dorf hinter sich gelassen. Spät, im Vergleich zu Marthe. Die war mit zwölf entkommen.

David wird langsamer. Nimmt die Hand von ihrem Knie. Fährt an den Straßenrand. Hält direkt vor einem Ortsschild.

Das ist es. Wir sind da.

Marthe sieht das Dorf. Wie es anfängt. Genau da, wo der Mais aufhört. Direkt hinter dem Ortsschild Häuser rechts und links. Was sonst. Sie möchte die Autotür aufreißen und den ganzen Weg zurücklaufen. Es sind nur einhundertachtzig Kilometer. Jemand wird sie mitnehmen. Das Dorf sieht nicht schlimm aus. Die ersten Häuser am rechten Straßenrand sind sogar hübsch. Links steht ein langgestrecktes Stallgebäude.

November, sagt David und schweigt dann.

Marthe nickt. Sie kann nicht einfach.

Ich kann nicht einfach aussteigen und gehen. Ich muss mir wenigstens das Haus anschauen. Ich muss sehen, wovor ich wegrenne. David hat zumindest verdient, dass ich es versuche. Er liebt mich. Und ich liebe ihn auch.

Aber sie sieht auch alles vor sich. Alles, was kommt, kann sie jetzt schon in Bilder packen und in Worte fassen. Das Dorf wird sie nicht wollen, sie werden Fremde sein und bleiben. Die

Leute werden sich fragen, was sie hierhergetrieben hat, warum sie sich das antun und was sie im Schilde führen. Sie werden ihren Unmut über ihr eigenes Leben an ihnen auslassen. Und das Haus wird sie ausspucken oder krankmachen.

So ein Haus, wenn es lange leer gestanden hat. Das ist dann bestimmt von anderen bewohnt. Tiere. Du weißt, dass Tiere sich immer erobern, was man leer stehen lässt. Marder, Hornissen, Mäuse, Siebenschläfer, Waschbären.

Marthe, du denkst doch nicht allen Ernstes, dass wir auf dem Dachboden einen Zoo haben.

Ich denke gar nichts, ich weiß.

Marder schreien nachts. In der Ranzzeit, so heißt das. Wenn sie auf Brautschau sind. Ich habe gelesen, dass ihr Geruchssinn bis zu siebzig Kilometer weit funktioniert. Sie finden immer wieder zurück. Man muss sie fangen und siebzig oder mehr Kilometer fahren, um sie dann auszusetzen. Oder du machst ihn tot, den Marder.

Wie kommst du darauf, dass einer auf dem Dachboden ist?

Da muss einer sein. Es ist immer so.

Wir schauen uns jetzt das Haus an. Und wenn ein Marder auf dem Dachboden ist, verspreche ich dir, dass ich ihn fange und aussetze. In Berlin, wenn es sein muss. Ich setze ihn unter irgendein großes Auto. So einen Hummer oder SUV. Dann kann er die Kabel durchfressen, und der Hummerbesitzer wird sich schön ärgern darüber.

Er will sie zum Lachen bringen. Das hat er schon lange nicht mehr versucht. Marthe erinnert sich an einen Film. Eine Filmklamotte, die sie mit David gesehen hatte. Es ging um Seitensprünge, Beziehungskatastrophen, und alles war wie ein absurder Klamauk aufgezogen. In einer Szene begegnen sich nachts im Dunkeln im Schlafzimmer einer Frau der Liebhaber und der Ehemann. Und einer von beiden. Oder beide? Einer von beiden ist nackt bis auf ein Kondom, das phosphoresziert. In der Szene sieht man eigentlich nur den kondombewehrten, leuchtenden Schwanz des Mannes, der irgendwann in einem

Schrank verschwindet. Oder unter dem Bett. Marthe weiß es nicht mehr. Aber David, ihr Mann, der sie früher so gern zum Lachen brachte, hatte einige Tage später selbst leuchtende Kondome gekauft. Sie benutzten gar keine zu der Zeit, aber ihr zuliebe und nur, um sie lachen zu hören, spielte er für sie die Szene aus dem Film nach. Rannte nackt und mit einem grün leuchtenden Kondom wie wild durchs Zimmer. Der leuchtende Schwanz wippte beim Rennen und Hüpfen auf und ab, und sie hatte gelacht. So lange, dass ihr die Rippen wehtaten und sie einen Schluckauf bekam.

Er will mich lächeln machen mein Mann, mein David. Ich steige jetzt aus, und wir gehen uns das Haus anschauen. Ich bin mutig und habe keine Angst vor dem Dorf. Ich bin Marthe. Nur noch ein bisschen ganz und im Wesentlichen kaputt. Aber immer noch Marthe, die eigentlich November heißt.

Das Dorf ihrer Kindheit hatte anders ausgesehen. Nicht so aufgeräumt und nicht so leer. Auf den Höfen hatte es Misthaufen gegeben, und die Fliegen waren den spielenden Kindern auf den Leib gerückt, als röche deren Schweiß besonders gut. Einer ihrer Brüder hatte gern tote Fliegen in einem kleinen Karton gesammelt und einmal aus der ganzen schillernden toten Pracht ein Himmel-und-Hölle-Spiel gelegt. Die Fliegenleiber hatten die weiße Kreide ersetzt, und wer nicht richtig sprang, landete auf ihnen und machte sie zu Matsch. Eine Zeitlang hatten sie sich darin übertroffen, wozu man alles tote Fliegen benutzen konnte. Sie hatten Pappen mit Leim eingeschmiert und aus den Fliegen ein Bild geklebt. Wettbewerbe wurden ausgerufen, wer in einer bestimmen Zeit die meisten Fliegen totschlagen würde. In der heißen Sonne, wenn die Tiere träge waren, ging das am besten. Sie bauten sich Fliegenklatschen oder klauten die ihrer Eltern.

Dann war der Spaß am Fliegentöten von einem Tag auf den anderen einem neuen Spiel gewichen.

Dieses Dorf hier, das sieht Marthe.

Ich sehe dem Dorf von weitem an, dass es hier keine Misthaufen mehr auf den Höfen gibt. Alles anders geregelt. Zuwasser, Abwasser, alles da. Nur kein Internet.

Marthe lächelt zurück. David hat ihre Ermutigung verdient. Sie darf ihn nicht kleinmütig machen. Wo ihm doch schon der halbe Stolz abhandengekommen ist. Der eigenen Angst und dem eigenen Kummer sind Grenzen gesetzt. Sie dürfen nicht die Angst und den Kummer des anderen kleinmachen oder vertreiben. Jeder hat ein Recht auf schwarze Löcher und grauen Himmel.

Ich kann nicht andauernd so tun, als sei die Sorge nur für mich da. Wenn ich von David verlange, dass er seine Angst verschluckt, nur um meiner Angst ausreichend Platz zu verschaffen, ist das keine Liebe mehr.

David trommelt mit den Fingern der rechten Hand auf dem Schalthebel, schaltet in den ersten Gang, zurück in den Leerlauf, in den ersten Gang. Aus dem Dorf kommt ein Auto. In dem Auto sitzt ein Mann. Das Auto hält. Der Mann beugt sich zur Seitenscheibe, die er herunterlässt, und winkt David und Marthe halbherzig zu. Marthe lächelt. Versucht, zu lächeln. David öffnet sein Autofenster.

Kann ich Ihnen helfen? Haben Sie sich verfahren?

Solche Fragen stellt man nicht mehr in TomToms Zeiten. Allerdings hat das altersschwache Navigationsgerät, von dem David immer behauptet, es habe seine ganz eigene Landkarte entwickelt, schon längst erklärt, dass es hier kein Signal empfängt, um vernünftig Wege zu weisen. Trotzdem schüttelt David den Kopf, und Marthe versucht es noch einmal mit dem Lächeln. Sie haben sich nicht verfahren. Leider. Sie sind am Ziel.

Wir wollen uns hier ein Haus anschauen.

Warum erzählt David das diesem wildfremden Mann? Es wird sofort die Runde machen. Noch bevor sie entschieden haben, werden die Leute im Dorf davon ausgehen, dass sie die Neuen sind. Dass sie sich hier einrichten werden.

Ich will mich nicht einrichten. Was tut David da? Er darf

es niemandem erzählen. Dass wir uns ein Haus anschauen, in dem wir vielleicht bald wohnen werden. Der Mann sieht freundlich aus, aber er wird es allen erzählen. Sie sieht ihm an, dass er jetzt schon überlegt, von welchem Haus hier die Rede ist. Wer sie sein könnten, ob sie hierherpassen oder Ärger machen werden.

David schließt das Fenster und schaltet in den ersten Gang, lässt das Auto losrollen, langsam, als näherten sie sich einem Ungemach. Das Dorf ist leer. Es hält kein Empfangskomitee für sie bereit. Im Dorf ihrer Kindheit waren immer Menschen unterwegs. Alte Menschen, alle anderen mussten arbeiten. Außer an den Sonntagen. Aber niemand wäre auf die Idee gekommen, an einem Sonntag spazieren zu gehen. Nicht im Dorf.

Was der Holländer kann, kann ich auch.

Schulz steht bis zu den Knien in der Scheiße und brüllt, dass ihm die Adern am Hals schwellen. Die Schweine ringsum in ihren vergitterten Gefängniszellen, auf deren Boden sich die Scheiße nicht sammeln kann, weil sie gleich durchs Raster fällt, sind ruhig. Halbtot und ruhig. Ihnen ist nicht nach Protest. Ihnen ist nach Sterben.

Schulz brüllt einfach nur so. Hier im Stall kann er nach Lust und Laune. Draußen steht der Bürgermeister und schüttelt den Kopf. Schulz wird noch mal am Schlagfluss sterben, wenn er immer so rumbrüllt. Er hatte das mit dem Holländer nur erzählt, weil er dem Bauern verpflichtet war. Der hatte ihn zum Bürgermeister der Großgemeinde gemacht. Indem er sein Fürsprecher gewesen war, den Leuten das Freibier bezahlt und dem Kandidaten auf das Bürgermeisteramt ein paar Arbeitsplätze versprochen hat, mit denen er Wahlkampf machen konnte. Wäre es nach ihm gegangen, hätte er lieber weiter seine Biogasanlagen gebaut und betrieben und sich um die Förderkohle gekümmert. Aber es war nicht nach ihm gegangen, sondern nach seiner Frau. Der Klassiker. Seine Frau will was Besseres sein. Frau Bürgermeisterin zum Beispiel. Sie möchte beim Erntedank den Tanz eröffnen und die Kirchenvorsteherin zum Kaffee einladen. Jetzt will sie ein Barbecue für alle Honoratioren der Großgemeinde veranstalten. Also auch für Schulz und Krüger, die beiden Platzhirsche hier im Ort.

Der Bürgermeister kommt nicht gern in dieses Dorf. Er bekommt Magenschmerzen, wenn er hinfährt, und die gehen erst weg eine Stunde, nachdem er es verlassen hat. Er geht auch nicht gern auf Beerdigungen. Die gleichen Magenschmerzen, wenn er da hinmuss. Schon allein deswegen hätte er das lieber gelassen mit der Bürgermeisterei. Ein Bürgermeister muss andauernd auf dem Friedhof rumstehen, und ins Dorf muss er auch.

Der kriegt doch keine Genehmigung. Hör auf, dich aufzuregen. Sechzigtausend Schweine, dafür kriegt der nie und nimmer die Genehmigung. Und wir verkaufen ihm das Land auch nicht.

Seht zu, dass es dabei bleibt. Ich habe dich nicht umsonst zum Gemeindeobersten gemacht.

Der Bürgermeister zuckt zurück. Schulz ist ein Arschloch, das nie vergisst, wer ihm was schuldet. Der würde noch auf dem Totenbett auf Rückzahlung bestehen, wenn eine Forderung nicht beglichen ist. Und Krüger, der zweite Platzhirsch im Dorf, steht ihm in nichts nach. Wenn man mal davon absieht, dass dessen Frau eine etwas frömmelnde, aber vergleichsweise anständige Person ist. Im Gegensatz zu Frau Schulz, die seiner Madam in nichts nachsteht. Beide des Fischers Fru. Können den Hals nicht vollkriegen. Hat man ihnen ein Haus gebaut, wollen sie einen Palast, ist der Palast fertig, wollen sie Königin werden.

Dem Bürgermeister tut der Magen weh. Und die Säure steigt ihm den Hals hoch. An der wird er irgendwann sterben. Speiseröhrenkrebs, weil er den Reflux nicht in den Griff kriegt. Und an allem sind Leute wie Schulz schuld. Die ihn korrumpieren und ihm hinterher den Schlaf rauben.

Komm, ich zeig dir was.

Schulz kommt aus dem Stall, steigt aus den Stallstiefeln in andere Stiefel und klopft dem Bürgermeister auf die Schulter. Die Schwalben spielen verrückt und versuchen, ihnen die Köpfe zu rasieren. Sie sind das einzig Lebendige in diesem Stall, der erst seit zwei Jahren steht. Weil es gerade Fördermittel für Schweineställe und Schweine gegeben hatte wahrscheinlich. Schulz baute, kaufte, säte, erntete immer den Fördermitteln hinterher. Der Bürgermeister konnte sich nicht vorstellen, dass die in Europa damit gerechnet hatten, auf so viele clevere Arschlöcher zu treffen, als sie sich das mit dem Fördersystem ausgedacht haben. GAP. Drei Buchstaben, die zum Himmel stinken. Gemeinsame Agrarpolitik und lauter Schulzes und Krügers, die von Beginn an auszunutzen wussten, dass der Teufel immer auf den größten Haufen scheißt. Die Welt war voll mit Schulzes und Krügers. Die würden auch geklonte Schafe auf ihre Wiesen stellen, brächte es Geld. Und gäbe es Fördermittel dafür, die Wälder abzufackeln, täten sie auch das. Obwohl. So ein passionierter Jäger wie der Schulz. Vielleicht wäre da eine Grenze.

Der Bürgermeister hatte nur noch wenig Erinnerungen an seinen Vater. Aber hängengeblieben waren dessen Vorträge über den Frevel einer Landwirtschaft, die nur noch den Fördermitteln hinterherjagt und nicht mehr fragt, was gut für den Boden ist. Sein Vater war erst vor drei Jahren gestorben, und noch, als er bereits halbtot war, hatte er stundenlang auf die Landjäger und Güllebarone schimpfen können. Er war besessen gewesen von dem Gedanken, dass alles ringsum der Vernichtung und Verwesung geopfert wurde, nur für Geld. Halbtot, wie er war, hatte er darauf bestanden, von seinem Sohn, dem Bürgermeister, nach Berlin kutschiert zu werden, um an einem arschkalten Januarmorgen an einer Demonstration mit dem Namen »Wir haben es satt« teilzunehmen. Er hatte ihm den Gefallen getan und sich in Berlin äußerst unwohl gefühlt. Was hatte sein Vater mit diesen Leuten am Hut, die da mit ihren Traktoren und anderen fahrbaren Untersätzen, ein paar sogar mit Pferdekutschen, Richtung Kanzleramt gezogen waren?

Wird Regen geben, aber erst abends. Die Schwalben sind auch nicht mehr, was sie mal waren.

Schulz grinst den Bürgermeister an.

Kommst du zum Stammtisch?

Gemeinderat. Dauert bestimmt. Schon der zweite Tote in ei-

ner Biogasanlage. Die schicken uns die Aufsicht auf den Hals. Zwei Tote in sechs Wochen sind denen zu viel. Jetzt klagt die Frau von dem einen auch noch wegen Verletzung der Sicherheitsbestimmungen. Möchte wissen, welcher Provinzanwalt ihr dazu geraten hat. Kommt die nie mit durch. Aber Ärger macht es natürlich.

Wenn du willst, rede ich mit der. Die schuldet mir noch was. Beziehungsweise ihr Mann, aber der ist ja tot.

Schulz grinst schon wieder. Freudlos eher, als sei ihm langweilig und fad bei dem Gedanken, dass jede und jeder ihm irgendeinen Gefallen schuldet. Umgekehrt allerdings, das musste sich der Bürgermeister eingestehen, hörte man nie, dass Schulz in der Schuld eines anderen stünde. Müsste er doch aber, wenn es mit rechten Dingen zuging. Jetzt grinst der Bürgermeister, weil ihm die Standardformel, dass hier alles mit rechten Dingen zugeht, in den Kopf gekommen war. Davon konnte ja wohl keine Rede sein. Nur weil Schulz nicht kriminell ist, wofür er seine Hand nicht ins Feuer legte, muss nicht gleich alles mit rechten Dingen zugehen. Sollte irgendwann mal irgendjemand auf die Idee kommen, genauer hinzuschauen, was der Großbauer mit all den Fördermitteln, den GAP-Euros, so anstellt, fiele wahrscheinlich alles wie ein Kartenhaus zusammen.

Lass mal, der Stein rollt. Aber das kriegen wir schon hin. Die Sicherheitsbestimmungen sind beachtet worden. Maik war einfach besoffen. Einskommaacht Promille. Da steigt man doch nicht auf eine Biogasanlage.

Und der Erste? War das nicht dieser Kornbach. Dessen Frau die Post austrägt?

Kornbach, ja. Da weiß keiner, was den geritten hat. Besoffen war er nicht und hat auch nicht in der Anlage gearbeitet. Lebensmüde, sagen die Leute. Aber wer bringt sich denn in einer Biogasanlage um?

Gibt eine Menge andere Möglichkeiten, da hast du recht. Steckt aber keiner drin. Dem Kornbach war vielleicht danach, ganz zu verschwinden. Und wenn es nicht zufällig jemand gesehen hätte, wie er da rein ist, wäre der ja auch verschwunden.

Dem Bürgermeister treibt es Tränen des Ekels in die Augen. Und der Angst. Immer mehr Leute scheinen verrückt zu werden. Im vergangenen Jahr haben sich in seiner Großgemeinde sieben Menschen das Leben genommen. Eine Frau war verschwunden. Sehr seltsame Geschichte. Er traut dem Ehemann nicht über den Weg. Aber die Polizei scheint zu glauben, die Frau sei einfach abgehauen. Der Maismörder wird sie nicht geholt haben, hofft der Bürgermeister. Der ist bestimmt längst weitergezogen.

Eine beschissene Bilanz ist das, für die er zwar nicht verantwortlich ist, die aber auf ihn zurückfallen wird.

Der Bürgermeister starrt Schulz auf den Rücken, der vor ihm herläuft und dabei mit den Armen schlenkert, als seien es Dreschflegel. Er ist nicht neugierig auf das, was der ihm zeigen will. Wie auch auf alle die anderen Geschichten nicht, die ihm die Leute erzählen, wenn der Tag endlos lang ist. Früher ist er den Geheimnissen hinterhergelaufen. Hat die Ohren aufgemacht und sich gemerkt, wer in welchen Nöten war und wo die Kampfzonen liegen. Heute tut er das nur noch, weil es von ihm erwartet wird. Er ist Bürgermeister, und ihn hat zu interessieren, was andere treiben.

Das Büro, in dem Schulz residiert, sieht aus wie ein Jagdzimmer. Grüne Ledercouch, schwerer Eichenschreibtisch, die Wände voller Trophäen. Der Bürgermeister kann nicht sagen, ob neue dazugekommen sind. Schulz hält sich bei der Jagd an die Regeln, aber was geschossen werden darf, das schießt er auch. Und hängt sich die Reste später an die Wand. Für die Ewigkeit präpariert.

Über die Dächer des Dorfes donnert die Bundeswehr. Tötet die Stille im Tiefflug und hinterlässt ein paar verstörte Hunde, denen die Mordlust für einen Moment vergeht. Arko zerrt an der Kette, die stärker ist und ein wenig länger als die vorherige. Sein letzter nächtlicher Streifzug hat blutige Spuren hinterlassen. Arkos Besitzer musste sich bei dem einen und anderen freikaufen. Die Alternative wäre gewesen, den Hund einzuschläfern.

Wolltest du nicht mal was dagegen tun, dass die hier immer langfliegen. Die machen das Vieh nervös.

Ich bin in Teilzeit Bürgermeister einer Großgemeinde und nicht der Ministerpräsident, Schulz. Was, glaubst du, werden die bei der Bundeswehr machen, wenn ich denen schreibe, sie sollen das mit den Übungsflügen lassen?

Sich totlachen wahrscheinlich, da hast du recht. Aber wir könnten ja versuchen, die anderen in den Dörfern aufzuwiegeln. Wie die das mit der Freien Heide machen. Die gegen so ein Bombodrom protestieren. Ich meine, da machen fast alle mit, die dort in den Dörfern leben.

Die kämpfen seit Anfang der Neunziger und sind immer noch nicht fertig. Und ehrlich, Schulz, schau dir die Leute in deinem Dorf an. Die kriegen doch den Arsch nicht hoch. Denen müsstest du jedes Mal erst den Marsch blasen, bevor die auch nur einen Protestbrief schreiben, geschweige ein Transparent an ihr schönes Fachwerk anbringen. Außerdem hängt bei denen hier, die uns über die Dächer donnern, die NATO mit drin. Ich leg mich doch nicht mit der NATO an. Lächerlich mache ich mich schon zu Hause genug.

Schulz winkt ab und holt eine Papierrolle aus der Eichenvitrine, die früher mal im Jagdzimmer seines Vaters gestanden hat. Rollt das Papier auf dem Schreibtisch aus und winkt dem Bürgermeister, er möge sich das anschauen.

Ein verwirrendes Netz von Linien, Kurven, Verschlingungen. Grün schraffierte Flächen dazwischen, ein paar Maße an den Rand gekritzelt.

Der Bürgermeister schweigt. Er hat gelernt, dass es besser ist, zu schweigen, als blöde Fragen zu stellen. Weil es mehr blöde Fragen als blöde Antworten gibt. So ist seine Erfahrung. Wenn er jetzt fragt, was das hier ist, wird Schulz zurückfragen, ob er seinen Verstand versoffen hat.

Hinterm Friedhof die Fläche. Bevor Krügers Wald anfängt. Hab ich gekauft. Wollte sowieso niemand haben, so direkt neben den Toten. Ein gefangenes Grundstück, das an der Friedhofsmauer endet. Hätte man höchstens noch eine Biogasanlage hinstellen können. Kann den Toten egal sein, aber der Pfarrer hätte gemosert. Dem wäre so eine Anlage, in der sich die Leute umbringen, wahrscheinlich ein zu kurzer Weg auf den Gottesacker gewesen. Und dann noch der Geruch.

Ich will den Pfarrer nicht am Hals haben. Oder sagen wir mal, den knöpf ich mir irgendwann vor, wenn der noch oft gegen mich von der Kanzel wettert. Bin ich mir ausnahmsweise mit Krüger einig. Die Leute kriegen Arbeit von uns. Und wenn wir ihnen mehr Lohn zahlen, saufen sie auch mehr. Außerdem werden sie immer noch besser bezahlt als die Polen. Hat also niemand das Recht, den Moralapostel rauszuhängen und mir was von anständigem Lohn zu predigen. Aber das ist nicht deine Sorge. Das hier wird ein Maislabyrinth. Hab ich mal irgendwo in Niedersachsen gesehen. Frag mich nicht, ich weiß es nicht mehr. Aber den Leuten hat es gefallen. Vor allem den Kindern.

Wir haben doch kaum noch Kinder in der Gemeinde. Einundzwanzig sind es noch, zählt man alle unter achtzehn dazu. Hier im Dorf keins unter vierzehn. So ein Riesending willst du hochziehen, für ein paar Gören, die abhauen, sobald sie flügge geworden sind?

Na, vielleicht werden in meinem Labyrinth ja ein paar neue in die Welt gevögelt. Wart's ab, das wird der Knaller. Krüger hat den alten Landgasthof gekauft und will den aufmobeln. Gästehaus, Pferdehotel, Ponyreiten, Familientourismus.

Hier? Wer soll denn hierherkommen? Das Dorf geht wüst. Wenn es dich und Krüger nicht gäbe, hätten wir es schon längst einebnen lassen. Oder ein Museumsdorf draus gemacht. Mitten im Mais.

Schulz schüttelt den Kopf und rollt den Plan wieder zusammen. Einmal mehr bereut er, diesen Schlappschwanz zum Bürgermeister gemacht zu haben. Er hat sich verkalkuliert, und das gefällt ihm nicht. Dieser Mann sollte sich für ihn gegen Krüger in Stellung bringen und begeistert tun, wenn er ihm eine Idee einflüsterte. Stattdessen war der Kerl ein zweifelnder Jammerlappen, dem man alles dreimal sagen musste. Schulz hat eine Idee von dem Dorf. Das stirbt zwar, aber es gehört ihm. Wenn man von Krüger absah, der bei weitem nicht so viel Energie und Skrupellosigkeit besitzt wie er. Krüger würde ewig Zweiter bleiben, und das ist in Ordnung. Manchmal braucht es in solch einem Ort einen zweiten starken Mann. Zum Beispiel, wenn so ein Holländer kommt und eine Schweinemast aufziehen will. Konkurrenz, der sie hier nicht gewachsen wären.

Weißt du eigentlich, wem das Schusterhaus jetzt gehört? Schräg gegenüber vom alten Gemeindehaus. Steht ja schon eine Weile leer.

Willst du es kaufen?

Ich könnte noch zwei Wohnungen brauchen. Für die Saisonarbeiter. Die kloppen sich hinten in der Baracke, wenn es zu eng ist.

Die Wischnewski hatte einen Neffen. Hab den nie gesehen. Soweit ich weiß, hat der das Haus geerbt und will da auch einziehen. Kommt aus Berlin.

Schulz nickt und lässt es bleiben. So wichtig ist das auch nicht mit dem Haus. Aber dass jemand aus Berlin ins Dorf zieht, kommt ihm seltsam vor. Vielleicht so ein Ökofritze, der es gut mit der Natur meint. Bis jetzt war es ihnen gelungen, sich diese Leute vom Hals zu halten. Niemand wollte in der Nähe ihrer ertragreichen, genmanipulierten und pestizidverseuchten Äcker irgendwas mit Bio hochziehen. Er wird sich den Kerl genau anschauen. Und sollte das irgendein Ökofritze sein, wird der schnell merken, dass es hier nicht funktioniert. Die Leute mochten keine verschrumpelten Möhren und kauften kein teures Fleisch.

Sein Maislabyrinth würden sie mögen. Er hatte sogar schon Fördermittel dafür beantragt. Kulturelle Entwicklung ländlicher Raum, Tourismus, zwei Arbeitsplätze. Minijobs, aber egal. Das interessierte die in Brüssel nicht wirklich. EFRE. Vier Buchstaben, die immer mal wieder Kohle reinspielten, wenn was umgeschichtet werden musste oder einem ein Stück unbrauchbares Land in die Finger geriet. Was Fördermittel anbelangt, hatte Krüger ihn überholt, aber das sollte nicht mehr lange gelten. Er ist auf dem Vormarsch. Hat sich so ein Bürschchen an Land gezogen, das sich auskennt mit dem ganzen Förderkram. Das Kleingedruckte lesen und die Realität so lange hinbiegen konnte, bis sie mit den Förderbedingungen übereinstimmte. Der Junge ist Gold wert, aber das wird er ihm nicht sagen. Lob verdirbt.

Sag deiner Frau, dass ich komme, zum Barbecue. Was immer das sein mag. Und grüß sie von mir. Ich bringe ein bisschen Wild mit. Bratwürste und ein paar Steaks.

Schulz starrt dem Bürgermeister hinterher, wie der über den Hof zu seinem Auto schleicht, als hätte er sich in die Hosen gemacht. Er überlegt, wann die nächsten Wahlen stattfinden. Bald. Er muss sich einen neuen Kandidaten suchen. Oder den hier noch ein bisschen aufpäppeln. Aber dazu hat er eigentlich keine Lust. Die Leute sollen von selber laufen. Er kann sich um so etwas nicht kümmern.

Schulz merkt, dass es ihn wurmt, wenn der Bürgermeister sagt, das Dorf gehe wüst. Er weiß, dass es stimmt, aber es wurmt ihn. Er spürt die alte Wut. Wie sie an ihm zerrt und ihn innendrin ganz schwarz malt. Es ist sein Dorf. Nicht seine Heimat. Sein Dorf. Das ist ein Unterschied. Heimat ist was für Weicheier.

Ihm gehört der Laden. Er hat ihn gekauft und die Bilanzen höchstpersönlich frisiert. Seine Urgroßeltern, Großeltern und Eltern liegen auf dem Friedhof, neben den er bald ein Maislabyrinth bauen wird. Vielleicht ist er doch ein bisschen sentimental, aber dieser Friedhof wird genauso wenig entwidmet, wie das Dorf wüst gehen wird. Nicht solange er lebt. Trotzdem nagen die Zweifel. Sitzen in seinen Eingeweiden und blähen ihn auf wie einen verdammten Ballon. Er kennt die Zahl der leeren Häuser und das Siechen in den noch bewohnten. Dass Krüger mit dem Landgasthof und Pferdegedöns den Gang der Dinge ändern könnte, glaubt er nicht. Komischerweise war er vom Glauben abgefallen, als dieser Junge, auf dessen Namen er jetzt nicht kommt, Frieda in der Scheune gefunden hatte. Frieda war ein zähes Biest gewesen. Nie und nimmer wäre er auf die Idee gekommen, dass sie sich in den Hanf legt. Mit über achtzig. Dazu gehörte dermaßen viel Mut oder Verzweiflung. Robin. Jetzt fällt ihm der Name wieder ein.

Robin war völlig verstört durchs Dorf und ihm direkt in die Arme gelaufen. Wollte nicht zurück in die Scheune, also ist er alleine hin und hat Frieda da hängen sehen. Feingemacht und frisch gekämmt. Die Scheune gefegt. Das hatte ihn fertiggemacht. Er ist hart im Nehmen. Aber dass Frieda die Scheune noch gefegt hatte, bevor sie sich den Strick um den Hals legt, das war ihm wirklich nahegegangen. Da hatte er zum ersten Mal gedacht, dass es wohl nicht mehr zu retten sein wird, das Dorf. Frieda war gerade mal zwanzig Jahre älter als er.

Er wird sich nicht erhängen. Ihn wird irgendwann der Schlag treffen. Zu viel Fett, zu viel Bier, zu viel Arbeit, und seine Alte macht ihn zusätzlich krank mit ihrem Gezeter. Jedes Mal, wenn er sie anschaut, fragt er sich, woher dieser Dünkel kommt. Den haben hier so einige Weiber. Die Frau des Bürgermeisters schien nicht besser zu sein als seine. Barbecue, so ein Schwachsinn. Aber er wird hingehen. Und weil er sich die Frage, warum seine Frau die Nase so hoch trägt, nicht beantworten kann, kommt er auf Ideen, die ihn davon ablenken.

Dieses Maislabyrinth ist nur ein Spaß. Wäre der Bürgermeister zur Ironie fähig, sähe er es auch so. Als Referenz an eine tödliche Monokultur, die dem Land die Seele geraubt hatte und die Leute verrückt macht. Als ob sie nicht schon genug Mais sehen, den langen Tag, baut er, der größte Bauer des Dorfes, ihnen noch ein extra Feld, in dem sie sich vergnügen und verlaufen können. Der Bürgermeister hat nicht begriffen, warum er das tut. Aus Langeweile und weil er es nicht lassen kann, sein Revier zu markieren. Wenn das Ding fertig ist und der Mais so hoch steht, dass man nicht mehr darüber hinwegschauen kann, wird er ein paar Kästen Bier hinstellen, den Grill anwerfen, und die Leute werden saufen, fressen und sich vergnügen. Sie werden ihm auf die Schulter klopfen, und wenn das Bier alle ist, werden sie durchzählen und feststellen, dass jemand im Labyrinth geblieben ist, den sie suchen müssen. Sie werden sich mit Taschenlampen durch den Irrgarten jagen, ein bisschen gruseln und gegenseitig Angst machen. Wie die Kinder werden sie sich benehmen. Sie werden ihn fragen, was es gekostet hat, das Labyrinth zu bauen, und er wird abwinken und sagen, das habe er aus der Portokasse bezahlt. Seine Frau wird aufgedonnert danebenstehen und ein Gesicht machen, als sei es ihr Einfall gewesen. Und hinterher wird sie ihm sagen, dass der Pöbel gar nicht zu schätzen weiß, was er alles für ihn tut. Als seien sie aus einem anderen Stall. Aber seine Frau, die kann auf einem Rasenmäher sitzen, als sei es die Kutsche der Queen. Fehlte nur noch, dass sie allen, die vorbeikommen, huldvoll mit einer Hand winkt, während sie ihre Runden dreht. Auf einem Aufsitzer, der so groß ist, dass man damit die ganze Steppe mähen könnte.

Vorgestern erst hat er im Haus am Küchenfenster gestanden und seiner Frau dabei zugeschaut, wie sie auf dem Rasenmäher sitzt. Hocherhobenen Hauptes. Und Achten auf dem Grundstück dreht. Er war in sein Jagdzimmer gegangen, hatte die Flinte geholt, ist wieder zum Küchenfenster gegangen und hat durchs Zielfernrohr auf seine Frau gestarrt. Es hatte ihn beruhigt. Dazustehen und auf seine Frau zu zielen. Sich vorzustellen, wie sie hintenüberkippt, mit einem Loch in der Brust. Wie er zu ihr hingeht, auf dem Weg einen kleinen Zweig von der Douglasie bricht und ihn in die Schusswunde steckt. Es war ihm in diesem Moment auch gar nicht schlimm vorgekommen, sich vorzustellen, wie er seine Frau aufbricht.

Wie man das eben macht, mit erlegtem Wild. Das war ein Augenblick, in dem er sich alles vorstellen konnte. Nur eines nicht. Noch weitere Jahre mit dieser Frau zu verbringen, die er geheiratet hatte, weil sie die Tochter vom Tierarzt war und ihn in Zeiten höchster Not rangelassen hatte. Ein bisschen Liebe schon. Nicht zu leugnen. Er hatte sie auch ein bisschen geliebt. Ihre Zielstrebigkeit und ihre Arroganz, die damals noch faltenlos und volltittig gewesen war. Zum Anfassen und Lustmachen.

Sie hatte beim ersten Mal nicht einen Moment die Augen geschlossen. Kein Stöhnen, kein verzücktes Juchzen, keine geschlossenen Augen. Stattdessen hatte sie ihn ununterbrochen angeschaut. Ernst, als wollte sie prüfen, ob er sich auch wirklich richtig ins Zeug legt. Und als sie kam, hatte sie für einen kurzen Moment gelächelt. Wie man lächelt, wenn etwas genauso gelaufen ist, wie man es sich vorgestellt hat. Sie hatte ihm mit einer Hand durchs Haar gestrichen, mit der anderen die Eier gequetscht und *Sehr gut* gesagt. Und es hatte mehr nach einer Zensur geklungen als nach einem wohligen Seufzer.

Wenn er es recht bedenkt, ist er über die Note Sehr gut nicht hinausgekommen. Für Ausgezeichnet wurde nie etwas befunden. Inzwischen war seine Frau wahrscheinlich bei Gut bis Befriedigend angelangt. Der Aufsitzer, den er ihr zum Geburtstag geschenkt hatte, bekam noch mal ein Sehr gut. Und beim Sex hielt sie die Augen inzwischen geschlossen. Was er ihr nicht verdenken konnte. Sein Anblick macht ihn selbst ganz müde. Dieser enorme Bauch, die Oberschenkel so dick wie eine hundertjährige Eiche und die Eier versteckt zwischen Wohlstandsspeck oder Kummerfett. Wie man es nimmt.

Schulz schließt sein Büro ab und steigt in den Jeep, mit dem er heute unterwegs ist. Er hat vergessen, den Bürgermeister zu fragen, ob die Gemeinde nicht das Grundstück, auf das der Holländer so scharf ist, an ihn verkaufen will. Wahrscheinlich muss man eine ganze Reihe Schrauben drehen, um es zu kriegen. Schließlich haben sie es dem niederländischen Schweinebaron versagt. Aber wer, wenn nicht er, sollte diese Schrauben drehen können? Er könnte ein Wildgehege daraus machen. Dafür gibt es bestimmt Fördermittel. Rehwild, Damwild, Muffelwild. Sozusagen als Gegenkonzept zu sechzigtausend Schweinen. Muss er mal durchrechnen, ob sich das lohnt. Einen Wildhüter könnte er einstellen. Irgendeinen von den Alten, die nichts mehr finden. Gefördert natürlich.

Die Schwalben fliegen inzwischen flach über den Boden. In spätestens einer Stunde regnet es. Er wird jetzt noch ein paar Runden drehen und sich anschauen, wie viel Schaden der gestrige Sturm in dem bisschen Getreide angerichtet hat, das er zwischen die Maisfelder gesät hat. Schulz hält nichts von den Jammerlappen, die jedes Jahr einen anderen Grund vorbringen, um von einer Missernte zu reden. Aber dieses Jahr könnte er mit einstimmen. Erst war es ewig kalt, dann viel zu trocken, und dann kam der Regen und hörte nicht mehr auf. Wenn sie jetzt noch fünf oder sechs Tage Sonne kriegen, wäre es möglich, einiges zu retten. Heute war schon mal ganz gut. Trotzdem liegen dreißig Prozent des Getreides bereits flach. Und auf dem Halm kaum ein Korn. Er würde das meiste zu Stroh häckseln müssen. Und die Rechnung, die er für dieses Jahr gemacht hatte, würde nicht aufgehen.

Und dann noch die Wölfe. Die Gemüter sind erregt, seit es einen Wolfsbeauftragten gibt, der ihnen beibiegen soll, dass hier nur zwei Rudel unterwegs sind und das Land für jeden Schaden aufkommt, den ein Wolf anrichtet. Zwei Rudel. Man kann sich die Welt auch schönreden. Es waren mindestens fünf. Er hatte vor drei Tagen einen Schafbock, den er erschießen musste, weil der sich ein Bein gebrochen hatte, in den Wald gebracht. Zum Verludern. Heute Morgen war von dem Tier nicht ein Stück mehr übrig. Und die Spuren rings um die Stelle, auf die er den Kadaver gelegt hatte, waren eindeutig Wolfsspuren. Obwohl. Ein kleiner Zweifel war geblieben. Er hatte nicht mal mehr ein Stück Fell gefunden. So sauber räumten Wölfe eigentlich nicht ab. Andererseits konnte er sich nicht vorstellen, wer sonst einen bereits aufgeblähten Kadaver so komplett wegschafft. Eine Wildschweinrotte hätte entsprechende Spuren hinterlassen. Er hat aber keine gefunden.

Schulz gesteht sich ein, dass es ihn ein bisschen gruselt. Nicht wegen der Wölfe. Irgendwann würde auch der Wolfsbeauftragte einsehen, dass man die Tiere bewirtschaften muss. Abschussquoten, europäische Regeln her und hin. Das Land war nicht gemacht für so viele Wolfsrudel. Inzwischen waren schon die ersten Gerüchte aufgetaucht, dass ein Wolf einen Menschen angegriffen hat. Das ist natürlich Quatsch, aber der normale Gang der Dinge. Die alten Geschichten und Mythen liegen hier allen im Blut. Egal, ob es durch Inzest dumm und dick geworden ist oder nicht.

Um die Wölfe würde er sich bald kümmern müssen. Da kann er Krüger auch mit ins Boot holen. Sie würden ein bisschen Stimmung machen und dann den Wolfsbeauftragten zu einer Bürgerversammlung einladen. Da kann der ihnen erzählen, wie toll es ist, dass sich der alte Räuber hier wieder angesiedelt hat und dass er mal fast vom Aussterben bedroht war. Niemand würde ihm glauben. Zusammenbrüllen werden sie den Mann. Er und Krüger werden schlichtend eingreifen. Das können sie gut, dieses Spiel. So tun, als seien sie auf der Seite der Bürokraten, als griffen sie ihnen unter die Arme, damit die ihre idiotischen Verordnungen durchsetzen können. In Wirklichkeit aber arbeiten sie daran, dass die kleinen Scheißer, diese Ärmelschoner und Paragrafenreiter, demontiert werden. Am Ende werden sie ihre Abschussquoten kriegen. Dessen ist er sich sicher. Und dann werden sie den Wolf jagen. Den ersten wird er präparieren lassen und zu Hause in seinem Jagdzimmer aufstellen.

Schulz lächelt. Vor kurzem hatte ihn Krüger einen Wolf im Schafspelz genannt. Da ging es um die Genehmigung für eine weitere Biogasanlage, die er ihm unterm Hintern weggekauft hatte. Ihm waren halt doch ein paar mehr Leute was schuldig, als Krüger weiß. Aber Wolf im Schafspelz, das hatte ihm geschmeichelt. Wenn er ehrlich ist. Und er gibt sich Mühe. Anderen Leuten andauernd etwas vorzumachen, ist das eine. Das gehört zum Spiel. Aber zu sich selbst muss man ehrlich sein. Wenn er ehrlich ist, dann gesteht er sich ein, dass ihn nur noch dieses Spiel mit Krüger richtig am Leben hält. Das ewige Spiel um Macht und Einfluss. Auch wenn ihr Königreich hier ziemlich klein ist und mehr und mehr schrumpft. Und obwohl die Untertanen gar kein Gespür dafür haben, wie viel Freude es bereiten kann, sich mit einem Widersacher zu messen. Jeder kleine Sieg, der sich in einem weiteren Stück Land, in ein paar tausend Euro Fördermitteln für irgendwelchen Schwachsinn, in einem Hektar Wald, einer aufgekauften Ruine von Wohnhaus, die man einzäunen und mit Zutritt verboten, Privatgelände, markieren konnte, manifestierte, hält ihn am Leben. Das Spiel ist längst zum Selbstzweck geraten. Aber egal. Und wenn es ihm jetzt gelänge, das Gelände zu bekommen, auf dem der Schweinebaron aus Holland nisten will, dann wäre dies ein weiterer Sieg. Er wird sich kümmern. Und was er dann mit dem Stück Land macht, später entscheiden. Hauptsache, er hat es erst einmal. Und Krüger das Nachsehen.

Bei dir ist es andersrum, Krüger. Hatte er gesagt. *Du hast ein großes Mundwerk, aber wenn es drauf ankommt, bist du feige.*

Der Wilderer steht im Wort. Er liegt im Mais und wartet auf die Bache. Er muss liefern. Heute. Es ist tödlich langweilig, im Maisfeld zu liegen. Nichts, was die Sinne reizt. Stattdessen schnurgerade Reihen, nicht einmal irgendwelche Insekten, die einen stören, das einschläfernde Geräusch des Windes in den Pflanzen, irgendwo in der Ferne eine Lerche. Immerhin. Noch steht der Mais nicht hoch. Aber einen liegenden Mann versteckt er gut.

Wenn Schulz ihn hier erwischt, wird der ihn erschießen, zerlegen und vergraben. Dessen ist sich der Wilderer sicher. Auf der letzten Jagdversammlung hat Schulz gesagt, *den mach ich kalt, wenn ich ihn erwische.* Der Wilderer zweifelt keinen Moment daran, dass Schulz es ernst meint. Vor zwei Jahren muss es einen wie ihn gegeben haben, der wundersamerweise von einem Tag auf den anderen aufgehört hat mit dem Wildern. Hat Schiss gekriegt, haben die Leute im Dorf gesagt. Der Wilderer ist sich nicht sicher, ob der Mann nicht einfach Schulz begegnet ist im Wald. Dann verschwindet man schon mal ganz schnell. Vielleicht. Er kann es nicht beweisen. Würde es aber auch nicht drauf ankommen lassen wollen.

Trotzdem liegt er hier und wartet darauf, dass ihm was vor die Flinte läuft. Im Mais ist es sicherer als im Wald. Und er hat Fährte und Losung gesehen. Hier muss Schwarzwild sein. Und sobald er eins erlegt hat, macht er sich vom Acker. Der Wilderer lächelt. Ihm gefällt es, wenn das Leben Sprichwörter schreibt. Wenn einer vom Pferd getreten wird und dann sagt, *ich glaub, mich tritt ein Pferd*. Über so etwas kann er lachen. Wenn er es in einem Film sieht oder so. Im Leben kommt es eher selten vor. Aber in diesem Fall passt es. Wenn er sich aus dem Maisfeld schleicht, macht er sich vom Acker.

Vorhin, als der Wilderer durchs Dorf gefahren ist, hatte ein Auto mit Berliner Kennzeichen am Ortseingangsschild gestanden. Der Wilderer ist ein höflicher Mann. Er hat angehalten und das Paar, das in dem Auto saß, gefragt, ob er helfen könne. Hätte ja sein können, dass die sich verfahren haben. War aber nicht so. Die Frau hatte ausgesehen, als wollte sie gleich anfangen zu heulen. Und der Mann hatte nur den Kopf geschüttelt und sich bedankt. Hatte noch hinterhergeschoben, weil es ihm vielleicht zu unhöflich erschien, nur den Kopf zu schütteln, man wolle sich im Dorf ein Haus ansehen.

Seitdem überlegt der Wilderer, welches Haus das wohl sein könnte. Im Dorf stehen so viele leer. Er würde keines davon geschenkt haben wollen. Außer vielleicht das letzte, schräg gegenüber vom alten Landgasthof. Wenn er Geld hätte. Hat er aber nicht. Er liegt ja nicht umsonst im Mais und riskiert sein Leben, nur um eine Bache oder einen Keiler oder wenigstens einen Überläufer vor die Flinte zu bekommen. Ihm steht das Wasser bis zum Hals. Aber das letzte Haus im Dorf, da könnte man was draus machen. Fachwerk und Lehm, irgendein frommer Spruch auf dem Balken über der Tür. Gottesfurcht und Arbeit. Darauf laufen hier alle frommen Sprüche hinaus, die an den Häusern stehen. Dabei ist das eine längst verlorengegangen und das andere nicht zu haben.

Des Spaßes halber war der Wilderer vor einigen Wochen mal in das Haus gestiegen. Nicht, dass er Lust hätte, im Dorf zu wohnen. Zu viele Zombies. Aber das Haus. In so einem war er aufgewachsen. Drei Dörfer weiter. Als Ältester von sechs Brüdern, mit seinen Eltern und zwei Großmüttern. Die Großväter hatten zeitig ins Gras gebissen. Wo sie liegen, hat das Grundwasser bestimmt zwei Promille. Die Großmütter abstinent und fromm. Musste man ja werden, bei solchen Männern.

Er hatte in dem Haus, in das er eingestiegen war, gegen die Wände geklopft und sich die Balken angesehen. Davon versteht er was. Von Holz, Lehm und Häusern. Er kann an einen Balken klopfen und hört am Klang, ob der Holzwurm oder der Schwamm drinsteckt. Das war es, womit er sein Geld verdient hat. Als die Zeiten noch besser waren. Als die Leute noch geglaubt hatten, hier in der Gegend würden sich Menschen mit Geld in alten Häusern niederlassen und ihre Kinder großziehen. Wie sie darauf gekommen sind, kriegt der Wilderer heute nicht mehr zusammen. Er hat ja mitgeglaubt und sich gedacht, ihm würde die Arbeit nie ausgehen. Einer, der so gut mit Holz kann, mit Dachstühlen, altem Gebälk, neu aufzubauendem Fachwerk. Warum sollte dem die Arbeit ausgehen? Er ist auch mit der Wünschelrute los und hat den Leuten gesagt, wo sie ihren Brunnen bohren sollen. Und nie falschgelegen.

Aber anstatt Fremden die alten Häuser schmackhaft zu machen, haben die Schulzens und Krügers sich das Land unter den Nagel gerissen und zuschanden geritten. Ist vielleicht ungerecht, denn bevor die damit anfingen, ist den Dörfern erst mal die Arbeit abhandengekommen. Die Zuckerfabrik hat zugemacht, die Zulieferbude für VW ist kurze Zeit später pleitegegangen, die Papierfabrik ebenso. Alle sind sie der Preisdrückerei und der billigen Konkurrenz aus dem ferneren und näheren Osten zum Opfer gefallen. Zumindest stand es so in den Zeitungen. Der Wilderer erinnert sich noch an die Diskussionen bei abendlichen Saufgelagen. All die geschlagenen Männer, in ihrer Ehre verletzt, arbeitslos und zu nichts mehr nutze. Zu faul und zu ängstlich, einfach die Tasche zu packen und woanders hinzugehen. Woanders gibt es Arbeit. Aber wer hier ein Haus unterm Arsch hat, geht nicht einfach fort. Stattdessen säuft er sich eine Plauze an, die nie mehr verschwinden wird, und schimpft auf Polen, Chinesen und anderes Kroppzeug. Nicht auf VW, die deutscheste aller Firmen, der es offensichtlich nichts ausmacht, mal eben woanders einzukaufen. Der Wilderer hat einmal in einer solchen Saufrunde gesagt, man solle doch Volkswagen den Arsch aufreißen, anstatt auf die Polen oder Chinesen oder sonst wen zu schimpfen, die auch nur nähmen, was sie kriegen könnten. Über das Stöckchen hat aber keiner springen wollen.

Den Läden in den Dörfern haben KiK, famila, Aldi und Co. den Garaus gemacht, jetzt gibt es im Umkreis von fünfzehn Kilometern keinen einzigen Dorfladen mehr, und zu Aldi fährt man dreizehn Kilometer.

Hier im Dorf wird zweimal in der Woche in einem aufgelassenen Haus ein bisschen was verkauft. Schulz hatte das Geld dafür gegeben, einen Raum als Verkaufsraum einzurichten. Ein paar Regale, Strom und Wasser, eine Kasse, ein kleiner Lagerraum. Ein paar Frauen wechselten sich ab und verkauften das Zeug, das Schulz anliefern ließ. Der Wilderer hatte noch nie einen Mann in dem Laden gesehen. Da standen und saßen immer nur Weiber rum und quatschten.

Aber der Laden ist keine schlechte Sache. Schlecker ist ja inzwischen auch pleitegegangen. Und den kleinen Handwerkern sind die Baumärkte in die Quere gekommen. In denen einem weisgemacht wird, dass man alles selber machen kann. Dann erst kamen die Schulzens und Krügers richtig zum Zug. Als alles am Boden lag und niemand mehr das Maul auf machen wollte. Manchmal denkt der Wilderer, dass in dieser Gegend eine besonders lethargische Spezies Mensch lebt. Es ist, wie es ist. Und wie es ist, ist es nicht zu ändern. Er könnte aus der Haut fahren, wenn er diese Sätze hört, aber sie sind das Mantra fast aller Leute, die hier leben. Außer Schulz und Krüger. Und noch der eine und andere, keine große Zahl, schon gar keine Übermacht.

Dem Wilderer verschwimmen die schnurgeraden Reihen vor den Augen. Gleich wird er einschlafen. Er kramt in seiner Jackentasche nach einem Bonbon. Lieber würde er eine Zigarette rauchen, aber das geht nicht. Obwohl es wahrscheinlich scheißegal ist, heute wird er nicht zum Schuss kommen. Das hat er im Urin. Er setzt sich auf und drückt den Rücken durch. Ob es richtig ist, im Liegen auf die Beute zu warten, weiß er gar nicht. Er ist kein Jäger. Kann nur ein bisschen schießen und hat sich das eine und andere abgelauscht. Wenn die Jäger besoffen in den Drei Linden im Nachbardorf sitzen und ihre Geschichten erzählen. Da hat er sich manchmal dazugesetzt und sie lautstark bewundert. Damit sie mehr erzählen. Hat sich die Wahrheit aus dem Latein gepickt und noch ein bisschen was gelesen.

Über die Wirkung von Schussverletzungen zum Beispiel. Geweih- und Gehörnschüsse lösen Schock aus, aber das Schalenwild erholt sich oft schnell davon. Kopfschuss ist tödlich, da unterscheidet sich Tier nicht vom Menschen. Hals- und Trägerschüsse sind tödlich, weil sie Schlund oder Drossel treffen. Ein Hochblattschuss ist tödlich, aber nur, wenn die Wirbelsäule durchschlagen wird. Rücken- und hohe Keulenschüsse lähmen die hinter der Schussverletzung gelegenen Körperteile. Ein Krellschuss verletzt nur die Dornfortsätze am Wirbel, das Tier erleidet im Feuer einen Schock, erholt sich wieder und flüchtet. Die Möglichkeit der Heilung besteht. Vorderlaufschüsse verkrüppeln das Tier, sind aber nicht mit so großen Einschränkungen verbunden wie Hinterlaufschüsse. Ein Blattschuss ist immer tödlich, ein Hohlschuss heilt wieder aus, wenn er die Lunge nur streift. Richtig scheiße sind Weidwundschüsse. Da bleibt das Tier noch bis zu zwanzig Stunden am Leben. Ein Nierenschuss bereitet große Schmerzen. Ein Wildbretschuss ins Fleisch, auf das man eigentlich scharf ist, lässt dem Tier gute Chancen.

All das hatte er sich angelesen und durch Zuhören angelernt. Vor allem, um zu wissen, wie weit das angeschossene Tier im Zweifelsfall noch würde laufen können. Die Geschichten vom Nachsuchen, die bei den abendlichen Saufgelagen erzählt werden, sind legendär. Wahrscheinlich total übertrieben, aber zumindest schien es eine Frage der Ehre zu sein, das angeschossene Wild zu finden und von seinen Leiden zu erlösen, um die es nicht gebeten hatte.

Eine Zeitlang hat er geglaubt, er könnte sich einen ordentlichen Nebenverdienst aufbauen mit der Wilderei. Abnehmer hat er genug. Nicht im Dorf, das wäre lebensmüde. Aber in der Kreisstadt gibt es drei Gastwirte, die wollen nicht wissen, wo was herkommt. Denen reicht, dass er Fleisch für die Hälfte des üblichen Preises verkauft. Einkaufspreis für die Scheibe Wildschweinbraten ein Euro, verkauft für zwölf. Vielleicht noch mal ein oder zwei Euro für das ganze Drumherum auf dem Teller, das ist eine gute Rendite. Da fragt man nicht mehr nach, wo das Tier herkommt. Und ob da jetzt mutterlose Frischlinge oder Bambis in den Wäldern rumlaufen.

Der Wilderer hat sein Herz schon längst verloren. Irgendwo auf dem Weg zwischen damals und heute. Er schießt, wenn er Geld braucht, und kümmert sich nicht um Schonzeiten. Wohl aber darum, dass kein Tier unnötig leidet. Ihn hat auch niemand geschont. Obwohl er ein Experte ist. Ein Holzexperte, den keiner mehr braucht. Jetzt kaufen die Leute im Baumarkt sibirische Kiefer. Mit Nut und Feder, fertig zugeschnitten, hübsch anzusehen. Damit legen sie an einem Tag den Fußboden in ihrem neuen Vorbau, und fertig ist. Oder sie legen Laminat in ihre Zimmer. Er kann das Klickgeräusch nicht mehr hören, alles so einfach, er rastet aus. Laminat ist eine solche Scheiße, jede Auslegware ist besser als das Zeug, diese Vorspiegelung falscher Tatsachen. Letztens hat er in einem Baumarkt einen PVC-Belag gesehen, der imitiert Holz. Auf den ersten Blick gar nicht so übel und immer noch besser als diese Laminatkacke. Trotzdem irgendwie pervers, sich einen Kunststoff auf den Fußboden zu kleben, der so tut, als sei er Holz. Die Leute haben einfach vergessen, wo sie herkommen und wo sie leben.

Manchmal holt ihn noch einer, weil er möchte, dass er ihm die Dachbalken erhält oder auswechselt. Aber wenn es der Pole billiger macht. Und wann tut er das nicht? Er selbst ist noch keinem Polen über den Weg gelaufen, der sich seine Arbeit unter den Nagel gerissen hat. Aber man hört ja einiges. Deshalb liegt er hier im Mais und wartet darauf, dass ihm was vor die Flinte läuft.

Letztes Jahr hat ihn ein Keiler aufgegabelt. Gerade als er aufstehen wollte nach fünf Stunden Rumliegerei, ohne zum Schuss zu kommen, war die Rotte gekommen. Mit Gedonner, als sei es eine Büffelherde. Und der Keiler ist ihm zwischen die Beine, hat ihn hochgelupft und zur Seite geworfen, als sei er ein Federgewicht. Die Juwelen der Familie hätten dabei draufgehen können. Zum Glück ist er mit einer derben Verletzung am linken Oberschenkel davongekommen. Musste in die Kreisstadt fahren, um dort einem weltfremden Arzt zu erzählen, dass er einfach so im Wald spazieren gegangen ist und dann der Keiler gekommen war. Hier hätte ihm das niemand abgekauft.

Hat ewig gedauert, bis die Wunde verheilt war, und eigentlich hatte er danach auch keine Lust mehr, auf Schwarzwild zu gehen. Diese verdammten Viecher waren unberechenbar.

Wenn die Berliner das letzte Haus im Dorf kaufen, wird er trotzdem sauer sein. Sauer sein und ihnen vorschlagen, dass er sich das Gebälk und den Dachstuhl anschaut. Er könnte es ihnen schönmachen. Von ihrem Geld. Sich mit dem Mann anfreunden und ihn später mal mit auf die Jagd nehmen. Müsste er den Jagdschein machen. Auf die Jagd mitnehmen und dann. Bamm! Ein kleiner Unfall. Rettungsaktion, keine Chance, trauernde Witwe, tröstender Beistand, man kommt sich näher, und schon sitzt er in dem Haus, auf das er so scharf ist. Die Frau sieht zwar nicht aus, als könnte sie sich für einen wie ihn erwärmen, aber hier im Dorf geht das Wählerische schnell flöten.

Der Wilderer denkt sich gern solche Geschichten aus. Jedes Mal, wenn er im Mais auf Beute wartet, bastelt er sich ein Märchen zusammen. Die Frau in dem Auto hatte nicht schlecht ausgesehen. Und in einem Buch oder Film wäre das der normale Gang der Dinge. So eine Geschichte. Wie er dem Mann das Haus herrichtet, ihn dann umbringt und sich Haus und Frau unter den Nagel reißt. Nicht so langweilig erzählt. Einen interessanten und undurchschaubaren Charakter müsste er beschreiben. Von Leidenschaft verzehrt und zerstört durch eine elende Kindheit. Zwei versoffene Großväter, zwei lustfeindliche Großmütter, Eltern zu keiner Liebe fähig, Brüder, um die er sich kümmern musste, bis sie flügge waren. Das ist auch eine Geschichte. Die nur zur Hälfte stimmt. Aber egal. Die Frau aus Berlin kaufte sie ihm möglicherweise ab.

Der Wilderer möchte gern wissen, von welchem Haus der Mann gesprochen hat. Plötzlich gibt es nichts Wichtigeres. Er steht auf und geht durch den Mais zu seinem Auto. Schaut vorher, dass wirklich niemand in der Nähe ist und ihn sehen kann. Das Auto steht gut versteckt auf einem fast zugewachsenen Waldweg. Der nächste Hochstand mindestens fünfhundert Meter entfernt. Die Flinte verpackt in einer Segeltuchtasche für Angler. Angelschein hat er. Das ist also unverfänglich. Aber angeln ist langweilig und bringt nichts ein. Und er braucht wirklich Geld. Mehr, als er jemals zusammenschießen kann. In Berlin würde er längst betteln gehen.

Als er das letzte Mal in der Stadt war, hatte er am S-Bahnhof Friedrichstraße ein Mädchen sitzen sehen, auf dessen Pappschild stand: *Ich brauche Geld, um meine Tochter zu begraben.* Das war ihm so krass vorgekommen, dass er umgekehrt ist, um das Mädchen zu fragen, ob es stimmt. Natürlich hatte sie bejaht. Was hätte sie sagen sollen?

Nein, guter Mann. Das nur ein Trick, um an die Kohle zu kommen.

Was er sich da eingebildet hatte. Das Mädchen hatte ihm eine lange Geschichte erzählt, von der er nichts behalten hat. Er war sich die ganze Zeit sicher, dass sie lügt. Aber nicht hundertprozentig. Sie hatte geheult, und das kann nicht jeder auf Knopfdruck. Das muss man üben. Zwei Euro hatte er ihr gegeben, und danach hat ihm Berlin keinen Spaß mehr gemacht. Überhaupt war es ihm so vorgekommen, als hätte er nie zuvor so viele Bettler in der Stadt gesehen. Die standen, saßen, lagen an jeder Ecke und hatten die abenteuerlichsten Gründe dafür auf Pappe oder kleine Zettelchen geschrieben, die sie einem hinreichten, als stünden da die Lottozahlen der Sonntagsziehung drauf. Und er hatte den Trottel vom Land gegeben und war innerhalb von zwei Stunden sein ganzes Kleingeld losgeworden.

Nach Berlin wird er so schnell nicht wieder fahren. Hier in den Dörfern blieb die Armut in den Häusern oder hockte vor dem Supermarkt oder an der Tanke und soff sich den Verstand weg. Irgendwie ehrlicher. Beides. Er bleibt im Haus. Fürs Saufen vor dem Supermarkt hat er zu lange die Schule besucht. An der Tanke sitzen nur Idioten, und außerdem bläst da immer der Wind.

Der Wilderer fährt langsam durchs Dorf und hält Ausschau nach dem Auto mit dem Berliner Kennzeichen. Sieht es dann vor dem Schusterhaus stehen und atmet einmal tief ein und aus. Das letzte Haus im Dorf bleibt frei. Seine Option auf eine nicht stattfindende Zukunft.

Im Schusterhaus brennt Licht. Hatten sie den Strom also nicht abgestellt, nachdem die Wischnewski gestorben war. Zu deren Lebzeiten war er ein paar Mal in dem Haus gewesen. Um kleine Reparaturen zu machen, den Verfall ein bisschen aufzuhalten. Die Wischnewski hatte ihn immer in Naturalien bezahlt. Likör, Schnaps und später, als er ihr gesagt hatte, dass er eher wenig trinkt, weil er das Zeug nicht mochte, das sie ihm gab, hatte sie ihm nach und nach ihr Silberbesteck gegeben. Immer einen kompletten Satz, Messer, Gabel, Löffel, Kuchengabel, kleinen Löffel. Zum Schluss eine Zuckerzange, einen Zuckerlöffel, ein Salatbesteck und bei seinem letzten Besuch sechs Fischmesser. Da ist er vom Glauben abgefallen. Fischmesser. So was hat hier wahrscheinlich niemand im Haus.

Komischerweise hatte er es nie fertiggebracht, das Silberbesteck zu Geld zu machen. Es liegt noch immer in seiner ansonsten fast leeren Bude. Manchmal stellt sich der Wilderer vor, dass er Gäste einlädt. Er würde Fertigpizza kaufen und Pappteller und neben die Pappe das Silberbesteck legen. Das hätte was.

Dann wird das der Neffe von der Wischnewski sein. Der Neffe aus Berlin, von dem sie hin und wieder geredet hat, wenn ihr nach Reden zumute war. Meist hatte sie schlechte Laune, und es schien ihr auch peinlich zu sein, den fast zahnlosen Mund aufzumachen. Sie musste sich ihrer besseren Tage gut erinnern, wenn ihr so was peinlich gewesen ist. Das hatte er dann immer gedacht. Aber nie gefragt. Als er noch jünger war, ist er manchmal zur Wischnewski gegangen, um sich Bücher auszuleihen. Die hatte so eine kleine Bibliothek in ihrem Flur, und ein paar Bücher waren brauchbar.

Der Wilderer überlegt, bei dem Neffen zu klingeln und zu fragen, ob der das Haus verkaufen oder herrichten will. Ihm vielleicht gleich seine Dienste anbietet, bevor der sich den Polen herholt oder irgendwelche Handwerkerbanden aus Berlin. Das Haus ist gar nicht so übel. Hatte nur eine Menge schlechte Erfahrungen gemacht. Der Wilderer ist nicht abergläubisch, aber dass Häuser sich bestimmte Sachen merken, das glaubt er schon. Trotzdem. Das Dach ist halbwegs in Ordnung, die Elektrik eher nicht, die Frostschäden an der Wasserleitung müssen repariert werden, und das Bad war irgendwie. Eklig. Er weiß gar nicht mehr genau, warum. Aber als er bei der Wischnewski einmal aufs Klo gegangen ist, weil es nicht anders ging, hatte er sich gegruselt. Obwohl das Bad geputzt gewesen war, daran hatte es nicht gelegen. Vielleicht ein komischer Geruch. Gerüche können einen ja fertigmachen. Mäusedreck zum Beispiel, ein verendetes Tier irgendwo auf dem Dachboden oder im stillgelegten Kamin.

Der Wilderer sieht die Frau aus Berlin am Fenster stehen. Sie zerrt an ihrem linken Arm rum, als wollte sie sich den rausreißen, und starrt dabei auf die Straße, als ginge sie das Haus nichts an. Vielleicht ist es doch keine so gute Idee, jetzt anzuklopfen. Aber er wäre der Erste, und das könnte ihm einen Vorteil verschaffen. Er könnte ihnen erklären, dass sich dieses Haus nur verkaufen lässt, wenn man vorher etwas daran macht.

Der Wilderer sieht, wie der Mann die Frau von hinten umfasst. Sie scheint sich zu wehren und zerrt weiter an ihrem Arm rum.

Kein guter Moment. Der Wilderer lässt es bleiben mit der Aufwartung. Später. Morgen vielleicht. Sollten die beiden noch da sein und nicht längst das Weite gesucht haben.

Die Bilanz dieses Tages schreit nach Alkohol. Nach einem kräftigen Rausch, für den er ausreichend Zeug im Kühlschrank stehen hat. Er könnte aber auch noch ein bisschen rumfahren und sich eine andere Stelle in einem anderen Maisfeld suchen. Ohne Nachtsichtgerät würde er aber kein Glück haben. Und wer konnte sich so was schon leisten. Er jedenfalls nicht. Allerdings scheint der Mond ziemlich hell, und wenn er heute nichts schießt, hat er einen Kunden verloren. Kann er sich eigentlich nicht leisten.

Letztens hatten sie ihm im Jobcenter eine Umschulung angeboten. Bürokaufmann. Klar, könnte er das machen. Grips genug hat er. Weiß kaum jemand, dass er ein ziemlich schlaues Kerlchen ist und abends häufiger liest als in die Glotze starrt. Wird er auch keinem erzählen.

Das letzte Buch, was er gelesen hat, handelt von einem Mann, der mal Professor war und dann in seine Heimatstadt zurückkehrt, um dort als Lehrer zu arbeiten. Den sie rausgeschmissen hatten, weil für einen Professor wie ihn kein Platz mehr war. Ganz schön verkopftes Zeug. Er hatte das Buch in Berlin gekauft. In einem Antiquariat. Einsfünfzig. Viele Buchstaben für wenig Geld. Richtig gefallen hat es ihm nicht. Zu viel Nachdenken, zu wenig Handlung. Das mochte er nicht. Es musste schon was passieren in den Büchern. Anders als im Leben. Im Leben passiert kaum etwas. Sieht man mal davon ab, dass er übermorgen pleite ist, wenn er bis morgen nichts schießt.

Der Wilderer seufzt und macht sich auf den Weg in ein anderes Maisfeld. Schließlich ist fast Vollmond. Da wird es doch auch ohne Nachtsichtgerät gehen.

Die alten Bahngleise sind nicht so schön wie Bäche oder Flüsse. Die Menschen mögen es, an Bächen entlangzulaufen. Über einen Fluss zu schauen. Fließendes Wasser macht sie heil für einen Moment oder einen Tag. Alte Bahngleise tun dies nicht. Aber sie sind eine gute Orientierung. Verborgene Wege, die niemand mehr anrührt. Werksgleise, Fortgehgleise, Todesgleise. Die Menschen haben mit ihnen gemacht, was sie wollten und meinten zu brauchen. Sonderzüge oder Güterwagen oder beides zusammen. Güterwagen, in denen Menschen steckten, die zu sterben hatten. Züge, in denen Menschen saßen, die hoch an die See wollten und dort auf ein Schiff und weiter in ein fernes Land, das ihnen allen eine Chance versprach und dafür Tüchtigkeit verlangte. Die Menschen sind auf den Bahngleisen gereist oder transportiert worden. Den Neuanfang suchend, dem Ende entgegen. Die Gleise haben ihren Dienst getan. Und als sie nicht mehr gebraucht wurden, hat sie sich der Wald geholt.

Aber so ganz ist es ihm nicht gelungen, die Schneisen blieben sichtbar. Auf Schotter wächst nicht viel, altes Eisen rostet, aber vergeht nicht. Wer einen Weg durch den Wald abkürzt, orientiert sich noch heute an den Gleisen. Die geben den Schritten die Länge vor und legen den Rhythmus des Gehens fest.

Schon in Zeiten, als das Land noch anders hieß, mochte das Muffelwild die alten Gleise. Auf dem steinigen Untergrund nutzten sich die Schalen gut ab, und das war lebenswichtig.

Schlecht aber war, dass die Jäger immer wussten, wo sie am

ehesten Widder, Schaf oder Lamm finden würden. Muffelfleisch schmeckt gut. Richtig zubereitet, ist es eine Gaumenfreude. Aber ganz so einfach ist es nicht, die Tiere mit dem guten Blick und den wachen Sinnen zu erlegen. Droht Gefahr, warnen sie sich gegenseitig durch einen scharfen Pfiff. Im Rudel ist man stark. Zumindest nicht schutzlos. Springen können die Tiere auch gut, fast drei Meter hoch, wenn es brenzlig wird.

Manchmal, in der Brunftzeit, hört man fernab von den Gleisen das Zusammenschlagen der Schnecken kämpfender Widder. Vier bis fünf Kilo die Schnecke, ist der Widder gut geraten. Ein stolzer Ton, dieser Zusammenprall des Horns, der den Menschen jedoch keine Angst macht.

Die alten Gleise haben so viel Last getragen, so viel Leid und so viel Hoffnung, bevor sie nutzlos wurden und nur noch schmale Schneisen in den Wald schlugen. Über ihnen stecken die Bäume die Köpfe zusammen, zwischen den Schwellen wachsen Gräser, und durch den Schotter schiebt sich allerlei krautiges Zeug. Schmackhaft für das Muffelwild und manchmal durch Kräuterkundige in einem Tee geadelt. Der eine und andere Jäger aus den Dörfern hat seinen Hochsitz in der Nähe der alten Gleise gebaut. Wacklige Konstruktionen, die einem Sturm kaum standhalten. Aber sitzt man erst einmal drauf, liegt einem die Welt zu Füßen.

Draußen steht ein Auto, und in dem Auto sitzt ein Mann. So viel kann Marthe sehen. Komm rein und erlöse mich. Marthe mag Melodramatik. Ich liebe es, melodramatisch zu sein. Das wertet dieses Leben auf. Das ich nicht führen möchte. Der Arm ist immer noch da. Inzwischen hat sie sich fast an ihn gewöhnt. Sie unternimmt noch einen halbherzigen Versuch, ihn wegzukriegen. Aber das gelingt natürlich nicht. Warum sollte es auch. Sie arbeitet sich daran jetzt schon ein paar Wochen ab, und das Ding ist immer noch da.

Das Haus erinnert Marthe an eine tote Katze. Sie hat eine Katze gehabt. Als Kind. Die war nach gerade mal acht Jahren gestorben. Einfach so, in der Nacht. Schlaganfall, hatte ihre Mutter behauptet, bevor sie die Katze im Garten begraben hatten. Und die Katze hatte tot genauso ausgesehen wie dieses Haus. Nicht friedlich, sondern mitten in einer Wut gestorben.

Ich drehe mich im Kreis. Wie meine Katze, als sie ihren ersten Schlaganfall gehabt hat. Ein Veitstanz im Bad, rum und rum, schreiend. Das hatte ich völlig vergessen. Jetzt erst. Das liegt wohl am Haus. Erinnere ich mich wieder daran. Wie erschrocken ich war, als die Katze anfing, zu schreien und sich im Kreis zu drehen bis zur völligen Erschöpfung. Danach alles wieder gut. Und doch muss das der Anfang vom Ende gewesen sein. Ich habe es nur nicht gewusst.

Marthe weiß nichts von Davids Tante. Er hatte nur selten von ihr gesprochen, und alles, was er erzählt hatte, muss belanglos gewesen sein. Sie hat sich nichts davon gemerkt. Außer dass es die Schwester von Davids Mutter und dass ihr Vorname Waltraud gewesen ist. Tante Wally, so hatte David sie genannt. Eine Vertrautheit, ein kleines Kosen in der Benennung dieser Frau, obwohl er gar keinen Kontakt zu ihr gehabt hatte. Trotzdem hat die Tante ihm dieses Haus vererbt. Es fühlt sich an wie eine traurige Rache. Sieh zu, was du damit anfängst, du untreuer Neffe. Hast mich nie besucht und dich nie für mich interessiert. Jetzt bekommst du das Haus und die Reste meiner Hinterlassenschaft. Sieh zu.

Ich werde meinen Kindern gar nichts hinterlassen. Weil David und ich alles verspielt haben. Und es ist auch egal. Die Welt wird sich noch so oft drehen, bis wir tot sind, dann zählen Dinge, die man vererben kann, vielleicht gar nicht mehr. Der Nordpol erwärmt sich, der Dauerfrostboden taut, das tiefgefrorene Saatgut in Spitzbergen, das uns retten soll, wenn alles in Schutt und Asche liegt, muss umgelagert werden, weil es nicht mehr sicher ist. Einskommaacht Billionen Tonnen Kohlenstoff sind im arktischen Boden eingefroren. Wenn das alles taut, wird sich der Kohlenstoff in Methan verwandeln. Vierunddreißigmal mehr Methan als Kohlenstoff. So schnell werden wir uns die Klamotten gar nicht vom Leib reißen können, wie es dann wärmer wird. Ich muss nichts mehr vererben. Außer vielleicht ein Haus mit einer Grundausrüstung zum Überleben. Immerhin. Das wäre eine Aufgabe für David und mich. Dieses Haus für den Klimawandel rüsten, dass den Kindern noch einige Zeit mehr bleibt als den anderen. Aber wozu?

Marthe ist mit David einmal durchs Haus gelaufen. Die Quelle des Gestanks hatten sie schnell gefunden. Eine Kühltruhe mit Inhalt hatte hinter der Scheune gestanden, und damit waren auch die seltsamen Flecken in dem Vorraum vor dem Badezimmer erklärt. Offensichtlich war der Inhalt der Kühltruhe ausgelaufen, und dann hatte irgendjemand das Teil hinter die Scheune getragen. Jugendliche vielleicht. Sie hatten im Haus Pizzaschachteln und ein paar Bierflaschen gefunden, als seien hier traurige Partys gefeiert worden.

David hatte vor einer Woche geklärt, dass der Strom wieder angestellt wird. Wovon er den bezahlen will, hat er dem Stromanbieter nicht gesagt. Die Kühltruhe war nicht wieder angesprungen, obwohl sie unversehrt aussieht. Darüber ist Marthe froh, denn das Ding hatte trotz Putzen eklig ausgesehen. Die Truhe hatte von dem Ökostrom nichts gewollt. Das sind die alten Gewohnheiten. Ihnen steht das Wasser bis zum Scheitel, und David ordert Ökostrom. Vielleicht in der Überzeugung, dass es auf die paar Cent auch nicht mehr ankommt, und weil es wehtut, sich von dem guten Gefühl zu verabschieden, das einem solche Aktionen trotz alledem immer geben.

Dabei weiß ich doch längst, dass es gar nicht mehr auf unser Tun ankommt. Wir können Ökostrom ordern und fleischlos essen. Wir werden nicht mehr fliegen. Als ob wir das in den vergangenen Jahren gemacht hätten. Wir können Fahrrad fahren, Permakultur auf achthundert Quadratmetern Boden betreiben, gar keinen Müll mehr produzieren und Regenwasser auffangen. All das können wir tun, es wird nichts ändern. Die Erde erhitzt sich doppelt so schnell, als die klügsten Köpfe noch vor achtzehn Jahren gedacht haben. Acht Grad Erwärmung. Das ist inzwischen die oberste Grenze der Wahrscheinlichkeit. Niemand glaubt es, manche meinen, es zu wissen. Acht Grad. Hummereffekt. Froschblödheit. Wir werden ganz langsam gekocht. Aber David ordert Ökostrom.

Die Katze springt dorthin, wo die Maus in einer Sekunde sein wird. Wir sind gesprungen, als die Maus längst tot war. Mein David ist keine Katze. Die Katze ist an Schlaganfall gestorben. Ich habe sie kreiseln sehen und hatte es vergessen. Wie sie geschrien hat und dass dies der Anfang vom Ende gewesen ist. Auch wenn der tödliche Schlaganfall erst viel später kam.

Marthe weiß, dass man vergammeltes Zeug am besten wieder einfriert, bevor man es entsorgt. Dann stinkt es nicht ganz so schlimm. Der Inhalt der Kühltruhe hat infernalisch gestunken. Und zum Einfrieren war keine Zeit gewesen. Es hätte auch nicht funktioniert, schließlich ist die Kühltruhe kaputt. Trotzdem hatten sie versucht, das Teil auszuwaschen, bevor sie den Test wagten, ob sie überhaupt noch funktioniert. Was David jetzt mit dem Ding tun will, weiß Marthe nicht. Vielleicht bringen sie es nach Einbruch der Dunkelheit in den Wald. So machen das die Leute hier wahrscheinlich alle, wenn etwas stinkt. Sie bringen es in den Wald, und im besten Fall graben sie dafür noch eine Grube. Der ganze Wald wird inzwischen voll sein mit Müll. Mit Vergrabenem und Unvergrabenem. Marthe denkt bei Müll.

Ich denke bei Müll immer nur an unsere Niederlage. Dieses Geschirr. Dieses Müllvermeidungsgeschirr, das war doch keine schlechte Idee. Ich verstehe es nicht. Aber wenn die Leute nicht einmal das. Wir sind eine so unbrauchbare Spezies.

Kürzlich war sie in Berlin in der Kastanienallee in einen Laden gegangen, der sich damit brüstete, dem guten alten Einkaufsnetz zu einer Renaissance zu verhelfen. Das gute alte Einkaufsnetz kostete fünfundzwanzig Euro das Stück und hatte ausgesprochen schick ausgesehen. Auf Umweltpapier gedruckt, aber grafisch hochwertig gestaltet, lagen kleine Kärtchen auf den Auslagentischen, auf denen hatte gestanden, wie viele Plastiktüten in Deutschland jährlich und pro Kopf verbraucht würden, was der Plastikmüll für Probleme bereitet und wie lange es dauert, bis eine Plastiktüte verrottet. So viele Menschenleben, hatte Marthe gedacht und war kurz davor gewesen, eines dieser Einkaufsnetze zu erwerben.

Fast hätte ich den Scheiß gekauft. Designerberuhigungspille. Mit dem Ding wäre ich dann durch Berlin gelaufen und hätte mich gut gefühlt. Die Liste ihres Ablasshandels war unendlich groß. Ihr ganzes Vermeidungsverhalten.

All meine Anwandlungen, keinen Schaden anzurichten, behutsam zu sein, nicht schuldig zu werden, das ist. Ich hasse es. Designereinkaufsnetze. Wir sind solche Arschlöcher geworden. Und erst jetzt, da es uns an den Kragen geht, unsere Finanzen aufgebraucht sind, Schulden drücken, fangen wir an, ökologisch zu leben. Hier in diesem fürchterlichen Haus. Weil wir müssen. Weil uns gar nichts anderes übrigbleibt. Wir werden jeden Salatstrunk auf den Kompost bringen und unsere Scheiße mit Regenwasser wegspülen. Wir haben nicht in der Zeit gespart, sondern beginnen damit in der Not. Niemandes Hintern wird dadurch gerettet werden.

David wird die Kühltruhe nicht in den Wald bringen. Man kann nicht Ökostrom bezahlen und Müll in den Wald bringen. Das Leben ist einfacher, als die meisten glauben. Wenn man Grundsätze hat. Marthe weiß es. Sie hat.

Ich habe nicht umsonst einen ganzen Tag damit zugebracht. Wann war das? Vor zwei Jahren. Bestimmt ist es zwei Jahre her.

Vor zwei Jahren hatte sie einen ganzen Tag lang in ein kariertes Heft geschrieben, was sie alles nicht mehr tun dürfen und stattdessen tun müssen, um zumindest für sich behaupten zu können, sie hätten versucht, die Welt zu retten. Die Listen waren lang geworden. So lang, dass Marthe den Überblick verloren hatte. Erst einmal hatte sie ewig gebraucht, um ein System zu finden, nach dem sie das Leben sortieren soll. Essen, Wohnen, Arbeiten, Freizeit war ein grobes Raster, das sich als untauglich erwies. Sie hatte es mehr und mehr verfeinern müssen, ohne die existenzielle Dimension, die dem Ganzen innewohnte, erfassen zu können. Am Ende hatte sie alles durchgestrichen und die nächsten Doppelseiten im Heft überschrieben mit *Was wir verbrauchen* und *Worauf wir verzichten oder umsteigen können*. Das hatte kindisch geklungen, aber viel besser funktioniert. David hat sie das Heft nie gezeigt.

Wir können die Welt nicht retten, November. Das ist ein unsinniger Gedanke. Wir sind Teil einer großen, dummen Bande, die fast alles in den Sand gesetzt hat, was sich versauen lässt. Und du willst, dass wir nichts mehr einkaufen, was in Kunststoff ver-

packt ist, Carsharing machen und keine Kerzen benutzen, die aus Palmöl hergestellt sind. Mach uns nicht lächerlich.

Aber nun gibt das Leben ihnen eine gute Chance, sich lächerlich zu machen. Ihnen fehlt das Geld, Dinge zu verbrauchen. Sie müssen in ein Haus ziehen, das ihnen aufzwingt, sich zu bescheiden. Folgt man der Kompensationslogik, können sie jetzt so viel Palmölkerzen verbrennen, wie sie wollen. Sie werden alles gutmachen dadurch, dass sie kein Geld mehr haben und demzufolge auf eine Menge andere Dinge verzichten müssen. Zum Beispiel auf ein Auto.

Aber ohne Auto werden wir hier sterben. Wir müssen doch hin und wieder fortkommen aus dem Ort. Und wenn ich tatsächlich eine Arbeit finde. David fährt mit dem Fahrrad in den Stall, und ich fahre mit dem Auto in die Kreisstadt. Ohne Auto werde ich nicht arbeiten können. Und Carsharing, das ist auf so einem Dorf bestimmt eine ganz lächerliche Idee.

Sie hatten ein paar Fenster aufgerissen und sind durchs Haus gegangen. Ein Rundgang, der schnell beendet war. Marthe musste David recht geben, als der sagte, der Grundriss des Hauses sei gar nicht hässlich. Drei Zimmer mit annehmbarer Größe und ausreichend Helligkeit, teilweise noch alte Türen, neue Fenster in allen Räumen und möglicherweise alte Dielen unter den Schichten von Linoleum und Auslegware. Eine Vermutung nur. Marthe hasst Vermutungen. Ihre ganzen letzten Jahre hatten auf Vermutungen gefußt, die sich als unbegründete Hoffnungen entpuppt hatten. Vermutlich, nein wahrscheinlich werden die Menschen kompostierbares Geschirr benutzen wollen. Vermutlich, ganz bestimmt, läuft der Laden nach ein, zwei Jahren Anlaufzeit wie geschmiert. Vermutlich, nein sicher, werden sie darauf aufbauend weitere sehr umweltfreundliche Ideen realisieren können. Sie hätte es besser wissen können.

Ich habe es besser gewusst und nur aus Liebe an David geglaubt. Jetzt bin ich eine Trümmerfrau. Ich ziehe in ein Dorf, in dem offensichtlich niemand lebt bis auf den Mann da draußen in dem Auto, und fange mit David von vorn an. Von hinten beginnen wir. Das wird kein Anfang. Wir haben unseren Anfang gehabt.

Das Haus ist unbelastet. Wir könnten eine Hypothek aufnehmen, um es ein bisschen herzurichten. Und unsere Mietschulden in Berlin zu zahlen.

David, selbst die Dorfbank, wenn es so was gibt, wird Erkundigungen einholen. Und feststellen, dass wir insolvent sind. Warum sollten sie uns eine Hypothek aufnehmen lassen?

Weil wir das Haus als Sicherheit hinterlegen.

David legt seine Hand auf Marthes apfelrunden Hintern. Der ist warm und weich, ein vertrautes Versprechen, auf das ihm das Haus jegliche Lust nimmt. Es ist ein sonderbarer Ort. Das spürt er. Marthe, November wird ihn hassen. Das weiß er.

Du weißt, dass ich viel selber machen kann. Ich habe zwei rechte Hände. Bis auf Elektrik traue ich mir alles zu. Und wenn das Dach in Ordnung ist, kann uns nichts passieren.

Marthe setzt sich in den Sessel, der am Fenster steht und aussieht, als sei es der Platz, auf dem Tante Wally klebengeblieben ist bis zum letzten Tag. Eine tiefe Kuhle in der Sitzfläche, fast durchgescheuerter Stoff, da, wo der Kopf ruht, und dort, wo die untätigen Hände gelegen haben mögen. Neben dem Sessel steht ein kleiner Zeitungsständer, wie ihn Marthe noch von ihren Eltern kennt. Diese nutzlosen Dinger, einfaches Holzgestell, bespannt mit derbem Tuch. Der hier mit einem bunt gewebten Fetzen, dessen Farben zu nichts passen, was sonst im Zimmer steht. Kostenlose Anzeigenblätter, drei alte Fernsehzeitungen und eine Zeitungsbeilage mit dem Titel »Derivatengipfel – intelligent investieren«.

Der clevere Weg an die Börse. Das Risiko beim Aktienkauf reduzieren. Laufende Erträge erwirtschaften. Depots absichern.

Was redest du, November?

Ich lese vor. Wieso laufende Erträge sichern? Muss es nicht heißen, laufend Erträge sichern?

Marthe. November. Lass uns auf den Dachboden gehen.

Nein. Ich war mit dir schon im Bad. Und dieses Bad. Das ist eine Zumutung. Ich werde nie, nie in diese Dusche steigen. Alles raus. Bevor wir einziehen, muss das raus. Bestimmt ist deine Tante in dieser Dusche gestorben.

Nein, sie ist die Treppe runtergefallen.

Dann ist jemand anderes in der Dusche gestorben. Ich bin sicher.

Auf der Beilage über einen Derivatengipfel.

Was ist ein Derivatengipfel? Ich bin doch klug, ich müsste mir darunter etwas vorstellen können.

Das Foto auf der Titelseite zeigt acht Männer und eine Frau, die vor der Frankfurter Börse stehen. Ein roter Teppich ist ausgerollt, auf dem stehen die acht Gestalten und lächeln Marthe an. Mehr Risiko, mehr Aktien, Dividenden sind der neue Zins. Die Deutsche Bank verspricht einhundertsiebenundvierzigtausend Ideen gegen Niedrigzinsen.

Die Deutsche Bank hat schon viele Versprechen gemacht. Hitler hat sie wahrscheinlich den Endsieg versprochen. Und zum Zeichen, dass sie es ernst meint, mit Auschwitz gute Geschäftsbeziehungen unterhalten. Hat es Auschwitzaktien gegeben? Vielleicht hat Tante Wally hier gesessen und sich vorgestellt, wie es hätte kommen können mit einem vernünftigen oder gar gewagten Depot. Ich habe nur ein einziges Bild von dieser Tante gesehen. Und ja, sie sah nett aus. Wenn auch nicht interessiert an Derivatengipfeln. Aber wer kann das schon sagen.

Marthe spürt, dass ihr Hintern.

Mein apfelrunder Hintern passt genau in Tante Wallys Sitzkuhle. Ich werde hier den lieben und immer länger werdenden Tag sitzen und auf die Straße schauen. Da draußen steht immer noch jemand. Warum kommt er nicht rein. Sogar der Arm verschwindet in diesem Sessel. Ist kaum noch zu sehen. Und mein Kopf. Mit welchem Shampoo wird sich Tante Wally wohl die Haare gewaschen haben? Es duftet ein bisschen nach Apfel. Gibt es noch Apfelshampoo?

Marthe schließt die Augen und hört David auf dem Dachboden hin und her gehen. Ein leiser Tritt direkt über ihrem Kopf, ein Stoß, ein kleiner Fluch. Sie könnte dann jeden Tag hier sitzen. Ohne Verpflichtungen. Vielleicht ein bisschen Garten. Niemand, der mit ihr reden will.

Sie nimmt ihr Telefon und starrt auf zwei dünne Balken. Öffnet die Mails und sieht den Mühen zu, die das Telefon hat, irgendeinen Funkmast in der Nähe zu finden. E-Mails können nicht empfangen werden.

Habe ich hier in der Nähe einen Funkmast gesehen? Oben auf diesem Hügel, den wir überqueren mussten, um ins Dorf zu kommen. War das ein Funkmast?

Keine Verbindung zum Internet. So ist es. So hat sie es sich vorgestellt. Keine Verbindung zum Internet. Sie würde hier im Sessel sitzen, abgeschnitten von der Welt, wenn man mal von Zeitungsbeilagen absieht, die einem versprechen, dass es einfach ist, in Rohstoffzertifikate von HSBC zu investieren, die es auch mit Währungsabsicherung gibt. Und das würde ja vielleicht auch genügen, sich die Welt zu erklären. Jeder sollte sich für Kapitalanlagen interessieren. Wie recht die Leute haben. In der Nullzinsära wird die Suche nach laufenden Erträgen immer schwieriger. Marthe nickt. Nickt zu jeder Überschrift, die sie beim Durchblättern liest, und spürt, wie ihr die Luft knapp wird.

Ich kann ja gar nicht mehr atmen. Und David ist auf dem Dachboden. Er wird nicht mitbekommen, wenn ich jetzt in dem Sessel sterbe. Ich könnte mich natürlich im Kreis drehen und laut schreien. Aber dafür müsste ich aufstehen. Den Sessel verlassen, an dem ich klebe. Ich will nicht aufstehen.

Das Dach scheint mir in Ordnung. Marthe, du sitzt immer noch da. Wir sollten überlegen, wo wir heute Nacht schlafen. In welchem Zimmer.

Nein.

Das kann er ihr nicht antun. Sie wird nicht in diesem Haus schlafen. Nicht schon heute Nacht. Sie sind hergekommen, haben alles angeschaut, sich mit einer kaputten Kühltruhe abgequält und schon mal ein paar hässliche Möbel in die Scheune gestellt. Sie haben von ihrem letzten Geld einen Lieferwagen bestellt und werden ihre Habseligkeiten aus Berlin in dieses Haus bringen lassen. Sie hatten die Wohnung aufgelöst und alle Papiere für die Privatinsolvenz eingereicht. Marthe hatte.

Ich habe jedem Gläubiger einen netten, netten Brief geschrieben und meine Situation erklärt. Nachdem mir dieser Herr Sommer erklärt hatte, die Bank würde einer Insolvenz vielleicht zustimmen, und damit sei die Insolvenz gesichert. Wenn der größte Gläubiger zustimmt. Ich musste mich.

Sie hatte sich bei diesem Sommer bedanken müssen. Anstatt ihn umzubringen, hatte sie ihm danke gesagt und dass sie sich über sein Verständnis für ihre Situation freue. Er hatte genickt. Wohlwollend, und danach war sie für ihn ein erledigter Fall. Marthe Lindenblatt zu den Akten.

Ihren Kindern hatte sie auch einen Brief geschrieben, einen langen, schönen Brief. Dass es ihnen gerade nicht so gut geht, sie sich aber wieder berappeln würden. Dass ihnen das Leben in der Stadt zunehmend auf die Nerven ginge und sie deshalb aufs Land ziehen würden. David hätte geerbt, ein schönes altes Haus in einer waldreichen, verschlafenen Gegend, das würden sie sich herrichten und noch einmal von vorn anfangen. Ihnen sei nach Rückzug, nachdem das mit der Firma schiefgelaufen war, sie aber noch rechtzeitig den Absprung geschafft hätten. Und sie hofften sehr, bald einmal Besuch von ihren beiden Lieblingskindern zu bekommen. Aber erst einmal würden sie sich einrichten müssen, und das bräuchte sicher seine Zeit. In Liebe.

Ich liebe dich. Deine Mama. Drei Abende lang haben wir uns darüber gestritten, ob es richtig ist, die Kinder zu belügen. Ihnen etwas vorzumachen. Ich wollte es so. Ich ertrage es nicht, den beiden zu schreiben, wie schlimm es um uns steht. Sie sind. Sie haben ein Recht darauf, verschont zu werden. Sie sind unser Schonvermögen. Habe ich zu David gesagt, nur um ihn aufzuheitern.

David hat nicht gelacht. Stattdessen bierernst gesagt, Kinder seien kein Vermögen. Trotzdem hatte er sich gefügt, hat die Briefe unterschrieben, die Marthe geschrieben hat, und ein Smiley unter jeden Brief gemalt. Neben ihr Smiley mit den großen runden Augen und den abstehenden Zöpfen. Seine Smileys zierten ein kleiner Schnurrbart und eine Schiebermütze. Sie hatten geradezu verwegen ausgesehen. Jetzt sind sie hier, und David will tatsächlich, dass sie diese Nacht im Haus verbringen. Das ist wirklich verwegen.

Weil ich sterben werde. Es sei denn, ich verbringe die Nacht hier auf dem Sessel. In Tante Wallys Sitzkuhle, mit einer Decke über den Knien.

Sie hat vorhin im Schlafzimmer das große Bett von Tante Wally untersucht. Hat sich gebückt, einen Blick unter das Bett gewagt, die Matratzen angehoben und auf den uralten Federboden gestarrt. Jede Feder von einer dicken Staubschicht bedeckt. Wally muss sich am Ende kaum noch bewegt haben in diesem Bett. Spinnenweben. Drei Spinnen. Mindestens drei, die wahrscheinlich schon seit Jahren unter der Matratze leben und auf Beute warten. Die Bettwäsche im Schrank, traurige Stapel brüchigen Leinens. Der Geruch. Zwei Stück Seife hatten im Wäscheschrank gelegen. Uralt. Zwei Leinensäckchen, die noch ganz schwach nach Lavendel dufteten. Trotzdem riecht die Bettwäsche bitter.

Die Bettwäsche riecht bitter.

David lächelt. Marthe musste in den vergangenen Wochen feststellen, dass David beschlossen hat, sie einfach wegzulächeln. Er hat sich verschiedene Lächelarten zugelegt. Das ganz kleine, das nur in einem Mundwinkel hängt und die Augen nicht berührt. Das sanfte Lächeln, das resignierte, das erinnernde, das panische. Er hat sich ein ganzes Repertoire zugelegt, mit dem er sie aus seinem Leben ausschließt. Als gehörte sie zur Insolvenzmasse. Nicht mehr zu ihm.

Wir können ins Nachbardorf fahren. Dort habe ich einen Gasthof gesehen, der auch Zimmer anbietet.

Ich werde David doch wohl davon überzeugen können, dass es unmöglich ist, hier zu schlafen. Auch wenn er alle Spinnen wegmacht. Da kommen neue nach, aus allen Ritzen und Ecken werden sie kommen. Denen gehört das Haus doch. Nicht uns.

Nein. Wir können uns kein Zimmer leisten, Marthe. Wir müssen.

David. Wir werden hier sterben. Nein, hör mir zu, ich weiß, dass es überzogen klingt. Verrückt. Du hältst mich doch für verrückt. Das ist in Ordnung. Aber dieses Dorf. Hast du es nicht gemerkt? Als wir hier durchgefahren sind. Es gibt ja niemanden. Da draußen steht ein Mann. Nein, jetzt ist er fort. Aber da stand ein Mann. Der wollte uns wahrscheinlich warnen. Dass wir nicht hierherkommen sollen. In dieses Dorf. Wir sollten. Es lassen.

Das sind doch alles keine Argumente. Was ich rede. Und jetzt fährt auch noch ein Traktor vorbei.

Als wollte er Marthe Lügen strafen, rast der Traktor die Dorfstraße entlang. Laut und lebendig. Marthes Atem geht leichter. Ein Traktor, auf dem ein Mann sitzt, der hier ins Dorf gehört. Jung genug, um noch arbeiten und Traktor fahren zu können. In einem der anderen Häuser wohnend. Mit Frau und vielleicht sogar Kindern. Kindern, die morgens auf den Schulbus warten und die Marthe nachmittags, wenn sie mit dem Schulbus zurückkommen, fragen kann, wie der Tag gelaufen ist. Sie werdend murrend oder gar nicht antworten, sich hinter ihrem Rücken an die Stirn tippen. Die Alte tickt doch nicht richtig. Aber es werden Kinder sein oder Jugendliche.

Du musst die Spinnen wegmachen. Im Schlafzimmer. Auch die unter der Matratze. Heb die Matratze hoch, dann siehst du es. Ich kann nicht auf Spinnen schlafen. Und morgen früh gehen wir Seife kaufen. Lavendelseife. Für den Wäscheschrank.

Wir reißen die Dusche raus. Und dieses Styropor. Wieso macht man so was an Decken? Das ist doch.

Ich habe immer nur geputzt, weil es sein muss. Hier wird es meine Beschäftigung werden. Ich werde putzen.

Sie wird putzen und den Universalreiniger zu ihrem Gott erklären. Mister Muscle gegen Fett und Schmutz. Küche total. Der starke Mann mit dem weißen Kittel, der mit dem Finger auf sie zeigt, immer, wenn sie die Sprühflasche in die Hand nimmt. Die totale Küche, der totale Krieg. Gegen Langeweile und Schmutz. Beides synonym zu verwenden. Langeweile und Schmutz. Morgen fängt sie an.

Morgen fange ich an. Wenn ich die Nacht überlebe. Diese erste Nacht. Mit David im Bett einer Toten, die Waltraud hieß und von ihm Tante Wally genannt wird. Die uns ein Haus überlassen hat, in dem wir nicht leben wollen, aber leben müssen. Es wird uns umbringen. Das Dorf wird unsere letzte Station sein.

Marthe ruft Konstantin an. Telefonieren geht. Sie erklärt ihm, wo sie gerade ist und dass er kommen muss, um ihr das Internet herzuschaffen.

Warte, sagt Konstantin, und sie hört, wie seine Finger über die Tastatur fliegen. Immer, wenn sie ihm dabei zugeschaut hat, wie er am Computer sitzt und Dinge tut, von denen sie nichts versteht, hat sie sich auf den Tanz seiner Finger konzentriert. Sie findet, dass es schön aussieht, Eleganz hat. Wie eine Beschwörung. Konstantin stöhnt.

Warum stöhnst du?

Das ist ein einziger großer weißer Fleck, dieses Kaff. Da geht ja gar nichts. Ein Wunder, dass du telefonieren kannst. Zwei Kilometer entfernt steht der nächste Funkmast. Auf einem Hügel. Gibt es da einen Hügel? Das sieht doch flach aus wie Tischlers Tochter.

Wir sind über einen Hügel gefahren, als wir herkamen. Und ich habe da einen Funkmast gesehen. Glaube ich. Das müsste doch genügen.

Vielleicht über Satellit. DSL. Hm, zumindest bieten sie es an.

Wir können keine Verträge machen, Konstantin. Niemand wird uns einen Vertrag geben. Auf Ewigkeiten gerechnet nicht. Wir müssen irgendwas mit Prepaid.

Vergiss es. Ihr braucht einen Vertrag. DSL oder Satellit oder wenigstens ein WLAN-Gerät mit einer Simkarte. Gibt es aber nur mit Vertrag. Alles andere bringt nichts. Vodafone. Aber langsam. Egal, was ihr macht, es wird langsam sein. Komm einfach zurück nach Berlin, und lass uns hier nach einer Lösung suchen. Ihr könnt nicht in diesem Dorf wohnen. Da gibt es kein Internet.

Marthe fängt an zu lachen. Konstantin würde sich eher einen Arm abhacken, als irgendwohin zu fahren, wo es kein Internet gibt.

Du musst kommen.

Ich komme, November, aber nicht gleich morgen. Du weißt, ich habe Angst vor dem Land. Natur ist schrecklich. Außer in meiner Gartenlaube. Einfamilienhäuser sind schrecklich. Tiere sind schrecklich. Wahrscheinlich gibt es da Spinnen hinter den Wohnzimmerschränken und Marder auf dem Dachboden. Du musst mir ein bisschen Zeit geben. Ich brauche Ermutigung, bevor ich aufs Land komme. Erst mal bleibt dir nichts anderes übrig, als da auf diesen Hügel zu steigen mit deinem Tablet oder deinem altersschwachen MacBook. Schau mal morgen, wie es da oben ist. Und falls du im Dorf jemanden triffst, kannst du ja fragen, wie die das mit dem Internet machen.

Hier gibt es niemanden.

Was sagst du? Sprich nicht so leise, Marthe, ich versteh dich kaum.

Hier gibt es keine Menschen. Einen Traktorfahrer vielleicht und einen Mann, der vor unserem Haus rumlungert und bestimmt nicht von hier ist.

Komm zurück, das klingt schrecklich, warte einen Moment. Siebzig.

Was siebzig?

Siebzig Einwohner hat der Ort, November. Zumindest war

das vor drei Jahren noch so. Vielleicht sind inzwischen ein paar gestorben. Aber gar keine Menschen stimmt nicht. Da muss es Leute geben, und irgendjemand von denen hat bestimmt DSL. Du musst fragen.

Marthe stellt sich vor, wie sie loszieht und an den Haustüren klingelt. Ihren Namen sagt und fragt, ob und wie das Gegenüber ins Internet kommt. Das könnte schon ganz lustig werden.

David hatte erzählt, als er das erste Mal durchs Dorf gefahren war, auf der Suche nach diesem Haus, hatten vor den Häusern gelbe Plastiksäcke gelegen. Die werden hier alle vier Wochen oder so abgeholt. Es seien Unmengen von gelben Säcken gewesen. Prall gefüllt mit Verpackungsmaterial. David hatte sich überhaupt nicht eingekriegt darüber, welche Mengen Verpackungsmüll in einem so kleinen Dorf in nur vier Wochen anzufallen scheinen.

Heute liegen wieder welche vor den Häusern. Marthe war vorhin auf die gegenüberliegende Straßenseite gelaufen und hatte rund zwanzig Plastiksäcke, die dort lagen, kurz inspiziert. Der größte Teil war mit Büchsen gefüllt, die Hundefutter enthalten hatten. Gefolgt von Bofrost-Verpackungen.

Natürlich gibt es hier Menschen. Ich weiß es doch, was erzähle ich Konstantin für einen Unsinn. Es gibt Hunde, die mit Büchsennahrung gefüttert werden, also muss es auch Menschen geben. Hunde können Büchsen nicht allein öffnen und schon gar nicht einkaufen.

Konstantin, wie schnell kann man verrückt werden? Sag mir das mal. Google es. Wie schnell kann man verrückt werden? Gibt bestimmt eine große Fangemeinde, die sich dieser Frage gewidmet hat.

Das kann ich dir auch so beantworten. Von einem Moment auf den anderen. Es macht einfach klick, und schon bist du verrückt. Natürlich braucht es dafür Jahre der Vorbereitung. Aber davon spürst du nichts. Du bist eins mit dir und alles läuft gut. Aber in deinem Kopf spielt sich ein Drama ab. Ein verrücktes neuronales Netzwerk entsteht. Ein Schläfer in deinem Schädel, von dem du nichts weißt und nichts merkst. Und dann macht es klick. Du siehst eine Spinne an der Wand über deinem Bett und wirst verrückt. So geht das. Oder David betritt das Zimmer, und du verspürst den Wunsch, ihm ein Messer in den Leib zu rammen. Ist es denn bei dir so weit? Bist du heute verrückt geworden?

Ich weiß es nicht. Wahrscheinlich schon. Ich bereite mich jedenfalls darauf vor.

Marthe hört den Staubsauger. David putzt ihnen ein Nachtlager. Saugt die Spinnen unterm und im Bett weg und versucht wahrscheinlich, die Decken mit dem fadenscheinigen Leinen zu beziehen. Sie wird nicht schlafen.

Ich werde nicht schlafen. Die erste Nacht in diesem Haus wird die Hölle. Keine Geräusche. Und wenn Geräusche, dann welche, die ich nicht identifizieren kann. Fledermäuse, Käuzchen, streunende Katzen, böse Hunde, die nach Büchsennahrung heulen.

Marthe geht ins Bad. Sie stellt sich mit geschlossenen Augen vor den Spiegel und denkt an den Satz, den sie in einem Roman gelesen hat. »Steig aus der Wanne, solange der Spiegel beschlagen ist.« Ein Freundinnengespräch in einem schönen Roman, dessen Titel sie vergessen hat. Sie schielt nach der Dusche. Wenn David die nicht als Erstes rausreißt, wird sie wirklich verrückt. Die Fliesen sind beigegrau oder graubeige. Gar nicht so schlimm. Sie hat in ihrem Leben schon viel Schlimmeres gesehen.

Der kleine Blister liegt in einem Seitenfach der Waschtasche, die sie heute Morgen noch gepackt hat. Für den Fall, dass. Der nun eingetreten ist.

Ich werde einfach Valium nehmen. Ausnahmsweise.

Die Tabletten hat sie von Konstantin genommen, und der hat sie seinem Liebsten geklaut. Dem war das Zeug tatsächlich verschrieben worden, damit er trotz seiner Rückenschmerzen schlafen kann. Ein Frevel, hatte Marthe gedacht und war trotzdem glücklich ob der Fügung. Valium, dafür musste man doch wahrscheinlich vor seinem Hausarzt auf die Knie. Sie hat es noch nie probiert, und Konstantin hat ihr auch abgeraten. Teufelszeug, hatte er gemurmelt, als er ihr die Tabletten in die Hand gedrückt hatte. Trotzdem, sie wird.

Ich werde heute Abend einfach von dem Teufelszeug naschen. Nur für eine ruhige Nacht, in der ich mich dann nicht vor Spinnen fürchten muss.

Wollen wir noch irgendeinen Landgasthof suchen und was essen?

David, es ist neun. Welcher Landgasthof soll denn jetzt noch seine Küche offen haben, nur weil wir kommen?

Aber auch fast Sommer. Die Touristen.

Marthe lacht. Die Touristen. David. Ihr Mann. Der Träumer. Sie.

Ich werde ihm das nicht ausreden. Fahren wir eben los und suchen einen Touristenlandgasthof. Und wenn wir zurückfahren ins Haus, nehme ich, kurz bevor wir da sind, Valium. Dann kriege ich gar nichts mehr mit, wenn wir hier reinkommen. Falle einfach nur um und schlafe. Das ist.

Guter Plan. Lass uns losfahren.

David sieht überrascht aus und lächelt. Holt sein vielleichtwirddochnochallesgut Lächeln raus. Nur für sie. Es hatte gestern noch nicht zu seinem Repertoire gehört.

Robin sieht seiner Mutter dabei zu, wie sie einen Kuchen backt. Sie hat sich in den Kopf gesetzt, die Neuen im Dorf mit einem Kuchen zu begrüßen, und niemand kann sie von dieser Peinlichkeit abhalten. Robin denkt an den letzten Kuchen, den seine Mutter gebacken und der wie Hühnerscheiße geschmeckt hat. Er erinnert sich auch noch an die Kuchen von früher. Und früher liegt nicht allzu lange zurück. Die Kuchen hatten immer geschmeckt. Jetzt aber ist seine Mutter betrunken, und als sie den letzten Kuchen gebacken hat, war sie auch betrunken.

Er möchte seine Mutter gern davon abhalten, für dieses Ehepaar in dem Schusterhaus einen Willkommensgruß zu backen, den sie in den Mülleimer werden schmeißen müssen. Auch wenn er die beiden ganz nett findet. Oder eher, weil er die beiden ganz nett findet. Die Frau hat schon ein paar Mal mit ihm gesprochen. Wenn man das so nennen kann. Er hat mehr oder weniger nur mit Kopfbewegungen geantwortet und sich manchmal einen Satz abgerungen. Das schien ihr aber nichts ausgemacht zu haben. Sie hatte einfach immer weitergeredet und so getan, als führten sie ein richtiges Gespräch. Beim letzten Mal hatte sie am Schluss sogar gesagt:

War schön, mit dir zu reden, Robin. Besuch mich doch bald mal wieder.

Als wäre er eine Plaudertasche gewesen. Er war sich unheimlich blöd vorgekommen und hatte doch gleich am nächsten Tag Lust gehabt, wieder bei der Frau vorbeizuschauen. War ihm aber peinlich, deshalb hat er es gelassen.

Seine Mutter hat ihn jedes Mal ausgequetscht, wenn er versehentlich hatte fallenlassen, dass er mit der Frau, die jetzt im Schusterhaus wohnt, geredet hat. Deshalb lässt er es lieber, ihr davon zu erzählen. Trotzdem will sie einen Kuchen backen, heute Nachmittag bei den Neuen vorbeigehen und sie herzlich willkommen heißen. So hat sie es genannt. Seine Mutter konnte ziemlich vornehm sein. Selbst wenn sie besoffen war. Aber der Kuchen würde misslingen, und er könnte sich nie wieder am Schusterhaus blicken lassen, weil es ihm auf immer und ewig peinlich sein würde.

Seit er Frieda in der Scheune gefunden hat, geht es ihm schlimm. Darüber erzählt er niemandem etwas. Er träumt jede Nacht von Frieda. Wie sie aus dem Hanf steigt, durch die Scheune geht und sich auf den Weg zu ihm macht. Weil er sie gesehen und nichts getan hat. Vielleicht wäre sie ja noch zu retten gewesen. Schulz sagt nein, aber woher will der das wissen?

Sie war schon kalt, Robin. Hat da bestimmt schon eine ganze Nacht gehangen. Da mach dir mal keine Sorgen. Niemand hätte etwas tun können.

Vielleicht stimmte das ja. Aber was auch stimmt, ist, dass er weggerannt war. Ohne den Puls zu fühlen oder ein Messer zu holen, um Frieda aus dem Hanf zu heben. Dabei hat er einen Kurs gemacht. Erste Hilfe. Für den Mopedführerschein. Und da haben sie auch gelernt, wie man jemanden beatmet. Herzdruckmassage und beatmen. Es hatte ihm sogar ein bisschen Spaß gemacht, und er hatte überlegt, ob er nach der Schule zuerst mal den Rettungssanitäter macht. Damit kommt man vielleicht aus dem Dorf raus und in die Welt.

Meinste, mein großer Schwengel passt da rein?, hatte Maik aus der Parallelklasse ihn gefragt und auf den Mund der Übungspuppe gezeigt. *Ist bestimmt wie Nancy vögeln. Die von der Aldi-Kasse. Kennste doch. Die hat jeder schon mal gevögelt.*

Maik ist ein Arschloch der Sonderklasse. Es war schrecklich, den ganzen Tag, den dieser Erstehilfekurs gedauert hatte, neben ihm zu sitzen.

Robin sieht, wie seine Mutter Äpfel viertelt und auf den

Kuchenteig legt, den sie in eine Springform gepappt hat. Ungeschält und ohne das Kerngehäuse zu entfernen. Er nimmt sich ein kleines Küchenmesser und klaubt die Apfelteile wieder vom Teig. Spült sie ab, schält sie und entfernt das Kerngehäuse. Schneidet sie noch einmal durch und legt sie in einem konzentrischen Kreis auf den Teig. Vielleicht wird der Kuchen doch was, wenn er seiner Mutter hilft. Die sitzt am Küchentisch und trinkt aus einem langstieligen Glas Wein. Das Glas aus besseren Zeiten, der Wein von Aldi. Nancy wird sich ihr Teil gedacht haben, als sie all die Flaschen über den Scanner ziehen musste, die seine Mutter aufs Band gelegt hatte.

Er glaubt nicht, dass Nancy jeden ranlässt. Die lächelt ihn immer an, wenn er einkaufen geht. Aber es ist kein einladen des Lächeln. Wobei das nichts heißen muss. Warum sollte sie ausgerechnet ihn ranlassen? Er riecht immer noch die meiste Zeit komisch, und die Pickel gehen nicht weg. Alkohol darf er zum Glück noch nicht kaufen. Deshalb muss er sich nicht schämen, wenn er an der Aldi-Kasse steht.

Einmal in der Woche kommt Berbergs Getränkewagen vorbei. Fährt durch die Dörfer und wirft seine tödliche Last ab. Tauscht das Unglück gegen bares Geld. Robins Mutter kauft auch bei dem auf Vorrat. Nichts wäre schlimmer, als abends festzustellen, dass nichts mehr im Hause ist. Wenn seine Mutter heute klagt, *wir haben gar nichts mehr im Haus,* spricht sie von Alkohol. Früher meinte sie Brot, Eier, Fleisch und Gemüse. In der Reihenfolge. Kein Brot mehr im Haus zu haben, war das schlimmste aller Übel. Dann hatte sie ihn losgeschickt, und er ist mit dem Fahrrad zehn Kilometer durch den Wald gefahren, um wenigstens abgepacktes Brot bei Aldi zu kaufen. Seine Mutter hatte abgepacktes Brot gehasst. Heute stopft sie sich das Zeug morgens achtlos in den Mund. Dünn mit Margarine und Pflaumenmus bestrichen. Seine Mutter ernährt sich nur noch von abgepacktem Brot, Margarine und Pflaumenmus. Kochte für ihn, aß aber selbst kaum etwas davon. Was sie kochte, war fast immer ungenießbar.

Sie hatte die Angewohnheit beibehalten, sich ihm gegenüber an den Küchentisch zu setzen, wenn er das Gekochte aß, und ihn zu fragen, ob es schmeckt. Und er hat sich angewöhnt zu nicken. Das sind ihrer beider Reste Liebe. Die Überbleibsel einer fast fünfzehnjährigen Beziehung. Seine Mutter kocht, und er behauptet, dass es schmeckt. Zu mehr sind sie nicht in der Lage. Aber täten sie es nicht mehr, bräche das System zusammen.

Schulz ist eigentlich kein netter Mensch, aber einer, der sich um seine Leute kümmert. Robin weiß das zu schätzen. Manchmal fragt ihn der Bauer, wie es so läuft mit der Mutter, und er zuckt mit den Schultern und schüttelt den Kopf. Dann legt ihm Schulz kurz eine Hand auf die Schulter. Einmal hat er ihm fünfzig Euro in die Hand gedrückt und gesagt, er soll mal mit dem Fahrrad in die Stadt fahren und ins Kino gehen oder so. Er hat das Geld in die silberne Teebüchse gelegt, die er hinten im Schuppen unter ein paar Mopedersatzteilen versteckt hält. Wenn seine Mutter die Büchse findet, kauft sie Berberg leer, kommt der das nächste Mal mit seinem Giftauto. Und dann feiert sie ein Fest. Nur mit sich allein.

In der Teebüchse sind fast dreihundert Euro. Robin braucht Startkapital, wenn er aus dem Dorf abhaut. Die Neuen scheinen auch nicht viel Kohle zu haben. Fahren zwar ein Auto, aber das ist alt. Kaufen nie bei Berberg oder den anderen durch die Dörfer fahrenden Lebensmittelautos. Dreimal hat er die Frau bei Aldi gesehen. Mit einem spärlich gefüllten Einkaufswagen. Bevor sie die gekauften Sachen einpackt, wirft sie alle Verpackungen weg. Das hatte er auch gesehen. Sogar Fleisch nimmt sie aus der Verpackung und legt es in irgendwelche Tupperware, die sie in ihrem Einkaufsbeutel mitbringt. Er hatte sie fragen wollen, warum sie das macht. Schließlich verschwindet die Verpackung nicht, wenn sie die bei Aldi in den Papierkorb schmeißt. Aber vielleicht hat sie auch keine gelben Säcke. Kann er sich zwar nicht vorstellen, aber möglich wäre es. Vorgestern war Mülltag und ihr Haus das einzige, vor dem keine gelben Säcke gelegen hatten. Obwohl sie nun schon fast drei Monate im Dorf leben.

An der Klingel der Neuen klebt ein kleines Pappschild, das aussieht wie die alten Stammbuchbilder, die seine Mutter, als sie noch ein Kind war, in extra dafür gemachte Alben gesteckt oder geklebt hatte. Das Pappschild zeigt Rotkäppchen mit einem Korb in der einen und einem Blumenstrauß in der anderen Hand. Neben Rotkäppchen steht ein Wolf, der sogar ziemlich freundlich wirkt. Die Frau hatte in Druckbuchstaben Marthe und David Lindenblatt auf das Schild geschrieben. So also heißen die beiden, hatte er gedacht und den Namen Marthe Lindenblatt irgendwie schön gefunden. Er klingt wie die Hauptfigur eines Kinderbuches. Marthe Lindenblatt. Ein mutiges Mädchen im Teenageralter, das neu in der Schule ist und am Anfang von allen gemobbt wird. Nur einer beschützt sie. Ein etwas pickliger Junge, der immer ein bisschen abseits steht, aber den Respekt der anderen genießt. So was in der Art.

Robin kennt niemanden, der Lindenblatt heißt. Er hat den Namen noch nie gehört oder gelesen. Und dann noch Marthe. Was ja nach einer alten Frau klingt. Jung ist die auch nicht mehr, die Frau Lindenblatt.

Nur ein paar Jahre, dann bin ich fünfzig, Robin.

So hat sie es gesagt. Sie hatte ihn gefragt, wie alt er ist, und es dann offensichtlich für notwendig befunden, zu verraten, dass sie bald fünfzig sein wird. Nett. Irgendwie. Seine Mutter ist vierzig und sieht zehnmal älter aus als Marthe Lindenblatt. Vorige Woche ist ihr ein Zahn ausgefallen. Einfach so. Wenn sie lacht, was nur selten passiert, kann man die Lücke sehen. Das fällt hier im Dorf nicht auf. Fast alle Leute verlieren Zähne. Wie in einem Gruselfilm. Robin hat mal ein Buch von Stephen King gelesen. Das Monstrum hatte es geheißen, und da lag ein Raumschiff mit wirklich bösen Außerirdischen drin. In einem Wald nahe einer Kleinstadt. Maine hieß die Kleinstadt, und alle Leute, die in die Nähe des Raumschiffs kamen, verwandelten sich in Aliens. Wurden wabbelig, ihnen wuchsen Tentakel aus der Möse und aus dem Arsch, und sie verloren ihre Zähne. Auch die ganz Jungen. Manchmal läuft Robin durchs Dorf und stellt sich vor, dass hier in der Nähe auch so ein Raumschiff liegt. Das den Leuten das Menschliche aussaugt und was anderes einpflanzt. Guckt man sich deren Zähne an, könnte es stimmen.

Er möchte nicht, dass seine Mutter bei Marthe Lindenblatt klingelt und ihr den Kuchen gibt. Während Robin den Kuchen in den vorgeheizten Ofen schiebt, überlegt er, wie er das verhindern kann. Das hatte er im Kopf behalten, dass man den Ofen vorheizen muss. Als seine Mutter noch Gespräche über den Gartenzaun geführt hat. Mit der uralten Rebien, die schon lange tot ist. Da war es oft ums Kochen oder Backen gegangen.

Nicht vergessen, auf zweihundert Grad vorheizen, bevor Sie den Kuchen in den Ofen schieben. Sonst wird er klitschig.

Die Rebien und seine Mutter hatten sich bis zum Schluss gesiezt. Weil der Altersunterschied so groß war.

Hat was mit Respekt zu tun, Robin. Alte Menschen duzt man nur, wenn sie einem das anbieten.

Warum die Rebien seiner Mutter nie das Du angeboten hat, weiß er nicht. Jetzt schiebt er den Kuchen in den vorgeheizten Ofen und denkt sich Strategien aus, wie er seine Mutter davon abhalten kann, zu Marthe Lindenblatt zu gehen. Nichts wird funktionieren, es sei denn, sie trinkt so viel, bis der Kuchen fertig ist, dass sie dann vergessen hat, was sie damit eigentlich machen wollte.

Robin gießt seiner Mutter Wein nach. Er fühlt sich dabei fast so schlecht wie an dem Tag, als er vor Frieda weggerannt ist. Weil sie in der Scheune gehangen und sich leicht hin und her bewegt hatte. Aber wenn seine Mutter jetzt viel trinkt, liegt sie in zwei Stunden im Wohnzimmer auf der Couch. Dann kann er den Kuchen zu Marthe Lindenblatt bringen und ihr einen schönen Gruß von seiner Mutter bestellen. Und wenn sie sich freut und fragt, warum er seine Mutter nicht einfach mitgebracht hat, wird er sagen, ihr gehe es nicht so gut. Sie habe sich hingelegt. Später vielleicht, wird er Marthe Lindenblatt versprechen. Vielleicht lädt sie ihn ins Haus ein, um gleich gemeinsam ein Stück Kuchen zu essen. Bei der Gelegenheit könnte er mal sehen, wie sich die beiden eingerichtet haben.

Zwei Wochen nachdem sie hergekommen waren, hatte ein riesiger Berg vor der Haustür gelegen. Auslegware, Linoleum, Scheuerleisten. Und es hatte in den Wochen darauf nicht so ausgesehen, als hätten sich die Lindenblatts neue Auslegware gekauft. Stattdessen hatte man hin und wieder die Geräusche einer Schleifmaschine gehört. Das war schon ein bisschen interessant. Städtisch halt. Hier gilt eigentlich, dass man gar nicht genug Teppichboden auslegen kann. Wenn die Häuser fußkalt sind. Und das sind sie meistens. Teppichboden hält die Füße warm. Und die Kotze bleibt auf ewig als stinkender Fleck darin haften. Eine Erfahrung, die Robin in den vergangenen Monaten häufig gemacht hat. Inzwischen riecht er es nicht mehr. Und seine Mutter isst ja kaum noch was. Außerdem schafft sie es doch meist bis aufs Klo. Und wenn sie mal nüchtern ist, schrubbt sie den Teppichboden mit scharfen Sachen, die helle Flecken hinterlassen und alles noch viel schlimmer machen.

Robin geht ins Bad und stellt sich vor den Spiegel. Er drückt an den neuen Pickeln rum, die in den letzten Tagen dazugekommen sind. Die Lindenblatt hat sich tatsächlich getraut, ihn zu fragen, ob ihn die Akne störe. Er hatte mit den Schultern gezuckt, genickt und genau zugehört, ohne sein Interesse zu zeigen, als ihm die Frau erzählte, dass ihre Tochter auch so schlimme Akne gehabt und fürchterlich darunter gelitten habe. Und dass die dann Medikamente genommen hat.

Das war ziemlich hartes Zeug, aber es hat geholfen. Wenn du magst, schreib ich dir den Namen mal auf einen Zettel. Nur für den Fall. Jetzt habe ich ihn nicht im Kopf. Mir fliegt gerade alles raus, was ich mal im Kopf hatte. Ich werde wohl alt.

Dann hatte sie gelächelt und das Thema gewechselt. Und er hatte höflich gesagt, dass er auch viele Sachen vergisst. Vor allem in der Schule. Wenn er mutig ist, wird er sie heute fragen, ob sie ihm den Namen des Medikaments aufschreiben kann. Ihm kann egal sein, ob das Zeug schlimme Sachen mit seinem Körper macht. Wenn es hilft. Vielleicht kennt die Frau ja auch ein Mittel gegen Schweißgeruch. Aber man soll sein Glück nicht herausfordern.

Fordere dein Glück nicht heraus, Robin.

Das hatte seine Mutter früher oft gesagt. Als sie sich noch um seine Erziehung gekümmert hatte. Wenn er zu fordernd geworden war, dann hat sie sich vor ihm aufgebaut, die Hände in die Hüfte gestemmt und gesagt:

Fordere dein Glück nicht heraus, Robin. Meine Geduld ist nicht unendlich groß.

Das war dann fast immer der letzte Satz zum Thema. Er brauchte es gar nicht mehr zu versuchen. Auch so eine Übereinkunft zwischen ihnen, die es heute nicht mehr gibt.

Der Apfelkuchen sieht gar nicht so schlecht aus. Robins Mutter hat die Flasche Wein geleert und schläft. Sitzt wie ein nasser Sack am Küchentisch, den Kopf an die Wand gelehnt, den Mund leicht geöffnet. Ein dünner Speichelfaden hängt im linken Mundwinkel. Robin nimmt Küchenpapier und wischt die Spucke weg. Dann weckt er seine Mutter und bringt sie ins Wohnzimmer. Sie schläft im Gehen, wankt aber nur ganz leicht. Das findet er faszinierend. Seine Mutter torkelt fast nie. Als hätte sie so ein inneres Ausgleichssystem, wie es diese Kameras haben. Darüber hat er gelesen, aber ihm fällt das Wort dafür nicht ein. Die Kameras gleichen Bewegungen aus, dass die Bilder nicht verruckeln. Seine Mutter muss so einen Chip verschluckt haben. Sie ruckelt nicht beim Gehen, stößt kaum irgendwo an, läuft eher, als hätte sie einen Stock verschluckt. Hoch erhobenen Hauptes, als versuche sie, noch einen letzten Rest Würde zu wahren. Sie lallt auch kaum. Spricht nur langsamer, betonter, wenn es so weit ist. Nach jedem Wort eine kleine Pause. So wirkt selbst der größte Unsinn, als sei er bedeutsam.

Als sie angefangen hatte mit dem Trinken, war es schlimmer. Der Körper hat sich wohl erst an den Alkohol gewöhnen müssen. Am Anfang war sie oft hingefallen, und wenn sie gesprochen hat, konnte man sie kaum verstehen. Jeder Satz schien aus einem einzigen Wort zu bestehen. Kannstemirmaldieflascherüberschiebenichbrauchnochnenschluckbevorichinsbettgehe.

Damals ist ihr Mann. Robin hat zwei Jahre nachdem er fortgegangen war, aufgehört, ihn Vater zu nennen. Damals ist er noch hin und wieder vorbeigekommen. Hat ein bisschen Geld gebracht und auch mal was am Haus repariert. Er konnte das schließlich noch nicht. Mit sieben Jahren.

Hör auf zu trinken, hatte der Mann seiner von ihm verlassenen Frau hin und wieder gesagt und einmal sogar alle Weinflaschen, die in der Kammer standen, geöffnet und in den Ausguss geleert. Und als er weg war, ist seine Mutter losgefahren, um neue zu kaufen. Damals noch mit dem Auto. Inzwischen hat sie die Fahrerlaubnis abgeben müssen. Ist mit zweikommaeins Promille angehalten worden, als sie versuchte, einen Traktor zu überholen, und dabei einen anderen PKW von der Straße gedrängt hat. Danach war es mit dem Alkohol erst einmal ganz schlimm geworden, bis sie sich auf ein dauerhaftes Level eingepegelt hatte, das ihr offensichtlich ausreichend Ruhe gibt.

Im Dorf ist es keine Schande, zu saufen. Eher eine der am häufigsten anzutreffenden Lebensweisen. Dafür ist Robin dem Dorf dankbar. Man muss sich hier nicht schämen. Redet aber auch nicht darüber. Als sei es die größte Selbstverständlichkeit überhaupt, dass die Leute trinken, bis sie das Dorf vergessen. Robin war auch schon das eine und andere Mal betrunken. Aber es hat ihm keinen Spaß gemacht, und insgeheim hat er beschlossen, es später ganz sein zu lassen. Wenn ihn niemand mehr mobben kann, weil er nicht trinkt.

Der Apfelkuchen ist wirklich gelungen. Fast perfekt ist er geworden. Müsste jetzt noch eine Weile abkühlen, bevor er ihn aus der Form und auf eine Kuchenplatte legen kann. Er kann noch ein bisschen Zucker und Zimt drüberstreuen. Davon ist genügend da. Er sorgt dafür. Weil er sich gern Milchreis oder Grießbrei kocht. Das dürfen die anderen nicht wissen, es ist kindisch, so etwas zu mögen.

Wenn seine Mutter nachher noch schläft, wird er den Kuchen nehmen und zum Schusterhaus laufen. Ganz sicher lädt Marthe Lindenblatt ihn ein, mit ihr ein Stück zu essen. Sie wird ihm Schokolade statt Kaffee anbieten, weil sie ihn noch nicht als Erwachsenen sieht. Aber er ist erwachsen. Zumindest im Kopf. Und er braucht den Namen dieses Medikaments.

Robin stellt den Apfelkuchen zum Abkühlen in die Diele und geht in sein Zimmer. Er holt das kleine Vokabelheft unter der Matratze vor. Das Geheimnisheft, das Planheft. Vor ein paar Tagen hat er angefangen, eine Liste zu schreiben, was er in welcher Reihenfolge in den kommenden Jahren zu erledigen hat. Ganz oben steht Schulabschluss. Er braucht ein vernünftiges Zeugnis. Ob er Abitur macht, weiß er noch nicht, lieber wird er erst einmal Rettungssanitäter. Jetzt schreibt er noch über den Schulabschluss das Wort Akne. Er wird sich einen Termin bei einem Hautarzt holen. Maik hatte ihm letztens erklärt, dass Hautärzte vor allem dafür da sind, Geschlechtskrankheiten zu behandeln.

Tripper, Syph und solche Sachen, Robin. Alles, was man sich holt, wenn man in der Gegend rumvögelt. Oder seine Schafe fickt.

Seine Schafe ficken, das ist hier im Dorf eine gängige Übung. Robin hatte es selbst einmal gesehen, als er hinten am alten Schafstall, den es heute nicht mehr gibt, vorbeigelaufen ist. Da stand der blöde Prokorski, den hier alle für geistesgestört halten, was er wohl auch ist, hinter einem Schaf und machte diese Bewegungen.

Ihm war ganz schlecht geworden, aber weglaufen ging nicht. Er musste sich das bis zu Ende anschauen. Das dumme Schaf hat stillgehalten, als sei es solche Sachen gewohnt. Und Prokorski hatte wirklich verrückt ausgesehen. Ganz rot im Gesicht, und als er dann kam, hat er gebrüllt. Robin hatte es immer gemein gefunden, wie sie mit dem Mann, den hier viele nur Kloppi nennen, umgehen. Aber das war eklig. Und er hatte sich vorgenommen, Prokorski nicht mehr zu verteidigen, wenn andere ihn piesacken. Das hatte er manchmal gemacht. Maik behauptet ja, Prokorski ficke auch Hühner. Aber das konnte doch technisch gar nicht gehen. Ein Huhn ist viel zu klein. Maik hatte geantwortet, so ein Hühnerarschloch, aus dem ein großes fettes Ei kommen könne, da passe auch der Schwanz von Prokorski rein. Das hatte logisch geklungen. Trotzdem konnte Robin sich überhaupt nicht vorstellen, wie das aussieht, wenn sich der Verrückte sozusagen ein Huhn auf den Schwanz steckt.

Er würde also zu einem Hautarzt gehen, dessen Hauptarbeit möglicherweise darin bestand, Leute wie Prokorski vom Tripper oder von der Syph zu heilen. Aber das ist ihm egal. Er muss die Akne wegkriegen, sonst kommt er nicht aus dem Dorf fort. Deshalb steht das jetzt auf seiner Liste ganz oben. Noch vor dem Schulabschluss. Den schafft er sowieso.

Robin klappt das Heft zu und legt es wieder unter die Matratze. Der Kuchen wird inzwischen abgekühlt sein. Er kann ihn zu Frau Lindenblatt bringen. Und sie nach dem Namen des Medikaments fragen. Hoffentlich hat sie daran gedacht.

Arko muss erschossen werden. Befehl von oben. Der Hundebesitzer versucht, in seinem trägen Hirn die genaue Begründung dafür zu erinnern. Warum Schulz ihm gesagt hat, er solle Arko erschießen. Zwei Schafe gerissen, einer Rassekatze, die Schulzens Frau gehört hatte, den Kopf zermalmt, zwei Hündinnen die Kehle durchgebissen. Eine davon wohl für viel Geld zum Jagdhund ausgebildet. Das lässt sich keiner bieten. Bei den Schafen ist er sich nicht sicher. Das könnte auch ein Wolf gewesen sein. Schulz hat gesagt, möglich wäre es, aber es blieben ja immer noch die anderen Sachen, die Arko angestellt hat.

Den kriegst du nicht mehr hin, hatte Schulz gesagt und ihm auf die Schulter geklopft. *Bekommst aus dem nächsten Wurf von meiner Berta eine Hündin.*

Er musste Arko hin und wieder von der Kette nehmen. Sonst wird die Töle verrückt. Schulz würde jetzt wahrscheinlich sagen, die Töle ist verrückt. Und es stimmt. Er hat ja selbst Angst vor Arko. Schiebt ihm das Futter mit einem alten Besenstiel, an dem vorn ein Haken befestigt ist, hin. Und lässt ihn gar nicht mehr raus.

Schulz ist davon ausgegangen, dass er seinen Hund mit seinem eigenen Gewehr erschießt. Aber das bringt er wahrscheinlich nicht. Muss jemand anders machen. Er hat noch einen Rest Erinnerung an die Zeit, als Arko ein Welpe und dann ein Junghund war. Schönes Tier. Bis heute. Mit dieser weißen Blesse auf der Brust.

Er hat sich zu Beginn mächtig ins Zeug gelegt, Arko zu erziehen. Und es irgendwann gelassen. Als seine Frau weg war, ist ihm das Interesse an dem Hund verlorengegangen. Er hat ihn tagsüber an die Kette gelegt und nachts laufen lassen. Offensichtlich hat Arko die Nächte dafür genutzt, sein eigenes Regime zu errichten. In Filmen sieht das lustig aus. So susiundstrolchmäßig. Im wahren Leben ist es scheiße, wenn ein Hund das Dorf terrorisiert.

In den letzten Wochen durfte Arko nicht mehr von der Kette. Und dann hatte er es geschafft, sich irgendwie loszumachen. War drei Tage und Nächte verschwunden, und das Ergebnis kann sich hören lassen. Wahrscheinlich hat Schulz nicht mal alles aufgezählt. Die ganzen Schäden. Er kann von Glück reden, dass niemand Geld von ihm haben will. Schadensersatz für Rassekatzen und Jagdhunde. Könnte er sowieso nicht bezahlen.

Am zweiten Tag, als Arko verschwunden war, hatte er die Neue gewarnt. So viel Anstand besitzt er noch. Die rennt andauernd mit ihrem Computer hoch auf den Berg. Was immer sie da macht, der Berg gehört zu Arkos Lieblingsrevieren. Hasen ohne Ende. Also hat er dieser Frau Lindenblatt gesagt, sie solle ein bisschen vorsichtig sein. Sein Hund sei ihm weggelaufen, und mit dem sei nicht gut Kirschen essen. Dann hatte sie in ihrer Tasche gekramt und ihm ein lächerliches Pfefferspray gezeigt. Also, ob das ein Kaliber wie Arko abhalten würde. Aber das ist ihm egal, er hat das Seine getan. Und damit ist der letzte Rest Höflichkeit und Anstand aufgebraucht.

Inzwischen träumt er jede Nacht von seiner Frau. Das hat sie sich fein ausgedacht, die Schrapnelle. Ihm so die Nächte zu zerkloppen, dass er immer schweißgebadet aufwacht und dann ewig nicht mehr einschlafen kann. Obwohl die Bettwäsche inzwischen gewechselt worden war. Er hatte einer Frau aus dem Nachbardorf, von der er weiß, dass sie für Geld bei dem einen und anderen ein bisschen putzt und aufräumt, fünfzig Euro in die Hand gedrückt. Dafür hat sie ihm das Haus einmal durchgeputzt. Und auch die Bettwäsche gewechselt. Er war vom Acker gekommen, als sie gerade dabei war, die Betten zu beziehen. Ihr großer runder Hintern hatte ihn angemacht. Und wenn es nicht die Frau aus dem Nachbardorf gewesen wäre, die hier jeder kennt und die von vielen weiß, wie es in deren Schlafzimmern aussieht, hätte er versucht, es ihr zu besorgen. Zur Not mit ein bisschen Gewalt. Nicht so viel, dass sie ihm hätte einen Strick draus drehen können. Aber schon mit ein bisschen Nachdruck.

Dann hatte er an seine Frau gedacht, wie sie ihm Nacht für Nacht in die Träume kommt, und ihm war der Schwanz zum Glück wieder geschrumpft. Als hätte jemand das Licht ausgeknipst. Wahrscheinlich hätte die Putzfrau Zicken gemacht. Geschrien und ihn angezeigt.

Letzte Nacht hat er ernsthaft überlegt, ob er es wie Frieda macht. In seiner Scheune gibt es ein paar taugliche Balken. Da müsste man den Strick nur rüberwerfen, ohne eine Leiter zu brauchen, und eine ordentliche Schlinge bauen. Dass es einen hält. Aber er ist feige. Fürchtet sich vor dem letzten Gezappel und davor, dass einem die Luft ausgeht, und genau in dem Moment weiß man plötzlich, was sich mit dem Leben anfangen ließe. Hat eine Erkenntnis oder, schlimmer noch, Erleuchtung. Kommt aber nicht mehr raus aus der Schlinge.

Er hat gerade mal acht Klassen geschafft und weiß nicht allzu viel über das Leben. Aber es scheint ihm möglich, dass es auch Spaß machen kann. Nur weil es ihm nicht gelingt, das muss ja nichts heißen. Ihm ist fast alles schiefgegangen, und das Dorf hat seinen Anteil daran. Er ist hier geboren. In diesem Schlafzimmer. Heute vor genau fünfundfünfzig Jahren. Schulz hat ihm sogar gratuliert heute Morgen. Hat ihm auf die Schulter geklopft und eine Flasche Selbstgebrannten überreicht. Feiner Kerl. Niemand sonst hat daran gedacht, dass er heute Geburtstag hat. Er wird sich abends ein paar Burger in die Mikrowelle schieben, Bier dazu trinken und danach den Selbstgebrannten. Allein vor der Glotze hocken mit seinem Festmahl und an seine Frau denken.

Als er sich die ins Haus geholt hat, war die Erde noch rund. Er hatte noch alle Zähne im Mund, und wenn er beim Duschen nach unten geschaut hat, konnte er seinen Schwanz sehen. Manchmal mag er es, sich an diese erste Zeit zu erinnern. Seine Frau war so eine, die man mit einem Arm hochheben konnte. Groß und dünn. Dann ist sie schneller ins Fett gewachsen als er. Kinder kamen keine. Daran ist auch das Dorf schuld. Es macht impotent und unfruchtbar. In den letzten zwanzig Jahren sind hier elf Kinder geboren worden. Dreiundzwanzig Menschen sind gestorben. Rechnet man seine Frau mit, vierundzwanzig. Aber er wird den Teufel tun, sie reinzurechnen. Sie ist verschwunden. Mehr nicht.

Manchmal war er in den ersten Jahren sonntags mit seiner Frau gewandert. Eine alberne Beschäftigung für jemanden, der im Dorf wohnt. Sie waren schief angeguckt worden dafür. Sind trotzdem hin und wieder morgens los und erst abends wiedergekommen. Er hat geschwiegen, und seine Frau hat geredet, wenn sie so durch den Wald gelaufen sind. Ununterbrochen geredet, aber es hat ihn nicht gestört. Der ganze Unsinn, den sie von sich gegeben hat, gefiel ihm. Nicht, dass er besonders gut zugehört hätte. Aber das Geräusch, dieses plätschernde Plappern, das hat er beruhigend gefunden. Und manchmal konnte sie auch ganz schlau sein.

Sieh zu, dass du auf den Mähdrescher kommst, hatte sie zum Beispiel zu ihm gesagt. Da war er noch jeden Tag in den Schweinestall und hat seine Arbeit gern gemacht. Klar, man stinkt eigentlich immer, wenn man im Schweinestall arbeitet, aber es hatte ihn nicht gestört. Schweine sind kluge Tiere. Er mag sie. Nicht so, dass es ihm schwerfiel, sie mit dem Bolzenschussgerät zu erledigen. Aber solange sie am Leben waren, hat er sich gut gekümmert. *Ein Tier, dem es gutgegangen ist, schmeckt besser,* hatte sein Vater immer gesagt. Der war noch in einem Haus groß geworden, in dem die Tiere unten ihren Platz hatten, und die Familie hatte oben gewohnt. Überm Stall sozusagen. Das beste Zimmer für die Kuh. So fein hatten es die Schweine, um die er sich kümmern musste, nicht mehr. Aber eben auch nicht schlecht.

Irgendwann war es losgegangen damit, dass sie sich das Leben zur Hölle gemacht haben, seine Frau und er. Der Hundebesitzer weiß heute gar nicht mehr, wer von ihnen beiden damit angefangen hat. Es ist auch völlig egal. Seine Frau war schlauer als er. Hatte die zehnte Klasse gemacht und dazu noch eine richtige Lehre. Der war er nicht gewachsen. Jedenfalls nicht im Reden. Also hat er angefangen, ihr hin und wieder eine reinzuhauen. Es ging nicht anders. Ihm hatten die Worte gefehlt. Er hatte für seine Frau den Schweinestall verlassen und war auf den Mähdrescher gestiegen. Und auf den Traktor. Kein Mensch weiß, wie schwer es ihm gefallen war, das alles zu lernen. Dieses ganze Theoriegedöns. Fahren konnte er die Dinger schon, bevor sie ihn dafür bezahlt haben. Aber er hatte ja die ganze Theorie lernen müssen. Wo er so langsam liest, wie eine Hundertjährige strickt. Es war die einzige Zeit, in der es ihn gequält hatte, so ungebildet zu sein. Seine Frau musste ihm beim Lernen helfen. Bekam Oberwasser dadurch. Fing an, sich über ihn lustig zu machen. Wenn er abends mit dem nach Schweinestall stinkenden Zeigefinger die Zeilen in den Lehrheften entlanggefahren war. Sich laut. Leise ging gar nicht. Jedes einzelne Wort vorgelesen hatte. Dann war sie manchmal gekommen. Hatte sich von hinten an ihn rangeschlichen und ihm dabei zugeschaut, wie er sich zum Löffel macht. Und wenn er sich dann rumgedreht hat, weil er merkte, dass ihm die Frau hinterm Rücken stand, hat sie ihn angegrinst. Stimmt nicht ganz. Am Anfang hatte sie ihn angelächelt. Wie man eben ein Kind anlächelt und dabei denkt, aus dem wird nie was, aber für die Müllabfuhr wird es wohl reichen.

Später aber hatte sie gegrinst. Wenn er sich schnell rumgedreht hat, konnte er es sehen. Denn es brauchte wohl immer ein paar Sekunden, sich dieses Grinsen aus dem Gesicht zu wischen. Er hat sie dabei erwischt, wie es ihr nicht gelungen war, von einer Sekunde auf die andere umzuschalten. Von

Grinsen auf Lächeln. Das war dann ein Sport geworden. Ein Wettbewerb. Sich schnell genug umzudrehen und seine Frau beim Grinsen zu erwischen.

Dann rückten die Prüfungen näher. Er hatte sich gedacht. Wenn ich die Prüfung nicht schaffe, werde ich jeden Tag das Grinsen meiner Frau aushalten müssen. Und weil er davor Angst bekam, ist er eines Abends von seinem Stuhl aufgestanden und hat seiner Frau eine reingehauen. Mitten ins Grinsen hat er geschlagen. So doll, dass sie hintenüber und erst einmal liegengeblieben ist. Das war schon hammermäßig, wie sie dalag und ihr das Grinsen vergangen war. Er hatte sich entschuldigt und versucht, es zu erklären. Wie sehr es ihn wurmt, wenn sie grinsend hinter seinem Rücken steht. Und dass er das nicht verdient hat. Schließlich strengt er sich an, auf den Mähdrescher zu kommen. Dann war es wieder gut für einige Zeit. Aber. Er war auf den Geschmack gekommen. Es hatte sich gut angefühlt, seiner Frau so eine reinzusemmeln. Das hätte er nie einem erzählt. Aber als sie auf dem Boden lag. Da war ihm fast einer abgegangen. Er hat darüber nicht weiter nachgedacht. Nur beim zweiten Mal. Beim zweiten Schlag. Da war es dann klar.

War ja auch nur eine kurze Zeit. Er hatte die Prüfungen bestanden. Mit Ach und Krach. War auf den Mähdrescher gestiegen und hatte mehr Kohle verdient. Und seine Frau, die hatte den Jagdschein gemacht. Kam eines Tages mit einem Jagdgewehr nach Hause.

Wenn du mich noch einmal schlägst, hat sie gesagt. *Dann schieße ich dir nachts die Eier weg. Und das geht dann als Notwehr durch, das kannst du mir glauben.*

Er hat es geglaubt. Und jetzt spielt es keine Rolle mehr. Seine Frau ist weg.

Der Hundebesitzer greift zum Telefon und ruft dann doch nicht an. Wahrscheinlich ist es besser, wenn er Arko selber erschießt. Der Pferdedoktor will am Ende noch Geld dafür haben, dass er ihm die Töle umbringt.

Arko sieht seinen Herrn kommen, der ihn schon längst nicht mehr beherrscht, und fängt an zu wüten. Der Hundebesitzer ist sich sicher, dass dieses mordende Kraftpaket genau weiß, was jetzt passieren wird. Er könnte ihn auch vergiften. Eine schöne Henkersmahlzeit kaufen und ordentlich was druntermischen. Dass es reicht für so ein Kaliber. Aber das kommt ihm irgendwie unwürdig vor. Arko soll sterben wie ein Mann. Durch das Jagdgewehr der verschwundenen Frau. Der Hundebesitzer hebt die Waffe und legt an. Arko springt wie eine tollwütige Kreatur an der Kette hin und her. Er legt sich ins Eisen, dass der Hundebesitzer sehen kann, wie ihm die Kette in den Hals schneidet. Er fletscht die Zähne, zieht die Lefzen hoch und bellt dieses tiefe heisere Bellen, vor dem sich hier im Dorf inzwischen fast alle fürchten.

Der Hundebesitzer schießt einmal daneben, dann klappt es. Arko fällt um und ist endlich still. Sieht tot genauso wütend aus wie lebendig.

Der Hundebesitzer denkt, dass ihm nun zwei Kreaturen in die Träume kommen werden. Am Ende bringt er sich doch noch um. Das hält der stärkste Mann nicht aus. Wenn sie einem alle nicht aus dem Kopf gehen. Und wer weiß, was da noch in den nächsten Jahren dazukommt.

Er stellt das Gewehr weg und geht los, um Schulz Bescheid zu sagen, dass er Arko erschossen hat. Dass der kein Unheil mehr anrichten wird. Und dass er jetzt bald den neuen Hund braucht. Auf dem Weg zu Schulz kommt er am Schusterhaus vorbei. Im Vorgarten steht die Frau und starrt ratlos auf den Jägerzaun, der sich während des letzten Sturms krummgelegt hat.

Muss wohl ein neuer her.

Die Frau nickt.

Ich dachte, man könnte ihn vielleicht ganz wegmachen. Wozu braucht man einen Zaun. Wer hier rüberkommen will, schafft es so oder so.

Die kommt auf Ideen. Kein Zaun vor dem Haus. Der Hundebesitzer schüttelt den Kopf und weiß nicht so recht, ob er auf diesen Unsinn überhaupt antworten soll. Muss sie doch selber merken, dass es nicht geht ohne Zaun. Im Dorf hatten alle Zäune. Mehr oder weniger hoch und bewehrt, aber ohne Zaun war keiner.

Ich hab noch ausreichend Holz für einen Jägerzaun. Ist ja nicht schwer zu bauen. Fünfzig, und ich karre Ihnen das her. Müsste reichen. Das Holz, mein ich.

Die Frau hält ihm die Hand hin. Das ist so überraschend, dass er einschlägt.

Lindenblatt. Marthe Lindenblatt. Wir haben uns noch gar nicht kennengelernt. Ich kenne bis jetzt niemanden im Dorf.

Der Hundebesitzer nickt und murmelt seinen Namen. Kann sie nicht verstanden haben, fragt aber auch nicht nach. Sie sieht ganz gut aus, findet er. Ein bisschen weich und verwöhnt, aber nicht schlecht. Zum ersten Mal seit Ewigkeiten überlegt der Hundebesitzer, was so eine wohl sieht. Wenn er hier steht, in einer verdreckten Hose, deren Gürtel er unterm Bauch schließen muss, weil es anders nicht geht. Unrasiert. Was Quatsch ist, wenn man es so sagt. Er rasiert sich alle paar Tage mal und sieht deshalb immer unrasiert aus. Wann er das letzte Mal unter der Dusche war, weiß er auch nicht genau. Wahrscheinlich kann die Vornehme ihn riechen. Wie er hier vor ihrem kaputten Zaun steht und die Fresse nicht aufkriegt.

Er hat gehört, dass die Neuen aus Berlin kommen. Und ihm war kein Grund eingefallen, warum jemand aus Berlin hierher ins Dorf ziehen will. Obwohl die Zeiten sich andauernd geändert haben, ist er fast nie aus dem Dorf rausgekommen. In Berlin war er noch nie. Aber einmal in Hamburg.

Einen Ausflug haben sie gemacht, alle zusammen. Da war nicht viel Zeit seit der Wende vergangen, und sie hatten sich noch Kollektiv genannt. Einen Kollektivausflug haben sie gemacht, bezahlt von den letzten Prämien, die sie noch zu alten Zeiten bekommen hatten. Jeder, der eine Prämie kriegte, hat ein Viertel davon in die Kasse gelegt. Das war immer so gewesen. Solange es Prämien gab. Mit dem Geld sind sie ein bisschen rumgekommen. Nicht allzu weit, aber es waren immer schöne Ausflüge. Und Besäufnisse. Natürlich.

Hamburg jedenfalls war der erste Ausflug nach Beginn der neuen Zeit. Vierzehn Dorftrottel sind durch die Stadt gelaufen und haben nicht gewusst, wie sie am besten ihre Zeit verbringen und ihr Geld auf den Kopf hauen können. Reeperbahn, na klar. Das stand schon vorher fest. Aber sie waren morgens um elf Uhr in der Stadt gewesen, und da ist auf der Reeperbahn tote Hose. Hatte einer von ihnen jedenfalls gesagt, der schon mal da gewesen war. Herbertstraße ging irgendwie nicht. Waren ja auch Weiber dabei. Wie hätten sie denen beibiegen sollen, dass sie jetzt mal am helllichten Tag in die Herbertstraße und ein paar Nutten knallen wollen. Das hätten die Weiber ihren Ehefrauen doch später brühwarm erzählt. Nur Klaus. Der war frisch geschieden. Der hat gesagt, er geht dann mal los, und in zwei Stunden ist er wieder da. Ist losgestiefelt und hat sein Geld in die Herbertstraße gebracht. Vorher hatten sie noch diskutiert, weil sie sich nicht sicher waren, ob die Nutten auch am Tag arbeiten oder nur nach Einbruch der Dunkelheit.

Wieso sollten die nicht am Tag arbeiten, hatte Klaus gefragt. *Die müssen auch sehen, wie sie zu ihrer Kohle kommen. Und es gibt viele wie uns. Die abends gar keine Zeit für so was haben. Das ist Kapitalismus,* hat er noch gesagt, als ob das alles erklären würde. Dann war er losgegangen und zwei Stunden später wieder da. Frisch gepimpert, wie er erzählt hatte, als die Weiber mal wieder in irgendeinem Laden verschwunden waren.

Trotzdem. Ihm war die ganze Zeit nicht gut gewesen in Hamburg. Wie kann man sich nur so fremd fühlen, hatte er gedacht. Hier sprechen die Leute doch auch Deutsch. Aber er hatte nicht verstanden, worüber sie redeten. Die Leute aus Hamburg. Dann war, als sie zum Zug wollten, am Bahnhof ein junger Kerl zu ihm gekommen, der hatte Geld gewollt.

Und angeboten, ihm dafür einen zu blasen. Darüber hatten sie vorher auch geredet. Abends beim Bier. Dass es solche gibt. Also Männer, die es anderen Männern besorgen. Obwohl. Als Mann konnte der nicht durchgehen. Ein abgerissener Junge, ein Knochengestell war das. Und er.

Vielleicht sollte ich das der Frau aus Berlin mal erzählen. Dass ich damals in Hamburg dem Knochengestell eine reingehauen habe. Weil der mir angeboten hat, dass er mir einen bläst. Als hätte ich so was gebraucht.

Der Hundebesitzer sagt der Frau aus Berlin, dass er ihr morgen das Holz für den Zaun vorbeibringt. Vierzig würden es auch machen. Er hat plötzlich das Gefühl, dass hier kein Geld zu kriegen ist. Die Neuen hatten zwar viel aus dem Haus rausgeschmissen. Die ganzen Fliesen aus dem Bad. Was er gar nicht versteht, die waren noch in Ordnung. Teppichboden und Linoleum. Berge von Tapeten. Aber bis jetzt war nichts geliefert worden. Jedenfalls sagen das die Leute. Dass die Neuen zwar rausschmeißen, aber Fliesen oder Teppichboden oder so was sei bisher nicht gekommen. Da wäre er doch ein bisschen neugierig, wie es in dem Schusterhaus aussieht. Ganz kahl wahrscheinlich. Er traut sich nicht zu fragen, ob er mal reinkommen kann. Morgen, wenn er das Holz bringt, wird er das einfach tun. Dann kann er mal gucken, was die jetzt an den Wänden, auf den Böden und im Bad haben. Die Neuen.

Marthe sieht, wie die Sterne verschwinden. Der Morgen graut.

Mir graut vor dem Tag. Bald ist November. Mein Monat. Unser erster Winter im Dorf. Wir leben noch. Aber entscheidend wird sein, ob das im nächsten Frühling auch seine Richtigkeit hat.

Der Himmel über dem Dorf hat sie ein wenig versöhnt. Die Binsenweisheit, dass man solch einen Himmel in der Stadt nie zu sehen bekommt. Die Stadt ist ein fernes Grollen. Das Echo eines Grollens. Nur zweimal war Marthe bisher dort gewesen, weil es noch immer Dinge zu regeln gab. Die Insolvenz brauchte allergrößte Aufmerksamkeit, bis man sie irgendwann komplett ins Leben gelassen und alles geklärt hat.

Aber nun ist sie da und liegt in Aktenordnern sortiert. Ich muss mich kaum noch kümmern. Nur brav sein und die Zeit für David und mich arbeiten lassen. Und ich kann dankbar sein, dass es überhaupt so funktioniert. Bald sind die Zeiten, in denen mir Geld etwas bedeutet hat, vorbei. Wofür sonst haben wir die Firma gegründet. Wir wollten gut sein und auch noch Geld verdienen. Wünsche. Wir hatten Wünsche. Ich sehnte mich nach einem halben Jahr bei Caro in Neuseeland. David wollte doch tatsächlich ein Motorrad haben. Mit der Erfüllung beider Wünsche hätten wir alles an Kredit aufgebraucht. Die Ökotante fliegt nach Neuseeland. Fünfunddreißigtausend Kilometer. Siebenkommazwei Tonnen Kohlendioxid, wäre ich mit David geflogen, fünfzehn Tonnen. Der Ökoheini kauft sich ein Motorrad und trifft es besser. In den Himmel kommen beide nicht.

Das Haus riecht nach feuchtem Lehm. Sie hat gestern versucht, im großen Zimmer eine Wand mit Lehm zu verputzen. Das Ergebnis sieht kläglich aus. Aber der Geruch ist gut. Der Mann mit dem toten Hund. Sie hat seinen Namen bei ihrer ersten Begegnung nicht verstanden und sich nicht getraut nachzufragen. Irgendwas ist mit seinen Zähnen. Dass er den Mund nicht aufmacht beim Reden. Oder er hat es lange nicht mehr geübt. Zu sprechen. Aber es käme ihr dumm vor, ihn noch einmal zu fragen, wie er heißt. Er hat ihr gezeigt, wie das mit dem Lehm gemacht wird. Marthe hat gelernt, wenn sie Hilfe braucht, direkt zu fragen. Die Leute bieten von sich aus keine an.

Das Dorf ist eine tote Tante, die Häuser vererbt, in denen man dann zugrunde geht. Und wer weiß, ob ich in Neuseeland nicht auch ein halbes Jahr in solch einem toten Dorf verbracht hätte. Aber wenigstens bei meiner Tochter.

Als der Hundemann vor drei Tagen an ihrem Haus vorbeigegangen war, ist sie rausgegangen und hat ihn gefragt, ob er jemanden kennt, der ihr zeigen kann, wie man eine Lehmwand neu verputzt. Mit Lehm. Der Mann hatte genickt und mit dem rechten Zeigefinger leicht auf seine Brust geklopft. War ihr gleich ins Haus gefolgt, hatte sich die Wand angeschaut, den gekauften Lehm zwischen Fingerspitzen geprüft und noch einmal genickt. Dann war er in die Scheune gegangen und hatte in einer alten Kinderbadewanne aus Zink die Lehmpampe angerührt.

Es hatte einfach ausgesehen. Das war es dann aber nicht. Diese kreisenden Bewegungen, mit denen der Lehm dünn aufgetragen wird. Nicht zu feucht und nicht zu trocken darf er sein. Und bei dem Mann, der seinen Hund hatte erschießen müssen und deshalb für sie nun der Mann mit dem toten Hund ist, war die dünne Lehmschicht an der Wand haftengeblieben. Er hatte mit seinen Händen, deren Innenflächen wie eine Landschaft aussehen, die man nicht bereisen möchte, ein feines Muster im Lehm hinterlassen. Ein Relief vieljähriger Arbeit. Es sieht schön aus, hat keinen Anfang und kein Ende. Marthes Hände hingegen haben kaum Spuren hinterlassen.

Meine Hände ziehen keine Spuren. Das ist doch klar, ich bin eine verweichlichte Stadtfrau. Mir hat die Arbeit ein Relief ins Hirn gebrannt, aber meine Hände sind weich und unbenutzt. Ich hatte Wünsche, die sind in dem Dorf hier dermaßen deplatziert, dass ich mich dafür schäme. Geld ist hier auch deplatziert. Irgendwie. Die Leute wollen Dinge haben. Boden, Wald, Ställe, Tiere. Sie wollen Eigentum vorzeigen können. Geld lässt sich so schlecht vorzeigen, es sei denn, man wandelt es in Dinge um. In der Stadt ist das anders. Vielleicht.

Einmal in ihrem Leben hat Marthe sich dem Sog des Geldes hingegeben. Lächerlich im Vergleich zu vielem, was sie sonst noch getan hat. Aber bedrückend. Sie hatte angefangen zu sparen. Als sie noch im Jobcenter arbeitete, David gutes Geld verdiente, hatte sie ein Sparkonto eingerichtet und monatlich fünfhundert Euro eingezahlt. Per Dauerauftrag. Manchmal noch was extra dazugelegt. Und immer, wenn sie darüber nachgedacht hatten, etwas von dem Geld zu nehmen, um dieses oder jenes zu tun oder zu kaufen, hatten sie es nicht übers Herz gebracht. Die Zahl auf dem Kontoauszug sollte wachsen. Nur so, der reine Selbstzweck. Sie sollte einfach Monat für Monat größer werden. Noch gab es die Idee mit der Firma gar nicht, noch waren sie zwei recht gut verdienende Menschen mit erwachsenen Kindern, die ihrer schon nicht mehr bedurften. Sie hätten sich Wünsche erfüllen können, stattdessen verliebte sich Marthe.

Ich habe mich in die Zahl auf dem Kontoauszug verliebt. Das Geld sollte einfach nur mehr werden. Ich weiß überhaupt nicht, wie ich da wieder rausgekommen bin. Oder doch. Am Ende haben wir das Geld ja in die Firma gesteckt. Aber diese Zeit, diese gierige Zeit, obwohl es eine lächerliche Summe war. Ich wollte.

Sie wollte es nicht mehr hergeben. Für nichts. Hätte das

Geld bei ihr in einem Tresor gelegen, wäre es wahrscheinlich irgendwann so gekommen, dass sie es heimlich zählt. Tag für Tag. Nur, um sich an der wachsenden Summe zu freuen. Und vielleicht hat sie deshalb.

Nur deshalb habe ich Davids Idee so schnell zugestimmt. Das Geld musste wieder weg. Es fing an, mich zu vergiften.

Der größte Teil des Lehms, den sie aufgetragen hat, ist wieder abgefallen, und was haftenblieb, ist einfach nur uneben, aber gewiss kein Relief, auf dem man in Gedanken eine kleine Reise machen kann.

Es stört mich, nicht zu wissen, wie der Hundemann heißt. Ich muss den Leuten hier endlich Namen geben, anstatt sie immer nur zu bezeichnen.

Sie könnte auch einfach zu seinem Haus gehen und am Klingelschild nachschauen. Aber irgendjemand würde hinter irgendeinem Fenster stehen und sie dabei beobachten. Wie sie zu dem Mann geht, auf sein Klingelschild starrt und dann nicht klingelt. Sie fürchtet sich ein wenig vor ihm. Der Mann hat eine Wut im Bauch, die kann sie sehen und riechen. An der Art, wie seine Augen einen Punkt oberhalb ihres Kopfes fixieren, wenn sie miteinander reden, an den Abdrücken der ungepflegten Fingernägel in den Innenflächen der Hände, an den zusammengezogenen Schultern, am Fett, das sich über den ganzen Körper verteilt hat und unfroh wirkt.

Ich sehe, dass die meisten Menschen hier im Dorf unfrohes Fett mit sich rumschleppen. Das werde ich David natürlich nicht sagen. Wenn ich es ihm erkläre, wird er sich wieder sorgen. Und das soll er nicht. Ich möchte, dass er glücklich ist. Ich möchte, dass er mein Unglück nicht sieht.

In drei Tagen kommt Konstantin. Marthe lächelt. Es hatte lange gedauert. Erst war es ihr so vorgekommen, als könnte sie Konstantin das Haus noch nicht zumuten. Dann war er krank geworden, und dann hatte er einen Job gehabt, der ihn Tag und Nacht beschäftigte. Zumindest hatte er so geklungen.

Ich rette die Welt, Marthe. Deshalb dauert es noch ein bisschen, bis ich kommen kann. Ich bringe ein paar Sachen mit. Wir probieren alles aus, und dann hast du auch in deinem Haus Internet.

Konstantin hatte ihr angeboten, einen Vertrag für sie abzuschließen, sollte es anders nicht gehen. Sie wird das Angebot annehmen müssen. Tatsächlich hatte erst vor drei Wochen offiziell die Privatinsolvenz begonnen. Von nun an mussten David und sie sechs Jahre Wohlverhalten zeigen und würden keinen Vertrag abschließen können. Inzwischen waren es nur noch sechs Jahre. Ein Lebensjahr geschenkt. Der Staat meinte es gut mit Leuten wie ihnen.

Wir müssen so tun, als hätten wir unser Leben im Griff und könnten mit Geld umgehen. Wir müssen lügen. Aber wir haben auch gezeigt, dass wir bereit sind, auf vieles zu verzichten. Fast alles. Das Haus ist leer und bietet keinen Trost. Eine Hülle, die zeigt, wie es in uns aussieht.

David scheint sich abgefunden zu haben. Marthe wütet noch ein bisschen. Aber sie spürt, wie ihr Widerstand schwindet. In gewisser Weise ist das Dorf ein guter Ort dafür. Es saugt und braucht alle Energie. Die gute und die schlechte auch. Unendlich lang fühlt sich die Zeit an, die sie hier im Haus leben. Aber es sind gerade mal gut drei Monate vergangen, seit sie die Stadt verlassen haben. Fast vier Monate, in denen sie nichts anderes getan haben, als das Haus herzurichten. Ohne Geld. Als Bedarfsgemeinschaft. Ein Wort, das Marthe inzwischen zu schätzen weiß. Sie hatten ihren Bedarf auf null gestellt und versucht, die Gemeinschaft zu retten. Ihr ganzes Leben in einen tiefgefrorenen Zustand versetzt. Nur die lebensnotwendigen Vitalfunktionen aufrechterhalten. Der Herzschlag des Dorfes ist so langsam, dass es nicht auffällt, wenn sie wie tot durchs Leben laufen. Von den zweitausend Euro, die Marthe.

So hat es meine Großmutter schon getan, und meine Mutter hatte es tun wollen, aber nie geschafft.

Von den zweitausend Euro, die Marthe als Notgroschen in einer Bücherkassette mit den Märchen aus tausendundeiner Nacht versteckt hatte, waren noch dreihundert übrig. Das meiste davon ist für Bad und Küche draufgegangen. Beide Räume sind benutzbar. Unter der Styroporverkleidung an den Decken hatten sie den Schmutz eines ganzen Jahrhunderts gefunden. Sie hatten die Decken Dutzende Male gewaschen. Der Dreck war ihnen in den Kragen gelaufen und hatte auf dem Fußboden eine schmierige Brühe hinterlassen, die nur schwer wegzukriegen war. Das Haus ist viele Jahre mit schlechtem Holz und ärmlicher Kohle geheizt worden. So etwas hinterlässt Spuren. Und die Segnungen der neuen Zeit sind einfach nur darübergeklebt worden. Styropor. Ein mieses Zeug, das den neuen Dreck aufsaugt, in seinen feinen Poren sammelt. So lange, bis es gleichmäßig grau geworden ist. Marthe.

Ich bin so froh, dass der Arm endlich verschwunden ist. Das muss beim Abwaschen der Badezimmerdecke passiert sein. Oder David hat sich eines Besseren besonnen. Der Scherz hatte sich abgenutzt. Ich habe ihm noch gar nicht gesagt, dass ich ihm sehr dankbar dafür bin. Vielleicht, weil er mich dann wieder anschaut, als hätte ich ihm ins Herz geschossen. Mein David. Wer hätte ahnen können, dass sein Goliath ein Dorf sein wird, in dem die Menschen vergessen haben, wofür sie leben.

Marthe war auf den Knien gerutscht und hatte mit einer harten Bürste den Boden im Bad geschrubbt. Die Bodenfliesen mussten drinbleiben. Das Geld hätte für neue nicht gereicht. Es war gerade mal genügend da, um die Dusche zu erneuern, ein Waschbecken, das Material für eine neue Spüle in der Küche, den Lehm und ein bisschen Farbe zu kaufen. In der Scheune hatten sie einen großen Schrank gefunden, hoch und breit, aber nicht tief, in dem der Schuster einst wohl sein Werkzeug und Material aufbewahrt hatte. An manchen Regalbrettern klebten noch Zettelchen, auf denen in Sütterlinschrift nachzulesen war, was ein Schuster braucht. Ahlen, Leisten, Pfriem, Dreifuß. Vier Tage hatte David gebraucht, um den Schrank für die Küche herzurichten. Die Einbauküche, teuer gekauft und geliebt ob ihrer weinroten Kräftigkeit und silbernen Pracht, hat der Gerichtsvollzieher genommen. Vor der Insolvenz. Dazu fast alles, was in der Stadtwohnung zu ihrem Leben gehört hatte. Es gibt Vorschriften, was ein Gerichtsvollzieher nehmen darf und was er überlassen muss. Der Lieferwagen, mit dem sie ins Dorf gekommen sind, war klein. Ein Leihwagen für einen Studentenumzug. Und auch der nicht einmal vollgepackt.

Aber die Kinder sind raus. Ich habe sie einfach verleugnet und weggelogen. Weit weg. Es ist nicht recht, wenn die Kinder für die Not der Eltern aufkommen müssen. So ist das nicht gedacht. Lieber wohne ich in einem Haus, das schon so viel Unglück beherbergt hat, dass es mich auch ertragen wird.

Den Dachboden hat Marthe noch nicht ein einziges Mal betreten. David behauptet, man könne da oben ein schönes Arbeitsstudio einrichten. Aber welche Arbeit das sein sollte, die eines ausgebauten Dachbodens bedürfte, hatte er nicht sagen können.

Marthe schaut nach, ob der Akku des alten MacBooks aufgeladen ist, packt es in ihre Wandertasche und macht sich auf den Weg. Zwei Kilometer muss sie laufen, um zu einer Holzbank zu gelangen, die auf einem bewaldeten Hügel steht, den ein riesiger Funkmast verschandelt. Sie hat dort oben noch nie einen Menschen getroffen. Dabei ist es ein schöner Platz, von dem aus man runter aufs Dorf schauen kann. Über die Maisfelder hinweg, von denen die meisten bereits abgeerntet sind.

Von oben sieht das Dorf wie der nette Einfall eines Modelleisenbahners aus. Marthe stellt sich gern vor, wie die Eisenbahn, eine altmodisch aussehende Lok mit vier Waggons, Runde um Runde dreht. Wie sie das Dorf umkreist, weil das Geld des Modelleisenbahners nicht dafür gereicht hat, sie größere Runden drehen und Achten kreisen zu lassen. Ihre Modelleisenbahn, die sie sich vorstellt, wenn sie oben auf dem Hügel auf der Bank sitzt, umrundet das Dorf und fährt durch ein Maisfeld hin zum nächsten Ort. Über eine kleine Brücke, die das Flüsschen überquert.

Wenn Marthe auf der Bank ihr MacBook anschaltet, kommt sie ins Internet. Sie hat unter der Bank einen großen Schirm deponiert für den Fall, dass es anfängt zu regnen. Das alte Teil ist ihre Verbindung zur Außenwelt, es darf nicht kaputtgehen. Aber Konstantin wird dafür sorgen, dass sie keine Lösung finden muss. Er wird ihr die Welt ins Haus holen.

Heute scheint die Sonne. Der Mann mit dem toten Hund hat gesagt, das Wetter werde sich noch eine Woche halten. Dann soll es kalt werden. Der erste Schnee. Viel zu früh. Im Schnee wird sie nicht oben auf der Bank sitzen können. In einem Dorf, dreizehn Kilometer entfernt, das sich Stadt nennt, aber nicht mehr ist als eine aufgeblasene Ansammlung von Häusern mit zwei Supermärkten, einer Sparkassenfiliale, einer Drogerie, einem Getränkemarkt und einer Apotheke, kann Marthe auf dem Parkplatz des Supermarktes im Auto sitzen und mit ihrem Telefon im Internet surfen. Wenn es kalt ist, verbietet sich diese Option.

Marthe läuft den Hügel hoch und schafft inzwischen das Wegstück an der Hühnermastanlage vorbei, ohne einmal Luft zu holen. Wie immer ist es totenstill in den Ställen. Aber sie weiß, dass hier nachts hin und wieder Tausende von Küken angeliefert werden, die in kürzester Zeit zu Schlachtvieh heranwachsen, um dann wieder eines Nachts auf LKWs geladen und nach Polen ins Schlachthaus gefahren zu werden. Der ganze Vorgang ist so absurd, dass sie überlegt hatten, ob es etwas nützte, meldeten sie das dem Tierschutz oder irgendeiner Behörde, die verantwortlich ist. David, der sonst nie zur Paranoia neigt, hatte erklärt, in den Ämtern steckten bestimmt alle mit den tierquälenden Bauern unter einer Decke. Wenn man solche Meldung macht, sei man seines Lebens nicht mehr sicher. Also wäre es besser, den Mund zu halten.

Mein David. Als er noch groß und stark war, hatte er Mut. Jetzt fürchtet er sich vor der schlechten Laune der Bauern. Ich habe ihm den letzten Mut genommen. Mit meiner kleingeistigen Trauer um Dinge, die wir nicht mehr besitzen.

Wer keinen Besitz hat, braucht auch keine Waffen, ihn zu verteidigen. Marthe hatte diesen Satz in ihrem anderen Leben zitiert. Dem, das lange zurückliegt und unwiederbringlich vorbei ist. Der heilige Franziskus musste oft für ihre Selbstgerechtigkeit herhalten. Sie erinnert sich an einen Abend mit Freunden, die davon gesprochen hatten, dass sich in ihrem Dorf im Oderbruch, wo sie die Wochenenden in einem billig erworbenen Häuschen verbrachten, eine Bürgerwehr gegründet hat, um die nächtlichen Raubzüge zu unterbinden. Alle waren, ausgesprochen oder nicht, davon ausgegangen, dass die Bürgerwehr eine antipolnische Maßnahme war. Und alle waren sich der irrwitzigen Widersprüchlichkeit ihrer Diskussion bewusst. Wie sie sich gewunden haben, sowohl gegen die Bürgerwehr zu sein, als auch Verständnis für jene aufzubringen, die es leid waren, dass ihnen nachts die Rasenmäher und Baumaterialien unterm Hintern weggeklaut wurden.

Dann habe ich Franziskus zitiert und ihren Gesichtern angesehen, dass sie mich für eine selbstgerechte Tussi halten. Freundin hin und her. Eine Gesellschafterin mit beschränkter Haftung, die anderen was erzählen will von Verzicht und Anspruchslosigkeit.

Marthe bläst die Backen auf und atmet schwer. Tag für Tag läuft sie diese kleine Steigung hinauf. In hohem Tempo, fast rennt sie. Die schwere Tasche mit dem MacBook schlägt immer an die gleiche Stelle ihres rechten Oberschenkels. Der blaue Fleck wird täglich erneuert, bekommt keine Chance, erst grün, dann gelb zu werden. Und immer noch gerät sie außer Atem.

Als sei es mein erster Tag im Dorf. Als wollte mein Körper nicht mitmachen bei diesem Ertüchtigungsprogramm, das ich mir nicht ausgesucht habe. Ich bin schlapp und kränklich.

Mein Bauch wölbt sich, obwohl ich viel weniger esse. Mein Atem wird schon nach fünfhundert Metern hektisch und flach. Ich werde vielleicht sterben, bevor das Dorf mich mit Haut und Haaren gefressen hat.

Marthe setzt sich auf die Bank, die ihr gehört. Ihr allein. Sie schaut in die Runde, und ihr Blick bleibt zum ersten Mal lange an dem Maislabyrinth hängen. Das ragt wie ein Menetekel. Ringsum die abgeernteten Felder, nur dieses Labyrinth, direkt neben dem Friedhof. Braun der Mais inzwischen an vielen Stellen. Unansehnlich.

Sie war einmal mit David in das Labyrinth gegangen. An einem noch warmen Abend, an dem sie beide festgestellt hatten, dass dies ihr Hochzeitstag war.

Lass uns wenigstens spazieren gehen, David. Wir können unseren Hochzeitstag nicht einfach nur mit Quark und Pellkartoffeln feiern.

Sie waren losgelaufen und hatten das Dorf innerhalb von fünf Minuten von einem bis zum anderen Ende durchquert. Kein Fenster hatte sich einladend gezeigt, niemand saß auf den sorgsam gepflegten Bänken. Vor jedem Haus steht eine Bank, als Erinnerung daran, dass man auch nichts tun kann. Aber das Nichtstun musste versteckt und verborgen bleiben. Es durfte nicht einfach vor dem Haus auf einer Bank sitzen und in die Luft schauen.

Dann waren sie auf die Idee gekommen, durch das Maislabyrinth zu laufen. Und waren auf die Hinterlassenschaften einer lustlosen und erschöpften Gemeinschaft gestoßen. Bierdosen, Schnapsflaschen, Chipstüten, zwei Kaffeebecher, über die Marthe lange grübeln musste, war ihr doch weit und breit kein Ort bekannt, an dem man einen Coffee to go erwerben konnte. Ein kleiner Stapel Pokemonkarten hatte sie gerührt, das aus einer Zeitschrift gerissene Foto einer fast nackten Bikerbraut verzagen lassen. Tempotaschentücher, Schokoriegelverpackungen, zwei Wäscheklammern, eine Unterhose.

Das Labyrinth hatte sie eingesaugt und ausgespuckt. Es

war nicht schwer, den Weg zu finden, aber Marthe hatte gehört, der Großbauer wolle das Labyrinth im kommenden Jahr ausbauen. Dies sei nur ein Testlauf gewesen. Im nächsten Jahr würde er die Leute das Gruseln lehren.

Marthe klappt das MacBook auf und wartet, bis das Gerät das Funksignal oder das Funksignal das Gerät gefunden hat.

There is a place I know where the train goes slow.

Johnny Cash war ihr gestern in die Finger geraten. Die Musik hatte ihr plötzlich gefallen. Nie war ihr Davids kleine heimliche Liebe zu Country verständlich gewesen. Aber gestern. Johnny Cash und das Dorf. Da hatte was gefunkt.

Marthe wappnet sich für den Ansturm. Es war jedes Mal, als geriete sie von einer Hölle in die andere, wenn sie vom Dorf ins Internet geht. Zwei Tage zuvor hatte sie zwei Fotos abgespeichert, die mit Wärmebildkameras aufgenommen worden waren. Luftbildaufnahmen von einem Ort, über den Boko Haram hinweggefegt war. Die Vorhernachherbilder hatten den Feldzug der Vernichtung gezeigt. Auf dem Nachherbild gab es keine wärmespendenden Lebewesen mehr, die von der Kamera erfasst und als hoffnungsvolles kleines Leuchten wiedergegeben werden konnten. Es waren ältere Bilder. Die Toten werden längst verrottet sein.

In ihrem früheren Leben hatte Marthe solche Fotos farbig ausgedruckt, ausgeschnitten und in ihr Tagebuch geklebt. Eine Ansammlung von Hilfundfassungslosigkeit in inzwischen fünf Bänden. Die Bücher liegen in einem alten Buffet, das sie im Wohnzimmer hatten stehenlassen, weil sie ja irgendeinen Schrank brauchten. Bevor der Gerichtsvollzieher gekommen war, hatten sie die wenigen guten Möbelstücke verschenkt. An Freunde. Ein paar Dinge wollten die Kinder später haben, falls sie jemals zurückkommen werden nach Deutschland. Bis dahin stehen die Sachen bei deren Freunden, die sie entweder pflegen oder vernutzen werden. Der Mann, der den Vollstreckungsbeschluss vorzeigte und hinter dem zwei Möbelträger standen und auf das Signal zum Ausräumen warteten, hatte genickt, als er die halbleere Wohnung sah. Für ihn war es wohl das übliche Verfahren. Die Leute retten, was zu retten ist, und übrig bleibt nur Schrott. Bei ihnen nicht. Keiner hatte auf die Schnelle für die teure Einbauküche Verwendung. Sie war maßgeschneidert worden für ihre Küche, ein Wegwerfartikel sozusagen. Das Wohnzimmer aber, ihr Zimmer und Davids Zimmer waren fast leer gewesen, und an den Wänden hatten sich hell die Umrisse ihres vorherigen Lebens abgezeichnet.

Sie würde Konstantin fragen müssen, wie das mit der digitalen Balsamierung funktioniert. Ihr Versuch, sich, David und die Firma bei facebook totzustellen, war gescheitert. Sie hat nicht verstanden, was man tun und nachweisen muss, um für tot erklärt zu werden. Einen Auszug aus dem Handelsregister vielleicht. Aber wohin soll sie den schicken? Und ihr eigener sozialer Tod zählte offensichtlich nicht. Man muss wohl richtig gestorben sein. *Please use this form to request the memorialization of a deceased person's account.* So weit, so gut. Aber sie ist noch nicht tot. Nur verschwunden. Und es ist ihr ein Bedürfnis, das im Internet kundzutun.

Marthe gibt Boko Haram in die Suchmaske ein. Die beiden Fotos sind längst Vergangenheit. Weit nach unten gerutscht, vergessen, vorbei, nicht mehr von Interesse. Vor vielen Jahren hatte Marthe in einem Buch über den Vietnamkrieg den Satz eines US-amerikanischen Befehlshabers gelesen. *Um die Ortschaft zu retten, mussten wir sie zerstören.* Vielleicht der Leitspruch von Boko Haram, ein Name, der schon bald durch einen neuen ersetzt wird.

Marthe sieht, wie eine Mücke auf ihrem rechten Handrücken versucht, den vielleicht letzten Wintervorrat anzulegen.

Überleben Mücken den Winter? Ich weiß das gar nicht. Die hier dürfte es doch nicht mehr geben. Aber auf dem Dachboden, sagt David, gibt es noch ganz viele. Und die werden den Winter auch überleben, wenn es nicht allzu kalt wird. Ich möchte, dass es nicht allzu kalt wird. Unser Öl ist knapp bemessen. Es wird nur für einen warmen Winter reichen. Obwohl wir uns um die Heizkosten gar nicht so viel Sorgen zu machen brauchen. Als Bedarfsgemeinschaft.

Das Ausmaß der Zerstörung ist erschütternd. Marthe liest diesen Satz viermal. Vier verschiedene Menschen, alle in Rang und Würden, bedienen sich seiner. Das Ausmaß der Zerstörung ist erschütternd. In Brüssel können sich die gleichen Leute nicht einigen, welches Land wie viele von den Zigtausenden Flüchtlingen nimmt, die es gerade zu verteilen gilt. Ungarn und Österreich wollen gar keine, Polen nimmt nur Christen, Deutschland zehntausend. Achttausend bleiben übrig. Niemand möchte sie haben.

Marthe schaut auf das Dorf, das wie tot zwischen den abgeernteten Maisfeldern liegt. Wie sähe es aus, kämen tausend von den achttausend hierher? Bezögen die leeren Häuser und bauten noch ein paar neue in die Maisfelder? Eroberten sich den ausgelaugten, mit Dünger hochgepäppelten Boden. Was wäre das Dorf dann noch, kämen lauter Fremde und stoppten das langsame, ruhige Sterben? Füllten die wüst gegangene Landschaft mit ihren Vorstellungen vom Leben.

Ein Mann steigt den Hügel herauf. Marthe sieht, wie er über die Wiese stapft, ein großes Etwas in den Händen, und direkt auf sie zuhält. Keiner aus dem Dorf. Ein Fremder. Vielleicht der erste Vorbote jener tausend, die sie gerade imaginiert, denen sie im Kopf ein Leben im Dorf ermöglicht hat.

Ich hätte nicht erwartet, hier oben jemanden anzutreffen.

Marthe nickt. Bestätigt mit dem Nicken, dass es ihr ebenso geht.

Heute ist der Wind ausreichend stark. Ich habe mir ausgerechnet, dass es funktionieren könnte. Mit dem Gleitschirm von diesem Hügel aus zu starten. Ist ja auch die einzige Anhöhe weit und breit. Aber wenn der Start gelingt. Wenn ich einmal oben bin. Stört es Sie, wenn ich mich hier breitmache und den Versuch wage?

Nein, es stört mich nicht. Warum sollte es mich stören? Ich bin allein. Er ist allein. Ich schaue ihm dabei zu.

Ich schaue Ihnen einfach dabei zu. Und wenn es schiefgeht, rufe ich den Krankenwagen. Hier oben kann man nämlich gut telefonieren. Und ins Internet gehen. Deshalb sitze ich hier. Der Hügel sorgt dafür, dass ich nicht aus der Welt falle. Und der Funkmast natürlich. Wenn Sie in den Funkmast fliegen, das wäre nicht gut. Für Sie, meine ich.

Der Mann starrt über Marthes Kopf hinweg auf den Weltempfänger, der dem Hügel noch einige Meter aufsetzt, und lächelt.

Der Wind kommt von da. Ich kann gar nicht in Richtung Funkmast gleiten. Machen Sie sich keine Sorgen.

Marthe macht sich keine Sorgen.

Ich kenne den Mann doch gar nicht. Warum sollte ich mir Sorgen machen? Soll er versuchen, über das Dorf zu fliegen. Er scheint es ja zu können. Sonst käme er doch nicht auf die Idee, es auf diesem kleinen Hügel zu versuchen.

Es dauert fast eine Stunde, bis der Mann den Gleitschirm ausgepackt und ausgebreitet und vorbereitet hat. Eine Stunde bis zum ersten Gleitversuch. In dieser Stunde schafft sich Marthe mit Hilfe des Internets Hunderte Tote ran. Sie liest einen langen Artikel über das Bienensterben, schaut sich Bilder an, auf denen der Vormarsch der IS-Kämpfer gezeigt wird, versucht die Polemik zu verstehen, ob es in Griechenland eine Suizidwelle gibt oder nicht. Varoufakis erzählt in einem langen Interview, wie perfekt die Inszenierung einer Demütigung während der langen Verhandlungen war, eine Nichtregierungsorganisation veröffentlicht eine Studie über die Kollateralschäden der vergangenen Jahre bei etwas, das sich Signature Strike nennt. Die gezielten Tötungen scheinen als das Nonplusultra im Kampf gegen den Terrorismus zu gelten, und wenn es eine Hochzeitsgesellschaft oder eine Schule trifft, ist es entweder knapp danebengegangen oder der Verdacht, mitten in der Hochzeitsgesellschaft oder im Keller der Schule hätten sich Al-Kaida-Führer versteckt, hat sich als leider falsch herausgestellt. Eine internationale Klimakonferenz beschließt so gut wie nichts, so dass die Erde in zwanzig Jahren wahlweise unter Wasser stehen oder verwüstet sein wird, eine kleine Inselgruppe wehrt sich dagegen, weil sie zu den Ersten gehören wird, die im Meer versinken, in Bayern werden Abschiebelager eröffnet, irgendein Manager ist angeklagt, Bestechungsgelder gezahlt oder angenommen zu haben, als es um Rüstungsexporte nach Griechenland ging, in den USA ist eine Schwarze umgekommen, die im Gefängnis saß, weil sie vergessen hatte, vor dem Abbiegen zu blinken, Joseph Blatter und Wladimir Putin pflegen ihre Freundschaft, in einer türkischen Grenzstadt bringt ein Selbstmordattentäter zweiunddreißig Menschen um, in Italien werden Flüchtlinge mit dem Faschistengruß willkommen geheißen, in Burundi lässt sich ein Diktator, der sich Demokrat nennt, zum dritten Mal wählen, in Neuseeland verliert ein Flüchtling seinen Kampf vor Gericht. Er hatte um Asyl gebeten, weil ihm der Klimawandel die Existenz geraubt hat, und wird nun doch abgeschoben. Rückenschmerz ist die Volkskrankheit Nummer eins und schafft es auf die Titelseiten der Tageszeitungen.

Nichts hat sich geändert in den Monaten, seit wir hier sind. Nur mein persönliches Zeitgefühl sagt mir, es hätte sich etwas ändern müssen.

Der Mann macht den ersten Gleitversuch. Er winkt Marthe kurz zu, die zurückwinkt, als kennten sie sich schon eine kleine Ewigkeit. Was stimmen mag. Eine Stunde ist viel Zeit. Er rennt mit etwas unbeholfen wirkenden langen Schritten und wirft sich in die Luft. Gleitet gerade mal ein paar Meter, bevor er wieder landet. Unsanft sieht es aus, wie er aufschlägt, sich sofort erhebt und kurz den Kopf schüttelt.

Marthe bleibt sitzen, obwohl sie gern hingegangen wäre, um den Mann zu trösten und zu fragen, warum er ausgerechnet hier und nicht anderswo den Versuch unternimmt fortzukommen. Er wird es ihr nachher sagen. Vielleicht. Wenn er endgültig gescheitert ist. Denn dass es nicht gelingen kann, sieht Marthe von ihrer Bank aus. Der Bildschirm ihres Computers verdunkelt die letzte Katastrophe.

Barmherziger Ruhemodus, ich liebe dich.

Der Mann packt seinen Gleitschirm zusammen und kommt noch einmal zu Marthes Bank. Setzt sich neben sie und lächelt ins Tal, als wolle er das Dorf um Verzeihung bitten, weil er ihm hatte entfliehen wollen.

Hier kommt man wohl nicht weg. Jedenfalls nicht auf diesem Weg.

Sind Sie denn von hier?

Um Gottes willen, nein. Ich bin im Auftrag einer Landesbehörde unterwegs, die Unterkünfte für Flüchtlinge sucht. Steht ja viel leer in dieser Gegend. Heute Morgen habe ich mir die Landkarte angeschaut und diesen Hügel hier gesehen. Auf Google Maps sah er brauchbar aus. Also habe ich den Gleitschirm eingepackt. Einen Versuch war es wert.

Sie wollen hier Flüchtlinge unterbringen?

Vielleicht. Es gibt ein, zwei Objekte, die taugen würden. Müsste man ein bisschen Geld reinstecken und einen Betreiber finden. Eins verbietet sich eigentlich. Politisch. Historisch. Ich werde es trotzdem vorschlagen. Mein Job ist, zu finden. Die Entscheidungen treffe ich nicht.

Er meint die Baracken.

Sie meinen die Baracken. Hinter dem Maisfeld, an der Todeskurve?

Heißt die so? Todeskurve? Das wusste ich nicht. Aber Sie haben recht, da stehen vier Kreuze am Straßenrand. Ich habe übrigens letztens in einem Ort, dessen Name mir jetzt nicht einfällt, aber er ist nur zwölf oder vierzehn Kilometer entfernt, einen Laden gesehen, in dem gibt es diese Plastikblumen, die hier immer an solchen Gedenkkreuzen stehen. Im Winter muss das sehr sonderbar aussehen. Diese knallbunten Blumen in einer kahlen Landschaft. Eindrucksvoll, bestimmt. Irgendwo gab es auch mal eine Ausstellung mit Fotos von all diesen Straßenkreuzen.

Sie wollen nicht darüber reden, dass diese Baracken für Zwangs-

arbeiter gebaut worden sind. Da kann man doch keine Flüchtlinge reinstecken. Selbst der Bauer will aufhören, seine Saisonarbeiter dort unterzubringen. Da hat wohl mal ein Artikel in der Lokalzeitung gestanden. Über die Geschichte der Baracken und dass es besser wäre, dort einen Gedenkstein anzubringen, anstatt polnische und rumänische Saisonarbeiter drin wohnen zu lassen.

Hören Sie, Frau.

Lindenblatt. Marthe.

Ein schöner Name, Komarski. Roman Komarski. Wie Sie hören, bin ich selbst ein Migrant. Zwar schon seit meinem dritten Lebensjahr hier, aber eben nicht hier geboren. Ich mache Vorschläge und versehe die Vorschläge mit einer Bewertung. Die Baracken werde ich nicht empfehlen. Aber mein Auftrag lautet, erst einmal alle tauglichen Immobilien aufzulisten und ein erstes Ranking vorzunehmen.

Aber wenn die Baracken zu einem ehemaligen Konzentrationslager gehörten, schauten Sie sich die nicht an, oder?

Dann schaute ich mir die nicht an, Frau Lindenblatt. Obwohl ich sie pro forma, wenn sie nicht eine Gedenkstätte wären, sondern leer stünden, mit auflisten müsste.

Im Dorf stehen eine Menge Wohnhäuser leer. Mindestens acht. Ich glaube sogar, es sind elf. Sie könnten acht Flüchtlingsfamilien hier unterbringen. Oder elf.

Und Sie meinen, das gefiele den Leuten?

Nein.

Marthe schweigt und starrt den Hügel hinunter aufs Dorf. Sie könnte jetzt noch sagen.

Ich könnte dem Herrn Komarski sagen, dass die Politik dazu neigt, sich für die schlechtesten Vorschläge zu entscheiden. Wenn er die Baracken auf seine Liste schreibt, werden sie die wählen. Das ist ein Gesetz. Ich sollte es ihm sagen. Aber er müsste es eigentlich auch wissen, dass es so läuft.

Können Sie die Baracken nicht einfach unter den Tisch fallen lassen?

Nein.

Warum nicht?

Weil mein Auftrag lautet, alle tauglichen Immobilien zu erfassen, aufzulisten und eine erste Bewertung abzugeben. Eine sachliche Bewertung, keine politische. Der Investitionsaufwand, die Baracken herzurichten, wird größer sein als der, die alte Dorfschule auf Vordermann zu bringen. Andererseits liegen die Baracken außerhalb des Dorfes, die Schule steht mittendrin. Die Gefahr, dass die Schule, noch bevor die Flüchtlinge kommen, abgefackelt wird, ist vielleicht größer. Obwohl die Baracken mehr Möglichkeiten bieten, sie heimlich anzuzünden, ohne dass es jemand sieht. Dem steht aber gegenüber, dass die Schule eine preisgünstigere Logistik ermöglicht. Man braucht weniger Personal, weil es sich um ein kompaktes Gebäude handelt, bei den Baracken aber um vier. Das wiederum muss abgewogen werden dagegen, dass der Schulhof vergleichsweise nur ein kleines Gelände für den Aufenthalt im Freien bietet, während die Grundstücke um die Baracken herum größer sind. Das aber heißt, dass der Sicherheitszaun um die Grundstücke herum bei den Baracken teurer sein wird als bei der Schule, die ja zum großen Teil schon durch Zaun und Mauer abgesichert ist. Die Schule bietet auch die Möglichkeit, einen Gemeinschaftsraum in einem der alten Klassenzimmer einzurichten, das wäre bei den Baracken schwieriger.

Es ist mein Job, das ganze Für und Wider aufzuschreiben. Ob es insgesamt klug ist, Flüchtlinge an einen Ort zu verfrachten, der dem Untergang geweiht ist. Ich gehe jetzt mal davon aus, dass Sie nicht von hier sind, Frau Lindenblatt, aber entschuldigen Sie, falls das nicht stimmt und ich Sie verletze. Ein Ort, in dem, glaube ich, der durchschnittliche Bildungsgrad weit unter Niveau liegt. Weil ja alles, was einen halbwegs vernünftigen Schulabschluss geschafft hat, sicher das Weite gesucht haben wird. Hierher Flüchtlinge zu schaffen und zu glauben, dass die sich alle schon vertragen werden, ist an sich ein gewagter Gedanke. Es werden sich Bürgerwehren bilden oder andere Zusammenrottungen, und die werden Krach schlagen und den anderen Leuten

Angst machen. Als ich vorhin durchs Dorf gelaufen bin, habe ich einen einzigen Menschen gesehen, bin aber von ungefähr einhundert Hunden angebellt worden. Ich bin sicher, gesehen haben mich fast alle, die im Dorf wohnen. Aber ich habe niemanden zu Gesicht bekommen. So ist das an solchen Orten. Die Leute stehen hinter den Gardinen, wie eh und je, und schauen, ob sich draußen was Fremdes bewegt. Und wenn sich was Fremdes bewegt, laden sie im Zweifelsfall in Gedanken schon mal das Schrotgewehr oder womit immer die hier unterwegs sind.

Meine Phantasie reicht aus, mir vorzustellen, wie es ist, wenn hier plötzlich fünfzig oder nur zwanzig Menschen aus Syrien, Afghanistan oder Somalia rumlaufen. Und wenn ich mir das vorstellen kann, darf man doch erwarten, dass die politischen Entscheider auch über diese Vorstellungskraft verfügen. Tun sie aber nicht. Im Nachbarkreis sind Flüchtlinge in einem aufgelassenen Kindergarten untergebracht worden. Es hat vier Nächte gedauert, dann flog die erste Brandflasche nachts ins Fenster. Jetzt ist der Sicherheitsdienst verstärkt worden. Ein Sicherheitsdienst übrigens, der sich aus Langzeitarbeitslosen des Kreises rekrutiert. Denen ist beigebracht worden, wie man Runden läuft, mit einer Waffe umgeht und bei körperlichen Auseinandersetzungen dazwischenfunkt. Ich glaube nicht, dass die gelernt haben, die zu beschützen, die in der Flüchtlingsunterkunft wohnen. Die denken wahrscheinlich, sie sind für die Sicherheit der Dorfbevölkerung da.

Ich könnte mich für einen Job bewerben. Wenn die Flüchtlinge hierherbringen, finde ich vielleicht Arbeit. Das wird doch niemand machen wollen. Tausenddreihundert, mehr darf ich nicht verdienen. Alles, was drüber hinausgeht, kriegen die anderen. Sechs Jahre. Der Mann hat schöne Hände.

Die Hände des Mannes mit dem Gleitschirm sind schmal, braungebrannt und makellos. Das fällt Marthe jetzt auf. Legte er jetzt eine Hand auf ihr Knie, ließe sie es zu. Sie hat David in Gedanken schon oft betrogen. Aber es ist ein Spiel. Eine Kopfübung. In den unendlich vielen Wochen, die sie hier leben, ist ihr Sex müde geworden. Als nährte sich das Haus von ihrem Begehren. Manchmal, wenn sie abends zusammen ins Bett gehen, legt sich Marthe auf ihren Mann und starrt ihm ins Gesicht. So lange, bis er sich regt. Und wenn sie fertig sind, fühlt es sich an, als hätten sie ein bisschen Leben gelassen. Beim letzten Mal hatte das Käuzchen geschrien.

Der Todesvogel schreit, David. Wir werden hier in diesem Haus sterben.

Sie hatte geschafft, dass ihm der Schwanz unmutig und klein geworden ist. Ihrem Mann. Dessen Liebe sie immer noch braucht und der sie nicht verlassen soll. Was er auch nicht vorhat.

David wird mich nicht verlassen. Wir haben nur uns. Ich werde Konstantin bitten, dass er mit ihm redet. Er soll ihn fragen, ob er mich noch liebt. Mir fehlt der Mut. Ich bin so mutlos geworden.

Der Mann mit dem Gleitschirm steht auf. Marthe möchte ihn um seine Telefonnummer bitten. Oder Mailadresse. Um zu erfahren, ob es die Baracken werden oder die Schule geeigneter erscheint. Um rechtzeitig zu wissen, ob sie sich irgendwo bewerben sollte. Um ihn wiederzusehen. Er kann fliegen. Sie hat noch nie einen Mann kennengelernt, der fliegen kann. Vielleicht sollte sie David einen Gleitschirm schenken. Sobald sie eine Arbeit hat und tausenddreihundert Euro verdient.

Es ist schön, Sie kennengelernt zu haben, Frau Lindenblatt. Und ich halte viel von dem Satz, dass man sich immer zweimal im Leben begegnet.

Geben Sie mir. Ja. Es hat mich auch gefreut. Vielleicht klappt es mit dem Wiedersehen. Ich bin ja hier. Und wenn die Flüchtlinge kommen.

Damit habe ich dann nichts mehr zu tun. Wenn die Flüchtlinge kommen, ist meine Arbeit längst erledigt. Ich bin nur der Reisende, der einen Platz für sie sucht. Mehr nicht. Das ist keine schöne Aufgabe, wissen Sie. Es gibt nämlich gar keinen Platz für diese Menschen. Jedenfalls nicht hier. Und anderswo auch nicht. Wir haben verlernt, gut zu sein.

Marthe sieht dem Mann mit dem Gleitschirm und den schönen Händen hinterher. Sie wünscht sich, er möge umfallen. Ein kleiner Herzanfall. Nichts Schlimmes. Aber doch so, dass sie ihm helfen muss und er sich dann von ihr gerettet fühlt. Es wäre schön, sich der Dankbarkeit dieses Mannes gewiss zu sein.

Er packt seinen Gleitschirm ins Auto, lässt den Motor an, hupt einmal kurz und fährt weg. Runter ins Dorf. Das so leer ist und doch nicht darauf erpicht, dass irgendjemand diese Leere füllt.

Mit Arko hat das Dorf seinen letzten Rebellen verloren. Das Schweigen ist fast unendlich geworden. Nur Prokorski der Verrückte streicht manchmal durch die leeren Häuser und steigt über die Zäune verlassener Grundstücke. Aber er tut niemandem Böses, und ein Schaf hat er auch schon lange nicht mehr gebraucht. Die Medikamente machen seinen Schwanz müde. Sie wären auch für Arko gut gewesen. Das hätte sein Herrchen wissen müssen. Prokorski hat den Namen von dem Mann vergessen, dem Arko gehört hatte, so wie alle anderen Namen auch. Nur Schulz hat er im Kopf behalten, denn Schulz hat ihm ein Zimmer in der Baracke gegeben und erklärt, solange er sich an die Regeln halte, dürfe er dort bleiben und müsse nicht wieder einfahren. Welche Regeln gemeint waren, hatte Schulz nicht gesagt. Aber er kann es sich denken.

Prokorski hat sich trotzdem im Maislabyrinth ein zweites Schlaflager eingerichtet. Wenn die Sozialarbeiterin kommt, ist er in der Baracke. Auch wenn es regnet oder so kalt ist, dass sein Atem gefriert. Sonst schläft er im Labyrinth. Es ist das beste Versteck, das er jemals gehabt hat. Morgens packt er seine Sachen in eine blaue Mülltüte und versteckt sie auf dem Friedhof unter einem großen falschen Jasmin.

Wäre er in der Lage, sich zu erinnern, wüsste er noch, dass er als Kind mit anderen Jungs aus dem Dorf unter diesem Jasmin verbotene Spiele gespielt hat. Sie haben Zigaretten geraucht und den Schnaps ihrer Väter und Mütter getrunken, sich die Bildchen angeschaut, die ihre Väter in den Werkzeugschränken ihrer Scheunen versteckt hatten. Sie haben ihre Schwänze vermessen und überlegt, wie sie ein Mädchen aus dem Dorf dazu bringen können, ihnen ihre Muschi zu zeigen.

Prokorski hat all das vergessen. Als er sechzehn war, ist in seinem Kopf ein Schalter umgelegt worden, und seitdem sieht er die Welt anders. Viel schriller, lauter und aufregender ist sie seitdem. Die Welt ist nie größer geworden als dieses Dorf, und das ist schon groß genug für einen wie ihn. Ohne Schulz wäre er nicht mehr hier. So viel hat er begriffen. Schulz ist sein Vormund, hat den Behörden gesagt, sie können ihn im Dorf lassen, hier ginge es ihm gut. Einmal in der Woche holt Prokorski bei Schulz eine große Tüte mit Lebensmitteln ab. Kein Alkohol, aber er braucht auch keinen, um die Welt zum Brüllen zu bringen. Sie schreit sowieso ununterbrochen.

Er nimmt seine Tabletten, dadurch sind die Stimmen leiser geworden. Ganz verschwinden sollen sie nicht. Wären sie weg, wüsste er gar nicht mehr, was er tun muss und was er nicht tun darf.

Manchmal macht er das eine oder andere für Schulz. Kleinigkeiten, an die er sich oft schon am nächsten Tag nicht mehr erinnern kann. Dafür gibt es Schokolade oder auch mal ein Heftchen mit Bildern von schönen Frauen. Prokorski mag sein Leben. Weil Schulz es so will, wäscht er sich einmal in der Woche und lässt sich alle drei Monate die Haare kürzen. Er hat auch gelernt, sich zu rasieren und die Fußnägel zu schneiden. Deshalb erschrecken die Frauen nicht vor ihm, wenn sie ihn sehen.

Die Frauen im Dorf sind sehr geheimnisvoll. Zumindest einige. Sie treffen sich zweimal in der Woche in dem Verkaufsraum, den Schulz eingerichtet hat und den sie Konsum nennen. Morgens kommt ein Lieferwagen und bringt Sachen, die man kaufen kann. Zwei Frauen packen die Sachen in die Regale und unterschreiben Zettel. Nachmittags ist der Laden dann vier Stunden lang geöffnet. Nur Frauen gehen da einkaufen. Und Prokorski, denn der hat eine Sonderstellung.

Wenn Schulz ihm ein bisschen Taschengeld gegeben hat, darf er in dem Laden Schokolade kaufen. Und Gummibärchen. Die Frauen reden weiter, als sei er nicht da. So war es schon immer gewesen. Er hatte bereits als Kind die Fähigkeit gehabt, unsichtbar zu sein. Seine Eltern haben sich gestritten, weil sie glaubten, er sei gar nicht im Zimmer. Und wieder in seinem Beisein vertragen. Mit allem Drum und Dran. Das hat Vater immer gewollt. Dass man sich nach einem Streit richtig verträgt. Mit anfassen und stöhnen. Fast immer hat der Vater angefangen zu streiten. Und manchmal hat er zugehauen. Aber auch dann wollte er, dass man sich wieder verträgt.

Später in der Schule haben sie über Prokorski geredet, als sei er nicht da. Nur unterm falschen Jasmin, mit den anderen Jungs, da hat er sich sichtbar gemacht. Aber es war anstrengend, gesehen zu werden. Immer hatte er irgendetwas dafür tun müssen, dass die anderen ihn sehen. Den Schnaps klauen, die Mädchen ansprechen und fragen, ob sie für eine Mark ihren Schlüpfer ausziehen und ihre Muschi zeigen würden. Er hat es lieber gemocht, unsichtbar zu sein. Dann hat er nichts tun müssen.

Im Dorfladen, der ja kein richtiger Laden ist, reden die Frauen einfach weiter, während er vor dem kleinen Regal steht, in dem die Süßigkeiten liegen, und sich nicht entscheiden kann, welche Tafel Schokolade er nimmt. Meist kommt nach einer halben oder dreiviertel Stunde eine der Frauen zu ihm, drückt ihm zwei Tafeln in die Hand, dazu eine Tüte Gummibärchen, nimmt sein Geld, das er in der anderen Hand hat, und schiebt ihn zur Tür. Dann murmeln alle Frauen einen Abschiedsgruß. Prokorski erklärt sich das so, dass er nach einer halben Stunde sichtbar wird und vorher eben unsichtbar ist.

Die Frauen reden immer über Männer. Tote Männer. Prokorski hat verstanden, dass hin und wieder ein Mann in eine Biogasanlage fällt. Und dass es dem Mann recht geschieht.

Beim letzten Mal allerdings haben die Frauen über Krieg gesprochen. Dass er kommen wird. Und darüber, dass der Schulz verrückt geworden ist, den hierher ins Dorf holen zu wollen. Als sei ihm egal, was aus ihnen allen wird. Als hätten sie nicht genug Elend in den eigenen vier Wänden. Und wenn noch all diese Männer kämen, zusammengepfercht in den Baracken, da müsste man dann abends einen Riegel vor jede Tür schieben, solche seien das. Man wisse doch, wo die herkommen. Nur Krieg würden die kennen, und Frauen seien denen nichts weiter als Schleiereulen, die ihnen Kinder gebären und das Haus putzen müssten. Dem Schulz könne das ja egal sein mit seiner Alten, die wolle wohl keiner mehr haben, auch nicht so ein Krieger aus der Fremde. Aber was sei mit den anderen? Denen, die noch jüngeres Fleisch auf die Waage bringen?

Jetzt sitzt Prokorski im Maislabyrinth, denn die Nacht ist noch mild genug, auch wenn sein Atem kleine weiße Gespenster in die Luft malt. Nicht mehr lange, dann wird er viele Nächte in der Baracke schlafen müssen. Aber wenn andere dort einziehen, ist das vielleicht nicht möglich. Was die Frauen im Dorfladen erzählt haben, hat ihn beunruhigt, auch wenn er nicht alles verstehen konnte. Er will nicht aus der Baracke fortmüssen.

Bald ist Winter. Er mag den Winter nicht. Sein Versteck unterm falschen Jasmin ist dann kein Versteck mehr, er kann nicht länger barfuß laufen, und seine Füße werden schmerzen, wenn sie in Schuhe gezwängt sind. Schulz hat ihm ein Paar warme Stiefel aus dem Baumarkt mitgebracht. Gefüttert mit etwas, das aussieht wie ein totes Tier. Aber Schulz hat gesagt, es ist nur Kunstfell. Erdöl ist das, da muss er sich keine Gedanken machen. Das tut er nicht, tote Tiere bereiten ihm keine Furcht. Er hat selbst schon viele Tiere totgemacht. Aber am Körper mag er sie nicht haben. Erdöl ist in Ordnung. Die Stiefel sind es auch. Aber sie werden trotzdem Schmerzen bereiten. Seine Füße sind breit geworden durch das viele Barfußlaufen. Harte Schwielen, die im Winter weich und matschig werden. Schulz hat ihm gezeigt, wie man das Matschige mit einem Stein abrubbeln kann oder mit einer Feile. Das hat er letzten Winter gemacht, und danach haben die Fußsohlen geblutet, so dass er Lappen darumwickeln musste und nicht mehr auftreten konnte. Er hat sich im Wald zwei Stöcke gesucht und ist an denen gelaufen wie ein alter Mann. Schulz ist mit ihm zum Arzt, und der hat eine Salbe verschrieben. Von der Salbe sind die Stimmen lauter geworden. Sie haben ihn angeschrien, er soll das lassen mit dem Gift. Sie wollten ihn dazu bringen, mit dem Kopf gegen die Wand zu laufen oder die Füße in den Kanonenofen zu stecken, der in seinem Barackenzimmer steht. Er ist zu Schulz gegangen und hat ihn gefragt, ob er lieber den Kopf an die Wand schlagen oder die Füße in den Kanonenofen stecken soll, und Schulz hat ihm geraten, die Salbe wegzulassen und dann besser länger zu warten, bis die Füße geheilt sind.

Er hat schon immer jemanden gebraucht, der ihm sagt, was er tun soll, wann er mit etwas aufhören muss, was richtig ist und was falsch. Die Stimmen sind sich nie einig. Sie streiten ununterbrochen. Wie bei der Schokolade. Es gibt nur fünf verschiedene Sorten in dem kleinen Regal, aber er kann sich nicht entscheiden, weil die Stimmen sich nicht einig werden. Bis eine von den Frauen kommt und ihm die richtige Schokolade in die Hand drückt. Beim ersten Mal hat er drei Stunden dagestanden, bis die Frauen das gemerkt haben.

Sie sind nicht nett, aber auch nicht böse, die Frauen. Er ist sich auch sicher, dass er nicht zu den Männern gehört, die besser in die Biogasanlage fallen sollen. Das sind die anderen. Er ist einfach nur der verrückte Prokorski. Inzwischen gibt es auch kaum noch Kinder, die ihn ärgern könnten. Der eine Junge ist schon fast erwachsen, und der hat ihn noch nie geärgert.

Der trockene Mais bewegt sich und raschelt leise. Prokorski mag dieses Geräusch. Es ist viel schöner als die Stimmen in seinem Kopf. Am Anfang sind die Leute aus dem Dorf oft ins Labyrinth gegangen. Sie haben sich benommen wie kleine Kinder, Gespenst gespielt und sich gejagt. Manchmal sind nachts welche gekommen und haben getrunken und geraucht und dabei gar nicht geredet. Als wären ihnen ihre Höfe zu klein und ihre Häuser zu eng und der Wald zu dunkel geworden. Jetzt kommen sie nur noch selten. Im Sommer hat es noch mal ein Labyrinthfest gegeben. Schulz hat ein Fass Bier hingestellt und eine Sau auf den Spieß gesteckt. Prokorski hatte den Spieß drehen dürfen, bis die Sau braun und knusprig war. Schulz hat den Leuten erzählt, dass er im nächsten Jahr einen schönen Dorfplatz bauen will, zum Grillen und Feiern und Tanzen. Die Leute haben stumm dagestanden, als fragten sie sich, wie einer auf die Idee kommen kann, irgendjemand von ihnen würde noch tanzen wollen in diesem Leben. Nur Krüger hatte genickt und angefangen zu klatschen und laut gerufen, sein Holzplatz würde den Tanzboden liefern. Und eine Spende wäre das, fürs Dorf. Dann haben noch andere geklatscht, und ein paar Frauen haben an sich heruntergeschaut, als prüften sie die Tauglichkeit ihrer Leiber für einen Tanz auf Krügers Holzfußboden. Prokorski weiß nicht, dass ihnen die Jahre so manches ausgetrieben haben und Tanzen gewiss dazugehört. Die Eltern dieser Frauen waren noch einmal in der Woche in Friedas Scheune zum Tanz gegangen. Hinter der Scheune sind blutige Kämpfe geprügelt und Kinder in die Welt gevögelt worden. Die Kasse hat geklingelt vom vielen Bier und Schnaps, und in den Buletten war mehr Semmelmehl als Fleisch, aber sie haben trotzdem geschmeckt. Der Senf trieb den Trunkenbolden Tränen der Rührung in die Augen, und die Frauen, die nicht schwanger werden wollten, zogen vor dem Tanz zwei Schlüpfer an und packten sich Watte rein, um eine Ausrede zu haben.

Könnte Prokorski sich erinnern, auch wenn er all das nicht weiß, röche er den Schokoladenpudding, den seine Mutter an jedem Samstag für ihn gemacht hatte. Der war sein Trost dafür, dass er allein bleiben musste, wenn die Eltern in Friedas Scheune zum Tanzen gingen. Ein Schokoladenpudding mit Milch und einer dicken Haut, deren Runzeln er nicht mochte, weshalb er sie der Katze gab. Darunter aber, unter der runzligen Haut, war das reinste Vergnügen, dunkelbraun und sämig, lauwarm noch und tröstlich bis tief in die Nacht. In der Besteckschublade gab es einen Mokkalöffel aus Silber, das war der Schokoladenpuddinglöffel, denn mit dem konnte man lange etwas haben vom süßen Vergnügen. Winzige Portionen über den Abend verteilt, während von der Scheune ein dumpfes Dröhnen ins Wohnzimmer hämmerte, als wären alle Tanzbeine aus Holz.

Aber nichts von alldem ist in seinem Kopf geblieben. Machte ihm heute jemand einen Schokoladenpudding mit dicker runzliger Haut. Dann kämen die Erinnerungen vielleicht wieder, und es verschlüge den Stimmen für einen Moment die Sprache. Doch niemand hat je wieder Pudding für Prokorski gekocht, nachdem seine Mutter gestorben war. Die hatte ihn auch nicht Prokorski genannt, sondern Bärchen, weil er als Kind immer gebrummt hatte wie ein Spielzeugbär, um seine Mutter zum Lachen zu bringen. Sie war an etwas gestorben, was die älteren und alten Frauen im Dorf eine Frauenkrankheit nennen. Schnell und unter großen Schmerzen. Prokorski, der damals noch Bärchen hieß, hat sie vier Wochen lang jeden Tag im Krankenhaus besucht. Dafür musste er nach der Schule mit dem Bus in die Kreisstadt fahren und dann noch zehn Minuten bis zum Krankenhaus laufen. Dort sind auch die Stimmen das erste Mal in seinen Kopf gekommen. Seine Mutter hatte geschlafen, konnte ihn also nicht beschützen, und er hatte wahrscheinlich, wie so oft, den Mund zu weit aufgehabt, so dass die Stimmen eine nach der anderen in seinen Kopf schlüpfen und es sich dort bequem machen konnten. So oft hatte seine Mutter zu ihm gesagt, er solle den Mund zumachen, sonst fliegt ihm da noch was rein. Aber sobald ihn irgendwas zum Staunen brachte oder einfach nur unverständlich war, hat er den Mund aufgesperrt und nicht wieder zubekommen.

Einmal zu Weihnachten hatte seine Mutter einen kleinen hölzernen Engel gekauft und auf den Tisch gestellt. Der hatte den Mund weit auf und trug in der Hand ein kleines Glockenspiel. *Siehst du, Bärchen,* hatte die Mutter gesagt, *der süße Engel hier kriegt den Mund auch nicht zu. Und sieht genauso niedlich aus wie du.*

Im Krankenhaus war die Mutter dann verschwunden. Einfach so. Unter der Bettdecke. Sie war am Ende gar nicht mehr zu sehen, nur ihr Kopf lag noch im Bett, unter der Bettdecke nichts. Die Stimmen haben Prokorski versprochen, dass sie sich von nun an um ihn kümmern werden. Das tun sie auch. Aber sie sind viel anstrengender als die Mutter. Vor allem aber sind sie sich fast nie einig.

Prokorski wünscht sich, er könnte die Stimmen gegen das Rascheln des Maises tauschen. Vielleicht, wenn Bauer Schulz noch mehr davon pflanzt. Er kann ihn ja darum bitten.

Bist du wieder auf deinen Berg gestiegen, November?

Es regnet nicht, unten schlafen schon alle, der Funkmast schenkt mir drei Balken, ich kann dich einigermaßen gut hören, Konstantin. Kommst du übermorgen? Du kommst doch?

Diesmal klappt es. Ich habe alle Jobs geschoben und reise gerade durch eine verwüstete Welt.

Du spielst.

Ich spiele nicht, ich reise aus, Marthe.

Nenn mich nicht Marthe, wir sind doch Freunde. Wohin bist du ausgereist?

Ach, das würde dir gefallen, diese apokalyptische Welt. Der Krieg hat alles zerstört. Ich habe mir meinen Protagonisten selbst zusammengestellt. Natürlich ist er groß, stark und hetero, lange Haare, ein paar Tattoos.

Gibt es immer noch keine schönen Endzeitspiele für Schwule?

Nicht wirklich, November, nicht wirklich. Und mir gefällt es ganz gut, im virtuellen Leben ein Hetero zu sein, das macht es einfacher, glaub mir. Jedenfalls habe ich Frau und Kind, und wir drei haben den Supergau in einem Bunker überlebt. Die Frau habe ich mir auch hübsch zusammengereimt. Sie würde dir gefallen. Ist ein bisschen wie du. Etwas größere Titten, aber sonst.

Was gefällt dir denn an meinen Titten nicht?

Mir gefällt alles an dir, aber wäre ich Hetero, müsstest du sie für mich vergrößern lassen. Sei froh, dass David weit von so was entfernt ist. Dem gefällt doch jeder Quadratzentimeter an dir genau so, wie er ist.

Ich habe einen Mann kennengelernt, einen Gleitflieger. In den hab ich mich ein bisschen verliebt. Der wird uns Flüchtlinge ins Dorf bringen.

Na toll, dann wird ja bei Getränke Hoffmann bald der Brennspiritus knapp.

So was gibt's bei Getränke Hoffmann?

Weiß ich doch nicht. Aber bei allem, was du mir bisher von dem Kaff erzählt hast, sind Flüchtlinge so ziemlich das Letzte, was die kriegen sollten.

Sie könnten überleben.

Du bist süß wie immer, November.

Was machst du mit deiner virtuellen Familie da in dem Bunker?

Ich muss raus in die Welt. Sonst wäre es ja kein Spiel. Aber erst mal so. Ich baue mir also den Kerl, das bin ich, und die Frau. Das Kind wird dann genetisch aus uns beiden gebaut. Ist übrigens ein Junge. Wir haben die Apokalypse eingefroren in Kapseln überlebt. Aber noch bevor wir aufwachen, kommen drei Personen, töten die Frau und rauben das Kind. Ich sehe das, kann aber nichts tun, schlafe stattdessen wieder ein. Irgendwann wache ich auf und mache mich auf die Suche nach meinem Kind. Ich reise durch eine völlig verwüstete Welt, ich bin bewaffnet, töte alle Gegner, wenn ich es schaffe, treffe auf verstrahlte Typen, auf Ansiedlungen, in denen sich Menschen eine eigene neue Gesellschaft aufgebaut haben, ich töte böse Tiere, säubere Gebäude. Und dann treffe ich auf meinen Antagonisten, einen älteren Herrn, der so eine Art Diktatur aufbauen will. Und später.

Konstantin?

Ja.

Ich vermisse dich. Aber wenn du herkommst, wirst du nicht spielen können. Wir können in den Wald gehen und schauen, ob wir böse Tiere finden. Und ein paar Zombies gibt es im Dorf auch. Aber im echten Leben kannst du ja keiner Fliege was zuleide tun, das wird dir also nichts nützen.

Du denkst immer noch, dass ich mein ganzes Leben vor dem Computer verbringe. Entweder um Geld zu verdienen oder um zu spielen.

Nein.

Doch.

Was passiert mit dem alten Mann?

Du kneifst. Also am Ende schafft es der Protagonist ins Hauptquartier, und da trifft er einen zehnjährigen Jungen, und natürlich denkt er, dass dieser Junge sein Sohn ist. Aber dann erfährt er, der alte Mann ist sein Sohn. Irgendwas ist mit der Zeit passiert, er hat ja noch in der Kapsel geschlafen, als sein Sohn entführt wurde. Und jetzt steht er vor der Wahl. Er kann den alten Mann, also seinen Sohn, sterben lassen oder am Leben erhalten, indem er mit ihm zusammen eine Diktatur errichtet.

Wie wirst du dich entscheiden?

...

Konstantin?

Ja verdammt, das weiß ich nicht. Für dich ist es nur ein Spiel, aber es ist eine Grundsatzentscheidung, glaub mir. Am besten ist, ich lasse es liegen und du sagst mir, was ich tun soll.

Dein Sohn ist ein alter Mann?

Ja.

Dann muss er sterben.

Bist du sicher?

Konstantin, worüber reden wir hier? Ich stehe auf der höchsten Erhebung weit und breit und starre auf abgeerntete Maisfelder. Das ist meine Apokalypse. Da unten ist das Dorf. In dem gehen seltsame Dinge vor. Davon werde ich dir erzählen, wenn du hier bist. David hat angefangen, beim Großbauern ein bisschen zu arbeiten. Er kann ja ganz gut mit Maschinen und bekommt fünfhundert im Monat schwarz auf die Hand, wenn er dem Bauern diese Riesenteile, mit denen sie hier die ganze Scheiße in den Boden bringen und später wieder rausholen, repariert und wartet. Das können wir gut gebrauchen. Das ist kein Spiel.

Ich wusste, dass du das sagst.

Was sagst?

Das mit dem Spiel. Es geht um ethische Fragen. Um die zu beantworten, muss ich eine Entscheidung treffen. Und wenn ich mich im Spiel dafür entscheide, den alten Mann umzubringen, bin ich im wahren Leben vielleicht auch in der Lage dazu.

Das ist doch Blödsinn. Im wahren Leben hast du keine Muskeln und keine Tattoos und keine langen Haare und bist nicht einsneunzig groß und ballerst nicht durch die Gegend.

Ich seufze.

Du seufzt?

Ja, ich sag das sicherheitshalber, wie in einer Comic-Sprechblase, die Verbindung ist so schlecht. Seufz!

LOL!

Blöde Tussi.

Konstantin, komm du bloß. Es ist wirklich kalt, und ich schaffe es im Winter nicht, andauernd auf diesen Hügel zu steigen. Und selbst wenn ich es schaffe, sind meine Finger zu kalt, um hier oben im Netz zu surfen und mich über alle Katastrophen, die in der Welt stattfinden, zu informieren. Außerdem wird mir der Akku irgendwann den Vogel zeigen, wenn hier minus zwanzig Grad sind, und ich werde erfrieren.

Ich komme doch. Kannst du mich mit deiner Klapperkiste von Auto vom Zug abholen?

Natürlich kann ich das. Ich werde schon eine Stunde früher da sein, um dich nicht zu verpassen.

Und gibt es da in dem Ort, wo du mich vom Zug abholst, so was wie Media-Markt oder Saturn?

Müssen wir da hin?

Ja.

Dann gibt es so was dort. Konstantin? Ich hab nicht viel Geld.

Weiß ich doch. Ich habe eine einfache, wenn auch nicht ideale Lösung für dich, die kostet nicht viel. Weit entfernt von wirklich schnellem Internet, aber das findet man in deinem Kaff sowieso nicht. Den Vertrag mach ich für dich. Und später, wenn du wieder groß und stark bist, kaufst du mir zum Dank ein Computerspiel. Grüß David von mir.

Mach ich. Bis übermorgen, Konstantin.

Marthe schaute David zu, wie er Kreise dreht und dabei so ernst schaut, als ginge es um Leben und Tod. Sie ist das erste Mal hier oben auf dem Dachboden. Und findet es gar nicht schlimm. All die Monate hatte sie sich geweigert. Jetzt steht sie hier und schaut sich zusammen mit ihrem Mann die Dachbalken an. Es ist kalt. Vielleicht sogar für Spinnen zu kalt.

Meinem David schaue ich zu. Wie er die Dachbalken auf dem Dachboden, die das Dach halten, umrundet und den Zeigefinger der rechten Hand in die feinen Häufchen Holzmehl steckt, die sich auf den groben Holzdielen und um die Balken herum gebildet haben. Und ich habe keine Angst, immerhin. Es riecht nicht einmal schlimm hier oben.

Marthe sieht ganz hinten ein großes rundes Ding stehen, das aussieht wie ein alter Korb. David hatte ihr erzählt, hier steht ein verlassenes riesengroßes Hornissennest. Das muss es sein. Vielleicht haben die Hornissen die Dachbalken auf dem Gewissen.

Ich verstehe nichts von Holz, und ich weiß nicht, ob das der Holzwurm ist oder irgendein Abrieb oder ob sich Hornissen eingenistet haben. Und wir haben kein Geld für irgendeinen Spezialisten.

Er versteht es nicht, ich verstehe es auch nicht. Jetzt sind wir schon zwei, und das ist schlecht. Was soll aus uns werden, wenn wir an den gleichen Stellen nichts verstehen und nichts wissen? Früher haben wir uns immer ergänzt. Was die eine nicht wusste, hatte der andere im Kopf, was der eine nicht konnte, beherrschte die eine.

Sie weiß nichts darüber, was nützlich wäre für ein altes Haus. Ihr Wissen nährt sich aus dem Überfluss der Stadt, in der sie immer gelebt hat. Die Stadt hat ihr alles geboten, sogar eine saubere Firmenpleite, die niemanden wirklich interessiert hatte. In einem dieser Anzeigenblätter, die aussehen, als würden sie in einer Entzugsklinik produziert, in Wahrheit jedoch dem Kalkül großer Medienkonzerne entspringen, hatte ein kleiner Zweispalter gestanden. »Kompostierbar, aber unverkäuflich« hatte die Überschrift gelautet. In jedem Satz ein Fehler. Marthe.

Ich habe sogar angerufen und den Redakteur gefragt, ob er den Unterschied kennt zwischen unverkäuflich und nicht verkauft, nicht losgeworden, hat keine Sau interessiert, wollte keiner haben, fand keinen Absatz. Der Typ hat gelacht und wissen wollen, worauf ich abziele mit meiner Frage.

Marthe bewundert die Feinheit des Holzmehls, das die Farbe von Strandsand hat. So hell, so schön. Sie sieht ihren ratlosen Mann, wie der die Stirn in Falten legt und sich die Augen reibt, mit Holzmehl am Zeigefinger, das jetzt eine hübsche kleine feuchte Spur vom rechten Augenwinkel über die rechte Wange zieht.

David ist dünn geworden.

So dünn, mein Mann, dass er fast hinter dem Balken verschwindet. Seine Rückenwirbel zu einem leichten S verzogen. Mein David.

Ihr Mann wird verschwinden, dann ist sie allein im Haus. Mit dem Holzwurm im Dachgebälk und dem Geist der toten Tante. Marthe nimmt ein wenig Holzmehl und schüttet es auf ein Tempotaschentuch, das sie verknotet. Es gibt einen Mann im Nachbardorf, den man fragen kann. Sie weiß den Namen nicht, aber die Frauen im Laden wird sie fragen können. Einmal erst ist sie dort gewesen.

Als ich in dem Laden war, haben die Weiber getan, als existierte ich gar nicht. Die Menschen hier sind sehr seltsam. Sie wollen gar nichts wissen und wissen doch alles von uns.

Die Frauen hatten einfach nur die Lautstärke ihrer Gespräche gedimmt, solange sie im Laden gewesen ist. Ein Gemurmel und Geflüster, nur wenige Worte, die ihr in die Ohren kamen und.

Ich habe nichts verstanden, nur die Worte Baracke, Schulz, Biogas, schon wieder einer, übermorgen, tut keiner was. Daraus könnte ich schon eine ganze lange Geschichte basteln, die dann hinten und vorn nicht stimmt. Ich hätte aber auch fragen können.

Sie hätte fragen können, und nur deshalb hat sie lange vor den wenigen Regalen gestanden und so getan, als müsste sie überlegen, was sie in ihren Einkaufskorb.

Sogar drei Einkaufskörbe gibt es da, wie in dem hübschen kleinen Kaufmannsladen, mit dem unsere Kinder gespielt und uns als Eltern gezwungen haben, das immergleiche Ritual abzuspulen. Palimpalim. Dieter Hallervorden spielt Dieter Hallervorden. Guten Tag. Ich hätte gern ein Brot und eine Tüte Mehl und eine Tüte Zucker und Makkaroni und Tomatensoße.

Aber die Regale in dem winzigen Dorfladen, der gar kein richtiger Laden ist, rechtfertigen kein langes Rumstehen. Und die Frauen hatten nicht die geringste Gesprächsbereitschaft gezeigt. Sie waren nicht unfreundlich gewesen. Eher auf eine gleichgültige, dicke Art nett. Keine Neugier.

Niemand hier ist neugierig auf uns. Das widerspricht allen Regeln des Dorfes. Außer Robin möchte niemand etwas über uns wissen. Vielleicht noch der Zaunmann, dem der böse Hund gehört hat. Und der.

Weißt du, David, es gibt diesen Mann aus dem Nachbardorf. Michael. Nennen Sie mich Michael. Der Nachname fängt mit R an, aber den habe ich vergessen. Ein Mann, der tatsächlich mit mir geredet hat. Das tut hier sonst niemand. Du vielleicht. Mit dir redet ja der Schulz noch, weil er deine goldenen Hände will. Michael. Ja.

Was willst du mir sagen, Marthe?

Sag nicht Marthe. Der Mann hat gesagt, er verstünde was von alten Häusern. Hätte früher Dachstühle saniert und Fachwerk und solche Sachen. Den kann man doch fragen, ob das hier der Holzwurm oder nur. David. Das Holzmehl, wenn das von dem Wurm ist, es sieht aus wie Sand. Ich habe.

Sie hat gelesen, dass in jeder Sekunde eine Milliarde Sandkörner entstehen. Auf der ganzen Welt. Jede Sekunde. Alles zerbröselt und zerfällt zu Sand. Und trotzdem.

Ich habe gelesen, dass der Sand knapp wird. Das ist wirklich kaum zu glauben. Ganze Strände verschwinden. In Cabrera de Mar ist der Sandstreifen von zweikommaneun Kilometer auf fünfhundert Meter geschrumpft. Die werden immer dünner, die Strände. So wie du.

November, wie kommst du jetzt hier oben auf unserem Dachboden auf dieses Thema?

Ich weiß nicht.

Sie hat es sich nicht vorstellen können, Wüsten, Sand, die Vorstellung von Nichtzählbarkeit. Sandkörner. Und doch ist es gelungen, ihn zu verknappen. Indem man das Meer und die Flüsse daran gehindert hat, ihn anzuspülen. Der Sand findet keinen Halt mehr. Außerdem wird er gestohlen und verbaut. Das hat sie.

Das habe ich irgendwo gelesen. Das und die Geschichte von der Sand-Mafia in Indien. Sanddiebe, die des Nachts kommen und tiefe Löcher graben. Taucher holen den Sand aus der Tiefe, Mumbai wächst in die Höhe. All das habe ich gelesen und schon wieder vergessen, wo das war. David versteht nicht ganz.

Der Holzwurm, den kriegen wir, wenn es ihn gibt. Aber vielleicht ist alles ganz harmlos, ein paar Hornissen, weißt du. Die machen so was auch. Da hinten hängt das verlassene Hornissennest. Du hast mir davon erzählt. Eine Meisterleistung. Ich habe Angst vor Hornissen.

Sie hat große Angst vor Hornissen. Aber das Nest ist leer, und sie wird den Mann fragen, der Michael heißt und dessen

Nachname mit R anfängt, ob er sich die Dachbalken anschaut. Es gibt ja genug aufgelassene Häuser im Dorf. Tote Häuser, leere Häuser, Gespensterhäuser. In denen die Dachbalken vielleicht noch ohne Holzwurm sind, brauchbar als Ersatz, wenn nur ein Mann da ist, der so etwas kann. Einen alten Stützbalken ohne Holzwurm neben den alten Stützbalken mit Holzwurm stellen und dem Befall mit etwas Chemie.

Weißt du, dass Bayer Monsanto kaufen will?

November, du machst mich fertig mit deinen Gedankensprüngen. Bitte erklär mir genau, wie du vom Holzwurm auf Monsanto gekommen bist. Ich will es einfach wissen, um eine Sorge weniger zu haben.

Warum versteht er sie nicht.

Er versteht mich nicht. Der Unterschied ist nur, dass es ihm einmal gefallen hat, mich nicht zu verstehen. Meine Gedankensprünge waren ein Quell für seine Fröhlichkeit.

David rüttelt an dem Balken. Marthe schaut ihm zu.

Ich sehe zu, wie mein Mann an dem Dach über unserem Kopf rüttelt. Er wird es zum zweiten Mal einreißen. In den Abgrund mit uns. Ich liebe David, aber ich werde ihm auch nie verzeihen. Er hat uns hierhergebracht. Das kann einfach nicht gutgehen. Auch weil er nie versteht, wie ich von A nach B komme. Unser Dach, unser Haus, das Ende vom Lied, gestern gab es Quark mit Leinöl, in London hat ein Chefkoch einen Glamburger für tausendvierhundert Euro kreiert, der aus zweihundertzwanzig Gramm Kobe Wagyu Beef und sechzig Gramm neuseeländischem Rehfleisch, schwarzem Trüffelkäse, Himalajasalz, in iranischem Safran gedünstetem Hummer aus Kanada, in Ahornsirup gehüllten Baconstreifen, Belugakaviar und einem mit Hickorynussbaumholz geräucherten, in essbares Blattgold gehüllten Entenei besteht. Die Briochebrötchen werden in japanischen Matchatee und in Mayonnaise getunkt und ebenfalls mit Blattgold überzogen, danach wird der Burger mit einem Dip aus Mangosaft, Champagner und geraspeltem weißem Trüffel garniert. Ich denke immer von einem zum anderen, und selbst wenn das eine erträglich ist, muss es das andere ganz und gar nicht sein. David versteht das nicht. Er versteht auch nicht, dass ich ein Elefantengedächtnis habe. Das Rezept von diesem wahnsinnigen Koch wirklich im Kopf behalte. So viel Müll in einem solch kleinen Schädel. Es ist doch ein Wunder, dass ich noch nicht verrückt bin.

David versteht das alles wirklich nicht. Er kratzt an den Holzbalken rum, und der Missmut hat sich in seinen Mundwinkeln eingenistet, als sei er da schon immer zu Hause gewesen. Zwei kleine Fältchen, die senkrecht nach unten zeigen, als gehörte der Unterkiefer zu einer dieser alten Holzmarionetten, die den Mund weit aufreißen konnten, zog man nur an den richtigen Fäden. Marthe will nicht, dass David.

Mein Mann. Ich liebe ihn.

So schaut. Er soll statt ihrer ein bisschen fröhlich und optimistisch sein. Aber vielleicht ist das an ihrer Seite auch gar nicht möglich. Vielleicht hat sie Davids Fröhlichkeit völlig verbraucht. Bis zum letzten Tropfen.

Sie haben sich schon fast eingerichtet in diesem Haus, es darf ihnen nicht über dem Kopf zerfallen. Das Dorf hat sie mit einer Gleichgültigkeit begrüßt, die ihnen fast ein Willkommen war. Ohne Fragen, ohne Häme, ohne Neugier. Ihr tiefer Fall ist hier niemandem eine Genugtuung, ihre Vergangenheit keinem ein Interesse wert.

Manchmal, in den ersten Wochen, waren sie abends gemeinsam durchs Dorf und darüber hinaus gelaufen, einem Rundweg folgend, der sie einen schnurgeraden Plattenweg und, links abbiegend, an einem großen Bach, der vielleicht sogar ein kleiner Fluss ist, entlangführte, wieder links einen Weg einschlagend, der geschottert war mit den Resten vergangener Leben, mit Fliesenbruch in allen Farben, Terrazzostücken, auf denen noch das Küchenfett zahlreicher Hausfrauenjahre klebte, zerbrochenen Kacheln, gestromt, geflammt oder marmoriert, Bordüren mit Streublümchenmuster, Klinkersteinen, die dem grauen Putz Glanz verleihen sollten, zerkleinerten Ölsockeln, die von den Wänden gehauen und durch neue Ölsockel ersetzt worden waren. Über Jahre und Jahre musste all der Schutt, all das überflüssige, verbrauchte Leben erst auf einer Halde gesammelt worden sein, um dann irgendwann dazu zu dienen, die tiefe Furt in diesem Weg auszugleichen. Marthe war ihn zweimal bei Sonnenschein gegangen, hatte das Farbenspiel bewundert, ein paar Reste aufgesammelt, im Haus mit Fleischerstrick umwickelt und im Garten in die Bäume gehängt.

Der Rundweg, raus aus dem Dorf an dem einen Ende und es am anderen Ende wieder betretend, diese Gewissheit, schon vor dem Losgehen, im Kreis zu laufen, hatte sie beide beruhigt. Nie hatten sie miteinander geredet auf diesem Weg. Nur einmal hatte Marthe gefragt, ob sie sich vielleicht einen Hund oder eine Katze anschaffen sollen, und David hatte geantwortet, das würden sie tun, sobald ihnen ein Tier über den Weg läuft, und das ist in solch einem Dorf früher oder später ganz sicher der Fall.

Hier oben auf dem Dachboden denkt Marthe an einen Hund und an den Hundemann, der in ihrem Kopf zum Zaunmann geworden ist, hatte er doch tatsächlich wenige Tage nach ihrem kurzen Gespräch Holz gebracht und Werkzeug und ihr einen Jägerzaun gebaut, ohne Geld dafür zu nehmen. Die zwei Flaschen Likör, die noch in Marthas altem Küchenschrank standen, hatte er auch nicht gewollt, stattdessen gefragt, ob er den kaputten Regulator haben könne, der im Flur hing und dessen Ziffernblatt nur noch matt glänzte. Sie hatte ihm den Regulator gegeben und war froh gewesen, dass es nicht ins Geld gegangen war. Und sie hatte.

Ich habe ihn gefragt, ob er allein lebt, und nicht mehr als ein Nicken zur Antwort bekommen. So wie hier alle nur nicken oder den Kopf schütteln, fragt man sie etwas. Als seien ihnen selbst die einsilbigen Wörter ausgegangen. Jetzt weiß ich immerhin, dass der Zaunmann keine Frau hat.

Ich hätte gern einen Hund. Für den Wald. Für das Haus. Für mich. Wenn man etwas möchte in diesem Dorf, muss man Schulz fragen. Diesen unglücklichen, dicken, reichen Mann, den ich noch nie ohne Gummistiefel gesehen habe. Und mit dem die Frauen im Dorfladen irgendein Hühnchen rupfen wollen.

Marthe streicht David über den Rücken. Das flache S seiner Wirbelsäule ist ein müder Abzählreim. Sie hebt seinen Pullover und lässt den Zeigefinger noch einmal über Haut und Wirbel gleiten. Spürt die leichten Gänseerhebungen auf der Haut ihres Mannes, der die Schultern ein wenig fallen lässt, sich zu ihr umdreht und lächelt.

Ich weiß, wie du auf Monsanto gekommen bist. Wegen des Gifts. Gegen den Holzwurm. Meine kleine Katastrophenbraut. Aber es kommt gar nicht von Monsanto. Glaube ich. Du wirst es rausfinden. Dein langsames Internet wird dir die Antwort ausspucken, und vielleicht gibt es auch einen Sud aus giftigen Pflanzen, die du bei Vollmond sammeln kannst, der genauso gut hilft. Ich werde hinter dir herschleichen und auf dich aufpassen. Schweigen müssen wir natürlich, so wie immer auf unseren Wegen. Im Dorf könnten sie eine Hexe brauchen. Da gibt es nur diesen Verrückten. Prokorski aus der Baracke. Über den Schulz seine Hand hält. So seltsam hier das alles, findest du nicht?

Marthe findet nicht. Aber sie ist froh.

Ich bin froh, dass David redet. Mein dünner Mann. Und heute Abend schon wieder Quark und Leinöl.

Der Bürgermeister ist nervös. Er kratzt sich die Bartstoppeln, die Pickel am Hals, den Schorf auf den Unterarmen. Er möchte gar nicht aufhören mit Kratzen während dieses Gesprächs, aber auf seinem linken Handrücken sind schon rote Striemen zu sehen, und am Hals scheint ein Pickel aufgegangen zu sein. Seit drei Wochen dieser Ausschlag, er wird doch nicht in seinem Alter Akne kriegen.

Schulz bringt ihn noch um. Auf den Handrücken kriegt man so was nicht. Vielleicht Roundup. Er hat es zu doll getrieben mit dem Zeug. Wollte das ganze Grünzeug vom Hof haben. Zwischen den Steinen. Mühsam gepflastert, akkurat, mit einem Muster in der Mitte, sternförmig, sehr hübsch. Und dann das ganze Grün dazwischen. Sieht scheiße aus. Seine Frau hat gesagt, er solle es mit Brennnesselsud probieren, und er hat gesagt, sie solle ihm mit diesem Ökoquark vom Hals bleiben. Brennnesselsud. Seit seine Frau die »Landlust« abonniert hat, kommt sie andauernd auf solche Ideen.

Roundup ist ein Teufelszeug. Nullkommanichts weg. Aber er hätte Handschuhe anziehen sollen und einen Mundschutz tragen, wie es vorgeschrieben ist. Immer muss alles schnell und schnell gehen. Dabei hätte er einfach auf den Frost warten können, der bestimmt bald kommen wird. Alles auf das nächste Frühjahr verschieben. Auf dem Hof wächst nun nichts mehr, stattdessen auf seinem Körper. Alle Stellen, die er nicht bedeckt hat. Er sieht aus. Seine Frau hat ihm ein Bett im Wohnzimmer gebaut. Falls es ansteckend ist.

Der Bürgermeister seufzt und starrt Schulz an, der zurückstarrt. Ein Wettkampf, den er noch nie gewonnen hat.

Es wird Mord und Totschlag geben, wenn du hier zweihundert Flüchtlinge unterbringst. Und dann noch hinten in den Baracken. Da sind die den ganzen Tag sich selbst überlassen. Das kannst du einfach nicht machen. Der Gemeinderat.

Der Gemeinderat wird zustimmen, glaub mir. Ich lasse die Baracken ordentlich herrichten, auf Staatskosten. Das schafft schon mal ein bisschen Arbeit fürs örtliche Handwerk. Und wenn die Flüchtlinge kommen, gibt es wieder Arbeit. Was, glaubst du, wird der Gemeinderat für Argumente gegen zehn Arbeitsplätze ins Feld führen können?

Hier kann doch keiner mit Flüchtlingen.

Nun stell dich nicht an. Ich brauche Leute, die eine Küche betreiben können, Wachpersonal, einen Fahrdienst vielleicht, Putzfrauen. Warum sollten die das nicht können? Im Kreis sind sie einverstanden. Königsteiner Schlüssel, sagt dir das was? Wir kriegen tausend im Kreis, die müssen irgendwohin. Ich hätte sie ebenso gut in der alten Schule unterbringen können, die gehört mir ja auch. Hab sie der Gemeinde abgekauft, wie du weißt, die kann sowieso nichts damit anfangen. Aber die Baracken sind besser. Ein bisschen außerhalb. Da wird sich niemand gestört fühlen.

Da kommen auf jeden Dorfbewohner drei Flüchtlinge.

Ja und? Der Pastor wird ihnen jeden Sonntag erzählen, wie barmherzig das ist, was sie da tun. Nächstenliebe und so. Mit dem habe ich auch schon gesprochen. Jetzt hör mir mal zu, Bürgermeister. Das ist deine Chance. Du kannst dagegen sein, dann bist du weg vom Fenster und gehst als herzloser Rassist in die Geschichte des Dorfes ein. Du kannst dich aber auch von Anfang an auf meine Seite schlagen. Dann ziehen wir das gemeinsam durch. Von dem Geld bleibt ein Teil in der Gemeindekasse hängen. Davon bauen wir den Dorfplatz und richten, wenn du das willst, noch einen richtigen Laden ein. Den kann einer von den Flüchtlingen betreiben, dann gibt es hier bald Sesambrot und Falafel. Guck nicht so, das ist ein Scherz. Sollen die Weiber den Laden weitermachen, nur eben größer und längere Öffnungszeiten. Ich schaff uns noch ein paar Eineurojobs ran, da haben die Flüchtlinge auch was zu tun.

Aber die Baracken. Schulz, die haben doch eine Geschichte, da werden die Zeitungen über uns herfallen.

Schulz springt auf, stützt die Hände auf dem Schreibtisch ab, der beladen ist mit Papier und Kram, als sei der Mann ein Aktenverweser. Aber der Bürgermeister weiß, dass hier bares Geld liegt. Anträge, Verordnungen, Genehmigungen, Förderrichtlinien. Seit kurzem hat Schulz so einen Studierten engagiert. Zehn Stunden die Woche. Der macht ihm die Anträge fit und findet Schlupflöcher im System, die groß genug sind, dass einer wie Schulz mit seinem Elendsfett und seinem Wohlstandsbauch da durchpasst. Der sei sein Geld mehr als hundertmal wert, hat Schulz gesagt und dabei ein Auge zugekniffen, als redeten sie über Weiber. Krüger könne einpacken, jetzt sei er am Zug.

Dieser ewige Hahnenkampf zwischen den beiden. Wobei. Der Bürgermeister weiß, dass nur dieser Hahnenkampf das Dorf noch am Leben hält. Das ganze Schlachtgetümmel zweier Großbauern brachte immer ausreichend Geld in die Kassen, und niemand scherte sich darum, dass ringsum inzwischen alles, was sich irgendwie verwerten lässt, privatisiert ist. Zuletzt das alte Schulhaus. Ein schöner Bau, aus dem sich was machen lässt. Fragt sich bloß, für wen. Niemand will herkommen. Für all die Privatisierungen gibt es im Gegenzug eine Menge Vierhunderteurojobs und zusätzlich Schwarzarbeit, so dass alle was davon haben, die noch in der Lage sind, einen Nagel in die Wand zu hauen.

Zwei Dörfer weiter hat sich ein Von und Zu eingenistet. Ist mit einer achthundertjährigen Familiengeschichte im Gepäck zurückgekehrt, und innerhalb kürzester Zeit hatten sie da Feudalismus mit funktionierendem Gemeinderat. Alles schön. Dem Dorf geht es gut, und der Gemeinderat tagt jetzt in einem hübschen neuen Haus mit verschließbarem Aktenschrank. Und die erste Amtshandlung des Rates war, das Vorkaufsrecht der Gemeinde für Grundstücke abzuschaffen. Dann hat es noch ein bisschen gedauert, und dem Von und Zu gehörten sämtliche Ländereien im Umkreis, nur die Weiber nicht.

Der Bürgermeister hat nichts gegen Despoten, wenn sie was fürs Dorf tun. Das machte dieser adlige Heini auch. Zur Genüge. Sogar Kultur brachte der ins Dorf. Alle vier Wochen ein Konzert oder ein bisschen Theater. Alles schön, solange es den Leuten gefällt und keiner merkt, was da wirklich abläuft.

Aber Schulz macht ihm Angst, und die Sache mit den Flüchtlingen stellt ihn vor ein unlösbares Problem. Er kann sich auf Schulzens Seite schlagen und dafür reden, dass die kommen. Dann ist er wahrscheinlich die längste Zeit Bürgermeister gewesen, steht aber in der Öffentlichkeit ganz gut da. Stellt er sich auf die Seite der Dorfbewohner, die von ihrem Glück noch nicht allzu viel wissen, es aber nicht werden haben wollen, werden sie ihn bei der nächsten Wahl dafür belohnen, aber die Zeitungen werden ihn in der Luft zerreißen.

Schulz steht immer noch da, als wollte er sich aufpumpen, um mit dem Kopf durch die Decke zu kommen. Er scharrt ein wenig mit den Füßen und starrt den Bürgermeister an. Noch nie ist dem aufgefallen, dass der Großbauer schöne Augen hat. Schmale, ganz leicht schräg stehende, ein wenig im Fett versunkene grüne Augen. Irgendwann muss der Kerl mal ein Frauenbetörer gewesen sein. Irgendwann hatten sie alle mal was an sich. Und wenn es nur ein bisschen Humor gewesen ist oder eine Art, durchs Dorf zu gehen, als wüsste man schon, dass dies nicht das Ende der Welt ist.

Kannst du dich noch erinnern, Bürgermeister, dass zu sozialistischen Zeiten die Erntebrigaden der Freien Deutschen Jugend in den Baracken campiert haben? Hat sich da irgendjemand daran gestört, dass im Krieg Polen dort untergebracht waren?

Untergebracht. Wie du redest.

Lass den Scheiß, ich rede, wie ich will. Wegen mir kannst du sagen gefangen gehalten. Nie ist jemand auf die Idee gekommen, da eine Gedenkstätte zu errichten, und sei es nur eine blöde kleine Gedenktafel. Die Dinger, diese Baracken, tauchen nicht mal im Heimatmuseum auf. Und selbst wenn. Da kommen jetzt zweihundert Flüchtlinge hin. Aus Syrien, Afghanistan, Irak und sonst woher. Denen ist gleich ganz egal, was dort mal gewesen ist und welche Geister da hausen. Wir bauen einen ordentlichen Zaun drum herum, saubere Sanitäranlagen, eine Heizung, stellen Wachpersonal. Ich habe schon mit dem Jobcenter geredet. Die bieten eine schnelle Ausbildung im Bereich Security, wie gefällt dir das? Fünf Männer mindestens. Die kannst du dir ans Revers heften bei der nächsten Gemeinderatssitzung. Dazu noch drei Leute in der Küche. Zwei Fahrer, schließlich müssen die Flüchtlinge andauernd irgendwelchen Behördenkram erledigen. Wenn unter denen ausgebildete Landwirte sind oder solche, die was von Maschinen verstehen, kriegen die bei mir was zu tun. Vorausgesetzt, die dürfen ein bisschen arbeiten.

Und Krüger?

Ist dagegen.

Du machst es nur deswegen.

Weswegen?

Weil Krüger dagegen ist.

Schulz setzt sich wieder auf seinen Stuhl, legt den Kopf in den Nacken und starrt an die Decke. Der Bürgermeister ist nicht dumm. Wäre er das, hätte er ihn nicht dazu auserkoren, hier für ihn Politik zu machen. Aber das mit Krüger greift zu kurz. Die Frage ist, ob er das dem Mann erklären oder es seinlassen soll.

Es geht um Krüger, der sich die Finger verbrennen wird, wenn er vielleicht mit anderen eine Bürgerwehr gründet und »Nein zum Heim« propagiert. Dann hat er den Kerl am Arsch, wenn er es nur klug anfängt.

Es geht um Geld, schließlich kriegt er pro Flüchtling und Nacht einen ganzen Batzen, das summiert sich aufs Jahr, und selbst wenn er die Kosten abzieht und denen eine halbwegs ordentliche Unterkunft herrichtet, was er vorhat und wofür er Zuschüsse bekommen wird, bleibt noch eine Menge übrig.

Es geht um Wut. Aber darüber wird er mit diesem Weichei hier in seinem Büro nicht reden. Seine Wut auf diese ganze lahmarschige Bande im Dorf wächst und wächst, dass es ihn zerreißt. Und wenn es zweihundert Flüchtlinge braucht, um den Leuten hier Feuer unterm Hintern zu machen, dann schafft er die halt ran.

Der Einzige im Dorf, der das Wort Zukunft noch buchstabieren kann, ist dieser Robin. Wenn dessen Mutter es nicht schafft, den kaputtzukriegen. Aber der sitzt mit einer Arschbacke auf gepackten Koffern. Das sieht er dem Burschen an. Der will weg, es sei denn, hier passiert ein Wunder.

Das alles wird er diesem Idioten von Bürgermeister nicht erzählen. Aber er wird ihm klarmachen, was ihn erwartet, wenn er sich auf die falsche Seite stellt. Das muss genügen. Sie brauchen keine Freunde zu werden.

Was ist mit den Toten aus den Biogasanlagen. Habt ihr da endlich Ruhe und Ordnung reingekriegt?

Der Bürgermeister zuckt zurück. Er kratzt sich erneut am Hals, der inzwischen wie ein Schlachtfeld aussehen muss.

Was hast du da?

Roundup. Hab's übertrieben, und irgendwie ist die Sprühvorrichtung nicht richtig in Ordnung. Streut zu sehr. Jedenfalls hab ich was davon abgekriegt. Was haben wir eigentlich früher genommen, ich hab's vergessen.

Azaplant Combi oder Diesel, damit haben sie die Grenzstreifen freigehalten. Um Fußspuren erkennen zu können. War genauso schlimm wie das Zeug heute von Monsanto. Keinen Deut besser.

Woher weißt du denn so was?

Hab an der grünen Grenze gestanden, und mir hat der Hals genauso gejuckt wie dir, wenn die frisch aufgetragen hatten. Gestunken hat's auch. WE GE REIN gibt es heute noch, glaub ich. Hilft aber nicht so gut wie Roundup. Also was ist mit den Toten?

Die Untersuchungen sind noch nicht vom Tisch. Und meine Frau sagt.

Was sagt deine Frau?

Das ist Blödsinn. Weibergeschwätz.

Was sagt deine Frau?

Die sagt, dass hier nur Männer in Biogasanlagen fallen, die ihre Frauen verprügeln.

Da müssten ja wohl inzwischen fast alle Männer im Dorf tot sein, oder?

Auf dem Friedhof haben alle Witwen ordentlich geheult und gejammert. Das müsste dann schon sehr gut gespielt gewesen sein. Meine ich. Aber ich kenne mich mit Frauen nicht gut aus.

Deine Frau glaubt an eine Verschwörung? An Rache? Dass die Weiber zurückschlagen und ihre Männer in Biogasanlagen schubsen? Wie sollen die das denn anstellen ihrer Meinung nach? Hat sie dazu auch was gesagt?

Der Bürgermeister schüttelt den Kopf. Er möchte sich nicht an das seltsame Gespräch erinnern, das er vor einigen Tagen mit seiner Frau geführt hat. Sie hatte ihm gegenübergesessen am Frühstückstisch in so einer Art rosablauer Wolke, die sie Negligé nannte und an Tagen trug, an denen sie was Besseres sein wollte. Zumindest interpretiert er das so für sich. Es gibt Tage, an denen seine Frau Reisekataloge auf den Küchentisch legt und übers Internet rosa Pantöffelchen bestellt, als lebten sie in einer Villa am Gardasee.

Sie hatte zwei Kartons voll mit Möchtegernschnickschnack, wie er es nannte. Lichterketten, bunte Gläser für Teelichter, eine geschliffene Karaffe und geschliffene Gläser, Deckchen und Untersetzer, Serviettenhalter. Den ganzen Schnickschnack verteilte sie dann im Esszimmer, im Wohnzimmer und auf der Terrasse, als hätten sie Staatsbesuch eingeladen. Und am Ende saß sie allein mit einem Glas Rotwein auf der Terrasse und blätterte in den Reisekatalogen.

Er hat seine Frau aus Liebe geheiratet. Jene Art Liebe, von der man annimmt, dass sie für ein halbes Leben ausreicht.

Aber so weit waren sie nicht gekommen. Trotzdem verspürt er an den Möchtegerntagen seiner Frau noch Reste dieses einstigen Gefühls, gemischt mit Mitleid, weil ihre Wünsche sich nicht erfüllt hatten.

An diesem Morgen jedenfalls hatte sie ihm erzählt, dass die Frauen, dass einige Frauen aus dem Dorf so eine Art Komplott gegen die Männer schmiedeten. Sie träfen sich im Dorfladen, der kein richtiger Laden ist und schon gar nicht ein Konsum, wie ihn viele nennen, und verabredeten, wer als Nächster würde dran glauben müssen.

Als er ihr die gleichen Fragen gestellt hatte wie eben der Schulz, hatte sie mit den Schultern gezuckt und behauptet, dass der verrückte Prokorski das für die Frauen erledige. Für ein bisschen Geld sei der für alles zu haben. Und er helfe ja auch manchmal bei den Biogasanlagen aus, da sei es ein Einfaches für ihn, mal jemanden reinzuschubsen.

Das alles erzählt er dem Schulz besser nicht. Räuberpistolen und dann noch Prokorski beschuldigen, über den der Bauer seine schützende Hand hält.

Wo soll denn Prokorski wohnen, wenn die Flüchtlinge kommen? Der muss dann raus aus der Baracke?

Für den finde ich was. Der liegt sowieso am liebsten im Labyrinth, also bau ich dem daneben eine kleine Hütte, kann er den Labyrinthwächter geben und da den Müll rausräumen. Hat was zu tun, und ich krieg wahrscheinlich noch ein bisschen Förderung vom Amt dafür.

Würdest du all das eigentlich auch tun, wenn es kein Geld dafür gäbe, keine Förderung, keine Zuschüsse und so?

Der Bürgermeister zieht die Schultern hoch, senkt den Kopf ein wenig und faltet die Hände, als sei er zum Gebet verabredet. Die Frage ist ihm rausgerutscht, und er nähme sie gern wieder zurück. Noch eine Explosion dieses Geschosses, das ihm gegenübersitzt, verträgt er heute nicht.

Du meinst, das Gute wird weniger gut, wenn es Kohle dafür gibt?

Der Bürgermeister schüttelt den Kopf, nickt, schüttelt den Kopf und steht auf.

Vergiss es einfach, Schulz. Das mit den Flüchtlingen überleg ich mir. Aber ich denke, du kannst mit mir rechnen. Die haben eine Chance verdient und wir auch. Vielleicht retten uns die Araber ja den Arsch, wer weiß.

Meine liebe November, du arme Landmaid,

hier in Berlin ist der erste Schnee gefallen, und die Stadt steht kopf. Öffentliche Verkehrsmittel kannst du vergessen, weil nun nach Frühling, Sommer und Herbst der vierte Hauptfeind zuschlägt. (Ich glaube, das ist ein Witz aus der DDR, ich habe hier echt zu viel mit Ossis zu tun.)

Dein langsames Internet funktioniert, wie ich deinen launigen Mails entnehme. Und dein Kopf funktioniert auch, schließlich hast du es geschafft, mir auf drei Seiten die Hoffnung auf eine bessere Zukunft völlig auszutreiben. Wie kann eine so coole Braut, wie du es bist, nur dermaßen neben der Spur laufen? Es dürfte mich nicht mehr überraschen, tut es aber doch. Immer wieder.

Ich weiß jetzt, dass der Sand an den Stränden der armen Welt alle wird, um die reichen Städte noch höher zu bauen, dass die EU uns bescheißt, weil sie die Glyphosat-Zulassung durchboxen will, die Rüstungsexporte im vergangenen Jahr erneut exorbitant gestiegen sind, dass uns neben Peak Oil, Peak Soil, Peak Water auch ein Peak Democracy erwartet, die Produktion von einem Baumwollshirt so viel Wasser verbraucht, wie fünfzig Badewannen fassen, und dich die abgeernteten Maisfelder ringsum genauso verrückt machen, wie es der hoch stehende Mais mit seinem grässlichen Geflüster und Gewisper getan hat, als du in dem Dorf angekommen bist.

Marthe, jetzt nenn ich dich mal Marthe. Du weißt, dass ich dich wieder hier in der Stadt haben will. Aber ich sehe ein, dass ihr euch erst mal konsolidieren müsst und dass dieses Haus, in dem ich mich gar nicht mal so unwohl gefühlt habe, dafür ein geeigneter Ort ist. Die Frage ist nur, warum du dort, auf dem Dorf, so weitermachst wie hier in der Stadt. Wir waren uns doch einig, dass die Welt nicht zu retten ist. Warum bitteschön suchst du dann dafür immer noch und weitere Beweise?

Ich habe hier ein, zwei hübsche Spiele, die könnten dir gefallen. Wenn du möchtest, kann ich dir gern auch Spiele besorgen, in denen du allein versuchst, die Welt zu retten, oder in denen du Bauernhöfe baust, Ökolandwirtin wirst, eine Stadt nach ganz und gar gemeinwohlorientierten Prinzipien leitest, eine commonsbasierte Welt bewohnst, in der alles Gemeineigentum ist. Das hielte ich für eine gute Therapie.

Ich weiß, in deinen Augen bin ich ein Kindskopf, was das anbelangt. Aber ich fange fast an, mich darüber zu ärgern, dir einen Internetvertrag besorgt zu haben. Das ist ja, als hätte ich dir einen Sack voll Drogen ins Dorf gebracht. Ich bin dein Dealer gewesen und nicht dein Freund. Für dich wäre ein Entzug wirklich die bessere Variante gewesen.

Stattdessen schreibst du mir ausführliche Berichte über den Südsudan und über die Bombenanschläge in Bagdad, interpretierst mir die Gewinnbilanzen der Banken und versuchst mir zu erklären, was es mit Cum-Ex-Geschäften auf sich hat und warum die ein Beispiel dafür sind, dass uns die Politik genauso bescheißt wie die Wirtschaft. Offensichtlich liest du sämtliche Berichte über diesen Untersuchungsausschuss nur, um dir die Kante zu geben und zu beweisen, dass Untersuchungsausschüsse zwar Geld kosten, aber ständig an der Nase rumgeführt werden.

November, das weiß ich alles. Ich lese auch andauernd in dem Internet rum, und es macht mir keine Freude, von den ganzen Schrecklichkeiten zu erfahren. Deshalb schotte ich mich ab, um meiner geistigen Gesundheit willen und weil ich meine Kräfte, im Gegensatz zu dir, nicht überschätze.

Natürlich hast du recht, wir tanzen alle um unser eigenes Grab. Ich verstehe aber nicht, worin der Sinn liegt, dass du dafür täglich mindestens tausend neue Beweise suchst. Erklär mir das.

Schick mir übrigens mal die Mailadresse von diesem Robin. Wenn der ein vernünftiges Tutorial sucht, um ein bisschen programmieren zu lernen, kann ich ihm ein paar Tipps geben.

Was mir wirklich gefällt an deinen Mails, ist diese große dunkle Gerüchteküche und die Sache mit dem Dorfladen. Oder Konsum, wie die Ossis sagen. Kannst du nicht versuchen, dich in die Herzen dieser maulfaulen Frauen zu schleichen, um herauszubekommen, ob die sich nachts in Werwölfinnen verwandeln und ihre Männer umbringen? Ich meine, fünf oder sechs Tote in Biogasanlagen in der gesamten Gemeinde, die ja nicht allzu groß ist. Wenn ich dich richtig verstehe, entspricht die Anzahl der Opfer der Anzahl der Anlagen, die bei euch in der Nähe stehen. Das ist wirklich eine hübsch gruselige Geschichte. Oder hast du die dir ausgedacht?

Ich habe auch eine auf Lager, leider bin ich zum Stillschweigen verdonnert, deshalb nenne ich hier keine Namen. Habe gerade einen ziemlich gut dotierten Job abgelehnt, weil ich – wer, wenn nicht du, weiß das – noch so etwas wie einen letzten Rest Anstand besitze. Ein großes Unternehmen mit vielen, vielen Läden braucht ein neues Sicherheitssystem. So mit allem Drum und Dran. Computer, Schutz gegen Hacker und Diebstahl von Kundendaten, Überwachung der Verkaufsräume und der ganze Kram halt. Nebenbei wollten die dann auch gleich noch den Mailverkehr ihrer Angestellten komplett überwachen. Ich meine, das können die sowieso, wird ja alles auf einem Server gespeichert. Aber die wollten noch ein bisschen extra schnüffeln, so nach Schlagworten, damit sie es einfacher haben, die schwarzen Schafe zu finden. Außerdem Überwachung der Pausenräume und – halt dich fest – Sanitäranlagen.

Die Dinge laufen wirklich aus dem Ruder, und die Leute

haben jedes Maß verloren. Denen schien nicht mal bewusst gewesen zu sein, welche Grenzen sie da überschreiten. Und weißt du, warum? Weil es diese Grenzen auch gar nicht mehr gibt. Das ist alles Firlefanz, was wir uns da denken und erzählen lassen.

Trotzdem, meine liebe Freundin, teile ich deinen ganzen Superpessimismus nicht. Und das, obwohl ich schwul, leicht übergewichtig und schon wieder ohne Mann bin. Klappt einfach nicht, weiß der Teufel warum. Vergangene Woche habe ich bei einem Konzert – ist mir fast ein bisschen peinlich, aber es war Marianne Rosenberg – einen ganz netten Nerd kennengelernt. Kleine Tonsur, auch ein paar Pfündchen zu viel, ein bisschen zu jugendlich angezogen für unser fortgeschrittenes Alter, aber ein sehr nettes Lächeln und bezaubernd blaue Augen. Drei tolle Tage, mehr war nicht drin. Ich frage mich, woran das liegt. Der Typ hat mir doch tatsächlich! Ach November, du musst mich jetzt bedauern. Er hat mir tatsächlich gesagt, er sei noch nicht reif für eine Beziehung, aber man könne es ja langsam angehen lassen.

Wer bin ich denn, dass ich noch Zeit habe, alles langsam angehen zu lassen? Mit sechsundvierzig? Es ist schon schlimm genug, dass wir alle nicht erwachsen werden können oder wollen, jetzt können wir auch nicht mal mehr Beziehung.

Ich kann gar nicht zählen, wie oft ich es versucht habe. Und wie oft ich demzufolge gescheitert bin. Erinnerst du dich noch an diesen Beamten aus dem Grundbuchamt? Wegen diesem Typen. Oder heißt es dieses Typen wegen? Also für den habe ich tatsächlich angefangen, mich für Zierfische zu interessieren, und ich habe mir Wanderschuhe gekauft. Bin sogar zelten gefahren, weißt du noch? Und dann hat er mir erklärt, dass er sich nicht vorstellen kann, mit jemandem zusammen in einer Wohnung zu leben. Dass es ihm lieber wäre, wir behielten beide unsere Wohnung und sähen uns halt jedes Wochenende. Mit dem wollte ich sogar Kinder haben. Das wird ja wohl bald möglich sein. Und ich wäre ein guter Vater. Mutter und Vater in einem wäre ich. Mein Sohn könnte mit sechs seinen ersten Programmcode schreiben und wäre mit zehn so ziemlich der heißeste Computerfreak an der Schule. Hätte mir ja klar sein müssen, dass ein Beamter, der Zierfische zu seinem Hobby erklärt, nicht das Richtige für mich ist. Aber ich war verliebt. Der Typ hatte so einen süßen Hintern, und wenn er schlief, hat er ausgesehen wie ein Engel.

Wir hätten doch heiraten sollen, November. Das war wohl die beste Idee, die wir beide jemals hatten. Und wenn David nicht gekommen wäre, der süße Fratz, hätte ich auch irgendwann um deine Hand angehalten.

Kuss, Konstantin

Robin wird zu dieser Dorfversammlung gehen. So etwas hat es hier das letzte Mal gegeben, als Krüger versucht hatte, eine Energiegenossenschaft zu gründen. Ein eigenes Kraftwerk wollte der bauen. Aber es sind nicht genügend Leute darauf eingestiegen. Schulz hat im Vorfeld alle rumgedreht, die mit dem Gedanken geliebäugelt hatten. Hat Robins Mutter gesagt. Die Genossenschaft hätte Krüger zu viel Macht gegeben, und das wäre für Schulz unerträglich gewesen. Im nüchternen Zustand sind die Analysen seiner Mutter oft richtig. Sie hat das Dorf mal gut gekannt, bevor sie damit begonnen hat, es sich aus dem Kopf zu trinken.

Die Akne verschwindet. Langsam. Sehr langsam. Im Spiegel sieht Robin, dass unter dem Flächenbrand ein Junge steckt, den er akzeptieren könnte. Seltsamerweise scheint sich mit der Akne auch der starke Körpergeruch zu verflüchtigen. Er ist auf dem Weg. Marthe, die ihm bei seinem letzten Besuch vorgeschlagen hat, sie November zu nennen, hat ihn gerettet. Das hat er ihr auch gesagt. Nicht so. Anders.

Das Medikament hilft.

Mehr hatte er nicht gesagt, und sie hat es wahrscheinlich auch gesehen und sicher verstanden, was sich alles hinter dem Satz verbirgt. Eine ganze große Hoffnung auf später. Ohne Akne wird er das Dorf verlassen können. Er muss Geduld haben. Mindestens drei Jahre noch. Bis dahin hat sich sein Körper vielleicht auch entschieden, was er werden will. Jetzt ist er noch ein hässlich knochiges Gestell mit unglaublich großen Kniescheiben und Ellenbogen, langen Fingern, großen Füßen, flachem Bauch und leicht eingefallener Brust, auf der keine Haare wachsen. Bliebe es dabei, wäre alles umsonst gewesen. Seine Übungen, die er Abend für Abend in seinem Zimmer absolviert, die täglichen vierzig Kilometer auf dem Fahrrad bei jedem Wetter und überhaupt alles.

Vielleicht hilft es aber auch. Er wird Muskeln bekommen, Haare auf der Brust, kräftige Waden, die er bereits hat, was aber nicht zu sehen ist, weil er seinen ganzen Körper verhüllt, egal, wie warm es draußen ist. Seine Schulterblätter werden nicht mehr vorstehen, sein Adamsapfel wird nicht aussehen, als gehörte er zu einem gerupften Hahn, seine Haut würde ein bisschen strahlen und durchsichtig sein oder einfach dick und unkaputtbar werden. Diese beiden Möglichkeiten gibt es. Nichts dazwischen. Da ist er sich sicher. Sein Körper wird sich für die eine oder andere Seite entscheiden. Und das wird ausschlaggebend dafür sein, ob er es schafft oder nicht.

Inzwischen hilft er den Lindenblatts einmal in der Woche auf dem Hof und im Garten. Ohne Geld dafür zu nehmen. Auch wenn er es gut gebrauchen könnte.

Auf der Glaskonsole, die zum Spiegelschrank gehört, steht ein kleines Fläschchen Nagellack. Rotbraun. Heute Morgen hat seine Mutter versucht, sich schön zu machen. Ohne Grund, einfach so. Sie war fast nüchtern, als sie sich die Nägel lackiert hat. Allerdings ist der Nagellack mindestens drei oder vier Jahre alt. Robin hatte seiner Mutter gezeigt, dass man ihn mit Nagellackentferner verdünnen kann. Er hat mal gehört, wie die Mädchen auf dem Schulhof sich gegenseitig Ratschläge fürs Schminken gegeben haben. Eine hatte das mit dem Nagellack erzählt. Seine Mutter hat ihn auf die Wange geküsst. Das war nicht schlimm, auch wenn er es nicht mochte.

Seine Mutter wirkt, als hätte sie Frieden geschlossen. Mit sich, dem Alkohol, dem Leben. Als wollte sie ab heute hübsch sein, während sie sich ans Ende ihrer Tage trinkt. Sie hatte ihn gefragt, ob er ihr die Haare schneiden könnte.

Kein Geld für den Friseur, Robin, aber so, wie ich aussehe, kann ich nicht länger rumlaufen.

Er hatte die Haare auf eine Länge geschnitten, knapp unterm Kinn. Marthe Lindenblatt steckte ihre Haare immer mit irgendwelchen Spangen hoch. Sie schien auch kein Geld für den Friseur zu haben, denn als sie hergekommen war, trug sie eine richtige Frisur. Einen kunstvollen Haarschnitt, bei dem die Haare immer ein bisschen verwuschelt aussehen, aber nie unordentlich. Jetzt sind sie schon ein wenig unordentlich. Trotzdem sieht Marthe Lindenblatt nicht aus wie ein müdes Bündel Mensch. Sie sieht nicht aus wie seine Mutter. Dabei ist seine Mutter jünger als Marthe. November.

Jetzt sitzt sie am Küchentisch und legt eine Patience mit ihren frisch lackierten Fingernägeln, unbeholfen bemalt, so dass es ihn rührt, obwohl er seine Mutter nicht mehr wirklich liebt. Er ist sich nicht sicher, was das anbelangt. Schließlich kann er sich noch gut an seine Mutter erinnern. Sie war einmal anders. So dass man sie lieben konnte. Als er klein war, ist sie manchmal mit ihm in die Maisfelder gegangen, und dort haben sie Verstecken gespielt. Das war, bevor alle der Felder ringsum überdrüssig wurden. Bevor der Mais etwas Bedrohliches bekam, eine Unausweichlichkeit, als hielte er alle im Dorf fest und erlaubte keinen Blick mehr über dessen Grenzen hinaus. Robin hat noch ein anderes Buch von Stephen King gelesen, in dem kommt das Verderben durch die Maisfelder, es wispert sich heran und ist so böse, dass selbst die Pflanzen voller Ekel vor ihm zurückweichen. Robin stellt sich das Böse wie Charles Manson vor. Er mag die Musik von Marilyn Manson. Diese Idee, er hat es im Internet nachgelesen, das Gute und das Böse in einem Namen zu vereinen. Monroe und Manson, die heilige Sexbombe und der wahnsinnige Schlächter. Robin hat Bücher über beide gelesen. Das würde er nie jemandem erzählen. In seinem Tagebuch. Das erzählte er erst recht keinem, dass er so was macht. Tagebuch schreiben. In seinem Tagebuch steht: *Wenn auf dem Gesicht dieser Erde je ein Teufel existierte, bin ich es. Er holte sich meinen Kopf zu jeder Zeit, wann immer er wollte.* Angeblich hat Charles

Manson das gesagt. Und es klingt wie die Beschreibung des Bösen in diesem Roman von Stephen King.

Robin nimmt eine Pinzette aus dem Spiegelschrank und zupft ein wenig an seinen Augenbrauen rum. Marthe, November, hat ihn vor ein paar Wochen nach seiner Mailadresse gefragt und gesagt, sie hätte einen Freund in Berlin, der ihm ein paar gute Tipps für Programmier-Tutorials geben könnte. Konstantin, den kenne er ja, er sei mal drei Tage hier gewesen.

Konstantin ist schwul, das hatte Robin sofort gemerkt. Einfach nur so, nicht weil der irgendwie tuntig war oder so. Er kann es nicht erklären, und Marthe, November, hat es später auch gesagt, dass ihr bester Freund Konstantin schwul ist.

In der Schule wird Robin immer noch Stinkie genannt. Den Namen wird er erst los, wenn er hier wegkommt. Woanders aber werden sie ihn als Robin kennenlernen. Vielleicht geht er nach Berlin, fragt Konstantin, ob der ihm helfen kann, eine Ausbildung zu finden. Im IT-Bereich, deshalb fängt er jetzt schon an, ein bisschen programmieren zu lernen. Das Tutorial ist toll. Allerdings ist das hier ein Elend mit dem Internet. Er nimmt sein Notebook mit in die Schule, um dort nachmittags üben zu können. Hier ist alles viel zu langsam. Und die teuren Varianten können sie sich nicht leisten. Die Lösung der Lindenblatts hilft ihm auch nicht weiter. Er kann noch keine Verträge abschließen, jedenfalls nicht solche, und seine Mutter täte es nicht. Außerdem bleibt das Internet auch mit Vertrag langsam.

Robin liest manchmal was über Breitbandausbau in der Zeitung. Angeblich soll es bald überall schnelles Internet geben. Inzwischen gibt es einen Zweckverband Breitband. Darunter kann Robin sich nichts vorstellen, aber es klingt, als sei nun alles nur noch eine Frage von wenig Zeit, bis hier jeder Glasfaseranschluss hat. Er glaubt denen kein Wort. Sie sind die abgehängteste Region deutschlandweit. Wie im Urwald oder mitten in der Wüste. Deshalb gibt es hier auch so viele Zombies. Die lassen sich alles vom Fernseher erzählen. In dem

Roman von Stephen King über die Aliens, die in einem Raumschiff nahe der Stadt Maine wohnen, fängt der Fernseher einer Frau an, mit ihr zu sprechen. Also eigentlich fängt die Jesusstatue auf dem Fernseher an, mit ihr zu quatschen. Unflätige Sachen sagt Jesus, und dann quatscht der Fernseher mit, und die Frau wird wahnsinnig. Robin wunderte sich nicht, wenn hier abends vor den Fernsehern andauernd Leute wahnsinnig werden, weil sie glauben, der Onkel aus dem Musikantenstadl redet mit ihnen.

Wenn Flüchtlinge ins Dorf kommen, wird hier alles anders. Schulz hat ihn gefragt, ihn, einen fast Fünfzehnjährigen, was er davon hält. Er hatte ausgesehen, als wollte er es wirklich wissen. Als sei es wichtig, ob Robin dafür oder dagegen ist. Dabei ist es ihm egal. Hatte er gedacht. Aber dann hatte er gesagt, dass er es gut findet. Weil das Dorf schläft und irgendwas passieren muss. Fast hätte er erzählt, dass er glaubt, die Leute verwandeln sich abends vor dem Fernseher in ferngesteuerte Monster. Wie in dem Roman. Aber das hat er sich dann doch verkniffen. Er will nicht für verrückt gehalten werden. Schulz hatte ihm auf die Schulter geklopft nach dieser Antwort.

Heute Abend wird der Bauer die Leute einmal mehr vor vollendete Tatsachen stellen. Er konnte gar nicht anders. Hier wollen die Leute nicht damit belästigt werden, zusammen eine Entscheidung zu treffen. Sie finden sowieso alles scheiße, was gemacht wird. Und machen mit. Das findet Robin auch so faszinierend. Es ist ein bisschen wie in der Schule. Manchmal sagt ihm jemand, wenn es kein anderer hört, dass er oder sie es doof findet, wie er gemobbt wird. Aber mitmachen tun sie doch. Vielleicht sind alle schon längst verrückt. Ausgehöhlt, übernommen von Aliens wie in dem Stephen-King-Roman Duddits. Traumfänger heißt der eigentlich, den Titel findet er auch viel schöner. Da übernehmen die Monster einfach die Hüllen der Menschen. Und die tun dann lauter verrückte und schlimme Sachen. Grässlich.

In der vergangenen Woche hat ein Großbauer aus einem der Nachbardörfer dreizehn Wildschweine auf seinem Acker mit dem Jeep gejagt und überfahren. Aus Spaß und weil er davon ausgegangen war, dass es sein Acker und somit seine Schweine waren, mit denen er tun und lassen konnte, was er wollte. Dreizehn Viecher einfach so mit dem Jeep totzufahren, danach muss das Auto Schrott gewesen sein, auch wenn es vorn sicher mit einem Bullenfänger ausgestattet war. Niemand hat Anzeige erstattet, weil der Bauer den Leuten im Dorf die einzigen Jobs gibt, die noch zu haben sind. Stattdessen haben zwei Jäger die Schweine vom Feld geholt und in ihre Kühltruhen gepackt. Hier im Dorf reden sie ein bisschen darüber, aber niemand regt sich auf. Wer die Jobs hat, darf auch mal Amok fahren. Und Wildschweine gibt es genug. Nur Radomski, der wahrscheinlich selbst hin und wieder ein bisschen wildern geht, hat gesagt, der Bauer gehöre hinter Gitter. Ausgerechnet der. Aber warum auch nicht? Radomski ist so was wie ein ehrlicher Dieb. Robin hat Bücher über Diebe im Gesetz gelesen. In Russland gibt es die massenhaft. Alte Schule, coole Burschen, die sich an Regeln halten und bei denen bestraft wird, wer diese Regeln übertritt. So einer ist Radomski in Robins Augen. Ein Dieb im Gesetz.

Robin geht in die Küche. Seine Mutter sitzt noch immer am Tisch. Sie heult und kratzt den frisch aufgetragenen Nagellack ab.

Warum machst du das?

Es ist hässlich. Ich bin hässlich. Weiß gar nicht, wie ich darauf gekommen bin, mich hübsch machen zu wollen. Wo doch alles weg ist. Und für wen überhaupt. Guckt keiner hin.

Die winzigen rotbraunen Blättchen Nagellack liegen auf der Wachstuchdecke und verschwinden zwischen dem fröhlichen Streublumenmuster, das seine Mutter vor Jahren im Raiffeisenmarkt ausgesucht hatte, um eine Tischdecke zuzuschneiden und die Küchenschränke damit auszulegen. Inzwischen war das Wachstuch so oft dreckig gemacht und sauber gescheuert worden, dass die Streublümchen nur noch wie eine blasse Erinnerung wirken. Früher, als Robin noch klein war, ist seine Mutter einmal in der Woche losgegangen, um irgendwo außerhalb des Dorfes, auf einer Wiese, in einer aufgelassenen Kiesgrube Blumen zu pflücken, die sie in eine blaue Keramikvase stellte. Sie hatte ein Händchen für schöne Sträuße gehabt, konnte Blumen mit Zweigen von Bäumen und Sträuchern, Gräsern und getrockneten Kräutern mischen, und es hat immer besonders ausgesehen. Im Herbst hatte sie Zweige mit buntem Laub mit den roten Beeren des Weißdorns kombiniert. Ihre Sträuße hatten die billige Wachstuchdecke erhaben aussehen lassen, als sei sie eine teure, glänzende Stickerei.

Robin hatte seine Mutter manchmal auf ihren Spaziergängen begleitet und ihr geholfen, einen Strauß zusammenzustellen. Sie hatte seine Vorschläge immer ernst genommen, auch wenn sie bizarr oder unpassend waren. Sie hatte die Disteln genommen, den längst verblühten Löwenzahn, die Taubnesseln und die Vogelmiere, das unscheinbare Hirtentäschel und die verdorrten Zweige, die er für schön befand. Und als er einmal ein verrostetes Stück Metall angeschleppt hatte, weil es an einer Stelle noch silbern glänzte und das Sonnenlicht spiegelte, hat sie auch das in die blaue Keramikvase gestellt, umgeben von wilder Kamille und gelber Nachtkerze.

Jetzt blättert sie den rotbraunen Nagellack auf die verblassten Streublümchen, als kratzte sie sich das letzte bisschen Hoffnung ab. Sieben Jahre hatte es gedauert, aus der Frau, die Mutter ist, eine verzweifelte Peinlichkeit zu machen.

Robin fühlt sich versucht, sie zu fragen, ob sie mit ihm spazieren gehen und Blumen pflücken will. Sie könnten einen Winterstrauß zusammenstellen. Aus toten Zweigen und erfrorenen Gräsern, auch wenn die in der blauen Keramikvase ihre Haltung verlieren und bestimmt schnell unansehnlich werden. Ein paar Erlenzweige ließen sich finden und vielleicht auch rote Hagebutten. Es könnte schön aussehen. Obwohl

Winter ist. Aber er traut sich nicht. Seine weinende Mutter wäre vielleicht wirklich bereit, mit ihm rauszugehen, und dann müssten sie durchs Dorf, ein Junge, dessen Akne noch immer Spuren der Verwüstung auf sein Gesicht zeichnet, und eine schwankende, magere Frau, die mal hübsch gewesen ist, woran sich wahrscheinlich noch alle im Dorf erinnern werden. Sogar er erinnert sich daran.

In den letzten Monaten erst, seit er Marthe Lindenblatt kennt, um genauer zu sein, hat er angefangen, darüber nachzudenken, was das Dorf mit seinen Menschen macht. Selbst Marthe, November, kann sich der Macht des Ortes nicht entziehen. Sie schminkt sich nur noch selten, trägt viel zu lange dieselben Klamotten, riecht aber immer ganz gut, das muss er zugeben. Ihre Fingernägel schneidet sie jetzt ganz kurz.

Weil es praktischer ist, Robin. Mir brechen andauernd die Fingernägel ab, wenn ich irgendwas hier draußen mache.

Sie hat sich ein Paar dieser grünen, praktischen Gummischuhe aus dem Raiffeisenmarkt gekauft, in denen die Frauen plötzlich aufhören, die Hüften beim Gehen zu bewegen. Stattdessen fangen sie an, ein bisschen zu schlurfen, selbst wenn die Schuhe fest sitzen.

Noch ist Marthe Lindenblatt schön. Findet Robin. Für ihr Alter jedenfalls und überhaupt. Kein Vergleich mit den anderen Frauen, die sich im Dorfladen treffen und deren Brüste in Bauchfett übergehen. Die Kurzhaarschnitte tragen oder die längeren Haare mit einfachen Haarklemmen feststecken, dass sie wie ein Helm am Kopf sitzen. Deren Alter kaum zu bestimmen ist.

Marthe Lindenblatt sieht noch immer aus wie eine aus der Stadt, aber das Dorf hat ihr schon eine Schürze übergeworfen, und wenn sie nicht aufpasst, wird es sie kriegen und verschlingen und danach wieder ausspucken als Wesen in Gummischuhen. Oder als eine Hülle, in der ein Monster oder ein Alien haust.

Wäre er älter, könnte er mit ihr über so was reden. So aber

geht das nicht. Er kann ihr nur hin und wieder sagen, wenn er ein Kleid hübsch findet, das sie trägt. Er kann fragen, wo sie die Ohrringe herhat, die sie manchmal anlegt, und wenn er ganz mutig ist, kann er ihr sagen, dass er Kittelschürzen hasst. Mehr geht nicht.

Der Nagellack ist ab. Vollständig, als wäre er nie eine kleine, trügerische Aussicht auf bessere Tage gewesen. Robins Mutter sitzt am Küchentisch und puzzelt aus den winzigen rotbraunen Resten einen Rhombus, den sie einmal längs und einmal quer teilt. Am Schluss bleiben noch drei Plättchen, die sie in drei der vier winzigen Felder legt. Dann reißt sie sorgfältig ein Schnipselchen vom Aldi-Prospekt und legt es in das vierte Viertel.

Robin findet das zum Heulen.

Aus diesem Dachboden ließe sich etwas machen. Aber dazu braucht es Geld. Und davon haben die beiden hier eindeutig zu wenig. Vielleicht haben sie gar nichts.

Michael Radomski hat drei Balken identifiziert, an denen man etwas tun muss. Da ist der Holzwurm am Werk. Marthe Lindenblatt, so ein wunderhübscher Name ist ihm in seinem Leben noch nicht untergekommen, steht neben ihm auf dem Dachboden und duftet wie ein Frühlingsgewitter. Das würde er ihr auch sagen, stünde nicht drei Schritte weiter David Lindenblatt, den er leider ebenfalls nicht unsympathisch findet. Schlechte Voraussetzungen für einen kleinen Flirt. Und gar nicht gut für seinen Plan, den Mann irgendwann während einer Jagd zu erschießen und sich dann an die Frau ranzumachen.

Michael Radomski grinst, was Marthe Lindenblatt veranlasst, ihn hoffnungsvoll anzuschauen.

Drei Balken. Also nicht so schlimm, wie befürchtet, aber es muss auf jeden Fall was gemacht werden. Es gibt zwei Möglichkeiten. Ich kann die Balken austauschen, das ist ziemlich aufwendig. Ich kann neben die Balken neue Stützbalken setzen und die alten behandeln, so dass der Holzwurm die längste Zeit sein Unwesen hat treiben können. Dafür brauche ich ordentliche neue Balken, die aber nicht besonders hübsch aussehen müssen, und zwei Tage. Wenn es hochkommt. Vielleicht schaffe ich es auch an einem Tag.

Der Wilderer Radomski sieht Marthe Lindenblatt an, dass sie am liebsten sofort die Frage gestellt hätte, was das kosten wird, ihre wahrscheinlich gute Erziehung ihr aber im Weg steht. Und da er sie mag und sein Vorhaben mit dem Flirt noch nicht aufgegeben hat, erlöst er sie schnell.

Die Balken krieg ich für hundert, Holz-Barthel schuldet mir noch was. Und für meine Arbeit, würde ich mal sagen, hundertfünfzig. Wenn das in Ordnung ist. Können Sie auch in Raten zahlen.

Damit hat er ihr alle Brücken gebaut. Sie muss nicht rumschlingern und so tun, als ob. Das macht hier im Dorf eh niemand mehr. Wer kein Geld hat, versucht gar nicht erst, das zu verbergen, und wer viel Geld hat, tätowiert es sich auf die Stirn. Alle Fronten sind klar, und das Leben ist zu kurz, um Spielchen zu treiben. Trotzdem gilt die alte Regel, dass man über Geld nicht redet. Verrückt eigentlich, denn sie wird einfach wiederholt, ohne dass sich jemand daran hält. Vielleicht ist er der Letzte weit und breit, der noch versucht, den Schein zu wahren. Sein Angebot, dass ihm die Lindenblatt das bisschen Geld auch noch in Raten zahlen könne, passt überhaupt nicht zu seiner Situation. Zu Hause warten drei ungeöffnete Briefe, und keiner davon verspricht einen Lottogewinn. Stattdessen sind zwei die wahrscheinlich letzte Mahnung, und sein Konto ist rot gestrichen.

Das ist sehr lieb von Ihnen, und es klingt, als würden Sie uns da mit dem Preis ziemlich entgegenkommen. Also ist das Mindeste, was wir tun können, das dann auch gleich im Ganzen zu bezahlen. Wollen Sie einen Kaffee oder einen Tee trinken?

Kaffee, gern. Stark und mit Zucker.

David Lindenblatt, der bisher noch kein Wort gesprochen hat, sagt, er würde den Kaffee kochen gehen, und lässt den Wilderer mit Marthe Lindenblatt allein.

Das ist ein schöner Dachboden, aus dem ließe sich was machen.

Wir sind zu zweit, haben wenig Geld, und unten ist ausreichend Platz.

Da haben Sie recht, aber so ein wärmegedämmter Dachboden spart natürlich mächtig Heizkosten. Und hier oben ließe sich noch ein Holzofen an den Kamin anschließen. Also wenn mal wieder bessere Zeiten kommen, lassen Sie es mich wissen. Ich mache Ihnen hier ein Schmuckstück draus. Mit Gaube und, wenn Sie wollen, sogar einem kleinen Waschraum. Ist alles möglich. Man muss nur die Leitungen verlängern.

Ich muss gestehen, dass ich fürchterliche Angst vor Spinnen habe.

Tatsächlich steht die Frau da, als versucht sie, so wenig wie möglich zu atmen und sich, wenn möglich, gar nicht zu bewegen. Das bemerkt Michael Radomski erst jetzt. Spinnen. Die uralte Angst der Frauen und nicht weniger Männer. Er hat es noch nie verstanden, weiß aber darum.

Gibt es in der Stadt keine?

Was?

Spinnen. Gibt es in der Stadt keine Spinnen?

Ich glaube ja. Es gibt keine. Oder doch, aber man wohnt ja meist ziemlich hoch und. Ich weiß nicht. Vielleicht hat man in der Stadt auch nicht diesen Spinnenblick. Hier betrete ich einen Raum und weiß, ohne mich umgeschaut zu haben, in welcher Ecke eine sitzt. Als könnte ich die riechen. Ist schon seltsam.

Dann ist es ja fast ein Wunder, dass Sie hier oben stehen und mit mir reden, oder?

Das stimmt. Mehr als ein Wunder. Aber es gibt noch was Komisches. Draußen im Garten ekeln mich Spinnen kaum. Oder im Wald. Ich laufe nicht gern durch die Spinnenweben, aber ich sterbe auch nicht, wenn es im Wald passiert. Wenn ich hier im Haus mit der Hand an eine Spinnwebe gerate, raste ich aus.

Wie sieht das denn aus, wenn Sie ausrasten?

Marthe Lindenblatt schaut den Wilderer an und lächelt. Strahlt ein wenig.

Sie flirten.

Ich flirte.

Dann wollen wir mal schauen, ob der Kaffee fertig ist.

Das Haus ist so gut wie leer und deshalb irgendwie schön geworden, findet Radomski. Die Lindenblatts haben fast alles rausgeschmissen, was hier mal gestanden, geklebt und gelegen hat. Nur einen kleinen runden Tisch und einen zierlichen Sessel aus den sechziger Jahren haben sie behalten. Alles andere sind wohl Möbel, die sie aus ihrer Berliner Wohnung mitgebracht haben. Alte und ältere Sachen, das meiste praktisch und komischerweise passend, findet er. Aus der Stadt ins Dorf und passt. Das hätte auch anders sein können.

Keine Spinnen.

Nirgendwo. Ich bin ein friedlicher Mensch, aber Spinnen sauge ich weg. Nein, Sie dürfen jetzt nicht sagen, dass die aus dem Staubsauger wieder rauskommen. Das halte ich für einen dieser großen Irrtümer, mit denen wir verrückt gemacht werden.

Es gibt ja Chrysanthemenspray. Damit kann man die betäuben und rausbringen.

Jetzt sind Sie verrückt. Ich werde doch keine Spinne aus dem Haus tragen.

Sie könnten Handschuhe tragen.

Marthe Lindenblatt starrt ihn an, als sei er eine außerirdische Spezies. Sie legt zwei Finger seitlich an ihren Hals.

Mein Puls ist gestiegen. Wenn Sie weiter so machen, sterbe ich vor Ihren Augen, und das mit dem Dachboden können wir vergessen.

Ist es wirklich so schlimm?

Vor einem halben Jahr war es noch so, dass ich nicht mal das Wort Spinne lesen konnte. Das habe ich geübt und geübt. Dann habe ich mir aus einer Zeitschrift ein Foto von einer Spinne ausgeschnitten und mich jeden Tag gezwungen, es mehrmals anzuschauen. Jetzt kann ich die Viecher schon wegsaugen. Das ist ein Quantensprung, finden Sie nicht?

Sicher. Auf jeden Fall. Aber das mit draußen und drinnen spricht doch dafür, dass Sie unter einer ganz besonderen Form der Spinnenangst leiden. Eine, die im Haus bleibt. Da kann man bestimmt was machen. Also, Sie könnten weiterkommen, als Staubsauger zu Hilfe zu nehmen und Fotos von Spinnen anzuschauen. Ich wette, in einem halben Jahr tragen Sie die Tiere raus.

Tiere, was Sie reden. Das sind Monster, direkt aus unserem Unterbewusstsein kommen die. Meinem Unterbewusstsein, Sie haben ja offensichtlich keine Probleme mit denen.

Ich hab Angst vor Masken.

Was?

Masken. Da kommt man in einem Dorf gut weg. Hier läuft ja keiner mit einer Maske vor dem Gesicht rum, und die Leute hängen sich so was auch nicht in ihre Wohnzimmer. Aber vor einigen Jahren habe ich mal für jemanden den Dachboden hergerichtet, und der war wohl ein paar Jahre durch Afrika gereist. Jedenfalls hingen da oben Masken. Geschnitzt. Hat er mir nicht gesagt, bevor ich das erste Mal hoch bin. Warum sollte er auch. Jedenfalls habe ich mir den Dachboden anschauen wollen, die Masken gesehen und bin völlig erstarrt. So eine Unbeweglichkeit war das, als hätten die mir was gespritzt. Dem Mann ist erst nach einer Stunde aufgefallen, dass sich oben nichts rührt. Dann ist er gekommen, hat mich gesehen und den Notarzt gerufen.

Marthe starrt den Wilderer an, von dem sie nicht weiß, dass er bei den meisten im Dorf diesen Spitznamen hat, und fragt sich, wieso sie so überrascht darüber ist, dass ihr jemand etwas erzählt. Das ist ihr in all den Monaten, die sie hier nun schon leben, noch nie passiert. Außer Robin. Aber den quält ja die klassische Schüchternheit der aknegeplagten Teenager. Von Erzählen kann also keine Rede sein. Deshalb wahrscheinlich ist sie nun regelrecht platt. So oft ist sie durchs Dorf gelaufen. Sie hat gegrüßt, ist gegrüßt worden. Mehr ist nicht passiert. Heiligabend soll es in der Dorfkirche einen Gottesdienst geben. Sie wird hingehen, sich in die letzte Bankreihe setzen, sollte es dort wirklich Bankreihen geben. Von außen sieht die Kirche aus, als könnte sie Menschen gar nicht aufnehmen. Sie wird hingehen und zuhören und vielleicht mit jemandem sprechen. David, ihr David ist inzwischen schon fast stumm geworden.

Mein David schweigt und schweigt. Ich kann sein Schweigen riechen und schmecken. Obwohl er mehrmals in der Woche bei Schulz im Maschinenpark arbeitet. Aber auch dort ist er allein. Ich weiß es. Er sagt es mir. Dass er allein ist mit den Maschinen und ihnen manchmal schon gut zuredet.

Sie weiß es. Ihr David ist genauso allein wie sie. Und in diesem Haus hat ihrer beider Alleinsein ausreichend Platz. Es lastet nicht.

Es lastet nicht schwer auf uns, ich bin dem Haus dankbar dafür. Aber es wäre schön, wenn David eine Verbindung zum Dorf herstellen könnte. Nur ein bisschen Kontakt. Wenn es sein muss, zu diesem Bauern, der ihn für gute Arbeit schlecht und schwarz bezahlt. Aber das Geld, das brauchen wir.

Sie brauchen das Geld. David muss dafür etwas tun, was er kann. Maschinen richten. Ganz machen. Er ist ein guter Ganzmacher. Aber fast verstummt. Nur, wenn sie ihn fragt, erzählt er ein wenig.

Ich komme in die Halle, da liegt ein Zettel für mich, auf dem steht, was zu tun ist. Manchmal schaut Schulz vorbei. Dann reden wir auch ein paar Sätze miteinander. Der Mann macht mir ein bisschen Angst. So viel Wut im Bauch. Dann gibt es da noch einen Polen. Glaub ich. Der schraubt auch ein bisschen rum. Spricht aber kein Wort Deutsch. Zumindest hab ich ihn noch nie sprechen hören.

David sagt, inzwischen gefiele ihm das große Schweigen. Er habe im Leben schon viel zu viel geredet. Jetzt sei die Zeit des Schweigens angebrochen.

Aber jetzt rede ich mit dem Holzmann, der uns die Balken erneuern wird. Ich muss mich ein bisschen anstrengen beim Reden. Und wenn ich spreche, dann kann es auch wieder passieren, dass der Arm.

Sie hat lange gebraucht. Ist sogar noch einmal nach Berlin gefahren. Zu einem Arzt. Ein Neurologe, der einen Sehnsuchtsnamen trug. Van der Blomen. Dem hat sie die Geschichte mit dem Arm erzählt. Der sie stört, den sie forthaben will. Sie hat gesagt.

Ich habe gesagt, ich will keine Untersuchungen, nur eine

Erklärung. Mehr nicht. Es genüge mir, zu wissen, warum dieser Arm da ist. Mir sei klar, dass es mein Arm ist, aber weil er sich eben nicht so anfühle, stattdessen wie ein fremder Arm aussehe, helfe dieses rationale Wissen nicht.

Dann war sie mit der Erklärung im Kopf wieder ins Dorf gefahren. Und mit einem Buch in der Tasche, das sie in einem Fachantiquariat gekauft hatte und das den wunderschönen Titel »Die vielen Gesichter des psychischen Leids« trug. Ein offizielles Fallbuch der Weltgesundheitsorganisation, beruhigend blauer Einband, verlässlich weiße Schrift, einst Bestand einer Fachhochschule, dann in diesem Antiquariat gelandet. Ausgemustert, weil seit dem Erscheinungsjahr sicher schon unzählige neue Falldarstellungen dazugekommen waren. Aus allen Teilen der Welt. Das hatte Marthe.

Das ist das Schöne an diesem Buch. So viele Menschen aus Ländern, die ich nicht kenne und nie kennenlernen werde. Alle zusammengefasst von einer Weltorganisation und einer Definition psychischer Störungen und Verhaltensstörungen unterstellt, die diese Menschen eint. Ich hätte dem Neurologen meine Geschichte schenken können, dann wäre ich vielleicht auch irgendwann in diesem Buch verewigt. Ich hätte einen Buchstaben und eine Zahl bekommen, verlässlich, verständlich. Auch für David. Eine Beruhigung.

Sie hätte David beruhigen können. Mit F0, organische psychische Störung, oder F1, Gebrauch psychotroper Substanzen, F2, Schizophrenie.

Oh, Schizophrenie hätte meinen Mann nicht beruhigt, das nicht. Damit hätte ich ihn verschonen müssen.

F3, affektive Störungen, oder F4, neurotische Störungen.

Schon eher. F4 hätte ihm nicht gefallen, aber er hätte Hoffnung gehabt. Eine neurotische Störung wäre doch bei der Frau, die er liebt, noch ein erträgliches Maß an Unglück gewesen. Mein David. Damit wäre er fertig geworden. F5, psychophysiologische Störungen, F6, Persönlichkeitsstörungen, F7, Intelligenzminderung.

Gewiss nicht, bestimmt nicht. Ich bin eine kluge, unglückliche Frau. F7 kommt nicht in Betracht.

F8, Entwicklungsstörungen, F9, Störungen im Kindheits- und Jugendalter.

So einfach die Welt. Das Buch hat Marthe Lindenblatt wieder geradegerückt, beschreibbar gemacht. F4, wenn sie dem Neurologen mit dem schönen Namen folgen möchte.

Wenn ich ihm folge, auch wenn er zehnmal gesagt hat, ohne Untersuchungen gibt er keine Diagnosen ab. Aber er hat sich meinen strahlenden, traurigen Augen nicht verweigern können. Wenigstens eine Vermutung habe ich mir erbeten. Immer und immer wieder. Er hat nicht F4 gesagt.

Neuropathie. So hatte das Wort gelautet, das sie sich überlegt hat. Und sie, Marthe, hatte dem Wort dann F4 zugesellt. Oder F5. Im Buch aber nichts dazu gefunden. Trotzdem mochte sie die Geschichten in dem Buch. Die von Frau Perrin, einer 35-jährigen Französin, die davon überzeugt war, dass ihr Ehemann entführt und durch einen anderen, gleich aussehenden Mann ersetzt wurde.

Die von Herrn Becker, der in der Praxis seines Hausarztes Türen eintrat und glaubte, sein Vater hätte ihm früher Beruhigungsmittel ins Essen gemischt und im Schlaf Sojabohnen in den Penis gesteckt, um ihn impotent zu machen.

Die der 22-jährigen Studentin aus Finnland, die versucht hatte, an einer Bushaltestelle ein 9-jähriges Mädchen zu strangulieren, und dann, als dies durch andere Menschen verhindert worden war, am Ort des Geschehens erstarrte, so dass man sie wie eine lebensgroße Statue in den Krankenwagen heben musste. Mit ausgestrecktem Arm, hocherhobenem Haupt und gespreizten Beinen, als zeigte sie auf eine Sehenswürdigkeit weit in der Ferne.

Die der jungen Holländerin Annie, die Nacht für Nacht aufstand, um zwei Stunden lang alles zu essen, was sie im Haus finden konnte, oder die von Miss Dickinson, die an einer nichtorganischen Insomnie litt und deshalb nicht mehr arbeiten gehen konnte. Die einfach aufgehört hatte zu schlafen. Ohne Grund und äußere Einwirkung.

Am meisten mochte Marthe die Geschichte einer jungen Kanadierin, deren Ehemann mit Scheidung gedroht hatte, ließe sie sich nicht von einem Psychiater behandeln. Diese Frau Harley arbeitete von sechs Uhr morgens bis elf Uhr abends. Ohne Pause. Sie schaffte allerdings nie, was sie sich vorgenommen hatte. Es gelang ihr nicht, die Rechnung des Installateurs zu bezahlen, eine Hose für den Sohn zu kaufen, einen Arzttermin zu vereinbaren. Anstatt zu tun, was getan werden muss, putzte sie viel zu lange, grübelte ewig über die Struktur einer Einkaufsliste nach und scheiterte an der Entscheidung, in welcher Reihenfolge sie die Wäsche waschen, trocknen und bügeln sollte. Erst die Kochwäsche und dann die Buntwäsche oder umgekehrt? Eine Frau voller Pläne, Listen, Vorhaben und mit dem Ansinnen ausgefüllt, perfekt zu werden. Eine Perfektionistin, der es nie gelang, pünktlich zu sein, die beim Hosenkauf für ihren Sohn daran scheiterte, keinen perfekten Rundgang durch all die möglichen Geschäfte planen zu können, in denen es vielleicht die beste aller Hosen geben würde.

Eine Frau, die so lange darüber nachdachte, ob es schneller gehen würde, sich die Haare zu kämmen, bevor sie das Haus verlässt, oder ein Kopftuch umzubinden, und die ob der Unfähigkeit, das auszurechnen, geschweige denn zu entscheiden, eine halbe Stunde vertrödelte. F60.5, anankastische Persönlichkeitsstörung. Eine ganz große, gewaltige Scheiße zusammengefasst und somit befreit von aller Bedrohlichkeit. Nur noch traurig.

Das hatte Marthe gefallen. Und das Buch liegt auf dem Stuhl, der neben ihrem Bett steht. Ein Geschichtenbuch, in dem das Dorf verschwindet und neu zusammengesetzt wiederaufersteht. Sie wird sich, sobald das Geld dafür reicht, den Folgeband besorgen.

Radomski hat der Frau mit dem schönen Namen jetzt fast

zehn Minuten dabei zugeschaut, wie sie im Spiegelland verschwunden ist. So was hat er noch nicht erlebt. Sitzt da, gelassen und ruhig, ohne dass es sie zu quälen scheint, wenn sie beide hier nicht reden. Zwei Fremde. Schaut aus dem Fenster, hin und wieder zu ihm, lächelnd, trinkt ihren Kaffee, sagt nichts, lässt ihn da sitzen, und er fühlt sich wohl.

Wann könnten Sie das denn machen? Mit den Balken.

Wenn Sie wollen, nächste Woche. Ich müsste das Holz besorgen, das dauert ein paar Tage.

Sie könnten sich ja den Dachboden ausbauen und da oben wohnen.

Das ist eine wirklich verrückte Idee.

Finden Sie?

Michael Radomski findet. Mal ganz abgesehen davon, dass er für den Ausbau Geld bräuchte. Auch wenn er alles selber machen kann. Das Silberbesteck der alten Wischnewski, die hier mal gewohnt und ihre Einsamkeit zurückgelassen hat, würde bestimmt nicht reichen. Andererseits könnte man sich ja Zeit lassen. Erst mal die Dachbalken, dann die Gaube bauen, dann dämmen, später verkleiden, ein kleines Bad reinbauen. In kleinen Schritten. Er müsste viel wildern, und irgendwann würde ihn Schulz dabei erwischen und ihm eine Ladung Schrot in den Hintern pusten. Aber klar, es könnte gehen.

Sie meinen das ernst, oder?

Schon. Ja. Wir haben unten ausreichend Platz. Und in diesem Dorf ist man allein. Also wir sind allein. Ich weiß nicht, ob es bei den anderen auch so ist. Aber wir, wir sind es. In der Stadt waren wir das manchmal auch. Das ist ein anderes Alleinsein. So ein lautes. Als säße man auf einem Riesenrad allein in der Gondel. Sie haben auch kein Geld, nicht wahr?

Hier redet man nicht über so was. Obwohl das nicht richtig stimmt. Man redet schon darüber. Aber fragen tut keiner.

Ach.

Ich habe kein Geld, das stimmt. Lange und langweilige Geschichte.

Die erzählen Sie mir irgendwann. Und rechnen Sie das doch einfach mal durch. Mit dem Dachboden. Wir könnten Lotto spielen oder die Volksbankfiliale im Nachbardorf überfallen. Oder unsere Reste kompostierbares Geschirr verkaufen.

Kompostierbares Geschirr?

Das ist auch eine lange Geschichte. Aber wenn Sie jemanden wissen, der so was mag. Hier stehen noch zwanzig Kisten oder fünfundzwanzig. In der Scheune. Wir haben das mal produziert. Wollte nur niemand kaufen.

Kompostierbares Geschirr.

Michael Radomski steht auf und spürt, dass sein rechter Fuß eingeschlafen ist. Marthe Lindenblatt steht ebenfalls auf, und für einen kurzen Moment sieht es so aus, als wollte sie ihren linken Arm auf dem Tisch liegen lassen. Wie eine Sinnestäuschung sieht es aus. Radomski schüttelt leicht den Kopf. Vielleicht ist die Frau ein bisschen verrückt. Aber ganz gewiss nicht schlimm. Und ihr Mann, dieser schweigsame Typ, wäre ein guter Partner beim Wildern. Er könnte mal vorfühlen. Ob dem so was völlig gegen den Strich ginge.

Sind Sie Vegetarier?

Wegen des Geschirrs? Nein. Das können wir uns nicht leisten. Jedenfalls nicht hier. Hier kostet das Kilo Paprika doppelt so viel wie das Kilo Schweinefleisch. Verrückt, nicht wahr?

Da mochte sie recht haben. Die Frau, die sich den seltsamen Namen November gegeben hatte.

Ich rechne das mal durch. Nur zum Spaß. Und weil es früh dunkel wird und die Tage so kurz sind.

Marthe Lindenblatt lächelt. Ein Novemberlächeln schenkt sie dem Wilderer, von dem sie noch gar nicht weiß, dass er hin und wieder in die Maisfelder geht oder sich an den aufgelassenen Bahngleisen ins Gebüsch legt, um ein Muffelwild zu erlegen. Wüsste sie es, wäre ihr wenigstens ein Geheimnis zu Ohren und sie dem Dorf ein winziges Stückchen näher gekommen. Auf die Schliche sozusagen. Aber Radomski erzählt natürlich nicht, was er manchmal in den Wäldern und Maisfeldern treibt. Er lässt es schön bleiben. Denn was das Dorf den Menschen wirklich einbläut, ist Misstrauen. Eine Vorsicht, die den Mund versiegelt und sich mit der Resignation paart, dass am Ende sowieso alle fast alles wissen. Mag sein, dass er mit der Stadtfrau Marthe und ihrem schweigsamen Mann irgendwann einmal auf gutem Fuß steht. Dann kann er von sich reden. Jetzt ist erst einmal die Frage zu beantworten, ob diese Marthe Lindenblatt es mit dem Vorschlag, er solle sich den Dachboden ausbauen, wirklich ernst meint. Es ist eine völlig verrückte Idee. Niemand hier hat mehr verrückte Ideen, sieht man mal von Schulz ab, der den Leuten ein Maislabyrinth hinbaut, als seien sie nicht schon genug gestraft mit dem Zeug.

Radomski sieht, dass Marthe Lindenblatt immer noch lächelt. Und dass es gar nicht verkrampft wirkt, obwohl sie das nun schon minutenlang tut. Sie ist wirklich seltsam, diese Frau. Ihr Lächeln erinnert ihn an jemanden. Dieses Entrückte und Unverdorbene.

Vor Jahren hatte hier im Dorf ein Mann gelebt, den hatten alle nur Bücherwronski genannt. Tatsächlich war sein Haus eine Bibliothek, deckenhoch die Regale. Radomski hatte den Mann erst kennengelernt, als der schon alt und ziemlich durcheinander gewesen war. So um die achtzig muss er da gewesen sein. Zu Zeiten des alten Landes, dem hier noch so viele nachtrauern, als sei es Schlaraffenland gewesen, hieß Wronski bei allen nur der Intellektuelle. Ein Studierter, der tatsächlich im Dorf geblieben war und Woche für Woche an die Universität der Bezirksstadt fuhr. Ein Germanistikprofessor, dem die meisten mit einer Mischung aus Skepsis, Unverständnis und jener Arroganz der werktätigen Bevölkerung begegneten, wie sie der kleine Staat gezüchtet hatte. Wronski war sozusagen für nichts gut, außer dass man ihm Fragen stellen konnte, deren Beantwortung jedoch kaum jemanden interessierte. Er hatte die Eigenart, an den Wochenenden in seinem hübschen kleinen Vorgarten zu sitzen und zu lesen. Während seine Frau, eine Lehrerin, hinterm Haus im Garten und in ihren Gewächshäusern zugange war. Als das Blatt sich wendete, wurde der Mann Frührentner. Gerade mal zweiundsechzig und nicht mehr zu gebrauchen. Die Frau unterrichtete weiter, Wronski blieb zu Hause und verging. Irgendwann fing er an zu laufen. Durchs Dorf, aus dem Dorf raus, in die Wälder ringsum. Immer mit einem Buch in der Hand und immer lächelnd. Manchmal ließ er die Bücher irgendwo liegen, nur um sich Tage später daran zu erinnern und auf die Suche nach dem verlorenen Buch zu gehen. Wieder mit einem Buch in der Hand.

Radomski hatte dem Mann ein paar Mal dabei geholfen, ein Buch zu suchen. War mit ihm die Wege abgelaufen, die er meinte, noch gut in Erinnerung zu haben. Und es war auch vorgekommen, dass sie eins wiederfanden. Dann begrüßte Wronski das Stück wie einen ungezogenen Ausreißer. Er las ihm die Leviten und erzählte Radomski, wovon es handelt. Langatmige Erzählungen waren das, die ihn nicht sonderlich interessierten. Außer einmal, als ihm der Alte erklärte, dass er Siegfried, den treuherzigen, leicht doofen Helden, sehr ins Herz geschlossen hat. Wronski hatte ihm lang und breit Kriemhilds Rache wie einen blutigen Teppich ausgebreitet. Am Ende war er stehengeblieben, hatte in den Himmel geschaut und gesagt, es sei an den Frauen, allen Frevel der Welt entweder auszuhalten oder zu rächen. Das war ihm ziemlich verschroben vorgekommen.

Aber jetzt, wo er daran denkt, während Marthe Lindenblatt vor sich hin lächelt, muss er an die toten Männer in den Biogasanlagen denken und an die Gerüchte, die schon lange die Runde machen. Dass es auf die Frauen im Dorfladen zurückgehe, dieses sonderbare Sterben, das schon fast einer Epidemie gleicht. Vielleicht sind hier lauter Kriemhilds am Werk.

Kennen Sie die Nibelungen?

Sie meinen, weil ich Lindenblatt heiße, müsste ich die kennen?

Nein, auf die Idee bin ich, ehrlich gesagt, gar nicht gekommen.

Ich habe nur gerade an einen alten Bücherwurm gedacht, der hier mal gelebt und mir bei einem langen Spaziergang die Nibelungensage erzählt hat. Kriemhilds Rache und so.

Das ist komisch, mir ist erst kürzlich der Gedanke gekommen, dass hier im Dorf möglicherweise ein paar rachsüchtige Frauen leben. Ich kriege ja nicht viel mit, aber diese toten Männer, man erzählt sich, die seien alle auf die gleiche Art und Weise umgekommen. Sie leben doch schon lange hier, meinen Sie, da ist was dran?

Ich halte es für möglich. Die Polizei jedenfalls ist ein bisschen aufgeschreckt. Hat mir der Vopo erzählt.

Sie sagen immer noch Vopo.

Na ja, die alten Gewohnheiten. Der war halt vor der Wende Vopo. Hat nur die Uniform ausgezogen, nicht aber die Gewohnheiten geändert. Will immer Bescheid wissen und weiß auch meistens Bescheid. So einer ist das. Freundlich. Trotzdem. Oder wegen, was weiß ich. Der jedenfalls hat erzählt, dass ermittelt wird. Hat tatsächlich gesagt, in alle Richtungen. Guckt wahrscheinlich jeden Sonntag Tatort.

Man kriegt doch einen Mann nicht dazu, freiwillig in eine Biogasanlage zu springen.

Das stimmt, aber die bringen sich um wie die Lemminge.

Lemminge bringen sich nicht um.

Nicht?

Nein, sie stehen am Abgrund, und die vorderen Lemminge wissen, dass es nicht weitergeht, wollen zurück, werden aber von den hinteren Lemmingen nach vorn geschoben. So passiert das dann.

Dann sind die gar nicht doof?

Nein, sie haben einfach nur Pech und fallen der Dummheit derer zum Opfer, die nicht sehen können, was vorn passiert, und einfach stur weiterlaufen.

Das ist krass. Ich wusste das nicht. Also vielleicht werden die Männer hier mit irgendeinem Trick dazu gebracht, hochzusteigen und in die Biogasanlage zu schauen, und dann drängelt von hinten jemand nach, und schwups sind sie verschwunden. Auf immer und ewig tot.

Dann müsste nur noch geklärt werden, wer die Kerle mit welchem Trick da hochlockt.

Wir werden es erfahren.

Sicher.

Das Dorf rüstet sich zum Kampf. Damit hat es keine Erfahrung, denn wer tot ist, kämpft nicht. Nun aber droht Ungemach, das nicht einfach kleingeredet werden kann. Zweihundertfaches Ungemach. Dem Dorf ist das nicht einerlei. Drei Häuser haben eine schwarzrotgoldene Fahne gehisst, als ginge es gerade um den Sieg der Fußballnationalmannschaft. Dagegen kommt auch der größte Bauer nicht an. Sagen die Leute. Aber sie sind sich nicht sicher. Sie haben keine Erfahrung mit Kämpfen. Auch den letzten haben andere für sie gefochten, und plötzlich waren sie in ein neues Leben geschwemmt, das Wende getauft wurde. In dem haben sie sich eingerichtet, als sei es auch nur eine zweite Haut, die schlecht und recht passt.

Hinter dem Dorf werden in den Baracken Sanitäranlagen für das Ungemach gebaut. Ein Zaun wird errichtet, um es in Schach und unter Kontrolle zu halten, als handle es sich hier nicht um kriegserprobte Männer, die noch immer wissen werden, wie man einen Zaun überwindet.

Wände werden isoliert, elektrische Leitungen verlegt, Stockbetten geliefert. Die Baracken bekommen einen Anstrich, den unsereiner, sagen die Leute im Dorf, bezahlen muss. Unsere Steuern, sagen sie, werden da in die Baracken gesteckt, damit die es schön haben und uns den Schlaf rauben können.

Geschichten machen die Runde. Uralte Geschichten, tausendmal erzählt, jedes Mal so, als wären sie gerade gestern und gleich nebenan passiert. Legenden, die wie Pech und Schwefel sind, als hätte der Teufel höchstpersönlich sie in die Welt gesetzt. Genüsslich werden sie in flüsterndem Ton. Ich will ja nichts gesagt haben. Erzählt und von Mann zu Mann, Frau zu Frau getragen. Niemand ist frei von Mitgefühl, denn natürlich. Krieg ist schlimm. Da sei Gott oder wer es sonst tun könnte, vor, dass so etwas bis hierherkommt. Aber Krieg hat immer auch Schuldige zu benennen. Und kann jemand sagen, ob von denen nicht am Ende welche hinterm Dorf in den Baracken wohnen werden?

Seit das Dorf existiert, ist es ein lebendiger Organismus. Mehr als die Summe seiner Teile, mehr als die kleine Anzahl seiner Häuser, mehr als der verwobene Horror nächtlicher Träume und auch mehr als alles Mitgefühl zusammen. Noch möchte niemand den Anfang machen. Aber es war schon immer so gewesen, dass der erste Stein auf der Straße gelegen und irgendjemand ihn irgendwann aufgehoben hat.

Tief im Wald liegt ein verwitterter Gedenkstein. Der ist dem Tod Stücker zehn Juden gewidmet. Die Juden sollen das Blut von Kindern getrunken haben, und das hatte sich das Dorf nicht gefallen lassen. Jahrhunderte ist das her. Heute, ja heute wissen die Menschen, dass Juden kein Kinderblut trinken. Solch einem Aberglauben säßen sie nimmer auf. Das zu mahnen, braucht es den Gedenkstein nicht mehr. Der liegt da gut im Wald. Und lang ist es her.

Jetzt aber, diese anderen Geschichten, die sind doch von Fleisch und Blut und kommen über die Satellitenschüssel in die alten Häuser, deren Balken sich biegen und gottesfürchtige Sprüche tragen. Die Sprüche werden gehegt und gepflegt. Sie glänzen silbern, weiß oder gar golden. Die Geschichten stehen in den Zeitungen und schwappen von Domplatten ferner großer Städte bis hierher ins kleine Dorf, um die Runde zu machen. Bei jeder Runde legen sie ein wenig an Gewicht zu, bis sie monströs wie ein Fabelwesen aus Jurassic Park sind.

Die Frauen im Dorf sind noch bereit, es mit Humor zu nehmen. Wer wird mich alte Kruke, sagen sie und kramen ihr Lachen aus jüngeren Jahren vor. Niemand widerspricht, und in den Herzen der Frauen macht sich Müdigkeit breit. Sie haben sich ins Fett gelegt und in Schürzen gewickelt und ihren Männern dabei zugesehen, wie die sich durch die Konfektionsgrößen der Blaumänner gearbeitet haben. Im Baumarkt führen sie die kleinen Hosen und Jacken nur in geringer Stückzahl.

Noch hat niemand Lust, es darauf ankommen zu lassen. Schließlich ist der Bauer fast allmächtig, und der Staat, der sie mal kann, aber auch immer versorgt, ist es auch. So ruhig war es hier bislang gewesen, dass es nicht einmal glatzköpfige Rebellen ausgehalten haben. Die müsste man importieren. Aber es soll ja auch nicht schlimm werden. Nur laut und deutlich. Eine Ansage.

Das Dorf hat schon lange keine Ansage mehr gemacht, wenn man mal davon absieht, dass es sich einfach zum Sterben legt. Jetzt aber will es auf einmal leben. Ohne die, die da kommen sollen.

Der Mais ist für dieses Jahr geerntet. Die Felder ringsum geben den Blick frei, ohne dass sich dadurch die Perspektive ändert. Hinter den leeren Feldern ist es wie hier.

Das Dorf überlegt. Es plant und zuckt vor seiner eigenen Courage zurück. Eine von den drei Fahnen wird wieder eingeholt und gegen Bayern München getauscht. Vielleicht wartet man doch noch ein bisschen ab.

Konstantin, mein Konstantin,

ich war zum ersten Mal bei einer Dorfversammlung. Weil zweihundert Flüchtlinge kommen werden. Hierher. Als der Sommer längst vorbei und schon Herbst war, habe ich einen Mann kennengelernt, der versucht hat, mit einem Gleitschirm über das Dorf zu fliegen. Ich habe ihn gemocht. Mich sogar ein bisschen in ihn verliebt. Weil er so schöne Hände hatte.

Aber seine eigentliche Aufgabe war nicht, fliegen zu lernen. Er wollte einen Platz für die Flüchtlinge suchen. Offensichtlich hat er am Ende seiner Suche einen Vorschlag unterbreitet, und der wird nun umgesetzt. Der größte Bauer im Dorf, Schulz. Das ist der Mann mit dem enormen Bauch, was hier kein besonderes Erkennungsmerkmal ist. Dieser Mann jedenfalls hat die Gelegenheit genutzt und richtet nun, ein wenig außerhalb des Dorfes, Baracken für die Flüchtlinge her. Die Baracken gehören ihm.

Man sagt, dass die Baracken einst für Zwangsarbeiter errichtet worden sind. Und damals, als das hier noch ein kleines piefiges Land namens DDR war, wurden in den Sommern die Erntehelfer der FDJ in den Baracken untergebracht. Jetzt kommen also Flüchtlinge.

Aber es braut sich etwas zusammen, Konstantin. Viele Leute wollen nicht, dass Flüchtlinge kommen. Zuerst einmal haben sie offiziell protestiert. Einen Brief geschrieben, und das war bestimmt das erste Mal seit Jahren, dass hier etwas an der Anschlagtafel hing, die mitten im Dorf auf einem kleinen Platz steht, der völlig nutzlos zu sein scheint, obwohl es dort drei Bänke gibt.

Tatsächlich habe ich hin und wieder überlegt, mich mit David dort auf eine der Bänke zu setzen und so zu tun, als seien wir ein Liebespaar. Oder als stritten wir uns und versuchten zu vermeiden, damit dem Haus einen Stempel aufzudrücken. Beides wäre aber schwierig. Wir streiten uns nicht. Und unsere Liebe ist ganz still geworden, eine kleine bunte Murmel mitten im Bauch, mehr nicht.

Zwanzig Namen stehen unter dem Brief. Immerhin. Das schreibe ich, weil da ja auch hätte stehen können: Die besorgten Bürger. Von denen haben wir jetzt so viele im Land, und da hätte es mich nicht gewundert, tauchten die plötzlich auch hier im Dorf auf. Aber nein, sie haben ihre Namen druntergesetzt. Zwölf Männer und acht Frauen. Ich glaube, es sind jene Frauen, die sich immer in diesem Dorfladen treffen, der kein Laden ist, stattdessen ein Geheimtreff mit Lebensmittelverkauf. Ich gehe einmal wöchentlich in den Laden und kaufe ein paar Sachen. Obwohl die Dinge, die dort verkauft werden, nicht gut sind. Immer in der Hoffnung, ich könnte die Weiber doch mal in ein Gespräch verwickeln. Aber sie lassen mich abtropfen, dass es eine Pracht ist. Wenn ich in den Laden komme, grüßen sie höflich, zwei von ihnen lächeln mich an, wenden sich aber sofort wieder den anderen zu. Kehren mir den Rücken und signalisieren, dass ich einfach nur meine Einkäufe machen und wieder gehen soll. Manchmal frage ich nach diesem und jenem. Dann antwortet eine von den Frauen. Ich nenne sie die Anführerin, denn sie trägt keine Schürze, stattdessen pastellfarbene Pullover, die manchmal mit Strass verziert sind, und bequeme Hosen mit einem Gummizug, die dunkelblau oder schwarz sind. Jetzt, da es kalt geworden ist, noch eine mit Schaffell gefütterte Weste über den Pullovern. An ihrer rechten Hand steckt ein Ehering, den sehe ich nur manchmal kurz aufblitzen, denn er hat sich tief ins Fleisch gegraben. Wenn der Frau mal etwas passiert, wenn sie einmal ins Krankenhaus muss, werden sie den Ring aufschneiden müssen.

Diese Frau jedenfalls antwortet auf meine Fragen. Kurz und bündig, aber auch diese Antworten sind nicht unhöflich. Sie hat mir noch nie eine Frage gestellt. Doch wenn sie sich abwendet, dann meine ich, trotzdem eine kleine Neugier in ihren Augen aufblitzen zu sehen. Heißt, Konstantin, ich kann nicht behaupten, diese Frauen oder auch nur eine von ihnen zu kennen.

Robins Mutter habe ich einmal aus der Ferne gesehen. Da stand sie an diesem Getränkewagen, der hier sogar zweimal wöchentlich Station macht, weil es sich offensichtlich lohnt, im Dorf zu halten. (Ich habe da übrigens einmal alkoholfreies Bier kaufen wollen. Der Mann, Berberg heißt er, hat mich angeschaut, als wüchse mir ein Horn aus dem Kopf.) Robins Mutter ist die einzige richtig dünne Frau im Dorf, die ich bis jetzt gesehen habe. Und sie hat keine Schürze getragen, als ich sie vor dem Getränkewagen habe stehen sehen. Stattdessen ein langes Kleid, das ihr möglicherweise mal gepasst hat, jetzt aber viel zu groß ist. Zuerst wollte ich hingehen und mich vorstellen, aber dann habe ich gesehen, was die Frau da so in ihre große Tasche lud, und habe es gelassen. Mag sein, dass es ihr noch peinlich ist, vor Fremden. Vielleicht aber auch nicht.

Aber ich mäander schon wieder rum, wie du sagen würdest, säßen wir jetzt in Berlin in irgendeinem Café zusammen und ich versuchte, dir eine zusammenhängende Geschichte zu erzählen.

Die Dorfversammlung. Der Bürgermeister hat eine Rede gehalten. Über die Flüchtlinge, dass sie kommen werden und dass man alles im Griff habe. Er hat sogar von Bürgerpflicht gesprochen. Es sei eine Bürgerpflicht, den Flüchtlingen zu helfen. Alle haben geschwiegen. Dann ist Krüger aufgestanden und hat eine Gegenrede gehalten.

Krüger, das ist der zweite große Bauer im Dorf. Er hat gesagt, das seien dreimal so viele Flüchtlinge wie Dorfbewohner, die da kommen werden. Und so etwas gehe nicht. Die sprächen nicht Deutsch, würden die Sitten und Regeln nicht kennen und den ganzen Tag da hinten an den Baracken rumlungern. Die Flüchtlinge bekämen mehr Geld, als so mancher im Dorf monatlich zur Verfügung habe. Das würde Verwerfungen mit sich bringen. Er hat tatsächlich Verwerfungen gesagt. Nicht Neid, nicht Ärger, nicht Frust. Verwerfungen.

Die Leute haben geschwiegen und genickt. Die meisten jedenfalls. Die Frauen aus dem Dorfladen saßen an einem Tisch zusammen und taten, als ginge sie, was hier geredet wird, nichts an oder als wüssten sie schon alles. Drei von denen haben ihren Ehemann verloren. In einer der Biogasanlagen, die hier überall stehen. Das hatte ich dir erzählt, aber da waren es erst zwei.

Ich weiß, dass du mich für überspannt hältst und denkst, ich würde mir den lieben langen Tag die Welt kaputt reden. Aber das ist doch ein bisschen seltsam. Ob die Polizei wirklich ermittelt, weiß ich immer noch nicht.

Ganz hinten, an der Eingangstür, saß der Verrückte des Dorfes. Prokorski. Er hatte einen Haselzweig in der Hand, auf dem er ständig rumkaute und lutschte, als sei es eine Zuckerstange. Manchmal rief er unverständliches Zeug, auf das niemand reagierte.

David ist übrigens nicht mitgekommen. Er hat gesagt, ihn störe es inzwischen, wenn mehr als drei Menschen in einem Raum sind. Mein David ist ein richtiger Einsiedler geworden. Fast ein bisschen verrückt. Manchmal höre ich ihn mit sich selbst reden. Leise, als teilte er Geheimnisse mit sich. Ich störe ihn nicht dabei. Er ist ein tüchtiger Mann, mein David. Und ich liebe ihn, obwohl ich jetzt auch manchmal ein bisschen Angst vor ihm habe. Wenn er lächelt, sieht das aus, als übte er alte Reflexe. Aber er wird immer schöner, je schweigsamer er ist.

Ein Mann aus dem Dorf, den ich nur vom Sehen kenne, hat gesagt, man werde sich gegen das Heim wehren. Legal.

Das Wort hat er hinterhergeschoben, aber er wirkte dabei, als traute er dem Wort nicht über den Weg.

Schulz hat gelächelt und gesagt, niemand hier im Raum solle vergessen, wer dafür sorgt, dass es Arbeit und Auskommen gibt. Und das Heim werde noch einigen mehr zu Arbeit verhelfen. Darum werde er sich ebenfalls kümmern. Sechs Arbeitsplätze mindestens. Und da sollten sie sich mal überlegen, ob ihnen dagegen vernünftige Argumente einfallen würden.

Der Hundebesitzer hat sich gemeldet. Wie ein Schüler hat er ausgesehen und tatsächlich gewartet, bis Schulz ihm zugenickt hat. Dann ist er aufgestanden und hat gesagt, dass es aber gut wäre, ginge man nachts ein bisschen durchs Dorf patrouillieren, wenn die Flüchtlinge erst da seien. Patrouillieren hat er gesagt, und als er das Wort ausgesprochen hatte, ein bisschen gegrinst, als sei er glücklich darüber, so ein Fremdwort benutzt zu haben.

Eine Bürgerwehr, das fanden die meisten gut. Man hat den Männern angesehen, dass ihnen dieses Spiel gefallen wird. Nachts mit ihren Gewehren oder was auch immer durchs Dorf zu laufen und aufzupassen, dass keiner von den Flüchtlingen sich an ihren Frauen vergreift. Und dass sie fortkönnen aus den heimischen Betten, schien ihnen auch zu passen.

Die Frauen haben miteinander Blickkontakt aufgenommen und den Kopf geschüttelt. Vielleicht wird es keine Bürgerwehr geben, weil die Frauen die Türen verschließen und die Schlüssel in den unendlichen Tiefen ihrer Körper vergraben. Dass der Mann an ihrer Seite sie wird anfassen müssen, will er raus auf die Straße. Vielleicht wollen sie einfach nur mal wieder angefasst werden.

Schulz ist ein kluger Hund. Aus dem wird man nicht schlau. Ich schon gar nicht. Als die Leute so mittendrin in ihrer Planung für eine hübsche Bürgerwehr waren, schienen die meisten schon akzeptiert zu haben, dass die Flüchtlinge kommen werden. Schulz hat den Pastor gebeten, ein paar Worte zu sagen. Der Mann bespielt hier offensichtlich alle Kirchen im Umkreis, tourt mit seinen Sonntagspredigten, als sei er ein Schlagersternchen, dessen beste Zeit längst vorbei ist. Ein vielleicht sechzigjähriger Pastor, der als Kind eine Hasenscharte gehabt haben muss. Ich weiß, du buchstabierst jetzt Gaumen-Lippen-Spalte, aber in Mails muss man nicht korrekt sein, Konstantin.

Man sieht noch immer die feinen Narben, und wenn er spricht, klingen die Konsonanten ein bisschen breiig. Aber seine Stimme ist angenehm.

Und der hat dann, als hielte Schulz ihm ein Gewehr in den Rücken, eine kleine Predigt über Nächstenliebe und die Not der Welt gehalten. Er hat nichts versprochen und nicht gedroht, nur von Christenpflicht gesprochen, und die Leute haben zugehört, ihr Bier und ihren Wein getrunken. Die Getränke hatte Berberg angefahren, und seine Frau machte an einem provisorischen Tresen den Verkauf.

Alles schien klar zu sein. Aber dann stand eine von den Frauen auf. Die Anführerin. Für die Dorfversammlung hatte sie einen mintgrünen Pullover angezogen, auf den vorn ein riesiger, mit Strass besetzter Katzenkopf appliziert war. Ihre großen Brüste haben dem Katzengesicht einen zufriedenen, pausbäckigen Ausdruck verliehen. Vielleicht war die Applikation so gedacht, dass die strassfunkelnden Katzenaugen genau auf den Nippeln platziert werden, aber das hat bei der Anführerin nicht geklappt. Trotzdem sah sie beeindruckend aus. Und sie hat auch eine beeindruckende Rede gehalten. Gegen das Flüchtlingsheim.

Wir werden uns hier nicht von oben vorschreiben lassen, um wen wir uns zu kümmern haben. Auch nicht von dir, Schulz. Das sind fremde Menschen, die nichts mit uns zu tun haben, und wir haben nichts mit denen zu tun. Niemand hat uns gefragt, ob wir einverstanden sind, dass die da jetzt in die Baracken gesteckt werden. In Köln haben sich solche Männer zusammengetan, um Frauen zu vergewaltigen. Die reden im

Fernsehen davon, dass Terroristen über die Grenze kommen. Wenn die Merkel meint, dass wir das schaffen, dann kann sie mich nicht gemeint haben. Ich schaff das nicht. Und ich will es auch nicht schaffen. Und sie hat auch nicht wissen wollen, was ich davon halte. Hätte sie, hätte ich ihr gesagt: Gar nichts, Frau Merkel. Wir haben genug zu tun, und Kummer und Sorgen haben wir auch. Da brauchen wir nicht noch fremdes Leid, für das wir aufkommen und zahlen sollen. Ich bin gegen das Heim, und ich verlange eine Abstimmung.

Schulz hat geschwiegen. Rot im Gesicht, als träfe ihn gleich der Schlag. Seine Frau, die neben ihm am Tisch saß, während er die ganze Zeit gestanden hat, machte den Eindruck, als wollte sie der Strasskatze in die Fresse springen. Ein paar von den Leuten riefen, sie wollten die Abstimmung auch, und zwar gleich. Der Bürgermeister hat sich möglicherweise weggewünscht, ist sich dann aber doch seiner Aufgabe bewusst geworden und aufgestanden.

Man könne das hier nicht abstimmen, dazu gebe es keine Handhabe und kein Recht, hat er zu beschwichtigen versucht. Die Flüchtlinge würden kommen, das sei beschlossene Sache, und sie hätten hier darüber zu reden, wie sie das alles am besten hinkriegen.

Ein paar Leute verließen den Raum, die anderen schwiegen. Weil, das waren jetzt Verordnungen und Bestimmungen, und was sollten sie schon dagegen tun? Dann nahm der verrückte Prokorski den zerkauten Haselzweig aus dem Mund und rief *Hochlebeschulz*, als sei man bei einer Geburtstagsfeier.

Ach, Konstantin, ich wünschte, du wärest dabei gewesen. Es hätte dir gefallen, da bin ich sicher.

Prokorski fing an, ein Geburtstagslied zu singen. »Wie schön, dass du geboren bist, wir hätten dich sonst sehr vermisst.« Vielleicht hat es ihm seine Mutter vorgesungen, als er ein kleines verrücktes Kind war und bevor er der große verrückte Prokorski wurde. Die Leute fingen erst an, verschämt zu grinsen, dann lachten sie. Schulz am lautesten. Und je mehr sie lachten, umso lauter sang Prokorski, als sei es ihm noch nie vergönnt gewesen, so schön gefeiert zu werden für einen Auftritt. Er schmetterte das Lied wieder und wieder, schwang dabei seinen zerkauten Haselnusszweig und fing an, durch den Raum zu stampfen, als führte er einen Fanfarenzug an. Niemand schien Lust zu haben, die groteske Vorstellung zu beenden. Niemand wollte zu den Flüchtlingen zurückkehren.

Als Prokorski irgendwann erschöpft auf seinem Stuhl zusammensank, tranken alle noch ihr Bier oder ihren Wein aus, verabschiedeten sich und gingen.

Die Katzenfrau hatte verloren. Ich bin mir aber nicht sicher, ob dafür nicht ein paar Männer werden büßen müssen. Vielleicht in einer Biogasanlage.

In der kommenden Woche werde ich wohl nach Berlin kommen müssen. Du weißt, dass ich dem Insolvenzverwalter regelmäßig meine Kontoauszüge vorlegen und mein Leben erklären muss. Zum Glück ist der Typ leidlich uninteressiert, wahrscheinlich bin ich eine von vielen, vielen, vielen. Trotzdem. Ich muss und werde kommen. Sehen wir uns dann? Zeigst du mir die Stadt?

Kuss
deine November

Bosko heißt der neue Hund. Schulz hat dem Hundebesitzer gesagt, daraus könne ein feiner Kerl werden, wenn er sich ein bisschen mit der Erziehung anstrengt. Da stecke eine Ungarische Bracke drin und noch irgendein Mischlingsköter, aber gutes Blut, das sehe man dem Welpen an.

Gibst dir halt ein bisschen Mühe bei der Abrichtung. Machst nicht die gleichen Fehler wie bei Arko. Zeig Bosko, dass du der Chef bist. Nimm ihn nachts mit auf die Rundgänge. Wenn ihr durchs Dorf lauft. Kannst mir ja hin und wieder erzählen, was da so los ist. Ich meine, warum wollen die jetzt schon mit den Rundgängen anfangen, wo noch kein Flüchtling hier ist? Das ist doch Blödsinn. Aber lass sie mal, ist wie mit kleinen Kindern. Die müssen raus und sich austoben, sonst machen sie lauter Unsinn.

Der Hundebesitzer ist Schulz dankbar, und das wiegt gerade schwerer als der Wunsch, bei denen mitzumischen, die gegen das Heim sind. Auch wenn es sein Vorschlag gewesen ist. Inzwischen ärgert er sich ein bisschen, den gemacht zu haben. Kumpels sind sie alle nicht. Haben sich nie um ihn geschert. Aber das mit dem Heim findet er irgendwie nicht gut. Diese Männer. Wenn er die im Fernsehen sieht, zerlumpt manchmal, abgekämpft, aber so auf eine Art auch stark, schwarz wie die Nacht oder dunkelbraun, wie er selbst bei wochenlanger Feldarbeit unter praller Sonne nicht werden würde. Alle schlank. Fast alle. Das macht einen misstrauisch. Klar, die haben nicht viel zu fressen. Aber wenn die es übers Meer geschafft haben, dann wird wohl was in denen stecken. Etwas, was weitaus überlebensfähiger ist als man selbst mit seinem Speck innen und außen, den verstopften Adern, der versoffenen Leber und all dem.

Die haben sich übers Meer und über dreimal gewickelten Stacheldraht gearbeitet, da werden sie hier vor nichts haltmachen. Der Hundebesitzer hat keine Angst, aber so ein Unbehagen, das hat er. Zweihundert hungrige Helden, da bleibt hier kein Stein auf dem anderen. Denkt er. Und kein Wunder, dass die Männer im Dorf so ihre Sorgen haben bei dem Gedanken. Bis jetzt sind sie die Platzhirsche, auch wenn ihnen das Fett bis zum Hals steht und ihre dicken Waden kaum in die Gummistiefel passen, die es bei Raiffeisen zu kaufen gibt. Sie können tun und walten, ihre Frauen ärgern oder sich von denen in den Wahnsinn treiben lassen. Sie können morgens aufstehen, in fleckigen Unterhosen in der Küche am Frühstückstisch sitzen mit Stallgeruch im Turnhemd und getrocknetem Schweiß unter den Achseln, der schon ein paar Tage alt ist. Der Kerl im Nachbarhaus sieht genauso aus und der zwei Häuser weiter ebenfalls.

Der Hundebesitzer ist nicht dumm, auch wenn ihm das Lernen und all der Kram immer schwergefallen ist. Seit seine Frau weg ist, kann er sich im Spiegel wieder sehen. Die Haut seines Gesichts ist sonnenverbrannt und fleckig von den vielen Jahren auf den Feldern, auf dem Rücken, auf dem Bauch und auf den Armen kräuselt sich das Haar, als sei er gerade erst aus der Höhle gekrochen, seine Ohren sind groß und fleischig, seine Nase ein großporiges Ungetüm. Zugegeben, die meisten Frauen sehen nicht allzu viel besser aus. Aber sie achten doch mehr auf sich, waschen sich regelmäßig, manche gehen sogar hin und wieder zum Friseur oder bauen sich, wie seine Frau es getan hat, auf dem Kopf ein Vogelnest aus Haaren, das verwegen aussehen könnte, wäre es nicht die Krönung einer Kittelschürze oder eines verwaschen schlabbrigen Pullovers. Trotzdem könnten sie noch was aus sich machen. Manche jedenfalls. Sie könnten nach Parfüm greifen, ihre Augenbrauen zupfen und ein bisschen Lippenstift auflegen. Sie könnten gut riechen. Das schaffen die Männer nicht mehr. Und wenn andere Männer kommen, die vielleicht nicht gut riechen, aber tatsächlich einen Körper haben, den man anfassen möchte, dann kann es gut sein, dass die Männer im Dorf durchdrehen.

Bosko wird mal ein großes Tier. Das sieht man an den Pfoten. Der Hundebesitzer wird die Fehler nicht wiederholen und die Töle nicht an die Kette legen. Aber es wäre ja irgendwie gut, ihn trotzdem ein bisschen scharf zu machen.

Der Hundebesitzer nennt kaum etwas sein Eigen, was unentbehrlich wäre. Das Auto, ein alter Opel Kadett, ist längst stillgelegt. Da ist noch ein bisschen Schmuck von seiner Frau, ein schmaler goldener Ring und eine Kette, an der ein herzförmiger Anhänger mit einem kleinen Diamanten in der Mitte hängt. Wollte er eigentlich verkaufen. Aber dann hat er sich eingeredet, irgendjemand könnte Fragen stellen, warum seine Alte weg ist und ihren Brilli zu Hause gelassen hat. Da müsste er rumstottern.

Die Nächte, in denen er von seiner Frau träumt, sind weniger geworden. Wahrscheinlich ist sie jetzt endlich weit genug weg und kann ihn nicht mehr heimsuchen. Letztens hat er sogar überlegt, ob es nicht an der Zeit wäre, sich eine neue Frau zu suchen. Wenigstens für hin und wieder mal. Heiraten geht ja sowieso nicht. Er ist mit einer verschwundenen Frau verheiratet. Letztens hat ihm Schulz gesagt, dass man nach ein paar Jahren jemanden für tot erklären lassen kann. Und dann bekäme er auch die Witwenrente. Rückwirkend sogar. Sagt Schulz. Das wäre natürlich nicht schlecht. Denn mit dem Geld, was er verdient, ist nicht viel anzufangen.

Kannst du mich im Flüchtlingsheim arbeiten lassen, Schulz?

Was willst du denn da machen?

Aufpassen, fahren.

Wir werden sehen. Ich behalte das im Kopf, und wenn sich was anbietet, kriegst du den Job. Du kannst aber auch dem Neuen bei den Maschinen zur Hand gehen. Der macht sich ganz gut, und du bist doch auch nicht doof. Andauernd geht irgendwas kaputt. Minijob könnten wir draus machen. Oder schwarz auf die Hand. Ein bisschen dazuverdienen, das wäre doch auch schon was für dich, oder?

Der Hundebesitzer nickt und denkt an die Frau des Neuen, die immer sehr freundlich zu ihm ist. Als wüsste sie nicht, was er alles schon getan hat und wie wenig nett er bisher im Leben gewesen ist. Für das bisschen Zaun hat sie sich mehrmals bedankt, als hätte er eine Heldentat vollbracht. Seine Mutter, an die er sich nur noch selten erinnert, die war auch so eine. Hatte immer danke gesagt, selbst wenn die Sachen es gar nicht wert waren. Viel zu viel gelächelt hat seine Mutter. Das tut die Frau nicht, die jetzt im Haus der Wischnewski wohnt. Aber wenn sie danke sagt, dann lächelt sie.

Der Hundebesitzer kann sich kaum noch an das Lächeln seiner Frau erinnern. Wie an vieles andere auch nicht. Einmal war er für sie auf einen hohen Baum geklettert. Da hatte sie sich in den Kopf gesetzt, eine Vogelvoliere auf den Hof zu stellen, und in der sollten Dohlen ihr Leben fristen. Seine Frau mochte Dohlen. Hatte sogar ein Buch über die Vögel gelesen und ihm erklärt, dass die Viecher schlauer seien als er. Dann hatte sie ihm einen Kuss auf die Wange gegeben und gesagt, das sei nur Spaß gewesen und er solle nicht so bedeppert gucken.

Er war auf den Baum geklettert und hatte ein Dohlennest ausgeraubt, das in einer Spechthöhle verborgen war. Die Eier waren himmelblau und braun gesprenkelt. Selbst ihn hatte es gerührt, wie schön sie ausgesehen hatten. Zu Hause hat seine Frau die fünf Eier dann den Zwerghühnern untergelegt, dass die ihr den Spleen ausbrüten. Als er runtergeklettert kam mit den Dohleneiern, die er in ein Taschentuch und dann in eine kleine Tupperdose gepackt hatte, da hat seine Frau gelächelt. So wie Frauen lächeln sollen, wenn sie ihren Mann lieben und bewundern. Ihm hatte es ein wenig leidgetan um die Dohlen, die ein leeres Nest vorfinden würden. Auch wenn er wusste, dass sie selber Eierdiebe sind, anderen Vögeln, sogar Enten, die Nachkommenschaft wegfressen.

Es hatte nicht geklappt mit den Dohlen, und seine Frau hatte schnell das Interesse an der Voliere verloren, die er ihr gebaut hatte. Warum, weiß er nicht mehr, aber das Lächeln, als er von dem Baum gestiegen kam, das war ein schöner Augenblick.

Die Neue jedenfalls, Marthe Lindenblatt, lächelt ihn immer an, wenn er am Haus vorbeigeht und sie ihn sieht. Das macht im Dorf keiner. Einfach so lächeln.

Radomski, den er nicht leiden kann, weil er ein Klugscheißer ist, baut den Lindenblatts jetzt irgendwas auf dem Dachboden. Hat sich eingeschleimt und macht sich vielleicht an die Lindenblatt ran. Wäre dem zuzutrauen.

Das mit den Maschinen kann ich machen. Trotzdem. Wenn du Arbeit bei den Flüchtlingen hast, dann denk an mich.

Mach ich. Und du läufst ein bisschen mit bei den Rundgängen. Ich will wissen, was Krüger vorhat.

Der Hundebesitzer nickt. Das ist ein Deal, und daran wird er sich halten. Er kann ja Bosko mitnehmen zu den Rundgängen. Da lernt der Hund gleich, sich zu benehmen. Einen zweiten Arko wird er sich nicht ranziehen. Diesmal wird er es richtig machen. Fast ist ihm bei dem Gedanken ein wenig froh zumute. Auch wenn ihm klar ist, dass ein neuer Hund einem neuen Anfang nicht gleichzusetzen ist. An irgendwas muss man sich halten können.

Warum er unbedingt in diesem Heim arbeiten will, kann er sich selbst nicht erklären. Vielleicht will er diese Männer, die es übers Meer geschafft haben, einfach nur im Auge behalten. Vielleicht ist er auch wirklich ein bisschen neugierig. Hierher verirren sich Fremde nicht so leicht. Möglich, dass sie mal durchfahren.

Vorgestern hatte einer von Krügers Freunden gesagt, man müsse die Straßenbeleuchtung verstärken. Mehr Lampen hinstellen, und helleres Licht müssten die geben. Im Dunkeln würde man die Schwarzen, die da kommen werden, ja gar nicht sehen. Niemand hatte gelacht. Stattdessen haben die anderen genickt, und einer hat gesagt, der Bürgermeister solle einen Antrag stellen. Dass man Geld für mehr Straßenlampen bekommt. Und dass die auch länger brennen müssten.

Wahrscheinlich muss er sich, läuft er erst einmal mit bei den nächtlichen Streifzügen, Nacht für Nacht solchen Blödsinn anhören. Er ist es gar nicht mehr gewohnt, mit anderen mehr als zwei oder drei Sätze zu reden. Aber wenn Schulz von ihm wissen will, was die anderen vorhaben, wird er sich an Gesprächen beteiligen müssen. Er muss aus denen ja irgendwie rauskriegen, was sie als Nächstes tun wollen.

Dem Hundebesitzer ist nicht wohl bei dem Gedanken. Aber nun hat er ja Bosko, und der ist ein guter Grund, nachts durchs Dorf zu ziehen. Außerdem wird er ihn wohl kastrieren lassen, wenn es an der Zeit ist. Ist sowieso nur ein Mischling. Andererseits werden diese kastrierten Tölen schnell fett und bequem. Einen bequemen Hund kann er nicht gebrauchen. Er wird es sich überlegen. Und Bosko mit ins Heim nehmen, wenn er dort Arbeit bekommt. Soll der auf die Flüchtlinge aufpassen. Ein bisschen jedenfalls.

Der Hundebesitzer lächelt. Das hat er schon lange nicht mehr gemacht. Und es fühlt sich auch wirklich komisch an. Vielleicht kommt noch mal Leben in die Bude. Wer weiß.

Im ganzen Dorf brennen zehn Straßenlaternen. Jeder gelingt es, eine winzige Lichtinsel auf die Gehsteige zu zaubern, auf der man kurz Atem holen und sich ausruhen kann von der Dunkelheit, die aus den Häusern zu kriechen scheint, anstatt vom Himmel zu kommen. Die Männer haben sich angewöhnt, bei ihren Rundgängen auf jeder gelben Insel stehenzubleiben und so zu tun, als hätten sie etwas zu bereden. Niemand mag zugeben, dass es ihn schon nach drei Nächten langweilt, durchs Dorf zu laufen, das noch gar keine Fremden beherbergt. Aber die Fremden könnten jeden Tag kommen.

Die Baracken sind fertig, ein Zaun hat sie nun zu dem gemacht, was sie schon einmal gewesen sind. Ein Lager für Leute, die nicht hierhergehören. Kriegsbeute damals wie heute, nur dass es eben heute andere Kriege und sie nicht dafür verantwortlich sind, dass es sie gibt. Der Zaun ist solide, doch wenn man möchte, kann man über ihn hinwegsteigen und ins Dorf gehen. Oder einfach durchs Tor das Lager verlassen. So schlimm, wie es einst war, wird es also nicht wieder werden. Schließlich würden hier keine Gefangenen kommen, stattdessen Männer, Frauen und Kinder mit dunkler Hautfarbe, einer fremden Art, auf die Welt zu blicken, und dem unbedingten Willen, ihrem blutigen Elend zu entkommen beziehungsweise nicht wieder zurückzumüssen ins blutige Elend. Aber vielleicht auch andere, die einfach nur ein Stück vom Kuchen abhaben wollen. Einem Kuchen, der hier im Dorf nicht allzu groß ist, sagen die Leute. Und dann auch noch jene, die Böses im Schilde führen. Krieger aus fremden Welten, die so einem Dorf und dem ganzen Abendland den

Garaus machen wollen. Deren Gedanken Amok laufen, die einen Hass haben auf alles, was man sich hier aufgebaut hat. Die würden vielleicht auch kommen. Und wenn es ganz schlimm läuft, sitzen dann welche von denen hier im Dorf in den Baracken, die zusammengenommen ein Lager sind, auch wenn es niemand so sagt.

Schulz hatte alle eingeladen, sich die Baracken anzuschauen. Er hatte den großen Grill auf den Platz gestellt, der zwischen den Unterkünften ein Rechteck von zweihundert Quadratmetern umfasst und wie ein kleiner Schulhof wirkt. Schulz hatte das Wort Baracke aus seinem Sprachgebrauch getilgt und durch Unterkunft ersetzt. Auf dem Platz stehen Bänke, und vor jeder Baracke ist ein schmaler Streifen mit frisch angefahrener Muttererde angelegt, auf dem später, wenn es wieder wärmer würde, Rasen wachsen soll.

Am Besichtigungstag hatte das Thermometer zwei Grad unter null angezeigt. Trotzdem waren viele gekommen, um sich anzusehen, was der Großbauer, in dessen Schuld sie alle irgendwie stehen oder von dessen Wohlwollen sie abhängen, für die Fremden hergerichtet hatte. Eng würde es werden in den Zimmern. Die Stockbetten waren nicht alle neu, ein paar kamen aus den Beständen der untergegangenen Armee, in der viele von ihnen gelernt hatten, wie gut sich Gewalt anfühlt, wenn man unter Männern ist und die qualvollen ersten Monate überstanden hat. Auch die quadratischen Tische mit den Metallgestellen und dem armeegrünen Linoleum hatten einst zum Bestand der Nationalen Volksarmee gehört.

Die Frauen und Männer des Dorfes waren durch die Baracken gelaufen, manche hatten sich probeweise auf eines der Betten gesetzt, andere die Spülungen in den Toiletten betätigt, einer ausprobiert, ob die Duschen wirklich funktionieren. Dann war da der Gemeinschaftsraum, in dem ein Fernseher steht und zwei riesige Couchgarnituren, die den Rahmen aller Möglichkeiten sprengen, die eine Baracke so bietet. Schulz hatte erklärt, dass es noch einen zweiten Gemeinschaftsraum geben würde, für Frauen und Kinder. Und wer noch ein bisschen Spielzeug zu Hause hätte, das nicht mehr gebraucht würde, könne das gerne hier abgeben. Die Kinder müssten ja irgendwie beschäftigt werden.

Wann die kommen würden, die Flüchtlinge, hatte die Frau gefragt, der sich alle anderen Frauen im Dorf unterordneten, weil sie am besten wusste, was zu tun ist. Der Pullover der Führerin hatte an diesem Tag himmelblau gestrahlt, und ihn zierte die Applikation eines süßen Hündchens mit Schleifen im Haar. Schulz hatte mit den Schultern gezuckt und erklärt, dass erst mal alles abgenommen würde von den Behörden, und dann könne es losgehen. Die Flüchtlinge könnten einfach eines Nachts vor der Tür stehen. Aus einem großen Bus steigen mit ihren wenigen Dingen, die sie besitzen, und dann wären sie da. Sicher, er würde vorher einen Anruf bekommen, und er würde sofort Bescheid geben im Dorf, so sei es abgemacht. Doch gut möglich, dass auch ihm nur vierundzwanzig Stunden blieben von der Nachricht bis zur Ankunft der Fremden. So sei das eben gerade, der Staat völlig überfordert und überall Chaos. Hier aber, hier würde er dafür sorgen, dass alles geordnet abläuft.

Krüger war mitgekommen zur Besichtigung und hatte die ganze Zeit geschwiegen, nur hin und wieder hämisch gegrinst. Um ihn hatten sich all jene Männer geschart, die Teil der ersten Bürgerwehr des Dorfes geworden waren. Auserwählt von Krüger und mit Instruktionen versehen, die sie sich bei einem Kasten Bier und zwei Flaschen Jägermeister in dessen Jagdzimmer hatten geben lassen. Mit jedem Schluck waren Mut und Tatendrang größer geworden. Sie würden aufpassen auf ihr Dorf, ihre Frauen und ihre Häuser. Und sie würden den Fremden eine Chance geben. Benähmen die sich anständig, sollten sie keinen Schaden nehmen. Aber sie würden sich an die Regeln halten müssen. Und die Regeln machen die Männer des Dorfes.

Die erste Bürgerwehrnacht ist ein Abenteuer. Die Männer

haben ihre Flachmänner in die Taschen der wattierten Jacken gesteckt und sich an die Vorgabe gehalten, die Gewehre zu Hause zu lassen. Aber sie tragen schwere Taschenlampen und ihre Mobiltelefone mit sich. Krüger hat versprochen, Walkie-Talkies zu besorgen, dann würden sie sich das Dorf und seine Umgebung aufteilen können und in Verbindung bleiben. Sie würden sich Codenamen geben und ein bisschen Krieg spielen. Wenn es so weit ist. Jetzt läuft alles erst einmal zur Probe. Die Männer schauen, wo es im Dorf was zu holen gäbe, und machen sich Notizen, mit wem sie darüber reden werden, dass die Versuchungen von den Höfen runter und in sichere Gebäude kommen und dass Vorhängeschlösser das Hab und Gut des Dorfes sichern.

Das Dorf ist klein und die Bestandsaufnahme nach vier Stunden erledigt. Wie sorglos sie bislang gewesen sind. Das wird sich ändern müssen. Klar sind die Zäune um die Grundstücke und Häuser hoch, jedoch nur, weil ein hoher Zaun aus teurem Material fast so wichtig wie das Auto ist, das im Carport steht. Aber das Kleinvieh würde künftig eingestallt werden müssen zur Nacht. So ein Huhn ist schnell gestohlen und flink gerupft. Das teure Werkzeug, die Fahrräder und Rasenmäher, alles Dinge, die schnell entwendet und zu Geld gemacht werden können. Darum würden sie sich kümmern müssen. Muss ja niemand in Versuchung gebracht werden. Bewegungsmelder, die viele abgeschaltet hatten, weil die streunenden Hunde für unruhige Nächte gesorgt hatten, müssten wieder in Betrieb genommen werden.

Krüger verspricht den Männern, an den Landrat zu schreiben und sich zu kümmern. Mehr Laternen müssten her, das hätten sie ja schon seit Jahren so gewollt, aber nie bekommen.

All das können sie in der ersten Nacht klären und bereden. In der zweiten und dritten Nacht fangen sie an zu schweigen. Wenn sie sich doch schon am Tage kaum etwas zu sagen haben. Sie ziehen noch ein bisschen über ihre Frauen her, spekulieren über die Toten in den Biogasanlagen, diskutieren, ob

Prokorski nicht doch besser in der Klapse aufgehoben wäre, versichern sich gegenseitig, dass die Neue im Vergleich zu ihren Weibern ein ziemlich scharfer Feger ist, dem man es gern mal besorgen würde, aber auf der anderen Seite sei sie auch hochnäsig und fühle sich wohl als was Besseres.

Einer erzählt, dass in einem der ausrangierten Wohnwagen auf dem Fernfahrerstrich eine Teilzeitnutte zu haben sei, die wiege bestimmt drei Zentner und könne mit dem gewaltigen Arsch wackeln, dass einem Hören und Sehen vergeht.

Aber ihre Gespräche bleiben müde und halbherzig, als seien sie schon tausendmal geführt worden. In der dritten Nacht sind sie ihrer schon ein wenig überdrüssig und hoffen, dass die Fremden nun bald kommen werden, damit die Sache ein wenig Fahrt bekommt. Außerdem sind sie inzwischen neugierig, wie es sein wird. So viele Jahre, in denen nichts passiert ist, außer dass Krüger und Schulz ihre Kämpfe hatten und ein paar Männer auf seltsame Weise zu Tode gekommen sind. Aber darüber wollen sie gar nicht nachdenken, und von ihnen arbeitet ja auch niemand in den Anlagen.

Trotzdem fragt einer in der dritten Nacht noch einmal, ob was dran sei an dem Gerücht, dass die Frauen was mit dem Tod der Männer zu tun haben. Sie alle haben das Gerücht gehört, wissen aber auch, wie im Dorf ein Gerede entsteht, dass es nicht mehr vom Tisch zu kriegen ist.

Zwei Häuser sind nur deshalb unbewohnt, weil das Dorf ein Gerücht zur Wahrheit erklärt hat. Barleben, dem die Freiwillige Feuerwehr einiges zu verdanken hat, hielt irgendwann nicht mehr aus, dass ihm eine Vorliebe für noch nicht volljährige Jungs nachgeredet wurde. Ein Junge hatte das in die Welt gebracht. Dass ihm der Barleben beim Duschen auf den Leib gerückt sei, ihn gefragt habe, ob er ihm den Rücken einseifen solle, und dann mit der Hand immer tiefer gerutscht sei, dahin, wo kein Junge von einem älteren Mann gern eingeseift werden möchte. Und als der Junge später zugegeben hatte, dass er Barleben nur eins habe auswischen wollen, weil der ihn nicht für den Wettkampf der Freiwilligen Feuerwehrjugend nominiert hatte, war die Sache in der Welt und blieb kleben an Barleben. Barleben zog fort, vier Dörfer weiter. Aber das Gerücht hatte einen Bus früher genommen und sich dort schon häuslich niedergelassen. Barleben verschwand ganz und gar. Niemand wusste, wohin er gegangen war.

Keinem von denen, die nachts durchs Dorf laufen, um es zu beschützen, war die Sache mit den Frauen geheuer. Dass die sich jede Woche in dem Laden, der gar kein richtiger Laden ist, trafen und dort redeten und redeten. Wer wirklich einkaufen ging, machte, dass er schnell wieder rauskam. Wären die Frauen nicht so unscheinbar, unförmig und ganz mit dem Boden verhaftet, könnte man sie für Hexen halten. Aber Hexen sehen anders aus. So wie Cher, Michelle Pfeiffer oder Susan Sarandon. Hexen tragen keine Pullover, in die ein silberner Lurexfaden eingesponnen oder auf die strassbesetzte Katzen appliziert sind.

Die Männer, die das Dorf vor den Fremden beschützen wollen, fangen schon in der dritten Nacht an, sich zu fragen, wie lange sie das durchhalten werden mit den Patrouillen. Schließlich muss man am Tag ja aufs Feld oder in eine andere Arbeitsmühle. Und wer das nicht musste, hatte sich daran gewöhnt, die Abende mit Sternburg und Doppelkorn zu verbringen. Krüger aber hatte komische Ideen, von wegen, dass sie möglichst nüchtern zu sein hätten, wenn sie das Dorf beschützen. Außerdem hatte er sich seiner Stimme erinnert, die er mal als Zugführer bei der Armee gehabt haben muss. Fehlte nur noch, dass er mit ihnen Exerzierübungen und Frühsport macht. Er hatte seine Armeebestände auf dem Dachboden wiederentdeckt und war in Tarnhose und Camouflagejacke gestiegen, als wären sie in den Bergen und hätten vor, den Feind im Gebüsch aufzustöbern. Krüger nimmt die ganze Sache sehr ernst. Das werden sie wohl nicht durchhalten. Es sei denn, wenn die Fremden da sind, passiert wirklich etwas. Dann könnte es schon spannend werden.

Das Haus beherbergt drei Menschen und einen toten Vogel, dessen Bauch mit Apfelstücken gefüllt ist. Marthe ist froh, Konstantin hergelockt zu haben. Das erste Weihnachten, stille, frohe, heilige, traurige. Die Adjektive gehen ihr heute nicht aus. Sie.

Ich mag es inzwischen sogar, in der Küche zu sitzen und darauf zu warten, dass ein Vogel gar wird. Nur David ist still. Still und durchsichtig.

David hat sich vom Dorf verschlucken lassen. Er kann eine Stunde am Küchenfenster stehen und zusehen, wie sich Tannenmeisen und Kohlmeisen und Blaumeisen über das Vogelfutter hermachen. Und einen ganzen Tag schweigen kann er auch. Es ist ein schleichender Prozess gewesen. Und Marthe war viel zu sehr.

Ich habe mich nur um mich kümmern können. All die Dinge in meinem Kopf. Der Arm, der jetzt endlich verschwunden ist, der Abschied vom Gelebten, das Internet, die Welt. Ich habe nicht darauf geachtet, dass es David, meinem David, die Sprache verschlägt. Als seien ihm die Wörter und Sätze entflohen. Oder er hat sie einfach freigelassen.

Konstantin, das hofft Marthe, würde David Sätze entlocken, die noch nicht freigelassen sind. Ihr Mann könnte wieder zu reden anfangen, wenn Konstantin da ist. Sie hat ihren besten.

Meinen einzigen.

Ihren besten Freund erpresst.

Du musst kommen, Konstantin, ich brauche dich. Vergiss Weihnachten bei deinen Eltern, wenigstens dieses eine Mal. David richtet sich in seinem Schweigen ein. Keiner von uns beiden weiß, wo das Problem liegt. Manchmal kann ich durch ihn durchsehen.

November, hör auf, immer alles zu übertreiben. Ich verstehe, was du sagen willst, aber du musst nicht melodramatisch werden, um mich ins Dorf zu locken. Ich werde kommen, und wir werden analoge Spiele spielen. Dafür fahre ich sogar in einen Laden, in dem es so etwas gibt. Analoge Spiele. Verrückt, das mache ich nur für dich. Ich werde mich benehmen wie der erste Mensch auf dem Mond. Werde fragen, ob die Spiele mit Natur- und Weltretten und Katastrophenverhindern haben. Oder ein Ratespiel über die schlimmsten Unglücke der Weltgeschichte. Dann wäre klar, dass du immer gewinnst, und ich habe dich mal wieder glücklich gemacht.

Jetzt ist Konstantin hier. Wie versprochen. Und David redet. Mit Konstantin, der Marthes Mails aufmerksam gelesen, ihren übertriebenen Darstellungen am Telefon zugehört und sich vorgenommen hat, David ein bisschen zum Sprechen zu bringen.

Am zehnten Januar also kommen die ersten Flüchtlinge. Und dich hat niemand gefragt, ob du bei der Bürgerwehr dabei sein möchtest?

David schüttelt den Kopf und lächelt.

Die werden denen nichts tun, Konstantin, glaub mir.

Woher willst du das wissen?

Sie sind alle müde, weißt du. Ihnen fehlt die Kraft. Sie tun es pro forma.

Du hörst auch nie auf, an das Gute zu glauben. Was, meinst du, werden sie machen, wenn der erste Flüchtling irgendetwas tut, das ihnen nicht gefällt?

Die Fahne hissen und laut schimpfen. Vielleicht Steine schmeißen.

Oder einen kleinen Brandsatz legen.

Nein, nicht hier.

Wieso nicht hier? Ich bin vorhin mit Marthe in der Kirche

gewesen. Tu das nie wieder mit mir, November. Und der Pfarrer, oder heißen die Pastor, ich kann mir das nie merken. Der hat Nächstenliebe gepredigt, und niemand hat genickt. Ich meine, es ist Weihnachten, und die Leute müssten empfänglich für so was sein. Nächstenliebe, tu Gutes, hilf deinem Nachbarn. Der Pastor hat nicht einmal das Wort Flüchtlinge benutzt. Stattdessen hat er von Menschen, die aus der Fremde kommen und unsere Hilfe brauchen, geredet. Ist das Wort Flüchtlinge hier verboten? Oder darf man hier auch nur noch Geflüchtete sagen, um zu beweisen, dass man auf der richtigen Seite steht?

David lächelt. Er mag die Leute im Dorf, die ihn auf eine Art und Weise in Ruhe lassen, die er niemals für möglich gehalten hätte. Niemand interessiert sich für ihn. Nur Schulz stellt manchmal eine Frage, als wüsste er noch, dass dies zum guten Ton gehört. Und zuckt nie, wenn David nichtserzählende Antworten gibt.

An Konstantins Fragen muss er sich nach den vielen Wochen allein mit Marthe und dem Dorf erst wieder gewöhnen. Er ist wirklich weit gekommen. Und er weiß, dass November sich Sorgen macht. Aber ihm genügt es, morgens mit ihr am Küchentisch zu sitzen und zu schweigen. Es reicht ihm, in der Werkstatt von Schulz die Maschinen in Ordnung zu bringen, Bestellzettel zu kritzeln, auf denen steht, welche Ersatzteile er braucht, sich abends den Dreck des Tages abzuwaschen und wieder mit November am Küchentisch zu sitzen und zu schweigen. Manchmal steht er nachts auf, zieht sich an und geht durchs Dorf. Zweimal ist er den Männern begegnet, die sich zusammengetan haben, um das Dorf zu beschützen, wie sie es nennen. Sie hatten gegrüßt und waren weitergangen. Er hatte auch nichts gesagt. Nur kurz zwei Finger an die rechte Schläfe gelegt, eine Grußform, die er als kleiner Junge seinem Großvater abgeschaut hatte, der Stahlarbeiter gewesen war und Männer so gegrüßt hatte, während er Frauen mit einem Kopfnicken und einem Lächeln bedachte. Ein schweigsamer Mann, der manchmal sonntags mit ihm durch die Stahlstadt gelaufen war, in der er gelebt hatte, ohne von sich aus ein einziges Mal das Wort an seinen Enkelsohn zu richten. Allerdings hat er geduldig jede Frage beantwortet.

Die Stadt ist längst aus Davids Körper verschwunden. Dabei hatte sie ihn einmal ganz und gar okkupiert. All seine Sinne waren auf sie ausgerichtet gewesen. Als Marthe ihn gefragt hat, ob er mit nach Berlin kommen möchte, wenn sie den Insolvenzverwalter besuchen muss, um Rapport zu geben. Er war in Panik geraten bei dem Gedanken, das Dorf zu verlassen. Die Stadt ist seine Niederlage, er war ihrem Rhythmus und ihren falschen Versprechungen gefolgt, hatte sich antreiben lassen, darauf gesetzt, dass all die unbeschreiblich coolen und neuen Menschen, die dort leben, es ernst meinen mit ihrer zur Schau gestellten Sorge um ihre Kinder, die Umwelt, den Planeten. Er hatte einen Kredit aufgenommen, um ihnen noch eine Möglichkeit mehr zu geben, ein gutes Leben mit einer guten Tat zu verbinden. Ein weiteres Rezept für ruhigen Schlaf und für in ungeheure Nettigkeit verpackte Selbstgerechtigkeit. Er hatte auf sie gebaut, und sie hatten ihn zusammenbrechen lassen. Den Unternehmen war sein Angebot zu kleinteilig für deren Greenwashingkampagnen. Sie brauchten Größeres, um darzulegen, dass sie es ernst meinen mit dem Umweltschutz und dass in ihren Führungsetagen ein Prozess des Umdenkens stattgefunden hat. Kompostierbares Geschirr beim jährlichen Sommerfest war keine Pressemeldung wert, also wurde es nicht gekauft.

All das hätte er vorher wissen können. Hat er aber nicht, und deshalb hat die Stadt ihn gefressen, verdaut und ausgeschissen.

David möchte nicht dorthin. Er will hier sein, im Dorf, das seine Gleichgültigkeit nicht versteckt und sein Misstrauen nicht als Besorgnis verkauft. In dem die Leute sich ihre Einkaufswagen mit Verpackungsmüll füllen, weil sie Calzone und Pizzasalami und fertige Erbsensuppe so gern essen und weil es ihnen egal ist, wenn sie ein Spannbettlaken von Aldi aus mehreren Plastik- und Papphüllen schlagen müssen, bevor es aufgezogen werden kann.

Die Bürgerwehr, wie du es nennst, ist ein Haufen harmloser und überdrüssiger Männer. Viel interessanter sind die Frauen hier, weißt du.

Wieso das denn?

Vorgestern hat die Polizei eine von ihnen geholt. Zur Klärung eines Sachverhalts. Das hat mir Schulz erzählt. Der Mann, der mit den Baracken da hinterm Dorf Geld verdienen wird, wenn die Flüchtlinge kommen.

Hier sind Männer in die Biogasanlagen gefallen und gestorben. Keiner weiß, warum. Die Frauen sind vielleicht gefährlicher als die Bürgerwehr, die wahrscheinlich aus all den Männern besteht, die ihren Frauen keinen Anlass geben wollen, sie als Biomasse zu betrachten. Wenn man mal von diesem Krüger absieht, der eine Chance sieht, aus der Rolle des ewig Zweiten im Dorf rauszukommen. Krüger gehören übrigens die Biogasanlagen.

Das klingt schon fast nach einem Filmstoff. David, bist du sicher, dass ihr hier gut aufgehoben seid?

Bestens.

Marthe öffnet den Backofen und starrt dem Vogel auf die obszön gespreizten Beine, zwischen denen verwegen ein goldbrauner Apfel steckt, als sei die Pute selbst in gegartem Zustand noch dabei, Eier zu legen. Sie hatte Robin gefragt, ob er zum Essen zu ihnen kommen möchte, und der hatte den Kopf geschüttelt und gemurmelt, er müsse sich um seine Mutter kümmern, die käme allein nicht so gut zurecht.

Trinken ist hier eine ziemlich diskrete Angelegenheit. Aus Mangel an öffentlichen Räumen und Festen machen die Leute das mit sich aus. Marthe hatte Robins Mutter bis jetzt nur einziges Mal betrunken gesehen. Da war sie hergekommen, um zu fragen, ob Robin bei ihnen sei. Sie hatte am Zaun gestanden und den Kopf geschüttelt, als Marthe sie ins Haus eingeladen hat. Den Kopf geschüttelt, auf den Boden gestarrt, ein klein wenig schwankend dagestanden und mit den Händen einen trägen Tanz aufgeführt, als hätten die ein Eigenleben, das sich völlig ihrem Zugriff entzog.

Der Junge muss was einkaufen gehen. Mir geht es heute nicht so gut, dass ich zum Supermarkt kann. Will noch backen. Einen Kuchen. Ist ja Advent. Da back ich dann immer einen Kuchen.

Dann hatte sie sich umgedreht und war wieder gegangen. Auf jene kontrollierte Art, wie sie nur Alkoholiker an den Tag legen, die noch nicht am Ende angelangt sind und wissen, dass ihnen die Beine einen Streich spielen werden, wenn sie die nur ein wenig zu schnell bewegen.

Robin wird zu Hause aufpassen, dass seine Mutter sich am Heiligen Abend nicht ins Koma säuft. Sie werden den Vogel zu dritt essen müssen, was unmöglich ist, er ist viel zu groß.

Bestens. David hat bestens gesagt, aber er kann nicht sie beide gemeint haben. Ihr geht es nicht bestens. Und ihm auch nicht. Hyperthermie. Draußen sind zehn Grad plus. Es ist Weihnachten, und nun schon zum wievielten Mal in Folge feiern sie Heiligabend mit frühlingshaften Temperaturen. Sie hat ihren Suchmaschinenalert Klimawandel verfeinert. Einer der neuen Suchbegriffe ist Hyperthermie. Heute wird sie über so etwas nicht reden. Heute ist Weihnachten. Aber vorgestern noch, als sie oben auf dem Berg unter dem Funkmast gesessen hat. Obwohl sie inzwischen hier im Haus auch gut ins Internet kommt, rennt sie weiterhin, so oft es geht, auf den Berg. Ihr ist, als könne sie oben alle Schreckensmeldungen, die sie liest, zurücklassen. Hier im Haus lagern sie sich an den Wänden und unter der Decke, in ihrem Bett und in den Schränken ab wie eine schmierige Schicht. Oben auf dem Berg ist genügend Platz für alles. Hyperthermie. Selbst wenn es bei einem Temperaturanstieg von zwei Grad bleibt. Niemals bleibt es dabei. Aber nur mal angenommen. Werden ganze Städte und Regionen unbewohnbar sein, weil die Menschen an Hyperthermie sterben. Selbst im Schlaf, wenn sie sich nicht bewegen, werden sie umkommen durch die Hitze. Ihre

Körper werden überhitzen und dehydrieren. Jetzt schon leidet in El Salvador, dort, wo Zuckerrohr wächst, ein Fünftel der Menschen an Nierenerkrankungen. Weil sie dehydriert sind. Fünf Grad sind viel realistischer. Fünf Grad in den nächsten fünfzig Jahren. Die ganz klar sehen, sagen, es werden acht Grad. Weihnachten im Bikini. Sie weiß, dass es zu platt ist, das so zu sehen. Sie hier werden noch am wenigsten zu leiden haben, zumindest lange.

Oben auf dem Berg kann sie sich durch ihre Suchmaschinenergebnisse arbeiten, auf das Dorf schauen, eine Zigarette rauchen und dem lieben Gott danken, dass ihre Kinder keine Kinder haben. Bis jetzt. Das möge so bleiben. In der vergangenen Woche hat sie die Ergebnisse einer Studie über den Zusammenhang zwischen Temperatur und Gewalt gelesen. Um zehn bis zwanzig Prozent steigt die Wahrscheinlichkeit eines bewaffneten Konflikts bei jedem halben Grad Erwärmung. Sind das dann bei fünf Grad einhundert Prozent? Also nicht mehr wahrscheinlich, sondern sicher?

Mir geht es nicht bestens. Allemal schlage ich mich durch und werde nicht verrückt. Fröne der siebten Todsünde. Acedia. Faulheit des Herzens. Bin träge. So träge wie eine Biene nach einer kalten Nacht. Früher umtriebig, heute starr. Was bin ich gerannt.

Sie hatte einige halbherzige Versuche unternommen, eine Arbeit zu finden. Oder einfach nur eine Arbeit zu tun. Jenseits der Dinge, die sie im Haus tat. Für das Jobcenter schreibt sie Bewerbungen.

Ich schreibe jede Woche eine Bewerbung, das scheint denen zu genügen. Es genügt ihnen. Ich weiß das.

Unmögliche Bewerbungen, deren Anschreiben bereits verraten, dass sie nicht eingeladen werden möchte. Schön verpackt. Sie stellt einfach nur besonders heraus, was sie alles erst lernen müsste, sich aber sehr gern aneignen würde, ließe man ihr nur die Chance dafür. Sie unterschlägt.

Ich sage denen nicht, was ich alles kann. Englischkenntnisse keine. Niemand fragt nach, wie das sein kann. Ich weiß, wie es läuft, wenn man im Jobcenter auf der anderen Seite sitzt. Was man erwartet, wie sich jemand als arbeitswillig und arbeitssuchend darstellen kann, ohne auch nur eine Minute daran zu denken, wirklich zu arbeiten. Ich mag die Trägheit des Herzens und bin genug damit beschäftigt, auf David aufzupassen, dass er mir nicht verschwindet.

Marthe weiß, dass ihr David manchmal nachts durchs Dorf läuft. Sie hält die Augen geschlossen und atmet still, wenn er aufsteht und seine Sachen vom Stuhl nimmt. Hört das leise Klacken der Eingangstür, kurze Zeit später sieht sie seine Silhouette draußen vor dem Schlafzimmerfenster. Ein dünner Geist, der sich bewegt, als ginge er durch Wasser. Das Dorf ist so klein, es muss frustrierend sein, es zu durchqueren. Marthe hat einmal alle Schritte gezählt, die notwendig sind, den ganzen Ort abzulaufen. Eine Dorfstraße längs, von der in der Mitte eine zweite Dorfstraße abgeht, das ist alles. Eintausendneunhundertvierundsechzig Schritte. Von Schild zu Schild zu Schild zu Schild. Man kann aus drei Richtungen ins Dorf kommen. Sie hat den Weg, den sie zwei Mal gehen musste, um vom Ende der einen Dorfstraße bis zur Gabelung zurückzulaufen, nicht mitgezählt. Eintausendneunhundertvierundsechzig. Wäre das Dorf ein Berg und mäße dies seine Höhe, könnte sie ihn besteigen. Ohne Probleme.

Die wenigen Minuten, die es braucht. Und David ist zwei Stunden fort in der Nacht. Vielleicht.

Vielleicht bleibt er vor jedem Haus stehen und schaut durch die Wände. Ich höre ihn manchmal auf dem Dachboden flüstern. Dinge, die er mir nicht sagen möchte. Ich kenne die Dinge nicht.

Was werden wir denn zu diesem apfelgestopften Vogel essen? Dein Mann sieht aus, als wären ihm Kartoffeln am liebsten, ich mag Polenta, und du bist eine Brotfresserin, seit ich dich kenne.

Ich werde alle Wünsche erfüllen. Polenta, Kartoffeln, Brot. Es ist Weihnachten, und du bist unser Gast. Erzähl uns was von deinen Plänen. Was wirst du als Nächstes tun.

Weißt du, November, ich bin ein netter Nerd und viel zu langsam für die Start-up-Szene. Deshalb gründe ich auch keins. Außerdem fehlt mir der Optimismus beziehungsweise der Glaube, dass es noch Dinge gibt, die die Menschheit braucht. Es gibt da eine Plattform, die tut so, als sei Berlin das heißeste und beste Pflaster für Leute mit großen Ideen oder solche, die eine perfekte Nische gefunden haben. Da findest du Sachen. Ach, was soll ich dir erzählen.

Nenn ein Beispiel, wir leben auf dem Dorf, für mich ist das Internet das Tor zur Welt, aber ich schaue nur nach den schlimmen Dingen, wie du weißt. David? Wir müssen aufpassen, dass David nicht gleich den Raum verlässt. Wo wir doch selber mal ein Start-up waren, und nun sind wir hier deswegen.

David lächelt und verlässt die Küche. Schließt leise die Tür, wie er es inzwischen bei Tag und bei Nacht tut. So leise, dass Marthe manchmal den Atem anhalten muss, um ihren Mann zu hören.

Er ist wirklich still geworden, dein Mann. Aber er wirkt nicht unglücklich.

Findest du? Findest du wirklich? Ich glaube auch, dass er nicht unglücklich ist. Er hat aufgegeben. Und das ist ja ein schöner Augenblick, manchmal. Wenn man aufhört zu kämpfen. So ging es mir mit der Insolvenz. In dem Moment, als ich diesem Bankmenschen erklärt habe, dass wir aufgeben und demzufolge auch nicht unsere Schulden bei der Bank tilgen werden, ging es mir besser. Ich bin durch die Stadt gelaufen und habe Abschied genommen. Es war schön. Glaub mir. Zumindest ein bisschen. Aber David, der kommt mir.

Gefährdet vor? Lebensmüde?

Ach, ich weiß nicht. Lebensmüde. Ja bestimmt. Muss nicht heißen, dass man es wegwirft, das Leben. Aber käme jetzt jemand und sagte: Gib her, es tut auch nicht weh. Dann gäbe David es her.

Du spinnst, November.

Aber so, wie Marthe es sagt, findet Konstantin, ist es doch möglich. Diese Müdigkeit. Das hört sich nicht fremd an. In der Stadt hockt sie überall unter der Oberfläche. Die Menschen sind fürchterlich beschäftigt und halten die Müdigkeit in Schach. Das ist es auch, was ihm hier im Dorf so ausgesprochen bizarr vorkommt. Diese Anmutung von völligem Stillstand. Und die Tatsache, dass man die Müdigkeit gar nicht übertünchen muss. Marthe und David agieren nur verschieden. Der eine hat die Maske völlig fallen lassen, die andere strampelt immer noch heftig, um nicht unter Wasser zu geraten.

Gestern Morgen, als David ihn vom Bahnhof abgeholt hatte, waren sie nicht gleich hierhergekommen. David wollte noch ein bisschen durch den Wald fahren und ein paar Schritte laufen. Wäre ihm der Kerl nicht so lieb, hätte er abgelehnt. Er kann im Wald nicht entspannen. Ihm sind solche Habitate suspekt. Gerade mal den brandenburgischen Kiefernwald erträgt er. Großer Durchschuss zwischen den Bäumen, und der sandige Boden macht auch nicht den Eindruck, als könne er einen verschlingen und verstoffwechseln. Hier ist das schon anders. Laubwald, in seinen Augen meterhohes Unterholz, Spuren, die eindeutig von Tieren stammen, hin und wieder ein Stück Elektroschrott, das einem wie ihm sogar ein beruhigendes Gefühl gibt. Zivilisation, juhu. Er hat sich in der Stadt so sehr daran gewöhnt, dass Zivilisation sich vor allem in Müll, Schrott, Dreck, Vernutzung und Überfrachtung, in Überbleibseln und den von Displays beleuchteten Gesichtern ansonsten unkommunikativer Menschen manifestiert, dass ihm die Lethargie des Dorfes vorkommt, als sei er auf einem Filmset gestrandet. Schon bei seinem ersten Besuch war er mit dem Gefühl abgereist, in einer Versuchsanordnung gewesen zu sein. Er hat es Marthe nicht erzählt, aber nach diesen wenigen Tagen im Dorf ist ihm die Idee gekommen, ein Computerspiel zu entwickeln, in dem es um das Leben in einem Dorf wie diesem geht. Natürlich muss alles zugespitzt und überhöht werden, er hat den richtigen Dreh noch nicht gefunden. Aber im Wesentlichen sollte es darum gehen, eine lethargische, eintönige Ausgangssituation zu schaffen, in der die Spieler Zeit und Ruhe haben, die Figuren zu konstruieren und in Stellung zu bringen, bevor die Situation eskaliert. Ihm ist noch nicht klar, was oder wer die Eskalation auslösen soll. Vielleicht fällt es ihm in diesen Tagen ein.

Nur deshalb, weil er noch immer auf der Suche ist und weil er David wirklich gernhat, ist er mit ihm in den Wald gefahren. David hatte das Auto auf einem Waldweg abgestellt, und sie waren losgelaufen durch, wie Konstantin fand, unüberwindliches Unterholz. Aber David war vorneweg gelaufen und hatte in seiner stillen, fast übertrieben höflichen Art, neunzehntes Jahrhundert, denkt Konstantin oft, jeden Zweig, der Konstantin ins Gesicht zu schlagen drohte, zur Seite gebogen, ihn auf Kuhlen und andere Stolperfallen aufmerksam gemacht, Spinnweben weggewischt und mit seinem festen Schuhwerk Dornengestrüpp niedergetreten. Dann war er plötzlich stehengeblieben und hatte mit dem Zeigefinger der rechten Hand wie E. T. in die Ferne gezeigt.

Konstantin, der, wie er manchmal sagt, über das Orientierungsvermögen eines Kleiderschranks verfügte, hatte dümmlich gefragt, ob dies hier der alte Todesstreifen sei.

David hatte gelächelt und den Kopf geschüttelt. Bis zur einstigen Grenze seien es noch gut dreißig Kilometer. Dies hier wären alte Bahngleise. Tatsächlich konnte Konstantin unter dem Bewuchs, von dem er auch im Sommer nicht eine Pflanzenart hätte bestimmen können, Schienen und Bahnschwellen erkennen. Zugewuchert und irgendwie geheimnisvoll.

David hatte sich auf einen Baumstumpf in der Nähe der Schienen gesetzt und eine Zigarette gedreht.

Du rauchst, David. Davon wusste ich gar nichts. Drehst du mir auch eine?

Ich habe diese alten Gleise schon vor Wochen entdeckt. Seitdem geht es mir besser.

Wieso das denn?

Ich kann es dir nicht erklären, aber die Gleise haben mir das Gefühl ausgetrieben, dass ich mich im Kreis drehe. Dem wohnt Logik inne, findest du nicht?

Wenn du jetzt meinst, dass Gleise immer irgendein Ziel anpeilen, ja. Aber ich befürchte, dass du es so platt gar nicht meinst.

Mensch, Konstantin, du hältst mich seit jeher für einen Intellektuellen. Bin ich nicht, war ich nie. Natürlich meine ich es so platt. Ich laufe hier oft stundenlang rum, folge einfach nur den Gleisen. Und das Verrückte ist, im Gegensatz zu früher macht es mir überhaupt nichts aus, am Ende denselben Weg zurückzulaufen. Schließlich muss ich ja wieder zum Auto. Das ist ein banaler Grund. Als ich das erste Mal losgelaufen bin, habe ich vermeiden wollen, denselben Weg zurück zu nehmen. Ich meine, wir sind doch so konditioniert, nicht wahr. Vorwärts immer, rückwärts nimmer. Was habe ich mich früher mit Marthe gestritten. Als es noch keine Navigationsgeräte gab. Wenn wir uns irgendwo verfahren oder verlaufen hatten, wollte sie immer denselben Weg zurück, zum Ausgangspunkt, und noch einmal von vorn anfangen. Ich hingegen habe darauf bestanden, so lange hin und her zu fahren oder zu laufen, bis wir am Ziel angelangt sind. In den meisten Fällen wären wir mit Marthes Vorschlag viel schneller ans Ziel gekommen.

Konstantin hatte genickt. Für beide Arten, irgendwo anzukommen, schien es ihm gute Gründe zu geben. In dem Moment tauchte rechts von ihnen ein unglaublich großes Tier mit riesigen Hörnern auf, um sogleich wieder zu verschwinden.

Oh, Gott, David, ein Monster. Ich habe ein Monster gesehen.

Das war ein Muffel. Ein Widder. Hier an den Gleisen gibt es Muffelwild. Wundert mich allerdings, dass der so nah rangekommen ist, wahrscheinlich steht der Wind ungünstig. Also günstig für uns. Ich sollte vielleicht wirklich die Jagdprüfung machen. Schulz hat es mir angeboten. Der scheint mich zu mögen.

Der Gedanke, David könnte diese Prüfung machen und

dann eine Waffe ins Haus holen, hatte Konstantin nicht gefallen. Irgendwie schien ihm der Mann, der Freund, auf eine unglaublich sanfte Art verrückt. Aber Gewehre machen ja aus den nettesten Menschen Wahnsinnige.

Das Ding ist, Konstantin, Marthe hatte immer recht. Es ist viel besser, denselben Weg zurückzulaufen, um weiterzukommen. Beim ersten Mal jedenfalls bin ich den alten Reflexen gefolgt. Erst vielleicht zehn Kilometer auf den Gleisen gelaufen und dann versucht, einen Rundweg zurück zum Auto zu finden. Alles in allem hat mich das fast einen Tag gekostet, und am Ende musste ich einen Bauern drei Dörfer weiter darum bitten, mich zu meinem Auto zu fahren. Ich hatte mir eingeredet, dass es langweilig ist, denselben Weg zurückzulaufen. Ist es aber nicht. Du siehst schließlich alles aus der entgegengesetzten Perspektive. Ist also in gewisser Weise ein völlig neuer Weg, den du gehst, verstehst du?

Konstantin hatte genickt und gelächelt. Was David da erzählte, klang gleichermaßen philosophisch und banal. Obwohl ihm klar war, dass Banalität durch eigene Erkenntnis aufgewertet wird. An Bedeutung gewinnt.

Als David und Marthe mit diesem Scheiß angefangen hatten, kompostierbares Geschirr herzustellen, und ihm ein ums andere Mal erklärten, warum dies ein wirklich guter Beitrag zur Rettung des Planeten darstellte, fand er fast alles, was die beiden sagten, höchst banal. Fast hätten sie sich darüber zerlegt, November und er. Er konnte ihre Aufgeblasenheit einfach nicht ertragen.

Du willst Geld verdienen, und ihr habt dafür eine Nische gefunden. Das ist in Ordnung, Marthe. Es genügt, wenn das, was ihr tut, nicht ein weiterer Grabstein fürs Ökosystem ist. Mehr ist gar nicht verlangt. Wenn du mir jetzt andauernd erklären willst, wie nützlich das Zeug ist, das ihr da produzieren wollt, verarschst du mich. Wirklich, Marthe, du verarschst mich. Das ist der gleiche Scheiß, mit dem sie uns erzählen wollen, dass Elektroautos das Nonplusultra sein und das Klima retten werden.

Ich meine, selbst ich, der sich kaum für Politik und so Zeugs interessiert, weiß doch wenigstens halbwegs um die Energiebilanz, die man bei der Produktion auch nur eines Elektroautos schreibt. Und auch ihr werdet produzieren. Irgendwas wird verbraucht und vernichtet, wenn man produziert. Also geh mir vom Acker mit deinen Ökomärchen.

Wenn Marthe sich nicht völlig nackig gemacht hätte vor ihm, wäre ihre Freundschaft an der Stelle beendet gewesen.

Verstehst du nicht, Konstantin, dass ich verzweifelt bin. Ich lese und lese über all die Sachen, die uns an den Rand des Abgrunds gebracht haben. Und ich komme mir auch lächerlich dabei vor, anderen erklären zu wollen, dass ich wirklich krank werde davon. Und ich weiß, dass es keine Möglichkeit gibt, irgendwas Sinnvolles zu tun. Also tut man anderes. Dinge, die nichts ändern werden und, ja, die einem selbst das Gewissen erleichtern. Da hast du völlig recht. Täten es alle, denke ich manchmal, ließe sich ja vielleicht wirklich noch was drehen. Oder hätten wenigstens alle Angst. Weißt du, Angst könnte die Sache drehen. Nicht Mut, sondern Angst. Wir brauchen eine neue Hölle, mit der sich drohen lässt. Fünf Grad mehr und steigende Meeresspiegel werden die Hölle sein. Nur glaubt es niemand. Beziehungsweise alle glauben, sie würden davon gar nichts mehr mitbekommen. Was stimmt. Deshalb wäre es gut, eine neue Hölle zu erfinden, die über den Tod hinaus oder überhaupt erst nach dem Tod wirkt. Der man nicht entkommen kann, es sei denn, man kriegt den Arsch hoch.

Gestern hat auf dem Alexanderplatz ein junger Mann oben auf dem Springbrunnen gestanden und über die Hölle, die uns erwartet, gepredigt. Also kein religiöser Spinner, eher so ein radikaler Umweltschützer. Er hat die Leute beschimpft, geklagt, gebrüllt, geheult. Die ersten Rettungsautos und Feuerwehrwagen brachten sich in Position. Unten standen ziemlich viele Menschen. Manche aßen Bratwurst oder anderes Zeugs, viele fotografierten und filmten, wahrscheinlich machten schon die ersten Posts die Runde. Guck mal, geil, auf dem Alex ist vielleicht was los. Mitten zwischen den Leuten ein kleiner schwarzer Block, vermummt.

Oben der Kerl, und unten machten die Grillwalker das Geschäft des Tages, die armen Schweine. Aus dem Primark strömten die jungen Mädchen mit ihren vollen Einkaufstüten, Shirts für zweifünfzig, Schuhe für acht. Blieben stehen und fotografierten sich gegenseitig. Untersicht, vorn eine Mädchengruppe, hinten auf dem Springbrunnen ein Verrückter. Der Typ gestikulierte immer heftiger, die Feuerwehr machte sich bereit, ihn da runterzuholen, die Krankenwagenfahrer rauchten eine Zigarette, die Grillwalker bekamen Nachschub, die Bettler drehten ihre Runden und hofften darauf, dass der Typ die Leute zumindest dazu bringen würde, ihnen ein paar Münzen zu geben. Die Russen mit ihren Mützenständen lachten sich halbtot und ahmten den Typen nach. Die einzigen mitfühlenden Wesen auf diesem beschissenen Platz, auf dieser Inkarnation einer Hölle waren die Wachtturmleute, die da Tag für Tag stehen und Gottes Hilfe anbieten, die keiner haben will. Zumindest sie schauten ernst und betroffen, aber das tun sie ja immer. Der Typ auf dem Springbrunnen, diese magere, langhaarige Version einer Kassandra, wurde immer heiserer, war kaum noch zu verstehen. Dann rief ein Feuerwehrmann durchs Megafon, er möge da runterkommen.

Kam er?

Er sprang. Dann haben sie ihn in einen Krankenwagen verfrachtet und weggefahren.

Konstantin hatte Marthe in den Arm genommen. Mehr hatte er nicht tun können. Sie war verrückt, seine beste Freundin. Verrückt vor Angst und Sorge. Niemand würde ihr das abnehmen können. Und er hatte sie auch ein wenig beneidet. Um dieses Gefühlschaos, das doch zumindest lebendig war. Er wäre auch stehengeblieben auf dem Platz und hätte dem Mann auf dem Springbrunnen zugeschaut, wie er sich zum Affen macht. Er hätte nicht gefilmt und keine Fotos gemacht. Ziemlich sicher nicht. Tatsächlich hatte er kurz nach diesem

Gespräch im Internet einige schlechte Videos von dem Ereignis gefunden. Kaum zu erkennen, was da los gewesen ist, hätte er es nicht gewusst. Viel interessanter als die kurzen und schlechten Filmsequenzen waren die Kommentare gewesen. Dumm, dümmer, am schlimmsten.

Und jetzt David mit seiner Erkenntnis, dass es besser ist, zurück an den Ausgangspunkt zu gehen, anstatt einen anderen, neuen Weg zu finden. Was passierte nur mit den beiden? Konstantin hatte gestern, auf diesem Baumstumpf sitzend und auf die alten Bahngleise starrend, zum ersten Mal das Gefühl, dass David und Marthe von diesem Dorf verschluckt und sterben werden. Vielleicht sogar gemeinsam. Ihm schien alles möglich.

Umso schöner, dass sie jetzt, hier in der Küche, ein geradezu normales Gespräch führen. Dass Marthe im Arsch einer Pute rumfummelt, um ihr die Äpfel zu entreißen, die sie dem Vogel vorher erst mühevoll reingestopft hatte.

David kommt mit zwei Flaschen Wein zurück. Immer noch lächelnd, als wäre ihm unterwegs nur Gutes zu Ohren gekommen. Er trägt beide Flaschen mit der rechten Hand, mit der linken balanciert er einen Pappkarton, den er vorsichtig auf dem Küchenboden abstellt.

Ich habe jemanden mitgebracht für dich, Marthe. Dein Weihnachtsgeschenk.

Er öffnet den Karton, in dem eine kleine rotweiße Katze sitzt.

Verdammt, denkt Konstantin. Eine Katze. Die haben wirklich vor hierzubleiben.

Die ersten kommen am späten Abend. Einhundert Menschen, und mehr sollen es erst einmal nicht werden. Zwei Busse voller Kriegserinnerungen und Alpträume. Dreiundsechzig Männer mit einer Wut im Bauch, gedemütigt, weil sie ihre Familien nicht hatten schützen und nicht haben bleiben können, wo sie einst geboren wurden. Siebzehn von ihnen haben Frau und Kinder mitgebracht. Das sind die Glücklichen, denen Gott noch ein wenig Kredit gegeben hat.

Das Dorf hat die Fremden so empfangen, wie es das schon einmal getan hat, Jahrzehnte zuvor nach einem bis heute nicht vergessenen Krieg. Hinter verschlossenen Türen und Fenstern. Nur Schulz steht da zwischen den Baracken, die jetzt Unterkünfte heißen. Mit ihm zwei Frauen aus dem Dorf, die das Notwendigste klären werden. Zimmeraufteilung, Sanitäranlagen zeigen, Funktionsweise der kleinen Küchen in den Unterkünften erläutern. Eine der beiden Frauen hat ihrem Mann die nächtlichen Patrouillen ausgeredet und sich dafür, dass er zu Hause geblieben ist, ein wenig erkenntlich gezeigt. Es ist ihr schwergefallen, sie hatte gar nicht mehr gewusst, wie es geht. Hatte die Augen zugemacht dabei. Aber es konnte nicht angehen, dass sie im Heim arbeitet und der Mann zur Bürgerwehr, die nicht so heißt, gehört.

Schulz hat Verträge mit den Frauen gemacht, und auf den Verträgen steht der Mindestlohn. Wahrscheinlich gehört das zu seinen Auflagen. Den Mindestlohn zu zahlen. Sonst machte er das nicht. Zahlt lieber noch ein bisschen Geld schwarz auf die Hand, dass es niemandem wehtut und für alle in Ordnung ist.

Die Frau hat zehn Jahre zu Hause verbracht, zwischen Küche, Hof und Scheune. Im Einerlei all der Tage, die sich ins Unendliche dehnen. Manchmal hat sie sich abends im Bad vor den Spiegel gestellt und versucht, sich daran zu erinnern, wer sie einmal gewesen ist. Sie war auf die Waage gestiegen und hatte ausgerechnet, welche Last ihr Haus, Hof und Mann auf den Körper gelegt haben. Und konnte sich noch glücklich schätzen, denn anderen Frauen im Dorf sind viel dickere Schichten Eintönigkeit auf den Leib gewachsen. Mit etwas gutem Willen kann man ihr eine Figur attestieren, und es passiert auch hin und wieder, dass der Mann ihr auf den Hintern klopft, als sei sie ein Pferd, dessen Wert er zu schätzen weiß.

Diese Männer hier, die gerade angekommen sind, sehen nicht aus, als hätten sie Interesse an den Hintern der Dorffrauen. Aber es ist auch schwer, ihren Gesichtern abzuringen, was sie denken.

Drei Tage zuvor war man noch einmal zusammengekommen, um sich von Schulz anzuhören, dass es jetzt losgeht. Ein Mann war da gewesen, der ihnen einen Vortrag über die Flüchtlinge und deren Elend gehalten hat. Das hatte niemand wirklich wissen wollen, aber sie hatten alle zugehört und sich ihre eigenen Gedanken dazu gemacht. Niemand von ihnen trägt eine Schuld daran, dass sich die Menschen, die herkommen und in den Baracken leben würden, hatten auf den Weg machen müssen. Prokorski war an dem Abend ruhig geblieben. Hatte in der Ecke gesessen und gegrinst, ohne was zu sagen. Als wüsste auch er darum, wann es zu viel sein könnte mit den Albernheiten.

Der Mann hatte von anderen Orten gesprochen, in denen ehrenamtliche Initiativen gegründet worden waren, die den Flüchtlingen dabei halfen, sich zurechtzufinden. So was sei auch hier möglich, hatte er gesagt und Schweigen geerntet. Die Frauen aus dem Dorfkonsum hatten auch an diesem Abend zusammen an einem Tisch gesessen, aber ohne ihre

Chefin. Die hatten sie zwar wieder nach Hause geschickt, nachdem der Sachverhalt wohl geklärt war, aber seitdem hatte sie niemand mehr gesehen. Hat sich in ihrem Haus verkrochen, und was sie da den ganzen Tag macht, weiß keiner.

Das Heim, denn nun sind die Baracken ja wohl ein Heim geworden, hat einen Leiter bekommen, der an diesem Abend wichtig tut. Ein erfahrener Mann, sagt Schulz. Mag er Erfahrung haben, den Frauen ist er zu zapplig. Und Schulz scheint ihn auch nicht sehr zu mögen. Der Heimleiter macht sich wichtig, und das kennen sie hier im Dorf. Wenn sich einer wichtigmacht, steckt nicht viel dahinter, nur wer im rechten Moment schweigen kann, hat wirklich was zu sagen. So war es auch mit Schulz und Krüger, den beiden Kampfhähnen. Schulz hatte es immer besser verstanden, zu schweigen und stattdessen zu tun. Während Krüger noch das große Wort führte, hatte Schulz längst das nächste Stück Acker oder den nächsten Hektar Wald klargemacht.

Die fremden Männer wirken apathisch, die fremden Frauen stark. Sie beziehen die Zimmer, reden miteinander und umkreisen die Baracken, die für unbestimmte Zeit ihr Heim sein werden. Hinter den Baracken beginnt der Wald, eine schwarze Wand, die das vorläufige Ende der Welt symbolisiert. Im Frühling mag er den Fremden vielleicht gefallen, jetzt ist er erst einmal eine Bedrohung.

Im Dorf trifft sich an jenem Abend die Bürgerwehr, die sich nicht so nennt und vielleicht auch keine ist. Die Männer beschließen, einen Blick auf das Lager zu werfen, um sich einen Eindruck zu verschaffen. Sie sind in dicke Jacken und wattierte Hosen gestiegen, haben gefütterte Stiefel angezogen und Strickmützen aufgesetzt. Die Flachmänner sind gefüllt, nur einer hat den wärmenden Stoff in heißen, zuckrigen Tee und das Gemisch in eine Thermoskanne gefüllt. Tee mit Schuss ist Tee und kein Alkohol. Man kann sich die Welt immer schönreden.

Die Männer laufen zum Heim und stellen sich an den

Zaun. In den Baracken, die jetzt Unterkünfte heißen, brennt Licht. Weißes Licht, das nichts gemein hat mit dem Licht in den Häusern des Dorfes. Die Männer sehen zwei Frauen, die schwarz sind wie die Nacht, und andere Männer, die nicht alle schwarz sind. Sie hätten sich gewünscht, dass die Welt anders zu ihnen kommt. Nicht in Gestalt dieser Fremden, die wohl keine Wahl hatten. Aber sie haben auch keine Wahl, und das macht sie ein bisschen wütend. Schulz hat ihnen die Leute vor die Nase gesetzt, und sie wissen bis jetzt nicht, ob er es nur des Geldes wegen tut. Vielleicht will er auch ein weiteres Mal demonstrieren, dass er mit dem Dorf tun kann, was er möchte.

Krüger, der am Zaun steht und sich eine Zigarette angezündet hat, fühlt eine Wut im Bauch, die größer ist als das ganze Dorf. Er staunt, wie einfach es ist, auf jemanden wütend zu sein, den man nicht kennt.

Auf seinem Schreibtisch im Jagdzimmer liegt eine grüne Mappe, gefüllt mit Zeitungsausschnitten und ausgedruckten Texten, die er im Internet gefunden hat. Alle zusammen ergeben ein Bild, das seine Wut ordentlich anheizt und ausreichend Nahrung gibt, um über lange Runden zu kommen, egal, wie die sich hier benehmen werden.

Die Fremden kommen ohne Papiere, damit man sie nicht abschieben kann. Sie behandeln ihre Frauen schlecht, zwingen die, sich unter Stoff zu verstecken, und zeigt eine zu viel Haut, glauben die Fremden, mit so einer könne man machen, was man möchte. Sie sind Krieger, die vor nichts zurückschrecken. Und auch wenn das nicht auf alle zutrifft. Krüger ist sehr wohl in der Lage, zu unterscheiden zwischen Gut und Böse. Es genügt, wenn nur wenige dabei sind, die schlechte Absichten haben. Ihr Gott ist größer als jeder Anstand und jede Regel, die hier gilt. Da kann der Pfaffe noch so viel reden. Von wegen, dass alle Menschen Gottes Kinder sind. Die hier sind nicht seine Kinder, sie sind seine Krieger. Denen ist jedes Mittel recht, allen, die nicht an ihren Gott glauben, klarzumachen, dass sie ihnen das nicht werden durchgehen lassen.

Krüger sieht, und die anderen sehen es auch, dass drei Fremde zögerlich in ihre Richtung laufen und fünf Meter vor dem Zaun stehen bleiben. Niemand sagt etwas. Die Männer hinter dem Zaun starren auf die Männer vor dem Zaun, und keinem ist wohl dabei. Ein Mann aus der Bürgerwehr schickt ein Guten Abend über den Zaun, das keine Erwiderung findet. Woher auch, die Fremden verstehen ja kein Wort, denkt Krüger.

Dann sagt einer der Fremden Guten Abend, dreht sich um und geht zurück zu den Baracken.

Schulz sieht seiner Frau dabei zu, wie sie ein Hühnerbein abnagt, bis es fein sauber ist. Als hätte das Huhn in der Wüste zum Sterben gelegen. Er kennt niemanden sonst, der das in solcher Windeseile und mit dieser Präzision kann. Vielleicht, weil seine Frau die Tochter eines Tierarztes ist. Die Jäger in seiner Truppe sind auch schnell, aber nie sehen die Knochen am Ende so sauber aus wie bei ihr. Als er zum ersten Mal gesehen hat, wie sie es macht und dabei kein Zipfelchen Fleisch verschwendet, hatte ihn das fasziniert. Eine Frau, die sich ohne Geziere und Verrenkungen einem geradezu kannibalischen Vergnügen hingab. Erst später kam ihm hin und wieder der Gedanke, seine Frau gliche dabei einem Aasgeier.

Jetzt, an diesem Sonntagmittag, verspürt er eine leichte Übelkeit beim Anblick der Kannibalin, mit der er immer noch das Bett teilt. Sein Versuch, eine Ledercouch im Jagdzimmer zur Dauerschlafgelegenheit zu machen, ist jämmerlich schiefgegangen. Seine Frau besteht auf dem gemeinsamen Schlafzimmer. Im Gegensatz zu ihm schläft sie wie ein Stein. Während ihn der Schlaf schon lange flieht, als sei ihm der Atem zuwider, den er ausstößt. Als könne er sein eigenes Schnarchen nicht ertragen oder seinen Leib, in dem irgendwo der Mann versteckt ist, der er mal gewesen war.

Alles läuft gut. Krüger ist endgültig auf seinen Platz verwiesen, das letzte Stückchen Wald ringsum, das noch in anderen Händen war, hat er dem ewigen Konkurrenten unterm Hintern weggekauft. Für wenig Geld und die Zusage, dass der Besitzer weiter in dem Wald jagen kann und Pilze suchen und was er sonst noch anstellen will. Nur Bäume fällen eben nicht mehr. Damit hat er Krüger ein weiteres Schnippchen geschlagen. Dem fehlen der Atem, das Gespür und der Wille, sich an den ersten Platz zu kämpfen. Krüger wird ewig Zweiter bleiben. Und immer gute Miene zum bösen Spiel machen.

Diese Überzeugung hat einen kleinen Riss bekommen, seit die Flüchtlinge da sind. Krügers lächerliche Bürgerwehr ist vielleicht doch nicht so lächerlich. Die Kerle hecken was aus, und Schulz weiß nicht, was es ist. Er hofft, dass am Ende die Faulheit siegt. Wer kämpfen will, muss handeln, darauf haben die Männer im Dorf keine Lust. Aber ganz sicher ist sich Schulz nicht mehr.

Seine Frau wischt sich das Vogelfett mit einer Stoffserviette vom Mund. Immer dieser Dünkel. Stoffservietten, so ein Blödsinn. Küchenpapier täte es auch, führte aber zu einer endlosen und ermüdenden Streiterei. Wie alles ermüdend ist, was sie beide miteinander treiben.

Schulz weiß, dass all die Dinge, die er tut, überhaupt keinen Zweck mehr erfüllen. Außer den, der stärkste Mann im Dorf zu bleiben. Einäugig unter Blinden. Den Wald hätte er nicht gebraucht. Ihm gehört genug. Aber bevor Krüger sich was unter den Nagel reißt, tut er es selbst. Es ist ein Spiel. Bei dem er bis jetzt fast immer gewonnen hat. Doch die Frage ist, ob er sich mit den Flüchtlingen nicht verrechnet.

Nichts ist passiert bisher. Die Fremden verlassen das Lager kaum. Wohin sollten sie auch gehen? Einmal ist eine kleine Männergruppe durchs Dorf gelaufen. Schulz hat sie vorbeigehen sehen und ist sicher, dass sie keinem Menschen begegnet sind auf ihrem Rundgang. Er war rausgegangen und hatte die Männer mit Handschlag begrüßt. Nur um den anderen zu zeigen, dass dies hier seine Flüchtlinge sind. Ihm ist egal, dass niemand im Dorf ihm die Fremden streitig machen will. Es geht um die Ansage. Einer der Männer hat ihn in gebrochenem, aber verständlichem Deutsch gefragt, wo man hier etwas einkaufen könne. Er hat versucht, dem Kerl zu erklären, dass er sich darum kümmern wird, weil es hier weit und breit keinen Laden gibt. Den Dorfkonsum der renitenten Weiber hat er nicht erwähnt. Wäre nicht gut, wenn die Flüchtlinge da auftauchen. Obwohl er manchmal denkt, dass es ihm doch egal sein kann. Oder besser noch, dass die Weiber vielleicht mal aufhören, ihre Intrigen zu spinnen, wenn die Flüchtlinge zu ihnen in den Laden kommen.

Jetzt hat er geklärt, dass der mobile Verkaufswagen, der einmal in der Woche ins Dorf kommt, auch am Flüchtlingslager hält. Hat es mit dem Heimleiter besprochen, und der hat gesagt, er würde einen Aushang machen und die Leute informieren.

Als Schulz mit dem Betreiber des mobilen Verkaufswagens gesprochen hatte, war er sich reichlich blöd vorgekommen, dem erklären zu müssen, dass er zu seiner Schweinswurst noch Kalbs- und Rindswurst packen soll. Die sollten lernen zu essen, was man hierzulande isst, hatte der gesagt und bockig den Kopf geschüttelt. Das hatte Schulz einmal mehr darin bestärkt, sich endlich um einen richtigen Laden im Dorf zu kümmern. Einen, in dem es dann auch Kalbsleberwurst geben würde und eine Menge Reis. Seit dieser holländische Schweinebaron versucht hat, hier eine riesige Mastanlage hinzusetzen, kann er die Fremden verstehen mit ihrer Abneigung gegen Schweinefleisch. Ihm ist der Appetit auch vergangen, und noch immer ist nicht klar, ob sein Kalkül, mit dem er diesem holländischen Großmaul einen Strich durch die Rechnung machen will, auch aufgehen wird. Beantragt ist alles für das Wildgehege. Aber diese ganze EU-Kacke kann einem auf die Füße fallen, wenn es falsch läuft, und der Holländer wird ja auch nicht blöd sein und seine Kontakte haben. Unternehmerische Freiheit und so, jeder kann überall produzieren. Der Mann verspricht so einiges. Auch, dass er die Gülle sauber entsorgt. Wer das glaubt. Das Wildgehege hingegen ist ökologisch einwandfrei, dagegen kann niemand ankommen. Aber Schulz ist auch klug genug zu wissen, dass es bei weitem nicht darauf ankommt, welches Vorhaben das bessere ist. Beziehungen sind gefragt. Und die holländische Schweinelobby scheint davon eine ganze Menge zu haben. Sonst gäbe es doch nicht überall diese unsäglich großen Mastanlagen. Diese Höllenteile, in denen das Vieh vom ersten Atemzug an vor sich hin krepiert, aufrecht gehalten durch Antibiotika und weil man so dichtgedrängt gar nicht umkippen kann. Wahrscheinlich kann man mit der Gülle, die danach auf die Äcker kommt, die Syphilis heilen, so viel Antibiotika, wie da drinstecken. Letztens hat er sich mal auf die Seite von diesen durchgeknallten Tierschützern verirrt, als er rauskriegen wollte, wie denn nun der Stand der EU-Regeln bei der Anwendung von Antibiotika ist. Was ist erlaubt, was verboten, kommt ein Verbot, weichen sie die schlampigen Regeln noch mehr auf, wer hat ausreichend Kohle, seine Interessen am besten durchzusetzen? Und auf deren Seite stand, dass inzwischen in mehr als fünfundsechzig Prozent der von denen untersuchten Fleischproben antibiotikaresistente Keime gesteckt haben. Vor vier Jahren haben sie den Vater seiner Frau begraben, der sich im Krankenhaus einen Keim geholt hatte, gegen den kein Antibiotikum mehr half. Fünfundsechzig Prozent, das ist schon der Hammer. Der Schwiegervater war sein Leben lang Fleischfresser. Bevorzugt Schweinefleisch. Vielleicht war er dadurch resistent geworden.

Schulz fragt sich, warum einer wie er jetzt anfängt, über so was nachzudenken. Ringsum hatten sie alles auf die Äcker gebracht, was die Chemie zu bieten hatte. Und es hat ihn nie gestört. Stattdessen hat er sich über die Idioten lustig gemacht, die andauernd Petitionen gegen Glyphosat verfassen und den Teufel an die Wand malen. Der Teufel, hat er immer gedacht, würde sich seinen Lohn erst holen, wenn sie alle längst unter der Erde liegen. Inzwischen hält er es für möglich, dass der Bursche schneller ist.

Schulz besucht das Flüchtlingsheim jeden Tag. Nur um zu schauen, ob alles läuft. Wenn er ehrlich ist, muss er sich eingestehen, dass er den Fremden nicht traut. Vielleicht ist sein

Misstrauen ein bisschen weniger vorurteilsbeladen als das der anderen im Dorf. Sein Verhältnis zu den Flüchtlingen sachlicher, denn schließlich verdient er an ihnen. Aber auch da ist er sich nicht ganz sicher. Der Heimleiter hat ihm ein paar Dinge erzählt, die in den Akten der Flüchtlinge stehen. Fluchtgeschichten hat er es genannt. Und gleich hinterhergeschoben, dass die nicht stimmen müssen. Dass die Fremden sich vorher darüber abstimmen, was alles taugt als Asylgrund, und dann ihre Geschichten so hinbiegen, bis es passt. Schulz hat sich darüber gewundert, dass ein Mann, der davon ausgeht, dass die meisten seiner Schutzbefohlenen lügen, überhaupt Heimleiter wird. Aber das kann ihm egal sein, der Kerl macht seine Arbeit ordentlich und ist auf eine unbeteiligte Art freundlich. Tut niemandem weh und keinem gut. Das muss genügen.

Inzwischen machen zwei Männer aus dem Nachbardorf eine vom Jobcenter bezahlte Fortbildung, um später als Security im Heim arbeiten zu können. Niemand im Ort wollte es tun, also gehen die Jobs eben an andere. Der Einzige aus dem Dorf, der regelmäßig zu den Fremden geht, ist der verrückte Prokorski. Sitzt stundenlang auf einer der Bänke, die vor den Baracken stehen, und erzählt unverständliche Geschichten, ohne dass ihm jemand zuzuhören scheint.

Inzwischen hat Schulz auch ein paar Spielsachen für die Kinder und Tüten mit alten Klamotten zusammengesammelt. Ist selbst von Haus zu Haus und hat den Leuten gesagt, sie sollen etwas geben von all dem Kram, der in ihren Bodenkammern und verwaisten Kinderzimmern lagert. Von sich aus wären die nie gekommen, hätten das Zeug eher irgendwann in die Kleidertonne gebracht oder verbrannt. Manche haben ihm Sachen in die Hand gedrückt, da hat es selbst ihn geschüttelt. Dreckige Fetzen, zu nichts mehr zu gebrauchen. Die hat er nicht genommen. Wäre ihm unangenehm gewesen, auch wenn ihn die Leute im Heim nichts weiter angehen. Aber sie als Abfallverwerter zu benutzen, das geht zu weit. Die

Lindenblatt hat zwei Kartons mitgegeben. Falls es Halbwüchsige gäbe, hat sie gesagt, das seien noch Sachen ihrer Kinder, als die im Teenageralter gewesen waren. Und von denen sie sich nie hätte trennen können. Dann müsse sie das jetzt auch nicht tun, hatte er gesagt, aber davon hat die Lindenblatt nichts wissen wollen.

Wenn die Flüchtlinge das brauchen können, ist es gut. Wir schleppen alle viel zu viel Ballast mit uns rum. Hier zu viel, da die Not.

Die Frau war jedenfalls nicht so mundfaul wie ihr Mann, der allerdings goldene Hände hatte. Ist sein Geld doppelt und dreifach wert. Was der schon alles repariert hat. Schulz gefällt dieser David, dem nie etwas auf der Zunge zu liegen scheint. Der morgens kommt, ihm zunickt, auf die Liste schaut, die er am Abend vorher für ihn notiert hat, und anfängt zu arbeiten. Der von Tag zu Tag ein wenig dünner zu werden scheint und inzwischen aussieht, als könnte er über Wasser gehen, wenn er es nur wollte. Schulz hat dem Impuls, ihn zu fragen, wie er das macht, noch nie nachgegeben, aber es juckt ihn. Er hat manchmal das Gefühl, dass er die Frage nach dem Sinn des Lebens beantworten könnte, wäre er nur dünner. Befreite er sich Schicht um Schicht von seinem Fett, bis auf den Kern seiner selbst. Käme dann der Junge hervor, der er mal gewesen war, faltig zwar und mit alten Knochen, aber doch erkennbar.

Manchmal schaut er David Lindenblatt bei der Arbeit zu. Tut, als sei er mit eigenen Dingen beschäftigt, um kein Spiel geboten zu bekommen. Aber ihm scheint, als würde der Mann auch dann nicht spielen, wüsste er, dass er beobachtet wird. Lindenblatt redet mit den Dingen, als hätten sie ein eigenes Leben. Oder vielleicht auch nicht. Vielleicht spricht er mit anderen, nicht Anwesenden. Anders als Prokorski natürlich. Der ist ununterbrochen damit beschäftigt, auf seine weiblichen Offiziere zu hören, die ihm ständig den Marsch blasen und deren Befehle sich im schlimmen Fall widersprechen, so dass der arme Kerl nicht weiß, was zuerst tun. Prokorski hatte einmal versucht, ihm eine Beschreibung der drei Weiber zu geben, die ihm das Leben schwermachen. Die kleine Dralle mit den langen zottligen Haaren, die immer will, dass er seine Schritte zählt, und ihm vorgibt, wann er die Laufrichtung zu wechseln hat. Sieht man Prokorski dabei zu, wie er durchs Dorf läuft, kann einem der Kerl richtig leidtun. Er läuft zwanzig Schritte, kehrt um, läuft zehn Schritte zurück, kehrt wieder um. Immer mit zackigen Bewegungen, als sei er auf dem Exerzierplatz, und möglicherweise brüllt die kleine Dralle in Prokorskis Kopf auch Befehle wie Keeeehrt marsch, Aaaaaaauf der Stelle, liiiiiiiiinks um. Eine kleine unfrisierte Zugführerin mit Befehlsgewalt.

Die zweite Frau in Prokorskis Kopf ist die grüne Durchscheinende, die ihm einredet, man könne alles essen, was man auf dem Weg findet, und es sei notwendig, das Gegessene so lange wie möglich im Leib zu behalten und nur, wenn es gar nicht mehr anders geht, von sich zu geben. Was Prokorski schon alles verschlungen hat, es ist ein Wunder, dass er überhaupt noch lebt. Die Dritte im Bunde ein übergroßer Dragoner, der offensichtlich Ähnlichkeit mit Prokorskis Großmutter hat, die eine ewig schimpfende Person gewesen sein muss, mit einem Hass auf alles, was lächeln oder sich irgendwie anders am Leben erfreuen konnte. Prokorski hatte das alles natürlich nicht so klar erzählen können. Schulz hat es sich zusammengereimt, aber so in etwa müssen die drei Megären aussehen im Kopf des Verrückten. Vor allem die grüne Durchscheinende interessiert ihn. Die bestimmte letztlich über Leben und Tod. Wenn die Prokorski mal anweisen würde, sich einen Efeusalat zu machen oder vom Fingerhut zu naschen, wäre es vorbei. Aber irgendwas in dessen Kopf schien den Überlebensmodus ständig am Laufen zu halten. Bis auf die zwei Kilo Kirschen, die Prokorski mal samt Steinen in sich reingestopft hatte, ist es immer halbwegs glimpflich abgelaufen. Nach der Kirschsause hatte er den Jungen allerdings ins Krankenhaus bringen müssen, und sie hatten Prokorski den

Blinddarm entfernt. Ein Kirschstein hatte sich darin verfangen. Der Rest war unter großen Mühen und Schmerzen wieder rausgekommen. Manchmal fragt Schulz sich, warum er sich so sehr reinhängt bei dem Verrückten. Er ist mit ihm nicht verwandt, und Prokorski wäre vielleicht in einer halbwegs guten Anstalt viel besser aufgehoben. Aber Schulz weiß, dass er sich was vormacht. Prokorskis Mutter ist der eigentliche Grund. Seine Verliebtheit, seine Liebe, er ist zu sehr der reiche Schulz geworden, um sich noch gut genug zu erinnern, was es wirklich war. Marie, eigentlich Heidemarie, aber so hat sie niemand genannt. Er hat sie besucht, als sie im Krankenhaus lag. Da war von ihrer Schönheit kaum noch etwas zu sehen. Die ganze feste Üppigkeit verschwunden. Und erst da, als sie abgemagert und zum Fürchten krank aussah, hat er ihr gesagt, wie verliebt er in sie gewesen ist. Er hat sich zu ihr gebeugt, denn in dem Zimmer lagen noch drei andere Frauen, weniger krank als Marie und neugierig. Er hat sich zu ihr gebeugt und ihr ins Ohr geflüstert. Selbst das Ohr war schon abgemagert, vom Krebs verzehrt. Aber Marie trug trotzdem noch kleine goldene Ohrringe mit einem roten, tropfenförmigen Stein. Er hat sich zu ihrem Ohr gebeugt, um ihr flüsternd zu gestehen, dass er immer in sie verliebt gewesen ist und sie vielleicht sogar geliebt hat. Und er hat dabei überlegt, ob er diesen kleinen goldenen Ohrring zwischen die Lippen nimmt, ihn ausreißt und im Mund behält, als Andenken. Es hätte sicher nur ein wenig geblutet, so dünn, wie Marie an dem Tag bereits war. Er hat den Ohrring tatsächlich kurz zwischen die Lippen genommen, die Form des kleinen roten Steins gefühlt. Und es dann doch gelassen. Marie war schon vier Tage nach seinem Besuch gestorben. Er hatte sie nur zweimal in seinem Leben anfassen können. Beim Tanz in Ellas Scheune.

Später, viel später, hatte ihm Prokorski seine Schatzkiste gezeigt. Eine kleine Keksdose, in der nur Ramsch lag. Mitten in dem ganzen Kram die beiden goldenen Ohrringe. Prokorski hat ihm einen geschenkt. Er hat darum gebeten und hat ihn bekommen. Ein Grund mehr, sich um den Verrückten zu kümmern, der noch bis zu seinem sechzehnten Lebensjahr bei seinem Vater gelebt hatte, einem mürrischen, trinkenden Traktorfahrer, den sie irgendwann nicht mehr auf den Trecker lassen konnten, so besoffen, wie der immer war. Bis heute hält sich das Gerücht im Dorf, dass Prokorski von seinem besoffenen Vater umgefahren worden ist. Da hatten sich die Stimmen im Kopf des Jungen wohl schon lange eingerichtet, aber der Junge war noch zu gebrauchen gewesen. Nach dem Unfall, alles, was man weiß, ist, dass Prokorskis Vater den Jungen ins Krankenhaus gebracht und erzählt hatte, der sei vom Trecker und mit dem Kopf auf eine Eisenstange gefallen, die da im Weg gelegen haben soll. Nach dem Unfall ist der Junge jedenfalls richtig bekloppt geworden. Die Stimmen haben übernommen, und der Vater hatte einfach das Weite gesucht. War verschwunden, wie man eigentlich hierzulande gar nicht verschwinden kann. Und er hatte angefangen, sich um den Jungen zu kümmern. Wegen Marie. Weil er so verliebt in sie gewesen war und sich lange nach ihr gesehnt hatte. Weil sie die Verheißung eines anderen Lebens gewesen war, das er gar nicht hätte führen können, schließlich ist ihm das Dorf in alle Poren gekrochen und hätte immer den ersten Platz behauptet. Man kann träumen. Und das hat er hin und wieder getan. Aber Prokorski ist auch eine Last, das kann er nicht anders sagen. Und wenn er sich mal nicht mehr kümmern kann, wird der Junge. Er nennt ihn immer noch Junge, was albern ist. Der Junge wird einfahren und nicht wieder rauskommen.

Wieso redest du nicht mit mir?

Schulz schreckt auf und starrt seine Frau an, deren Mund noch ein wenig glänzt vom verspeisten Huhn, obwohl sie sich mit der Stoffserviette so vornehm gesaubert hatte.

Ich rede mit dir, aber ich habe dir nicht zugehört.

So kann man es auch sagen. Du hörst mir nicht zu, und du redest nicht mit mir. Ich wollte von dir wissen, ob die polizeilichen Ermittlungen etwas Neues ergeben haben.

Nicht, dass ich wüsste. Sie haben die Mattern ja wieder auf freien Fuß gesetzt.

War sie denn richtig verhaftet?

Nein, also ich weiß nicht genau. Immerhin war sie zwei Tage fort, das scheint mir für eine einfache Befragung zu einem Sachverhalt ein bisschen viel gewesen zu sein. Warum willst du das wissen?

Es interessiert mich einfach. Letzte Woche bin ich mal in den Laden gegangen. Die Mattern steht dort gar nicht mehr rum, nur die anderen. Und die kriegen den Mund nicht auf. Ich meine, mit mir reden die nicht.

Das wundert dich? Du bist meine Frau, und ich bin der Chef im Dorf. Warum sollten die mit dir reden?

Weil sie dir alles zu verdanken haben. Auch den Laden. Dass sie da überhaupt rumstehen und sich die Mäuler wetzen können. Ich meine, das Ding ist doch ein Zuschussgeschäft, oder nicht? Funktioniert nur, weil du organisierst und bezahlst. Dass denen das Zeug, was sie da verkaufen, gebracht wird.

Schulz sieht zu, wie seine Frau sich mit der Zunge über die Lippen fährt. Auch das hat er früher mal gemocht. Inzwischen sieht er, wenn sie es tut, ihren Vater vor sich, der in seinen letzten Lebensjahren lauter Ticks und Angewohnheiten hatte, die allesamt irgendwie eklig waren. Ständig hatte er sich mit seiner fleischigen Zunge die Lippen geleckt, mit den Zeigefingern in seinen Ohren rumgefuhrwerkt, um das, was er da rausholte, intensiv zu betrachten. Er hatte komische Töne von sich gegeben, die er nicht kontrollieren konnte. So eine Art Igelschnaufen, als versuche er ständig, irgendwas mit Hilfe der Nase wegzublasen. Manchmal tut die Frau, die ihm gegenübersitzt und fast ein ganzes Huhn verspeist hat, so etwas auch. Wenn sie sich nicht unter Kontrolle hatte oder angestrengt nachdachte, fing sie an zu schnaufen. Durch die Nase.

Was machst du, wenn der erste Flüchtling hier irgendwas im Dorf anstellt?

Er ist es leid. Diese ewiggleichen Fragen. Als ob er dafür zuständig ist, ob die Flüchtlinge sich anständig benehmen. Er hat dem Landkreis einen Gefallen getan und die Baracken hergerichtet. Und alle scheinen daraus die Verpflichtung abzuleiten, dass er dafür Sorge zu tragen hat, dass die Männer und Frauen da draußen am Rande des Dorfes sich unauffällig und anständig verhalten.

Ich mache gar nichts, denn es ist nicht mein Job, da was zu tun.

Sie werden es dir in die Schuhe schieben, Schulz.

Selbst seine Frau nennt ihn nur noch beim Nachnamen. Er hat schon fast vergessen, wie er mit Vornamen heißt, niemand sagt Christian zu ihm, dabei ist es doch ein ganz schöner Name. Ein Name, der zu Marie gepasst hätte. Ihm ist nicht klar, warum Marie gerade heute zurückgekehrt ist in seinen Kopf. Überhaupt stellt er fest, dass ihm andauernd Dinge einfallen, über die er eigentlich nicht mehr nachdenken will. Vor allem, wenn er, so wie jetzt, seiner Frau gegenübersitzt. Als versuchte er, von ihr wegzukommen.

Wann hast du eigentlich aufgehört, mich beim Vornamen zu nennen?

Was hat das eine mit dem anderen zu tun?

Es interessiert mich einfach. Ich frage mich, seit wann ich für dich Schulz bin und nicht mehr Christian. Ist doch eine einfache Frage.

Ist es nicht, weil dahinter ein Vorwurf lauert. Ich kenne dich doch. Du bist ein wandelnder Vorwurf.

Und du?

Ich werfe dir nichts vor. Ich liebe dich nur einfach nicht mehr.

Jetzt ist es gesagt. Einfach so, an einem Sonntagmittag. Auf dem Tisch stehen die Reste der Mahlzeit. Ein Haufen Knochen, fein abgenagt die einen, grob behauen die anderen. Und die Frau sagt, was wahrscheinlich schon seit vielen Jahren seine Gültigkeit hat. Er kann jetzt mit gleicher Münze zahlen, ist aber viel zu müde dafür. Er könnte sagen, dass die einzige

Frau, die er je wirklich geliebt hat, Marie hieß und jung gestorben ist. Und dass er es bis heute nicht verwunden hat, nicht einmal neben, auf und in ihr gelegen zu haben. Es wird seine Frau auch nicht interessieren. Dass auch er sie nicht mehr liebt. Und als er sie liebte, nicht ganz und gar. Schon lange nicht mehr. Dass er manchmal darüber nachdenkt, sie einfach umzubringen und zu verscharren. Weil er ihrer dermaßen überdrüssig ist, dass es fast körperlich wehtut. Und weil er tief drinnen glaubt, dass die Frauen im Dorf angefangen haben, sich ihrer Männer zu entledigen. Dem käme er gern zuvor. Er traut seiner Frau zu, sich auch was zu überlegen. Es sei denn, er ginge hin und änderte sein Testament. Ließe sie mit nur einem Pflichtanteil zurück und vermachte den Rest irgendeinem Fremden. Einem Araber zum Beispiel. Ob das ginge, dass einer wie er seine Kohle und seine Ländereien einem Araber vermacht?

Schulz lächelt.

Findest du das lustig?

Was?

Dass ich dich nicht mehr liebe.

Lustig ist anders, aber es ist mir nicht neu. Neu ist nur, dass du es aussprichst. Wollen wir uns trennen?

Krass. Das ist einfach nur krass. Dass sie heute hier anfangen, über so grundsätzliche Dinge zu reden. Schulz fühlt sein Herz. Es schlägt, es ruckelt ein bisschen, es holpert. Und er kann sich vorstellen, dass es auch gleich aussetzt. Nicht, weil er es schlimm fände, sich von seiner Frau zu trennen. Sondern weil es jetzt einfach zu spät ist und er gar nichts damit anzufangen wüsste, wäre dieses dünkelhafte Weib nicht mehr an seiner Seite.

Schulz, wir werden uns nicht trennen. Das wäre ja noch schöner. Dass du mich abservierst auf die letzten Jahre. Was glaubst du denn, wer hier im Dorf zusammenlebt und dabei von Liebe spricht?

Und wenn ich mich scheiden lassen will?

Wirst du bluten. Aber du willst nicht, glaub mir. Wir sind uns nichts schuldig. Du liebst mich nicht, und ich liebe dich nicht. Das ist nicht schlimm. Oder sagen wir, es gibt Schlimmeres. Ich bin immer loyal geblieben, obwohl ich wusste, dass du mich gar nicht richtig liebst.

Sie hat recht. Seine Frau hat recht. Er verlöre Einfluss und Macht, ließe er sich scheiden. Einfach, weil er in den Augen der anderen zu einem bedauernswerten Großbauern mutierte, den es zu bemitleiden galt. Was er seiner Frau wirklich nicht vorwerfen kann, ist, dass sie ihn in der Öffentlichkeit. Es ist lächerlich, in so einem Dorf von Öffentlichkeit zu reden. Sie hat ihn immer eher überhöht, nie kleingemacht. Hat allen Leuten Geschichten darüber erzählt, was er alles tut und tun könnte, wäre ihm nur danach.

Aber die Flüchtlinge.

Seine Frau nimmt von den kalt gewordenen Resten des Huhns ein Stück Haut und steckt es sich in den Mund. Wischt sich den Mund mit der Stoffserviette wieder ab, und doch glänzen die Lippen. Als sie jünger war, hat sie sich manchmal samstags eine Mischung aus Quark und Öl aufs Gesicht geschmiert. Oder einen Matsch aus Heilerde. Für wen auch immer sie das getan hatte, er kann es nicht gewesen sein. Sie hatte auf dem Sofa gelegen und in Zeitschriften geblättert, während er in seinen dreckigen Klamotten draußen rumgelaufen ist und Dinge getan hat, die ihm jetzt in diesem Moment allesamt völlig nutzlos vorkommen. Die Reste der Pampe auf ihrem Gesicht hat er dann manchmal noch im Waschbecken vorgefunden und weggeputzt. Komischerweise war immer er es gewesen, den Schmutz im Haus gestört hatte. Nicht seine Frau, die hier viel mehr Zeit verbrachte als er.

Die Flüchtlinge, Schulz, die könnten dir das Genick brechen. Krüger rüstet auf. Seit er den Landgasthof gekauft hat, kriegt der Oberwasser. Das solltest du nicht zulassen.

Die Flüchtlinge tun nichts.

Eben, die tun nichts. Das sorgt für böses Blut. Die kriegen

Geld, können sich den Hintern wärmen und den ganzen Tag rumlungern. Das gefällt den Leuten nicht. Wer nichts tut, kommt auf dumme Gedanken.

Dass ich nicht lache. Hier tut doch fast keiner mehr was. Außer saufen und sich leidtun. Und das auf Staatskosten, genau wie die Araber und die Schwarzen im Heim. Da soll mir jemand kommen und sich darüber beschweren.

Die kommen nicht zu dir, um sich zu beschweren. Die gehen zu Krüger. Und der hört ihnen zu und bestärkt sie. Er wird sich nicht selber die Finger schmutzig machen, das tun dann andere für ihn.

Was wollen die denn tun?

Das solltest du rauskriegen. Bevor sie es tun.

Schulz steht auf. Er hat genug. Von seiner Frau, von dem Gerede über die Flüchtlinge und vom Dorf. Zumindest jetzt in diesem Moment. Wenn er erst wieder draußen ist und seine Runden läuft, wird sich das ändern. Er muss in den Getreidespeicher. Irgendjemand hat dort eine Tür aus den Angeln gehoben. Die schließt nicht mehr richtig. Früher hätte er auf Kinder getippt. Halbwüchsige, die oft in den Getreidespeichern gespielt haben, bis mal eines fast erstickt wäre. Dann war Ruhe, die Eltern haben ihren Kindern verboten, ins Getreide zu gehen. Und er muss sich um diesen verdammten Wilderer kümmern, der ihm hier die Böcke und Keiler wegschießt. Er hat einen Verdacht, aber er braucht Beweise. Radomski ist ein netter Typ, aber das kann er dem nicht durchgehen lassen. Es ist sein Wald und sein Wild, und es gibt Regeln.

Krüger ist vor allem gegen die Flüchtlinge, weil er, Schulz, der ewige Widersacher, sie geholt hat. Und weil es Flüchtlinge sind. Fremde Männer und Frauen. Wann haben sie hier jemals mit solchen zu tun gehabt? Ihm sind die auch schnuppe. Fast. Seitdem er bei diesem Heimleiter ein paar von den Fluchtgeschichten gelesen hat, ist die Gleichgültigkeit ein bisschen wacklig geworden. Aber nur ein bisschen. Er hat Sorgen, andere sind in Not, daran lässt sich nichts ändern. War schon immer so.

Aber jetzt zwingt Krüger ihn, sich für die Flüchtlinge in Stellung zu bringen. Das passt ihm nicht. Und klar, wenn von denen jemand auch nur eine einzige Dummheit macht, ist er am Arsch. Also muss er dafür sorgen, dass es nicht passiert. Er weiß nur nicht, wie das gehen soll. Wenn er den ganzen Tag nichts zu tun hätte, würde er durchdrehen und Scheiße bauen. Die saufen ja nicht mal. Kein Alkohol, sagt der Heimleiter. Das muss einem mal jemand erklären. Die haben jeden Grund zu saufen, und wenn in deren Büchern steht, dass es verboten ist, kann das doch nicht ausreichen, es zu lassen.

Andererseits. Die größte Scheiße hier im Dorf ist immer passiert, wenn die Leute besoffen waren. Braucht man sich nur die Toten in den Biogasanlagen anzugucken. Die waren alle besoffen. Sagt man.

Schulz überlegt, ob er mal mit dieser Lindenblatt redet. Ob die nicht Lust hat, irgendwas mit den Flüchtlingen zu tun. Deutschkurs oder so. Einige von denen lernen wohl schon Deutsch. Und ihm ist gesagt worden, dass es für die Kurse auch Geld gibt. Ist vielleicht noch eine Möglichkeit, an Kohle zu kommen. Die Lindenblatt gibt hier Kurse, er zieht das Geld. Muss man wahrscheinlich einen Verein für gründen. Kriegt er aber hin. Und in der alten Schule könnte man einen Raum herrichten. Dann hätten die was zu tun. Also nicht alle hundert, so viele kann eine Frau ja nicht unterrichten. Müssten also noch ein paar dazukommen, die das machen. Seine Frau zum Beispiel. Das wäre der Witz des Jahrhunderts. Wenn er seine Frau fragt, ob die den Arabern Deutsch beibringen will. Wirklich.

Schulz grinst. Zum ersten Mal an diesem Sonntag ist ihm ein bisschen fröhlich zumute. Allein bei dem Gedanken, seine Frau zu den Arabern zu stecken, dass die denen Deutsch beibringt. Und dafür auch noch Geld bekommt. Das wäre wirklich lustig.

Er nimmt sein Telefon und ruft das Bürschchen an, das ihm die Anträge für die Förderkohle so schön wasserdicht macht. Sagt ihm, er solle mal rauskriegen, wo und wie man an die Gelder für Deutschkurse kommt. Für die Flüchtlinge hier im Dorf. Ob man da einen Verein braucht.

Einen Bildungsträger, sagt das Bürschchen, und Schulz ist sich einmal mehr sicher, dass er goldrichtig damit lag, sich den Jungen an Land zu ziehen. Einen Bildungsträger, gut, egal. Er soll das mal alles rauskriegen, und dann reden sie drüber. Nächste Woche. Also schnell.

David lernt, worin der Wert der Einsamkeit bestehen könnte. Sooft es ihm möglich ist, läuft er auf den aufgelassenen Gleisen. Mit gesenktem Kopf. Zu Beginn, um sich nicht einen Fuß zu verstauchen, dann aber, weil ihm die Gleichförmigkeit der Schritte von Schwelle zu Schwelle ein großes, beruhigendes Mantra geworden ist. Die Gleise sind sein Glück. Läuft er lange genug auf ihnen entlang, wird sein Kopf leer. Sein armer Kopf, in dem es brüllt und tobt, während er immer mehr verstummt. Manchmal, wenn er auf den Gleisen läuft, denkt er an November. Mit Wehmut und einem schlechten Gewissen. Er liebt sie, aber er wird es ihr nie wieder zeigen können, so, wie sie es braucht und verdient. Sie hat Geduld mit ihm, seine Marthe. Aber wenn sie erfährt, dass seine Liebe den Gleisen gilt, wird sie unglücklich sein und gehen. Nächste Woche will sie in die Stadt fahren. Vielleicht kommt sie gar nicht mehr zurück. Wenn die Stadt Marthe erst einmal wiederhat.

David läuft auf den Gleisen und denkt darüber nach, ob ihm traurig zumute wäre, käme Marthe nicht zurück. Vielleicht nicht. Vielleicht überhaupt nicht. Er teilt sich die Gleise mit dem Muffelwild, das genauso scheu ist wie er. Sie begegnen sich nur selten. Manchmal findet er Dinge, die er in die Hosentasche steckt. In seiner Scheune hat er eine alte Blechkiste dazu bestimmt, diese Dinge aufzubewahren. Gelbes Ricola-Bonbonpapier, eine verrostete Haarklemme, eine leere Zigarettenschachtel, auf die eine Telefonnummer gekritzelt ist, einen grün-blau gestreiften Strumpf, zwei Fläschchen Jägermeister, eines noch halbvoll, ein rotes Feuerzeug, einen

Freundschaftsring mit einem Glitzerstein. Ihn interessieren die Geschichten zu den Dingen wenig. Aber das Sammeln und Aufbewahren gibt ihm trotzdem das Gefühl, hier zu sein und nicht anderswo.

Auf dieses Gefühl hat er lange gewartet, und er hat es sich durch Schweigen erobert. Nie wäre ihm in den Sinn gekommen, dass Schweigen so wohltuend sein kann. Wenn er auf den Gleisen läuft, ist es absolut. Dann ist er allein und hat es mit niemandes Erwartung zu tun.

Manchmal sieht ihn November an. Wenn sie am Küchentisch sitzen. Als warte sie auf einen Satz von ihm. Und noch ist das Schweigen nicht so allumfassend, dass er nicht mehr in der Lage ist, ihr diese Sätze zu schenken. Sie schlafen ein, oder zweimal in der Woche miteinander. Dann flüstert er Marthe ein paar Worte ins Ohr. Weil sie es liebt und weil er sie liebt.

Noch mehr aber liebt er die Gleise. Wenn er auf ihnen entlanggeht, ist das wie in Trance fallen. So gut. Fast gleich gut das Reparieren von Maschinen. Schulz lässt ihn in Ruhe, und das weiß er zu schätzen. Der Mann ist dermaßen unglücklich, dass ihm auch das leidtut. Marthe ist unglücklich, Schulz ist es, er ist es nicht. Das glaubte ihm wahrscheinlich niemand. Am Anfang, als sie hier ankamen, hatte David gedacht, er litte an einem Burn-out. Er kam aus der Stadt, Burnout war dort eine der geläufigsten Erklärungen für fast alles gewesen. Und es hatte ja auch ausreichend Grund gegeben. Burn-out. Hier im Dorf klopften sie sich wahrscheinlich auf die dicken Schenkel, wenn er so etwas erzählte.

Inzwischen denkt David, dass zu viel Zeit vergangen ist. Die Erklärung kann nicht stimmen. Es muss etwas anderes, Grundlegenderes sein. Ein finaler Überdruss, der sich in eine noch finalere Gelassenheit verwandelt hat. Er wünschte sich, Marthe könnte statt ihrer Verzweiflung zu seinem Zustand wechseln. Der ist viel einfacher zu ertragen als die Traurigkeit darüber, dass dieser Planet und nichts und niemand mehr zu retten ist. Er hat seine Blechkiste in der Scheune, Marthe ihre unendlich langen Worddateien mit Namen wie Klimawandel, Meeresverschmutzung, Wasser, Hunger, Landraub, Kriege, Armut, Artensterben, Waldvernichtung. Wenn Marthe ihren Computer anschaltet, erscheint wie auf einem Laufband ein Schriftzug. Die einen ertrinken im Überfluss, die anderen im Meer. Irgendeine Liedzeile irgendeiner Band, die Marthe gern hört. In Paris brennen Autos, und bei uns brennt der Kamin. Es ist ein guter Tag, der Himmel trägt sein bestes Grau. Manchmal wechselt November die Schriftlaufbänder aus. Die Hoffnung stirbt zuletzt, aber sie stirbt.

Inzwischen weiß er, dass er, klug angestellt, fünf Stunden lang ununterbrochen auf Gleisen laufen kann. Er muss in Kauf nehmen, dass es keinen Rundweg gibt und er den gleichen Weg wieder zurückgehen muss. Aber auch das hat er gelernt. Es ist nicht schlimm. David ist glücklich. Sein Körper hat den Abstand zwischen den Bahnschwellen verinnerlicht, seine Füße treten nie daneben. Er muss nicht mehr mit gesenktem Kopf laufen. Stattdessen kann er sehen, wie der Wald, von dem Marthe behauptet, dass es ihn nicht mehr lange geben wird, langsam an ihm vorüberzieht. An einige Bäume hat er kleine rote Fäden gebunden. Im Haus hatte Marthe irgendwann einen Schuhkarton mit Häkelgarn gefunden und einen halben Topflappen, der, hätte ihn die Vormieterin zu Ende gehäkelt, zu einem Dreieck geraten wäre. Wahrscheinlich war es ihr schwergefallen, Maschen zu zählen. Das Knäuel mit dem roten Garn hat er eingesteckt. Es ist nicht mehr viel davon da, er wird zu einer anderen Farbe wechseln müssen. Es bereitet David eine kleine Zufriedenheit, rote Fädchen an Zweige zu binden. Die alten verlassenen Bahnstrecken bekommen noch einmal ihr Signalsystem. Und alles steht auf Halt.

Minus fünfzehn Grad lassen die Stadt kollabieren. Was an Schienen, Weichen, Signalen einfrieren kann, tut dies auch. Marthe ist auf Bus und U-Bahn umgestiegen, um zu dem Block zu kommen, in dem sie noch vor nicht allzu langer Zeit mit David gewohnt hat. An den Fenstern ihrer einstigen Wohnung hängen Gardinen. Sie hatten nie welche.

Wir hatten nie Gardinen, die braucht man in der Stadt nicht. Wir waren Kino für alle, die es wissen wollten. Und hatten unseren Spaß mit den Wohnwaben gegenüber.

Ihr Kompromiss mit David für das Dorf sind weiße Vorhänge, die man abends zuziehen kann. Die Jalousien hat sie noch nicht benutzt. Sie weiß, dass die das Haus zu einem Sarg umfunktionieren könnten, so dicht, wie sie schließen.

Ich habe noch nie im Dunkeln schlafen können. Dafür ist die Stadt gut. Hier ist es immer hell. Ich sehne mich nach dieser Helligkeit. Wenn nur David mitkäme. Aber er kommt nicht, seine Füße stecken im Gleisbett.

Marthe starrt auf ihr Küchenfenster, an dem sie oft gestanden und auf den nie enden wollenden Verkehr auf der Straße geblickt hat. Rote Lichter auf der einen, gelbe auf der anderen Fahrbahn. Eine unendliche Kette schmutziger Errungenschaften.

In zwei Stunden muss sie bei ihrem Insolvenzverwalter sein, dem netten Anwalt mit müdem Hundegesicht, das sie an einen Schauspieler erinnert, den sie immer gemocht hatte. Vor allem als McMurphy in der Theaterfassung vom Kuckucksnest. Witzigerweise heißt auch ihr Anwalt Jörg mit Vornamen.

Die Stadt hat sie mit offenen Armen an ihre kalte Brust gedrückt. Nichts fühlt sich fremd an.

Mir ist nichts fremd. Das Laute nicht, die Kälte nicht. Die Autos. Aber wenn ich morgen zurückkommen werde ins Dorf, wird sich alles fremd anfühlen. Als wäre ich auf einer langen Reise gewesen und müsste von vorn anfangen.

Aus alter Gewohnheit hat Marthe in der U-Bahn einem Obdachlosen eine Zeitung abgekauft, aus alter Verzweiflung ist sie über den Alexanderplatz mit gesenktem Kopf gelaufen, um dem Elend und dem Budenzauber zu entkommen, aus altem Groll geht sie in die Bankfiliale ihrer Niederlage, um zu schauen, ob der Bankberater dort noch immer sitzt. An der gläsernen Tür zur Filiale wird auf einem Schild und in schlechtem Deutsch das Bedauern ausgedrückt, die Schalterräume nachts schließen zu müssen. Wegen zunehmendem Vandalismus. Der Dativ scheint gerade gut genug für Penner, die hier möglicherweise nachts campieren und ihren starken Odem verbreiten, der auch bei bester Lüftung am Tage nicht rauszukriegen sein wird. Marthe denkt, dass bei minus fünfzehn Grad trotzdem Mut dazu gehört, einen Schalterraum nachts zu schließen. Sie hat in den U-Bahn-Schächten und unter S-Bahn-Brücken die kaum noch zu erkennenden und eingemummten Obdachlosen liegen und sitzen sehen. Ohne jede Vorstellung, ob Schlafsäcke, Zeitungen, Plastiktüten, Decken, Klamotten überhaupt dick genug für minus fünfzehn sein können.

Das kann doch nicht reichen, bei diesen Temperaturen. Ich friere, obwohl ich laufe, warm angezogen und halbwegs gut genährt bin. Aber ich habe auch keinen Alkohol im Körper. Vielleicht sollte ich sofort etwas trinken gehen.

Die frierenden Vermummten sind die sichtbarste Veränderung, mit der die Stadt aufwartet. Sie sprechen in vielen Sprachen und sind offensichtlich von weit her gekommen, nur um dann vielleicht hier zu erfrieren. In der coolsten Metropole Europas, glaubt man den Zeitungen. Marthe kann sich nicht vorstellen, dass die Stadt ausreichend Schlafplätze für das wohnungslose Elend vorhält. Hinter ihrem Block hat sie unter Balkonen das Wohnzimmer zweier Männer vorgefunden. Eines verlassen, der andere Mann lag noch schlafend in seinen Hüllen. So, wie sie die Leute im Haus kannte, würde das nicht lange gutgehen. Sie erinnert sich an einen Sommer vor Ewigkeiten.

An den Sommer vor zwei Jahren erinnere ich mich. Die Ewigkeit ist geschrumpft. Ein Sommer wie viele andere. Das Wetter hatte jeden Tag einen neuen Einfall, bei Rossmann sind sie Drei-Euro-Schirme für ein ganzes Jahrzehnt losgeworden, und die Stürme haben dem Grünflächenamt viel Arbeit beschert. So viel Windbruch.

Als sie jeden Morgen zwei Brote schmierte, um sie auf dem Weg nach irgendwohin einem jungen Polen in die Hand zu drücken, der im Nachbarblock sein Schlafzimmer unter einem Balkon eingerichtet hatte. Sie hatte ihm in schlechtem Russisch empfohlen, seine Sachen mitzunehmen oder irgendwo unter einem Gebüsch dort drüben, am Rande des anliegenden Schulgeländes zu verstecken. Er hatte genickt und sich an ihren Vorschlag gehalten. Aber dann holte doch irgendjemand die Ordnungspolizei, und der junge Pole verschwand. Die letzten belegten Brote hatte Marthe gegessen.

Sie haben mir den Abnehmer geraubt. Vielleicht hätte ich ihn zu mir nehmen sollen für einige Tage. Aber das haben wir ja nie gemacht. Uns nie getraut. Mal wenigstens einen Kummer von der Straße zu holen, ihm ein Gästebett zu bauen und ein wenig Ruhe zu gönnen.

Der Junge hatte ein solch zerstörtes Gebiss, das auf Crystal Meth zu deuten schien. Oder auf schlechte Gesundheitsversorgung in Polen. Sie hatte es nicht erfragt, aber ihrem Halbwissen vertraut. Junger Mann, schlechte Zähne, obdachlos, späte Akne oder eben Drogenpickel im Gesicht.

Marthe steckt ihre EC-Karte in den Automaten, um dem

Anwalt den neuesten Stand ihrer finanziellen Verhältnisse zu den Akten geben zu können.

Wenn der Automat meine Karte einbehält, fange ich an zu schreien. Ich schreie, bis sie mich in ein Krankenhaus bringen mit einem warmen Bett, Hagebuttentee und Mortadellabroten am Abend.

Der Anwalt stellt kaum Forderungen und hat ihr hin und wieder einen Rat gegeben, wie sie das eine oder andere für sich regeln kann. Noch nie hat ihr Kontostand die Pfändungsfreigrenze überschritten. David bekommt von Schulz das meiste Geld schwarz auf die Hand. Ist als Minijobber angestellt. Der Anwalt nickt all diese Vereinbarungen, die der Lebensrettung dienen, ab und kommentiert sie nicht.

So ein lieber Anwalt, ich habe ihn gern. Ich sollte allen Menschen kundtun, dass dieser Mann aus einer Privatinsolvenz eine überschaubare, regelbare Angelegenheit macht. Ein Ding der Möglichkeit.

Der Anwalt hat Marthe empfohlen, niemals schwarzzufahren und nie in ein Mahnverfahren zu rutschen, auch nicht für Müllgebühren oder Telefonrechnungen. Alles andere solle sie gestalten, wie es ihr möglich ist. Er ist ein netter Hundegesichtmann, dem sie vertraut. Müde vielleicht ob all der Geschichten, die ihm auf den Tisch kommen. Einmal hat er ihr ein wenig darüber erzählt, wie viele Frauen in seinen Akten landen, deren Männer Geschäfte gegründet und in den Sand gesetzt haben. Geschäfte, für die sie gebürgt und unterschrieben hatten. Nur, um dann festzustellen, dass der Kerl mit der Geschäftsidee fort ist und die Unterschrift auf Ewigkeit Bestand haben wird. So alte Geschichten.

Da können Sie doch von Glück reden, Frau Lindenblatt. Sie haben gemeinsam entschieden, sich ins Unglück zu stürzen, und jetzt stehen Sie die Jahre gemeinsam durch. Ihr Mann ist bei Ihnen und Sie sind bei Ihrem Mann geblieben. Glauben Sie mir, da sind Sie eine große Ausnahme. Die meisten Beziehungen gehen in der Insolvenz auseinander.

Vielleicht ist der Mann deshalb so sanft und nachsichtig, wenn sie ihm ihre Unterlagen bringt und ihnen beiden klar ist, dass auch in einem toten Dorf mit so wenig Geld kaum auszukommen ist. Dass da irgendwoher noch anderes Geld kommen muss, das McMurphy nicht interessiert und das er ihnen zugesteht, weil er weiß, wie das Leben spielt.

Marthe ist nicht mehr sicher, ob sie die Jahre gemeinsam durchstehen.

Ich glaube nicht, dass wir es schaffen. Ich verliere David.

Sie verliert David an das Dorf, an den Wald, an die Gleise. Ihr nächtliches Beieinander ist ein einziger großer Abschied. Ihre Haut wird immer dünner, Davids Panzer immer fester. Irgendwann wird sich die Liebe aus der dünnen Hülle verflüchtigen und durch die dicke nicht mehr durchdringen, um dort ein neues Zuhause zu finden.

Marthe bedauert in diesem Moment, dass sie sich nicht hat von Konstantin abholen lassen. Am besten schon in Spandau, wo sie aus dem Zug gestiegen ist, um in die S-Bahn umzusteigen, die dann wegen eines eingefrorenen Signals nicht fahren konnte. Die lange Strecke mit der U7 war kein guter Start für ihre zwei Tage in der Stadt.

Ein heller Eisenschlauch, der durch eine dunkle Höhle fährt. Unter Tage sind die Ängste am größten. Ich habe schon immer Angst gehabt in diesem Höhlensystem unter der Stadt. Und ich bin.

Sie ist früher fast nie U-Bahn gefahren. Auf Busse ausgewichen, gelaufen. Kilometerweit gelaufen, wenn es sein musste. Eine Stunde für acht U-Bahn-Stationen.

So wie David auf den Gleisen. Der läuft sich das Dorf weg, ich bin vor der Angst fortgelaufen.

Heute Abend wird sie Konstantin sehen und in seiner Spielhöhle, die er Wohnung nennt, übernachten. Aber bis dahin muss sie durchhalten und ihre Aufgaben erledigen.

Ihr Bankberater sitzt nicht mehr an seinem Platz. Vielleicht hat er Urlaub.

Vielleicht ist er auch tot. Ich will, dass er tot ist.

Marthe starrt durch die Scheiben in den großen Raum, in dem all die Bankmenschen an Bildschirmen sitzen. Sie wäre gern verrückt genug, da reinzugehen und die Zombies zu fragen, ob sie eigentlich wissen, wie viel Geld ihre Bank und andere Banken in den Abbau und die Verarbeitung fossiler Brennstoffe pumpen. Ob ihnen klar ist, was sie da tun. Eine einzige Generation hat es geschafft, die Erderwärmung so zu beschleunigen, dass die Katastrophe nicht mehr aufzuhalten ist. Sie könnte Vorträge halten, ohne Punkt und Komma, um nach solch einer Aktion für immer in die wohltuende Verlässlichkeit einer Psychiatrie abzutauchen. Nicht, weil ihr niemand glauben wird, sondern weil keiner das hören will. Diese ganzen Ideen, etwas längst Zerstörtes wieder zu reparieren. Geoengineering. Schwefeldioxid in die Atmosphäre schicken, das sich in Schwefelsäure verwandelt, den Horizont verschleiert und die Sonnenstrahlen zurückwirft.

Wir hätten nur noch rote Sonnenuntergänge, das ist doch schön. Würde dieser Bankmensch bestimmt sagen. Und der saure Regen. Pah. Würde der sagen. Dann hängt man eben keine Wäsche mehr raus, Frau Lindenblatt. Ich will, dass er tot ist.

Am Automaten für Überweisungen und andere lebenswichtige Dinge quält sich eine alte Frau damit ab, eine Rechnung zu bezahlen. Marthe sieht, dass alle Eingaben gemacht worden sind, aber die Frau scheint sich nicht zu trauen, auf dem Display die Ausführung des Auftrages zu befehlen. Wie erstarrt steht sie und vergleicht wieder und wieder die Zahlen, die sie eingetippt hat, mit denen, die auf ihrem Zettel stehen. Hinter ihr stehen zwei Männer und eine Frau. Der erste Mann in der Reihe fordert, dass die Frau mal zu Potte kommen möge.

Wir haben nich ewig Zeit, Omma. Nu jib schon den Sendebefehl, damit wir zum Zuge kommen.

Die alte Frau verharrt mit dem Zeigefinger vor dem letzten Eingabefeld. Abschicken, vertrauen, rausgehen.

Soll ick det für Sie machen?

Sie schüttelt panisch den Kopf.

Jebense doch mal den Zettel her, ick kann noch mal gucken, ob allet seine Richtigkeit hat.

Resigniert reicht die Frau den Zettel weiter. Der Mann murmelt bei stetigem Blickwechsel zwischen Zettel und Display die Zahlen leise vor sich hin.

Is doch allet schick. Ick sende dit jetze mal ab.

Er drückt der Frau den Zettel in die Hand, dazu den Ausdruck der Überweisung und schiebt sie zur Seite. Die Frau schaut Marthe an, heulend fast, und flüstert:

Ich hätte noch zwei Überweisungen machen müssen.

Marthe fasst die Frau am rechten Arm und geht mit ihr in die Filiale. Fragt am Schalter, ob hier noch Papierüberweisungen abgegeben werden können, bekommt die Bestätigung, geht mit der Frau an einen Bistrotisch, der verschämt mit seinen analogen Formularen, die in einem altmodischen Schuber stecken, in der Ecke des Raumes steht, und hilft ihr, die Überweisungsformulare auszufüllen. Danach bringen sie gemeinsam die Formulare an den Schalter.

Die sagen mir immer, ich soll das alles mit dem Internet machen.

Müssen Sie nicht, wenn Sie nicht wollen.

Aber ich bezahle für diese Papierüberweisung zwei Euro fünfzig und fünfunddreißig Cent, wenn ich das am Automaten mache. Kann ich mir eigentlich gar nicht leisten. Das ist viel Geld.

Haben Sie niemanden, der für Sie Onlinebanking machen kann?

Mein Enkelsohn wohnt in Mainz. Ich bin siebenundachtzig und will das alles nicht mehr lernen.

Müssen Sie nicht.

Aber das Geld für die Überweisungen. Zweifünfzig, wenn ich meinem Enkelsohn fünfzig Euro schicken will. Das ist wirklich viel Geld.

Marthe ist erschöpft.

Das macht mich krank. Und ich bin gerade mal drei Stunden in der Stadt. Schon krank im Kopf.

Sie hat keine Idee und keinen Plan. Außer dass es vielleicht ganz gut wäre, zu McMurphy zu laufen, anstatt hinzufahren. Nur, um die Stadt ein wenig mehr zu mögen. Sechs Kilometer, vielleicht sieben. Ihre Beine sind inzwischen auf zwanzig Kilometer eingestellt. Locker. Vor zwei Wochen hatte sie David gebeten, sie einmal mitzunehmen auf eine seiner Gleiswanderungen. Er hat nur den Kopf geschüttelt.

Lass mir die Gleise, November. Ich kenne einen anderen schönen Rundweg ums Dorf, der wird dir gefallen. Vierzehn Kilometer, das schaffst du locker in zweieinhalb Stunden. Wenn du erst mal durch die Feldwüsten bist, fast nur noch Wald.

Sie waren den Weg gelaufen, und danach ist sie noch dreimal allein gegangen. Beim dritten Mal den ganzen Weg mit aufgeklapptem Messer in der Hand. Unglaublich, wie allein man im Wald sein konnte. Und wie schwierig es für eine wie sie war, alle Geräusche einzuordnen. Das Knarren der Bäume, Krächzen der Kolkraben, Klackern der Spechte, das Flüstern, Schaben, Hauchen, Heulen. Trotz der Wochen und Monate, die sie nun schon im Dorf leben, wirkte alles fremd und leicht bedrohlich. Und dann noch der Maismörder. Der ist sogar ihr zu Ohren gekommen. Radomski hat von ihm erzählt, wie man so Geschichten erzählt, an denen man zweifelt, die aber zugleich die Sogkraft des Möglichen beinhalten. So, wie es möglich ist, dass ausgerechnet in ihrem Dorf Frauen den Aufstand proben und sich dabei der vernichtenden Macht der Biogasanlagen bedienen.

Ich bin doch eine Anhängerin aller zerstörerischen Theorien. Diese Theorie der unausweichlichen Selbstauslöschung technischer Zivilisationen. Nicht der Bankmensch stirbt, wir alle tun das. Und mein Dorf fängt schon mal an. Im Rahmen seiner Möglichkeiten mit den Mitteln der Biogasanlagen. Das muss ich David erzählen. Ihn zum Lächeln bringen. Wenigstens einmal pro Woche. Mit irgendeiner Geschichte.

Marthe läuft los. Sechs Kilometer. Fast immer geradeaus. Zuerst leicht bergauf. Nicht wenige Cafés haben schon wieder die Namen gewechselt, Geschäfte sind aufgegeben worden und neue Hoffnungen eingezogen. Wie immer macht sich Marthe ein Spiel daraus, zu schauen, wann sich auf ihrer Stadtwanderung die Möglichkeit auftut, einen Liter Milch, Margarine, Eier, abgepacktes Brot, Bier und Toilettenpapier zu kaufen. Die sechs Dinge hat sie schon vor Jahren zum Gradmesser der Gentrifizierung erhoben. Sich dabei nicht mal am Kriterium eines Tanteemmaladens orientiert. Auch kleine oder große Supermärkte zählen in der Rechnung.

In dieser Straße hier sind es knapp zwei Kilometer. Die alte Frau aus der Bankfiliale hätte ihre Mühen, wohnte sie hier. Aber die Chance, dass sie in dieser Gegend lebt, ist nicht allzu groß. Marthe gibt hin und wieder Aufträge für Wohnungssuche bei ImmoScout ein. Nur aus Spaß und um eine weitere Bestätigung dafür zu bekommen, dass es nicht machbar wäre, weiterhin in der Stadt zu leben. Sie ist, trotz all ihres Wissens, immer wieder erstaunt über die Rasanz, mit der Wohnen unbezahlbar wird. Und hat einen Lieblingsfeind erkoren, der das Wort Deutsche im Firmennamen trägt. Zwölf, dreizehn, vierzehn Euro pro Quadratmeter. Für jemanden, dem schon zweifünfzig für eine Überweisung schwerfallen, unbezahlbar. Also. Selbst wenn sie vorhätten zurückzukehren. Es wäre nicht möglich, sie müssten unter die Balkone ziehen.

Wir wären obdachlos. Ich bin viel zu wenig dankbar. Davids Tante hat uns wirklich das Leben gerettet. Wo wären wir jetzt hier?

Marthe zieht einen Handschuh aus und tastet mit den Fingern ihr Gesicht ab. Es scheint erfroren zu sein. Gefühllos auf jeden Fall. Zurück wird sie vielleicht doch die öffentlichen Verkehrsmittel nehmen. Aber dann kann sie nicht mehr auf ihrem Zugticket reisen, müsste sich einen Fahrschein kaufen. Sie hat sich für die anderthalb Tage Großstadt ein finanzielles Limit gesetzt. Darin sind Fahrscheine nicht enthalten. Aber sie könnte ja.

Ich kann auf dem Rückweg sagen, dass ich zum Bahnhof fahre. Und morgen kann ich das auch noch mal sagen, das Ticket ist bis morgen gültig. Mein Arm.

Der linke Arm ist gefühlloser als Gesicht und Füße. Eigentlich ist er nicht mehr da. Erneut in der Stadt auf Wanderschaft gegangen. Ohne sie.

Ohne mich. Geht der Arm jetzt einsam durch die Welt. Es ist ein Arm, sonst nichts. Das ist nicht gut. Gar nicht gut. Ich werde gleich nach dem Anwalt zum Bahnhof fahren und zurück den Zug nehmen. Dann bringe ich.

Dann bringt sie den Arm noch heil ins Dorf. Und Konstantin wird traurig sein, wenn Marthe ihn nicht besucht.

Wir könnten uns am Bahnhof treffen. Noch einen Kaffee trinken. Ein bisschen reden. Das muss genügen. Die Stadt macht meinen Arm kaputt. Ich brauche den. Sobald der Frost aus dem Boden ist, will ich im Garten umgraben. Nahrung für den nächsten Sommer einpflanzen. Einen Hühnerstall bauen. Ich habe.

Sie hat noch nie einen Hühnerstall gebaut. Im Internet gibt es Anleitungen, aber auch Fertighäuser für Hühner. Zweihundertvierundneunzig für ein Hühnerhaus auf zwei Etagen. Warum sollten die Viecher es schlechter haben als sie? Sie haben auch zwei Etagen, rechnet man den Dachboden mit. Hühnervoliere 126 Superhenne. Einhundertneunundachtzig. Massives Kiefernholz, Nistkasten, Hühnerleiter, Wohnhaus mit verzinkter Wanne zur einfachen Reinigung, Auslauf mit zwei Sitzstangen, einfacher Zugang zu den Eiern. Aber sie wird.

Ich werde das Ding selber bauen. Radomski hat mir ein bisschen Holz versprochen, und vielleicht kann ich Robin fragen, ob er mir hilft. Das wird der gern tun. Hühnermarthe werden sie mich nennen. Die verrückte, einarmige Hühnermarthe. Ich kann mit den Hühnern reden, wenn David gar nicht mehr spricht. Das wird bald so sein.

Sie führen schon jetzt diese Gespräche. Von denen Marthe immer dachte, dass dies nur andere Menschen tun.

Was ist los?

Was soll sein?

Du bist so schweigsam.

Ich denke nach.

Aber es ist doch irgendwas.

Nein. Ich mag einfach nur nicht reden.

Wo sie da hingeraten sind.

Wir haben reden können und reden und reden. Unser Kontingent an Wörtern und Sätzen aufgebraucht. Also David. Ich habe ja noch genug. Nur niemanden, der mir zuhört. Robin manchmal. Radomski. Konstantin, dem ich ellenlange.

Ihre Mails an Konstantin werden immer länger. Und ihr zuliebe schreibt er lange Mails zurück. Setzt sich hin, obwohl er diese Form der Kommunikation sehr archaisch findet.

Marthe, lass uns skypen.

Ich hasse diese zerhackten und stolpernden, zuckenden Bilder von dir. Diese kleinen Verzögerungen machen mich wahnsinnig.

Das liegt an der Langsamkeit deines Internets.

Mein Internet ist nicht langsam, alles ist viel zu schnell. Und wenn wir skypen, siehst du aus wie ein Zombie, Konstantin.

Ich bin ein Zombie.

Konstantin wollte ihr heute Abend zeigen, woran er gerade arbeitet. Ein Spiel. Ein böses, böses Spiel. Er hat es ihr am Telefon erklärt, nachdem sie sich lange und hartnäckig genug geweigert hatte, mit ihm zu skypen.

Das entwickle ich nur dir zuliebe, November. Du wirst es mögen. Aber ich verrate dir noch nicht, worum es geht.

Weltrettung.

Ach, Marthe, sei nicht so langweilig. Natürlich. Immer geht es um die Rettung der Welt. Aber ich habe mir letztens mal die Arbeit gemacht, aus all deinen Mails, deinen ellenlangen Mails, zu kopieren und in eine Datei zu packen, was deiner Meinung nach in nächster Zukunft mit der Welt passieren wird. Wenn man das als zusammenhängenden Text nimmt, Marthe, dann kann ich nur sagen, ich bin extrem verwundert, dass du noch nicht von der Klippe gesprungen bist. Bislang hast du mir das immer stückchenweise angereicht. Selbst das war schlimm. Alles zusammengenommen sind deine Untergangsszenarien unerträglich. Wie kann man nur so pessimistisch und weltuntergangsmäßig drauf und noch am Leben sein?

Ich habe Kinder.

Marthe, das glaubst du doch selbst nicht, dass dies der Grund für dein bisheriges Überleben ist. Irgendwas, tief in dir, muss noch Reste von Optimismus enthalten, dass alles gut wird.

Gewiss nicht. Ich will David nicht alleinlassen, und die Kinder.

Hm.

Konstantin?

Wenn du kommst, zeige ich dir, was ich mir ausgedacht habe. Du musst mich beraten. Es geht um die Errichtung einer Ökodiktatur. Wer das Spiel richtig spielt, kann die Welt retten. Aber der Preis ist hoch. Solche moralischen Dilemma. Verdammt, Marthe, heißt das jetzt Dilemmata oder Dilemmi?

Dilemmas.

Das klingt doch saublöd.

Heißt aber so.

Nun ja, egal. Also solche Dilemmas gefallen dir doch.

Es gibt kein Dilemma. Ich habe dir doch von Peter Ward erzählt.

Dieser durchgeknallte Paläontologe?

Geht dir aber leicht von den Lippen. Du liest meine Mails wirklich.

Und ich zeichne, seit du auf dem Dorf bist, unsere Telefongespräche auf.

Was machst du? Bist du verrückt?

Nur, um mir deine langen Vorträge zu merken. Und so einen Typen wie den Ward im Kopf zu behalten. Du bist doch eine wandelnde Vortragsmaschine. Absolut nervig. Glaub mir, November. Dich hält keiner mehr aus. Außer ich. Und David.

David hält mich nicht aus.

Na dann hält er zumindest durch, das ist ja auch schon was. Also du meinst diesen Typen, der behauptet, so eine Art Umweltfilter sorge dafür, dass aufsteigende Zivilisationen schnell wieder verschwinden. Indem sie sterben.

Den meine ich.

Der kommt mit rein in das Spiel. Glaub mir, es wird eine sehr vielschichtige Figurenkonstellation sein. Du kannst dich als Diktatorin auch dafür entscheiden, den Ward'schen Prozess zu beschleunigen. Dann bleibt am Ende ein Planet ohne Zivilisation.

Nur ich überlebe?

Wenn du willst. Du kannst aber auch eine kleine Truppe Gleichgesinnter um dich scharen. Für den Neuanfang. Das wäre dann die Fortsetzung des Spiels. Siehst du, Marthe, schon jetzt, während wir reden, kommen lauter Ideen dazu. Du bist meine Muse. Also komm, und wir retten an meinem Computer die Welt.

Sie wird nicht kommen. Sie schafft es nicht.

Ich schaffe das nicht, noch vier Stunden in der Stadt zu bleiben, dann zu Konstantin zu fahren, eine ganze Nacht bei ihm zu verbringen und morgen erst zurück. Sie muss zurück ins Dorf. Wenn sie eine Nacht bleibt, wird ihr Arm verschwunden sein. Und dann wird es Wochen dauern, bis alles in Ordnung ist.

Das Dorf ist in Feststimmung. Das erste Mal seit vielen Jahren wird es zum Tanzen gebracht. Alle, nein viele, werden hingehen und sich anschauen, wie weit Krüger es gebracht hat. Erst den Gasthof gekauft, dann mit fremden Geldern feingemacht und nun Hausherr des großen Vergnügens. An den Straßenlaternen und Bäumen haben die Einladungen zum Tanzvergnügen Frostbeulen bekommen. Der Winter ist hart wie lange nicht. Die Häuser tragen Zapfen, die wie Orgelpfeifen glänzen.

Alle, die es sehen sollten, haben gesehen. Es wird ein Fest geben. Und Krüger ist der Zeremonienmeister. Einige Frauen sind in die nahe gelegene Kleinstadt gefahren, um sich ein Kleid zu kaufen. Steht doch auf der Einladung, es würde eine große Party werden. Und die bedarf der passenden Garderobe. Vielleicht brauchen sie sogar ein bisschen Strass, der dann funkeln kann, wie die Eiszapfen es tun.

Irgendein Witzbold hat am Zaun vor den Baracken zwei Aushänge angebracht. So sind auch die Fremden eingeladen, wenn man es ernst nimmt. Krüger kann das nicht gewesen sein.

Wenn das Dorf noch einmal zu feiern lernt, wird manches vielleicht wieder gut. Nicht jedoch, wenn es sich betrinkt und all seinen Hader auf die Tische packt. Aber noch sind alle guten Willens. Ein Fest war so lange nicht, und die Kälte hat vielen Angst in die Knochen gepflanzt, es könne nie wieder Frühling werden. In den Wäldern verhungert das Rehwild, die Wildschweine wagen sich weit vor, um an Essbares zu gelangen. Die ganz Alten glauben sowieso nicht daran, diesen

Winter zu überleben. Sie kratzen das Eis von den Fenstern und warten darauf, dass die Schneekönigin sie holt.

Krügers Landgasthof, dem er Leben einhauchen will auf Teufel komm raus, weckt kaum Erinnerungen an Ellas Tanzscheune. Viel feiner ist der ausgestattet. Mit schwerem Mobiliar. Glänzend wie poliertes Mahagoni. Gut möglich, dass die Preisschilder noch unter den Tischen und Stühlen kleben. Doch was man sieht, verkörpert den heutigen Schick, und der ist gebraucht. An den Wänden hängen die Trophäen vieler Jagden, und Krüger ist extra zum Scheunentrödel gefahren, um ein paar Ölschinken zu kaufen, die nun in goldenen Rahmen von der Romantik vergangener Zeiten künden. Kunststoffgrün rankt sich in den Ecken Richtung Boden, auf den Tischen ahmt der Kunststoff Rosen nach, die Tischdecken gab es beim Vietnamesen, fünf Dutzend für gerade mal zweihundert Euro.

Krüger hat gespart, wo er konnte, und gleichzeitig den großen Max gespielt. Der Tresen ist eine gewaltige Wucht, hinter der die ungelernten Frauen zu verschwinden drohen, wenn sie den Ausschank machen. Krüger hat für das Fest Minijobs zuhauf vergeben und macht Versprechungen auf eine arbeitsreiche Zukunft. Noch fehlt ihm ein Koch, der den Überblick behält und in der Lage ist, vierzig Bestellungen auf einmal abzufertigen. Den Frauen hat Krüger Anweisung gegeben, sich die Fingernägel zu lackieren und zum Friseur zu gehen. Er hat ihnen weinrote Kellnerinnenschürzen gekauft und weiße Blusen verordnet, schwarze Röcke, hautfarbene Strumpfhosen und flache weinrote Schuhe. Sehen sich zwei Frauen an, lächeln sie verlegen und zupfen an ihren Schürzen, ziehen die Schleife im Rücken straff, unter der sich ihr Hintern wölbt. Die hautfarbenen Strumpfhosen bekommen Struktur durch Krampfadern und Besenreiser, das Blau des Alters und der vielen Jahre, die sie in Gummistiefeln verbracht haben, schummelt sich durch vierzig Den. In einem Schnellkurs haben die Frauen gelernt, dass man von rechts bedient und beim

Abräumen der Teller fragt, ob es geschmeckt hat. Sie können notdürftig mit einem Kellnerbesteck umgehen und Bestellungen auf kleine Zettel schreiben, die sie in der Küche auf einen eisernen Dorn spießen, der in einer kleinen Holzscheibe steckt. Sie machen sich keine Hoffnung auf eine Zukunft in der Gastronomie, aber Krügers Ehrgeiz ist ihnen eine schöne Abwechslung.

Das Dorf bereitet sich in völliger Froststarre auf das Fest vor, dem ein Tauwetter folgen soll. Nicht jede Hoffnung ist in diesem Winter und den vergangenen Jahren gestorben. Das Dorf wird tanzen. Tote tun so was nicht.

Wissen ist wichtiger als Trost. Radomski ist sich nicht sicher, ob er den Satz mag. Das Buch, in dem er steht, mag er schon. American Gods. Ein wirklich harter Tobak. Aber auch eine große Saga. Radomski hat gerade keine Zeit für so etwas. Er ist auf dem Weg in ein halbwegs ehrliches Leben. Zumindest was die Wilderei anbelangt. Ist zu Schulz gegangen und hat gefragt, ob er die Jagdprüfung machen kann. Und hat dem Mann, vor dem er Angst hat, ein Geschäft angeboten. Die Angst nährt sich aus dem Wissen ums eigene Tun und aus den vielen Geschichten, die über Schulz in Umlauf sind. Geschichten von Macht und Verzweiflung. Schulz hat fast alle im Griff. Nur sich selbst nicht. Jeder im Dorf weiß, dass Schulz die Heidemarie geliebt hat. Sich nur deshalb um den verrückten Prokorski kümmert, als sei der sein eigen Fleisch und Blut. Niemand redet darüber. Radomski denkt oft, dass dieses Dorf sich darin von anderen Dörfern unterscheidet. Hier weiß man und spricht nicht drüber. Anderswo reden sie über alles, ohne zu wissen. Beides ist schlimm. Nicht für alle. Natürlich. Die Toten in den Biogasanlagen werden für immer Betriebsunfälle bleiben. Der Mattern haben sie nichts anhängen können, und die Weiber im Dorf halten zusammen wie Pech und Schwefel. Auch wenn man sich aus dem Weg geht. Die Mattern ist, seit sie die geholt und befragt haben, mit sich allein. Kaum jemand redet mit ihr. Aber über sie spricht auch niemand. Radomski mag Schulz nicht. Noch weniger Krüger, diesen falschen Hund, der den Leuten ihre Angst großredet, nur um auch mal ein Heer befehligen zu können. Als dieses Land noch anders hieß, war Krüger der

Agitator und Schulz der Macher. Die Partei ist beiden am Arsch vorbeigegangen, aber in ihrem Namen haben sie die LPG groß gemacht und sich rechtzeitig die Rechte auf verwaiste Produktionsmittel gesichert. Noch bevor die anderen hier wussten, was eine GmbH und Co. KG ist, hatten beide eine gegründet. Waren die Ersten, die sich bei der Bodenverwertungs- und Verwaltungsgesellschaft schlaugemacht haben. Schulz immer eine Nasenlänge voraus. Hat sich einen Partner im Westen gesucht, und so sind die Dinge schnell geklärt gewesen. Liquidatoren und Neugründer in einem, eine Konstruktion, die am Ende zu neuer Leibeigenschaft geführt hat. Und alle, die in den kurzen Wendetagen die große Fresse gehabt hatten, machen heute den Rücken krumm für zwei Schlitzohren, denen ihre Siege nicht mal Spaß bereiten. Unglücklich der eine, aus Ehrgeiz fast krank im Kopf der andere. Und jetzt würde Radomski sich in die Hände von Schulz begeben. Um sich den Traum eines ausgebauten Dachbodens zu erfüllen. Oder die Möglichkeit zu eröffnen fortzugehen. Radomski ist nicht blöd. Er weiß, dass man das alte Leben immer huckepack nimmt. Aber jetzt, im Alter von sechsundfünfzig, scheint es ihm, als trüge er leichtes Gepäck. Die einzige Frau, mit der er je länger zusammen war, modert schon zwei Jahrzehnte auf dem Dorffriedhof. Eine dralle dunkelhaarige Dorfschönheit, deren Kinderlosigkeit auf einem bosartigen Gewächs gründete, das sie nicht hatten wegvögeln können.

Einen Vertrieb für Wildfleisch in die große Stadt würde er Schulz aufbauen. In der Stadt kostet das Kilo Wildbret zwischen zwanzig und vierzig Euro. Und läuft unter Bio. Was es in Radomskis Augen nicht ist. Wenn sich das Rehwild auf den Äckern ringsum die Bäuche vollschlagt, kann das Fleisch am Ende nicht Bio sein. Aber glücklich. Und offensichtlich legen immer mehr Leute in den Städten Wert darauf, dass sie glückliches Fleisch essen. Wenn sie nicht gleich ganz damit aufhören wollen.

Das Zeug irgendwohin zu bringen, ist nicht so einfach. Die Kühlkette darf nicht unterbrochen werden, das Fleisch muss sauber sein und ordentlich portioniert. Wenn Radomski sich anschaut, wie die hier ein Tier aus der Decke schlagen und dann zerlegen, kann er sich ausrechnen, wie viel Arbeit es kosten wird, das zu ändern. So eine Sauerei funktioniert in den Feinkostabteilungen der Stadt nicht. Zerlegen. Das bereits aus der Decke geschlagene, abgeschwartete bzw. abgebalgte Nutzwild für den Küchengebrauch zerkleinern. So steht es im Buch, und so hat es zu sein. Hier schlagen sie die Tiere auseinander, bis die Teile in die großen Kühltruhen passen, und überlassen es den Weibern, später aus der Schweinerei einen passablen Braten zu machen.

Im Moment jedoch sieht es so aus, als scheiterte die ganze Geschäftsidee schon an der Jagdprüfung. Um einen Vertrieb aufzubauen, braucht man nicht unbedingt Jäger zu sein. Aber Schulz hat klipp und klar gesagt, dass Radomski dann auch mit draußen zu sein hat, wenn die Tiere geschossen werden. Sich mit den anderen Jägern in einer Reihe aufstellt, wenn die toten Tiere nebeneinander auf dem Waldboden liegen und ihnen zu Ehren das Halali geblasen wird. Ha, là lit! Da liegt er. Vormals geblasen, wenn der Hirsch so ermattet war, dass er sich den Jagdhunden ergab. Heute das Ende einer Jagd und der Anfang einer Sauferei. Radomski verbringt seine Abende mit Lernen, und was er gelernt zu haben glaubt, ist am nächsten Morgen aus seinem Kopf verschwunden.

Gehen. Weidmännisch nur in bestimmten Bedeutungen wie: Der Otter geht über Land. Bis vor kurzem war Radomski noch der Meinung, es hieße das Otter. Dachs und Biber gehen nach ihrer Äsung, der Hirsch geht niedrig, wenn er abgeworfen, hoch, wenn er sein Geweih aufhat, das Tier geht hochbeschlagen, der Bär und die Sauen gehen von oder zu Holze. Scheiß auf den Bären, es gibt den hier gar nicht. Der Hase geht schnell oder langsam, wenn er schnell oder langsam läuft. Das ist ihm zu blöd. Warum läuft der dann nicht einfach? Der Jäger geht jagen oder pirschen, der Hund geht auf Schweiß.

Die Sprache, die Radomski lernen muss, macht ihn wahnsinnig. Vor kurzem hat Marthe Lindenblatt angeboten, ihn abzufragen. Also ist er schon dreimal bei ihr gewesen. Sie haben es versucht. Geilsäcke heißen die Drüsen beim Biber, Gefege der Bast, den der Hirsch vom Geweih abfegt, Lauscher sind die Ohren des Schalenwildes mit Ausnahme der Sauen, die Teller haben.

Radomski hat Marthe Lindenblatt beim Abfragen zum ersten Mal und seitdem häufiger laut lachen hören. Ihr ist die Sprache der Jäger genauso ein Rätsel wie ihm. Aber sie lernt schneller, weil sie fast alles urkomisch findet. Schneidewind sagt man statt halber Wind, ein schlecht schießender Schütze wird Schlumpschütze genannt, das Aufbrechen eines Tieres rote Arbeit, ritterlich ist eine grobe Sau, die mutig jeden Feind annimmt. Die Füchsin rennt in der Rollzeit, also wenn sie hitzig ist, schmatzen wird die Lautäußerung des Schwarzwildes tituliert, wenn es im Gebräch steht, Gebräch wird auch als Saubruch bezeichnet und ist der aufgewühlte Boden.

Marthe Lindenblatt, die Radomski schon ein wenig ans Herz gewachsen ist, behält all die schwer fassbaren Begriffe und fragt ihn inzwischen ab, ohne selbst ins Buch schauen zu müssen. Das ist kränkend. Sie hat ihm etwas von Fördermitteln erzählt, die er bekommen könnte, zöge er so einen Vertrieb für Wildfleisch auf und brächte dafür irgendwelche Leute in Arbeit. So weit will Radomski nicht denken. Es soll für ihn reichen, und wenn es reicht, baut er sich vielleicht wirklich den Dachboden der Lindenblatts aus. Sie haben nicht wieder darüber geredet. Außer dass Marthe Lindenblatt ihm noch einmal, das ist nun schon ein paar Wochen her, erklärt hatte, das Angebot stünde.

Am Samstag werden sie zwei Stunden für die Jagdprüfung lernen und danach zum Dorffest gehen. Sogar David Lindenblatt wird mitkommen. Verdrossen nennt man einen Hund, der aus mancherlei Gründen plötzlich keine Lust zur Arbeit oder Suche zeigt.

Radomski, Ihre Jagdbücher sind völlig veraltet. Das wird doch heutzutage bestimmt anders erklärt. Hier im Internet steht: Verdrossen, Eigenschaft eines Jagdhundes, der ohne Interesse sucht. Ich glaube nicht, dass Sie mit dem VEB Deutscher Landwirtschaftsverlag, erste Auflage 1968, weit kommen. Die saßen übrigens in der Reinhardtstraße in Berlin. Die heißt immer noch so. Das ist ein gutes Zeichen.

Radomski kann nicht erkennen, was daran ein gutes Zeichen sein soll, aber Marthe Lindenblatt redet oft in Rätseln. Er wird aus ihr nicht schlau und aus David Lindenblatt nicht klug. Aber langsam absorbiert das Dorf die beiden, die immer noch wirken, als seien sie durch bloßen Zufall hier gestrandet. Schulz hat Marthe gefragt, ob sie den Fremden Deutsch beibringen würde. Für Geld. Radomski findet die Idee nur deshalb nicht gut, weil sie von Schulz kommt.

Wollen Sie das wirklich machen?

Warum nicht, die müssen ja irgendeine Chance haben, hier mal arbeiten und woanders hinziehen zu können. Raus aus den Baracken.

Das will doch niemand.

Natürlich will das keiner, aber so wird es kommen. Die sind da und werden bleiben. So wie wir. David und ich.

Radomski weiß, dass er bei den meisten Menschen nicht durchblickt. Er macht sich Gedanken über die oder den, aber er blickt nicht durch. Schulz kümmert sich um die Fremden, als seien sie sein Gesinde, dem es wohlzugehen hat. Damit es ihm seine Felder bestellen und den Hof ordentlich halten kann. Dabei tun die gar nichts. Dürfen sie nicht. Aber wenn die Feldarbeit wieder losgeht, hat Schulz angekündigt, wird er die Fremden zum Arbeiten holen. Sein Bürschchen kümmert sich wohl schon um die Genehmigungen.

Und während Schulz, wie er es sein ganzes Leben lang gemacht hat, Nutzen aus allem zu ziehen sucht, schießt sich Krüger mit seiner komischen Bürgerwehr, die nur noch ein Schatten dessen ist, was sie mal war, immer mehr ins Abseits. Samstagabend allerdings könnte sich daran etwas ändern. Wenn das Dorffest ein Erfolg wird, kann Krüger Oberwasser bekommen. Obwohl sich bislang noch niemand von den Fremden etwas hat zuschulden kommen lassen. Das versteht hier keiner. Und es macht die Leute missmutig. Sie hätten gern Gründe für das, was sie denken und mit den Fremden tun wollen. Vor zwei Wochen hat ein Bewohner aus dem Nachbardorf Alarm geschlagen, weil seine Frau abends nicht nach Hause gekommen war. Dem Mann gehört eine kleine Schrauberbude, die er sich auf einem runtergekommenen Dreiseitenhof eingerichtet hat. Alle nennen den Kerl Schrotti, ein Name, der zum Hof passt. Der Typ handelt mehr mit Schrott, als dass er was ganzmacht. Und seitdem Schulz David Lindenblatt bei sich beschäftigt, nimmt er Schrottis Schrauberkünste auch nicht mehr in Anspruch. Das sät Zwietracht. Mehr als einmal hat Radomski gehört, wie Schrotti, der, wenn er den Mund aufreißt, eine Katastrophenlandschaft kaputter Zähne zeigt, gegen Schulz und das Bürschchen aus Berlin gewettert hat.

Krügers Bürgerwehr ist noch einmal zu Höchstform aufgelaufen, als Schrotti seine Frau vermisst gemeldet hatte, und hat eine Suchmannschaft zusammengestellt, die natürlich zuerst zu den Baracken gezogen ist. Er ist mitgegangen, weil es ja blöd ausgesehen hätte, wäre er nicht bereit gewesen mitzusuchen. Dort standen die Männer dann dumm vor dem Zaun, und keiner traute sich, den ersten Stein zu werfen. Dann ist Schulz gekommen und hat den Leuten vorgeschlagen, in die Baracken zu gehen und in jedes Zimmer zu schauen. Als nähme er ernst, was sich die Leute draußen am Zaun heimlich wünschten. Schrottis Frau gefesselt und vergewaltigt in einem Fremdenzimmer. Und dann ein bisschen Lynchmob, bevor man die Polizei ruft.

Schulz ist rein in die Baracken und nach fünfzehn Minuten wieder rausgekommen. Hat gesagt, Schrottis Frau sei da nicht drin, und gewartet, bis die Männer abgezogen sind. Erst danach, das hat Radomski zu denken gegeben, hat er ein großes Taschentuch aus der Jackentasche gezogen und sich den Schweiß vom Gesicht abgewischt. Schulz schwitzt viel, aber bei minus fünfzehn dann wohl eher aus Angst. Schulz weiß, sie alle wissen, dass es nur eine Frage der Zeit ist, bis einer der Fremden verrückt wird und durchdreht. Bei diesen Temperaturen kommen die fast nie aus ihren Zimmern. Radomski mag sich gar nicht vorstellen, was das mit den Männern macht. Um die Frauen muss man sich nicht sorgen. Die haben ihre Kinder und im besten Fall noch einen Ehemann.

Er selbst hat seit sieben Monaten keinen Sex gehabt. Und er merkt, wie er im Kopf langsam breiig wird. Hat hin und wieder überlegt, ob er zu einem dieser ausrangierten Wohnwagen zu einer Nutte fährt. Nur, um mal ablassen zu können und dafür nicht selbst Hand anlegen zu müssen. Wahrscheinlich lernt er auch deshalb so schlecht für die Jagdprüfung. Wenn er Marthe Lindenblatt gegenübersitzt, kann er nur noch daran denken, dass er eigentlich mit ihr schlafen will. Und wenn er das jetzt mal hochrechnet. Auf die Fremden. Wie er sich fühlt und wie es denen gehen muss. Er hat immerhin die Möglichkeit, zu einer Hausfrauennutte zu gehen. Hat er auch schon gemacht. Ist lange her. Das sind nette Frauen, die sich an zwei oder drei Tagen die Woche etwas Geld verdienen. Und was solche wie er den Frauen zustecken, für ein bisschen Entlastung und Seelenfrieden, versaufen dann deren Männer. Aber sicher wird jede von ihnen irgendwo eine Fluchtkasse haben, in der sich die Scheinchen sammeln, bis die Frau irgendwann, wie Schrottis Frau, die Beine in die Hand nehmen und abhauen kann. Das hat sie nämlich gemacht. Ist abgehauen und hat ihren Schrotthändler und Schraubendreher sitzenlassen. Sie ist nicht die Erste und wird nicht die Letzte sein, auch wenn die allermeisten den Absprung nicht schaffen.

Ich denke, dass wir sowieso auf die Fresse fallen. Und deshalb ist, es vorher zu sagen, eine sichere Wette. American Gods ist wirklich ein gutes Buch. Radomski hat sich ein paar solcher Sprüche aufgeschrieben, und es würde ihm gefallen, wenn Marthe Lindenblatt das Buch läse. Aber die liest so was nicht. In ihrer Küche liegen stattdessen Bücher und Zeitschriften, die von einem anderen Verderben reden als American Gods. Ihm ist schleierhaft, wie die Frau das durchsteht. All den Mist zu lesen, der ja verbürgt ist. Alles, was in diesen Büchern und Zeitschriften steht, ist so oder wird so kommen. Wenn sie ihm davon erzählt, ist er nach zehn Minuten völlig fertig. Und er hat sie mal gefragt, warum sie das tut. Diesen ganzen Kram lesen.

Weil ich wissen will, wie es zu Ende geht, Radomski. Und weil es mich vom Eigentlichen ablenkt.

Ich denke, das ist das Eigentliche? Sie reden doch von nichts anderem. Also muss es das Eigentliche sein.

Das Eigentliche sind wir. Aber damit will ich mich nicht beschäftigen.

Das ist ihm zu hoch. Auch wenn es ihm gefällt. Dieses Wir. Radomski weiß, dass Marthe Lindenblatt nicht ihn und sich gemeint hat. Sie hat auf den Hof geschaut, als sie das sagte. Und auf dem Hof war David Lindenblatt gerade mit einer Kettensäge zugange. Hat einen Baum abgeastet und aufgemetert. Und während er das tat, nicht einmal hoch und ins Küchenfenster geschaut. Als sei es ihm egal, dass ein anderer Kerl mit seiner Frau gemütlich in der Küche sitzt. Dass die dem Kerl dabei hilft, die Jagdprüfung zu bestehen. David Lindenblatt scheint sich seiner Dinge sehr sicher zu sein. Radomski kann es ihm nicht verübeln, aber neiden, das schon.

Robins Mutter sagt, sie wird zum Dorffest gehen. Und sie möchte, dass er mitkommt. Er wird mitgehen müssen, um zu verhindern, dass seine Mutter sich komplett besäuft und schlimme Dinge tut. Sich irgendjemandem an den Hals wirft, auf der Tanzfläche besoffen umkippt oder auf den Tresen kotzt.

Und eigentlich will er ja auch zum Fest. Nur, um sich zu vergewissern, dass er hier wegmuss. Und um zu schauen, ob welche von den Fremden kommen werden. Darüber spekuliert das halbe Dorf. Die andere Hälfte ist sich bereits sicher. Dass sie kommen werden. Dass sie sich nicht trauen zu kommen. Dass sie kommen und Stunk machen. Dass sie rumstehen und schweigen. Dass sie in der Zeit, da alle besoffen feiern, die Häuser ausräumen. Die Leute hier haben überhaupt kein Problem damit, in einem Satz zwei einander völlig widersprechende Vermutungen aufzustellen. Oder heute dies rauszuposaunen und morgen jenes zu behaupten.

Aber eigentlich möchte Robin nicht dabei sein, wenn seine Mutter sich und ihn lächerlich macht. Er könnte mit Schulz reden und ihn bitten, ein Auge auf seine Mutter zu haben. Sie rauszuschmeißen, bevor es schlimm wird. Doch das Fest ist nicht Schulzens Party, sondern Krügers Sieg. Und Krüger wird einen Teufel tun, sich um eine besoffene Frau zu kümmern. Aber er wird sich bei allen einschleimen und böses Blut gegen Schulz schüren. Und sollten die Fremden wirklich kommen, wird er triumphieren.

Robins Mutter hat hoch und heilig versprochen, auf dem Dorffest nicht zu trinken.

Nur Wasser und Saft, Robin. Ich will dich ja nicht blamieren.

Du schaffst es nicht. Alle werden trinken, also schaffst du es nicht, nüchtern zu bleiben.

Gerade dann, Robin. Ich trinke doch nur, wenn ich allein bin. Das weißt du. Aber wenn ich es schaffe, beim Fest nicht zu trinken, dann könnte ich es doch auch schaffen, ganz aufzuhören.

Ganze sieben Mal hat seine Mutter ihn gekriegt damit. Sieben Ankündigungen, mit dem Saufen aufzuhören. Sieben Hoffnungen, die sich schon nach wenigen Tagen, beim sechsten und siebten Mal nach ein paar Stunden zerschlagen hatten. Einmal ist er mit seiner Mutter bis zu einer Klinik gefahren, in der sie einen Entzug machen wollte. Und als sie davorgestanden hatten, mit der großen gepackten Tasche und ihren kleinen guten Vorsätzen, ist seine Mutter abgedreht, und sie sind zurückgefahren. Heute nicht, Robin, hatte sie geflüstert und versprochen, dass es eine Woche später klappen würde.

In den letzten Wochen allerdings hat sich die Frau, die er Mutter nennt, obwohl sie mal Mama war, tatsächlich ein wenig verändert. Hat weiter getrunken, aber immer erst nachmittags damit angefangen. Ist vier oder fünf Mal zu den Baracken gelaufen, um dort am Zaun zu stehen und auf irgendetwas zu warten.

Die Leute dort, Robin, denen geht es wirklich schlecht. Nicht uns. Und die könnten ein bisschen Hilfe gut gebrauchen.

Wobei willst du ihnen denn helfen?

Ich könnte mit ihnen ein bisschen Deutsch lernen. Ich war immer gut in Deutsch. Gestern habe ich mit einem Mann gesprochen. Nur kurz. Vielleicht drei oder vier Sätze. Ich habe ihm gesagt, dass er Deutsch lernen muss, und er hat genickt.

Der wird dich überhaupt nicht verstanden haben.

Doch, doch, er hat mich verstanden. Ich habe es auf Englisch gesagt, und der spricht Englisch, weißt du. Die in den Baracken sprechen alle viel mehr Sprachen als wir. Englisch, Arabisch, Französisch, was weiß ich. Jeder von denen kann mindestens zwei Sprachen. Hier im Dorf sprechen fast alle nur Deutsch, können also viel weniger.

Obwohl Robin das völlig hirnrissig fand, hat er seiner Mutter nicht widersprochen. Klar, die Leute mussten vorher irgendwas gemacht haben. Berufe, Schule, Arbeit. Die sind ja nicht aus dem Nichts gekommen. Trotzdem. Sie als schlauer als die Leute im Dorf zu bezeichnen, findet Robin schräg. Seine Mutter ist allerdings auch schräg. Und als sie noch nicht gesoffen hat, war das sehr anstrengend.

Robin überlegt, seiner Mutter eine letzte Chance zu geben. Noch gestern war er fest entschlossen, nach dem Dorffest zu verschwinden. Einfach mit dem Geld, das er gespart hat, nach Berlin zu fahren. Marthe Lindenblatt vorher zu fragen, ob er vielleicht für ein paar Tage bei Konstantin unterkommen kann. Er braucht natürlich irgendwann die Einwilligung seiner Mutter, aber sie würde ihm die nicht verwehren. Eigentlich sagt sie jeden Abend, kurz bevor der Alkohol ihr den Verstand völlig raubt, dass er hier wegmuss.

Du musst fort von hier, Robin. Bevor das Dorf dich frisst. Ich komme alleine klar.

Was er sich damit übersetzt, dass sie sich auch allein zu Tode saufen kann. Dafür braucht sie ihn nicht. Dabei steht er ihr eher im Weg. Wenn seine Mutter es allerdings wirklich schafft, beim Dorffest nicht zu trinken. Er weiß es nicht. Es wäre gut, mit jemandem reden zu können. Schulz. Der würde ihn zumindest verstehen. Trotzdem vertraut er dem Mann nicht. Der ist zu lange der Boss von allen und allem. So einer kann kein guter Mensch sein. Jedenfalls hat Robin noch nie ein Buch gelesen, in dem der Boss von allen und allem auch noch ein guter Mensch ist. Und wenn es das nicht mal in Romanen gibt, warum sollte es dann im Leben funktionieren?

Robin hat Marthe Lindenblatt gefragt, ob sie zum Fest gehen wird. Und sie hat genickt. Genickt und erklärt, dass dies doch eine gute Gelegenheit sei, mal wirklich alle Leute aus dem Dorf kennenzulernen.

Das sieht er anders. In seinen Augen ist es die denkbar schlechteste Gelegenheit. Aber er hat nicht widersprochen, weil er froh wäre, wenn Marthe und David Lindenblatt im Landgasthof dabei sein werden. Er kann sich zu ihnen an den Tisch setzen.

Wäre schön, wenn du dich mit uns an einen Tisch setzt, Robin. Dann habe ich jemanden, den ich immer fragen kann, wer das ist und was die so macht. Wir müssen natürlich flüstern und dürfen nicht so auffällig auf die Leute starren, aber das kriegen wir schon hin. Ich weiß zum Beispiel immer noch nicht, wer die Frau ist, die immer diese Glitzerpullover trägt und im Dorfkonsum das Wort führt.

Sie meinen die Mattern?

Wenn die so heißt.

Die war mal Sekretärin in der LPG. Die Leute sagen, sie hätte für die Stasi gespitzelt. Aber das glaube ich nicht.

Wieso glaubst du das nicht?

Weiß nicht.

Na komm, Robin. Das jetzt ist gerade eines der längsten Gespräche, die wir bisher geführt haben, wir müssen weitermachen, damit wir das lernen.

Die Mattern war halt Sekretärin. Hat von allen alles gewusst. Deshalb denken die Leute, dass sie es auch gepetzt hat. Aber alles zu wissen ist für mich kein Beweis.

Was wäre denn ein Beweis?

Weiß nicht.

Robin, du bist zu alt und zu klug, um immer mit Weißnicht zu antworten.

Hier hat mal einer gelebt, der ist aber schon lange tot, der hat in seine Akte geguckt. Hat er jedenfalls erzählt. Und dann hat er immer gesagt, Spitzel hätte es hier ein paar gegeben. Und dass die heute aber gut im Futter stehen und anderswo ihre Schäfchen ins Trockene gebracht haben. Wenn es die Mattern gewesen wäre, hätte der das gesagt. Weil, die konnte der wirklich nicht leiden. Also, das wäre ihm ein Fest gewesen, glaub ich.

Das klingt wirklich nach einem Beweis, Robin.

Wenn seine Mutter zum Fest geht, kann er nicht mit den Lindenblatts an einem Tisch sitzen. Dann muss er aufpassen und möglichst in einer ruhigen Ecke einen Platz finden. Oder er nimmt sie gerade mit an den Tisch von Marthe und David Lindenblatt. Dann traut sie sich vielleicht nicht zu saufen. Er könnte sie auch tagsüber schon so betrunken machen, dass sie es gar nicht zum Dorffest schafft. Schon schläft, wenn es losgeht.

Robin weiß, dass er so was nicht bringen wird. Er hat es dieses eine Mal getan, als seine Mutter den Lindenblatts einen Apfelkuchen bringen wollte, aber das hat ihm dann auch lange auf der Seele gelegen. Seine Mutter macht ihn fertig, aber irgendwo lauert noch ein Rest Hoffnung, dass sie es ernst meint mit ihrer Ankündigung, nicht trinken zu wollen. Er ist ja schon froh, dass sie nicht in einem dieser ausrangierten Wohnwagen anschaffen geht. Knapp genug ist das Geld. Aber wenn sie das machte, dann brächte er sie um. Noch ist bis Samstag Zeit, sich zu entscheiden.

Heute Nachmittag jedenfalls wird er mit dem Fahrrad zu den Baracken fahren. Wahrscheinlich ist er der Einzige im Dorf, der noch nicht dort gewesen ist. Alle anderen haben was zu erzählen. Und sei es, dass sie nichts gesehen und nichts gehört haben. Die Leute sagen, es ist zu kalt für die Araber. Das würden die nicht aushalten, diese Kälte. Aber wenn erst der Frühling kommt, sagen sie, dann werden die aus ihren Baracken kriechen und sich im Dorf breitmachen. Krüger hat schon angekündigt, dass die Patrouillen wieder anfangen, wenn es wärmer wird. Dass man dann wieder auf das Dorf würde aufpassen müssen. Dabei gibt es gar nichts mehr zu holen. Alle haben ihr Zeug hinter Schloss und Riegel gepackt. Ein paar haben sogar Kameraüberwachung anbringen lassen. Schulz hat auf einer Dorfversammlung erklärt, das sei so nicht erlaubt. Schließlich würde niemand wollen, dass der Nachbar sieht, wenn man abends besoffen auf der Dorfstraße langtorkle. Alle haben gelacht. Schulz auch. Wer besoffen durchs Dorf läuft, wird immer gesehen. Mit oder ohne Kamera. Aber so etwas macht ja keiner. Man betrinkt sich zu Hause und latscht nicht besoffen durchs Dorf. Die Leute mit den Kameras haben nicht auf Schulz gehört. Und vielleicht funktionieren die Dinger gar nicht. Könnten nur Attrappen sein.

An den Baracken sollen auch Kameras hängen. Angeblich, um die zu schützen, die drinnen wohnen. Aber das scheint Robin unlogisch. Die kommen aus dem Krieg, und hier ist kein Krieg. Warum sollte man sie ausgerechnet jetzt schützen? Und vor wem? Krügers Bürgerwehr ist doch nur ein harmloser Haufen Männer, die Robin alle kennt. Sogar ein ehemaliger Lehrer ist dabei. In der Schule haben sie einmal über die Fremden geredet. So schwurbeliges Zeug halt. Dass Rassismus nicht gut ist und die Fremden ein Recht darauf haben, hier einen Asylantrag zu stellen und, wenn sie verfolgt sind, auch hierzubleiben. Der ehemalige Lehrer sieht das vielleicht anders.

Robin stellt sich in seinem Zimmer vor den Spiegel. Den hat er auf dem Scheunentrödel gekauft. Es ist wegen der Akne und weil er sehen möchte, ob die Kraftübungen was bringen. Er findet schon. Nur die Beine sind immer noch viel zu dünn und die Kniescheiben zu groß.

Vor drei Tagen ist er aus Versehen ins Badezimmer gestürmt, als seine Mutter gerade aus der Wanne gestiegen war. Sie hatte wie immer vergessen abzuschließen. Was vielleicht gut ist, denn manchmal steigt sie betrunken in die Wanne, und das kann auch schiefgehen. Er hat seine Mutter schon manches Mal aus der Wanne geholt, wenn sie eingeschlafen war. Aber vor drei Tagen war es doch komisch, sie zu sehen. Sie hatte es allein aus der Wanne geschafft und stand vor dem Spiegel. Reglos. Obwohl der Alkohol es immer schwerer gemacht hat, in den letzten Jahren, die Gefühle seiner Mutter zu deuten, hatte Robin gesehen, dass sie sich bei ihrem Anblick daran erinnert hat, wie sie mal ausgesehen hatte. Robin hat ihr ein großes Handtuch um die Schultern gelegt und ist rausgegangen. Hat aber noch gehört, was seine Mutter gesagt hat.

Wenn man etwas bereut, vergeht die Zeit überhaupt nicht.

Wenn seine Mutter mit zum Dorffest kommen will, wird er sie davon nicht abhalten. Aber er wird versuchen, auf sie aufzupassen. Und vielleicht trinkt sie auch wirklich nur Wasser und Saft. Dann müsste er nicht jetzt schon aus dem Dorf verschwinden.

Vier Tage vor dem Fest kommt der Sturm. Die gefühlte Temperatur legt auf minus zehn noch acht Grad. Der Sturm arbeitet sich von Westen her ins Dorf. In den Wäldern sorgt er für Arbeit, die wird für die kommenden Monate reichen. Schnell wachsendes Nutzholz hält Orkanböen nicht stand. Die Kiefern stehen viel zu eng, weil die Menschen vergessen oder keine Lust mehr haben, den Wald zu bewirtschaften, dass er unwetterfest ist. Noch nie sah er so unaufgeräumt aus. Und so traurig. Der Wald war einmal eine stolze Mischung.

Schon die Schneelast der vergangenen Wochen hat für Verheerung gesorgt. Jetzt schlägt der Sturm Schneisen durch die lastenmüden Bäume und vollendet das Winterwerk. Schnappt sich ein, zwei, drei Hochsitze und legt sie um, hebt eine offen gelassene Tür in einem Getreidespeicher aus den Angeln, fegt unter Planen, mit denen halbherzig Baumaterialien abgedeckt worden waren, kippt einen ausrangierten Wohnwagen um und bereitet bezahltem Vergnügen ein jähes Ende, nietet ein paar Zäune flach und arbeitet sich durchs Dorf, als wollte er es vom Erdboden verschwinden lassen.

Im Laden, der kein richtiger Laden ist, stehen die Frauen und fürchten sich. Zwei glauben an eine Strafe Gottes, eine wünscht, der Sturm möge einen Baum auf ihren Mann fallen lassen, eine fragt sich, ob ihr Scheunendach dieses Inferno übersteht und ob es nicht besser gewesen wäre, eine ordentliche Haftpflichtversicherung abzuschließen, bevor irgendein Dorfdepp unter Dachziegeln begraben wird. Die nie gekrönte Königin überlegt, ob es nicht hilfreich wäre, sich heute Nacht noch einmal ihren Lieblingsfilm anzuschauen. Die Hexen von Eastwick. Nie war sie so schön wie eine von denen. Aber was ihr an Schönheit fehlt, hat sie immer durch Klugheit wettgemacht. Und alles kann man nicht haben.

Eigentlich wollen sie heute den Laden dichtmachen. Eine letzte Inventur, die restlichen Dinge in den Landgasthof bringen, wo sie beim Fest vielleicht noch dienlich sein können, eine Flasche Rotkäppchen öffnen, um auf die alten Zeiten, die, bei Licht betrachtet, nicht gut, aber auch nicht übel waren, zu trinken. Seit die Polizei in ihren Angelegenheiten rumschnüffelt, ist den Frauen die Lust am Konsum vergangen. Hier lassen sich keine Dinge mehr bereden. Die Wortführerin ist nur noch ein Schatten ihrer selbst. Zwar wiedergekommen, nachdem sie sich für einige Zeit verkrochen hat, aber nicht mehr laut und schon gar nicht mutig.

Schulz hat versprochen, einen richtigen Laden ins Dorf zu bringen. In dem es zu kaufen gibt, was man so Tag für Tag braucht. Wo vielleicht auch ein Paket oder schmutzige Wäsche abgegeben werden kann. Er hat die Frauen gefragt, ob sie sich würden kümmern wollen, wenn er das organisiert. Sie wollen nicht. Soll sich Schulz welche von den Fremden holen, die ihm den Laden machen, den dann auch niemand mehr Konsum nennen wird. Was auch dieser Laden nie gewesen ist. Aber viele im Dorf haben Konsum gesagt und damit den Geheimtreff der Frauen gemeint.

Es waren immer wichtige Anliegen, die hier besprochen worden sind. Sie waren eine geschlossene Gesellschaft, und das könnten sie in einem richtigen Laden nicht mehr sein. Vielleicht findet sich ein anderer Ort, aber die Frauen spüren, dass dies hier auch irgendwie ein Ende ist. Sie haben sich müde geredet und ins Hoffnungslose gewünscht. Trotzdem tragen heute zur Feier des Tages alle fünf Frauen strassgeschmückte Pullover. Als sei es ihre Dienstuniform, die sie noch einmal ausführen wollen. Am Samstag werden sie zum Fest gehen. Wenn der Sturm nicht heute den Landgasthof zerlegt. Tatsache ist, dass er noch einmal ordentlich Schnee mitbringt. Vor dem Konsum türmt sich das Weiß bereits so hoch, dass die Frauen wohl werden einen Weg schaufeln müssen, um nach Hause zu kommen. Doch im Moment ist keiner danach, den Konsum zu verlassen. Sie werden einfach statt einer zwei Flaschen Sekt halbtrocken trinken und abwarten. Vielleicht kommt ein Schneepflug, oder Schulz schickt einen seiner Leibeigenen los. Irgendwie werden sie schon nach Hause kommen.

Die heimliche Chefin, der sie die Führungsrolle nie streitig gemacht haben, auch dann nicht, als sie zur Klärung eines Sachverhaltes abgeholt worden war, lässt auf ihren prachtvollen Titten ein Arrangement der feineren Art glänzen. Die Winterlandschaft auf ihrem Pullover zieren Sträucher, an denen roter Strass Beeren imitiert, und unter der rechten Schulter prangt ein silbriger Vollmond.

Was beredet und getan werden musste, haben die Frauen besprochen und erledigt. Und sie wissen auch, welche Geschichten über sie im Umlauf sind. Es hat gedauert, so weit zu kommen. Dass die Leute ein wenig Respekt und vielleicht sogar ein bisschen Angst vor ihnen haben. Was sie heute noch klären müssen, ist, ob sie sich auf Schulzens oder Krügers Seite schlagen, sollte es beim Fest notwendig sein, sich zu entscheiden. Krüger will am Samstag eine Rede halten. Und die Rede soll mehr sein als ein Herzlichwillkommen und Schöndassihrdaseid.

Krüger will, das wissen die Frauen, weil sie noch immer die besten Wege kennen, an Informationen zu kommen, bei der nächsten Wahl als Bürgermeister kandidieren. Parteilos. Der Mann hat also ein Ziel. Und bei Schulz scheint die Luft raus zu sein. Er hat die Fremden geholt und wohl kein neues Ziel gefunden. Bis jetzt nicht. Drei von den Frauen schlügen sich trotzdem lieber auf Schulzens Seite, eine ist unentschlossen, die Erste unter Gleichen hält es für klug, auf die Zukunft, also auf Krüger zu setzen. Aber wenn es so kommt, wie ihnen jetzt zumute ist, wäre dies auch das Ende einer verschworenen Gemeinschaft. Die ohne viel Federlesen und bar vieler Gefühle das eine und andere im Dorf bewegt hat. Im Untergrund sozusagen. Dafür war es notwendig, dass sie sich in den wesentlichen Dingen einig sind. Eine Entscheidung zwischen Schulz und Krüger, den beiden Platzhirschen, wäre auch eine Entscheidung für oder gegen die Fremden. Die Frauen wissen, dass Krüger kurz überlegt hatte, sich für die neue Partei der Besorgten aufstellen zu lassen. Aber irgendwie kommt man im Dorf mit einem Parteibuch nicht weit. Egal, welchen Namen es trägt. Schulz möchte, mangels anderer Möglichkeiten vielleicht, seinen Gefolgsmann noch einmal ins Rennen schicken. Der ist als Bürgermeister ein ziemliches Weichei, aber bei dem weiß man eben auch, dass Schulz bestimmt, was geschieht und gemacht, unterlassen oder verschoben wird. Das ist verlässlich und stellt die Dinge klar genug. Krüger dreht sich so sehr mit jedem Wind, dass man vorher nie wissen kann, wie es kommen wird.

Die Frauen in den Glitzerpullovern interessieren sich kaum für Politik, aber das Dorf ist ihnen wichtig. Wenn zum Beispiel die Sache mit dem Breitbandausbau kommt, werden Männer auf digitale Abwege geraten. Im Internet kann man alles haben, und es bleibt geheim. Geheimer, als sich in einem Wohnwagen von einer abgenutzten und somit ungefährlichen Hausfrau mal einen runterholen zu lassen. Mit dem Internet werden die Frauen die Kontrolle über ihre Männer verlieren.

Krüger hat die Zweckgemeinschaft für diesen Breitbandausbau ins Leben gerufen. Schulz interessiert sich dafür nicht. Krüger will Touristen ins Dorf holen. In seinen Landgasthof. Er benutzt Worte wie Erlebnisgastronomie und familienfreundliche Ferien. Schulz hat Fremde hergeholt, die ganz gewiss keine Touristen sind. Nie sein werden. Vielleicht gehen sie sogar irgendwann wieder fort. Jeder Krieg hat mal ein Ende.

Die Frauen trinken ihren Sekt aus Kunststoffflöten. Piccolo. Alles, was es mal zu bereden gab, ist besprochen. Der Laden wird dichtgemacht. Halbherzig macht eine den Vorschlag, sich doch künftig reihum zu treffen. Einmal pro Woche. Alle nicken, jede weiß, dass es dazu nicht kommen wird. Was sie Zuhause nennen, ist immer auch Kampfplatz. Hier im Laden hatten sie längst gesiegt und die Fahne gehisst. Der war in aller Nutzlosigkeit, die ihm sonst zu eigen ist, ihr Ort.

Am Samstag beim Dorffest werden sich die Frauen aus Sentimentalität und weil es sich so gehört an einen Tisch setzen. Sie werden keine mit Strass verzierten Pullover tragen, stattdessen Kleider, die eine Handbreit unter dem Knie enden und gewickelt werden können, weil die Hoffnung auf schmalere Zeiten zuletzt stirbt. Und ihre Männer werden den Nachbartisch okkupieren.

Da kommt Prokorski.

Schließ die Tür ab. Heute gibt es keine Schokolade.

David hat die Vereinbarung gebrochen, aber es gibt gute Gründe dafür. Er sitzt in voller Montur in der Küche. Gummistiefel, denen der Dreck des Dorfes und der Maschinenhalle im Profil hängt, derbe Hose, die auch beim härtesten Waschgang ihre Ölflecke nicht hergibt, dicker Strickpullover, dessen Schalkragen ausfranst, Steppjacke.

Bei dieser Kälte trägt er unter der Hose noch eine Trainingshose und unter der Trainingshose hellblaue Unterhosen. Die vielen Schichten machen, dass er wohlgenährt aussieht. Aber er ist nicht wohlgenährt. Nun sitzt David mit all seinen Sachen in der Küche und überlässt Marthe seine linke Hand. Er hat sie zu lange auf eiskaltem Metall liegen lassen, und weil sie vorher ein wenig feucht gewesen war, ist sie festgefroren. Die Haut blieb am Metall kleben. Nun sieht Davids Handinnenfläche aus, als hätte sie Verbrennungen zweiten Grades erlitten.

Marthe entscheidet denn auch, das Ganze wie eine Verbrennung zu behandeln, säubert die Fläche sorgfältig, schmiert eine Salbe auf die Wunde und legt weiße Gaze drüber, die sie mit einer Mullbinde fixiert. Ob das so richtig ist, weiß sie nicht. Eigentlich müssten sie zu einem Arzt fahren, aber David will das nicht.

Es heilt auch von allein.

Jetzt wirst du ein paar Tage nicht arbeiten können. Musst bei mir bleiben.

Das ist doch keine Strafe, November. Oder empfindest du das so?

Hast du Schulz Bescheid gesagt?

Er hat die Verletzung gesehen und mich nach Hause geschickt.

Hat gesagt, bis nächste Woche bleibt die Halle geschlossen, kann sowieso niemand mit irgendwelchen Maschinen rausfahren. Er will mir trotzdem das Geld für die Tage bezahlen. Und nächste Woche soll es wärmer werden.

Das ist nobel von Schulz.

Ironie?

Marthe sieht David an. Sie haben gelernt, sich minutenlang in die Augen zu schauen. Schweigend. Als blickte die eine dem anderen und der andere der einen durch den Kopf und in die weite Ferne dahinter. Es ist nicht mal ein Wettbewerb, eher eine Form des Abschiednehmens. Die Kälte hat beide ruhig werden lassen. Die Stadt, die Wünsche, die Träume, die unsinnigen Vorstellungen von Zukunft hatten sie schon vorher abgeworfen und verabschiedet. Sie sind ruhig und auf eine fast angenehme Art leer. Auch wenn im Heizungskeller das Öl knapp wird und das Holz im Schuppen zur Neige geht.

Wir sind aus der Mitte gekommen und ziemlich weit unten gelandet. Wir haben festgestellt, dass es sich ziemlich weit unten ebenfalls leben lässt. Mein David und ich auf festem Grund. Das habe ich mir doch so lange gewünscht. Auf festem Grund Gutes tun. Ein kleines Stück Welt retten.

Allerdings kann man im Dorf niemanden mehr außer sich selbst retten. Für Marthe ein hoher Preis, David sagt, es käme nur dem Abschied von einer Illusion gleich.

David, mein David. Als hätte er es schon immer gewusst. Aber wenn dem so wäre, dann hätte er mich betrogen mit seiner Idee, eine Firma zu gründen und Geld zu investieren.

Marthe bückt sich und zieht ihrem Mann die Gummistiefel aus. Bekundet ihm aufzustehen und schält ihn aus der Jacke, zieht ihm die schweren Hosen runter, legt ihm beide Hände auf die Schultern, bis er sich wieder gesetzt hat. Zieht ihm den Strickpullover über den Kopf und streicht ihm danach die Haare glatt. Fährt mit dem Zeigefinger die Mittellinie auf Davids Schädel entlang.

Ein kleiner Ausflug entlang des Corpus callosum. Hier

müsste er sein. Verborgen. Alles an David ist verborgen. Ich stecke da auch irgendwo drin. Aber weder er noch ich wissen genau, wo.

Vor drei Wochen, als es anfing, richtig kalt zu werden, hatte David Marthe gefragt, was sie ohne ihn täte. Und sie hat gesagt, dass sie dies erst würde wissen, wäre er fort. Es aber nicht wissen will.

Wie konnte er mich so etwas fragen. Natürlich möchte ich das nicht wissen. Ich kann mit Davids Schatten leben, aber nicht ohne ihn.

Inzwischen ist die tägliche Suche nach den Apokalyptischen Reitern für Marthe eine erträgliche Angelegenheit geworden. Ihre Suchalgorithmen arbeiten brav und sortieren vor, ohne dass die Dinge dadurch handlicher oder besser zu verstehen wären. Marthes dreizehnkommadrei Zoll großer Schreibtisch ist voller Ordner, die in einem beruhigenden Blau die schlimmsten Namen tragen und das unsortierte Elend aufbewahren. Sie macht sich nur noch selten die Mühe, Dinge zu verknüpfen.

Es ist völlig sinnlos, das zu tun.

Durch Copy und Paste die Meldung über steigende Rüstungsexporte mit den Nachrichten über einen Genozid in Nordsyrien in Verbindung zu bringen.

Alles ist so augenfällig. Es bedarf meiner Art Ordnung nicht mehr.

Ein Minister hatte versprochen, die Ausfuhrgenehmigungen härter zu prüfen und die Rüstungsexporte zu senken. Jetzt hat er gute Erklärungen dafür, dass es so nicht kommen konnte. Mehr Kriege halt. Was hier Ursache und was Wirkung ist, interessiert den Mann nicht. Seine Erklärungen sind wortreich und inhaltsleer. Der Minister beherrscht die ganze Skala ernster Blicke und verliert nie die Contenance. Früher einmal war er ein dicker Rabauke, heute legt er zwischen sich und die Dinge, die passieren, genügend Abstand. So werden sie undurchsichtig.

Marthe redet schon lange nicht mehr mit ihrem Mann über solche Dinge.

Ich habe aufgehört, mit David zu reden. Ihm die Welt zu erklären und mir dann anzuhören, dass er sie anders betrachtet. Für jede Schrecklichkeit, die ich ihm erzählt habe, konnte er mir ein Glühwürmchen Hoffnung offerieren. Hier eine Protestbewegung, da ein solidarisches Projekt, hier ein kleiner Ausstieg aus dem Elend, da ein kluger Kerl, der was über die Zeit nach dieser Zeit zu sagen weiß. Wir waren so ein gutes Paar. Warum funktioniert das heute nicht mehr? Wer von uns hat aufgehört zu glauben?

Nur Konstantin, der gefüttert werden möchte mit ihrer Vorstellung von der Welt, spornt Marthe an, weiter nach dem Unglück in allem zu suchen. Was ihr die Hoffnung raubt, ist ihm Hilfe, sein virtuelles Spiel zu verfeinern. Früher hat er ihre Geschichten nur ihr zuliebe ertragen, heute zieht er Nutzen aus ihnen.

Wollen wir ins Bett gehen, David?

Ihr Mann steht auf und nimmt sie an die Hand. Der wichtigste Trost, den sie sich noch geben können. Und er hat ihn noch nie verweigert.

Ich mag Davids Haut, und er liebt meinen Körper. Wir sind absolut und überhaupt nicht verloren.

Im Schlafzimmer ist es kalt. So kalt, dass der Atem in der Luft steht. Es dauert ein paar Minuten, bis ihre Körper die Bettdecken gewärmt haben, so dass ihnen nicht mehr bei jeder Bewegung eine Gänsehaut entsteht. Wenn sie fertig sind miteinander, werden sie beide keine Lust verspüren, unter der Decke hervorzukriechen.

Wir werden liegenbleiben, bis wir hungrig sind oder irgendjemand an der Haustür klopft oder der Winter vorbei ist.

Morgen werden sie in den Landgasthof gehen. Marthe hat ein Kleid aus ihrem früheren Leben aus dem Schrank geholt und anprobiert. Es ist nun eine Nummer zu groß. Das unterscheidet Marthe von den Frauen im Dorf. Ihr raubt es die

Pfunde, den anderen legt es Schicht um Schicht auf die Körper.

David und ich werden immer dünner. Das ist seltsam. Als wollte das Dorf uns jeden Tag aufs Neue ausspucken. Loswerden. Wir sind wie die Fremden in den Baracken. Nur, dass uns niemand beschützen und füttern muss. Wir nähren uns selbst. Immerhin. Das tun wir.

Vor ein paar Tagen hat Marthe den Hundemann in die Küche geholt. Ihm einen Kaffee gekocht und ein Käsebrot gemacht. Die leise Furcht vor seiner schweigsamen Wut ist dadurch nicht kleiner geworden, aber der Mann hat nun schon so oft ausgeholfen, wenn es an Holz oder anderem Material mangelte. Bekam auch immer ein bisschen Geld dafür, aber eher ein Dankeschöngeld denn richtige Bezahlung. Wo immer der Mann die Sachen besorgte, er schien sie umsonst zu finden oder zu haben.

Der neue Hund des Mannes war mit in die Küche gekommen. Hatte die ganze Zeit ruhig unterm Tisch gelegen und sich nicht gerührt. Marthe weiß von Robin, dass die Frau des Hundemannes verschwunden ist und dass man ihn besser nicht darauf anspricht.

Ihr war zum ersten Mal aufgefallen, dass auf dessen rechtem Unterarm ein schlecht gemachtes Tattoo den Namen einer Frau verewigte. Aber sie hatte nicht gefragt, ob dies der Name der Verschwundenen ist.

Auch der Hundemann wird zum Dorffest kommen. Möglicherweise schafft es dieser Krüger, den sie nur vom Sehen kennt und mit dem sie bislang noch nicht ein Wort gewechselt hat, das ganze Dorf und die Nachbardörfer dazu in seinen Landgasthof zu kriegen.

Mir sind all diese Männer so fremd. Und die Frauen. Alle sind mir fremd. Außer David, Robin und Robins Mutter, die ich gar nicht kenne. Aber sich aus dem Dorf zu trinken, das kommt mir sehr vernünftig vor. Jedenfalls wenn man immer hier gelebt hat. Es ist so schade, dass ich keinen Alkohol vertrage. Dass mir schlecht wird, noch bevor das Hirn abschaltet. Alles könnte so einfach sein.

Seit Marthe hier lebt, versucht sie, die Art und Weise zu entschlüsseln, wie das Dorf lebt und wie die Menschen miteinander kommunizieren. Sie ist nicht viel weitergekommen. Wenn sie Robin fragt, woher er dies und jenes weiß, zuckt er die Schultern. Manchmal sagt er, seine Mutter hätte es ihm erzählt. Robins Mutter aber ist in Marthes Augen eine Frau, die sich versteckt. Und sie fragt sich, wie man an Informationen kommt, wenn man sich versteckt.

Marthe legt David eine Hand auf die Brust. Sagt ihm, dass sie im nächsten Monat anfangen wird, den Fremden Deutschunterricht zu geben. David nickt, als sei der kommende Monat ein anderes Universum.

Wenn sie erst unsere Sprache sprechen, werden sie verstehen, was die Leute zu ihnen sagen. Findest du das gut, November?

Natürlich finde ich das gut. Sie müssen sich doch wehren können.

Dazu werden sie auch dann kein Recht haben, wenn sie Deutsch können.

Marthe denkt an den Mann, den sie oben auf dem Berg getroffen hat. Der vor hundert Jahren auf der Suche nach passenden Unterkünften für die Fremden gewesen und fündig geworden ist. Dem die nun verdanken, dass sie in geheizten Baracken außerhalb des Dorfes leben dürfen, versorgt, aber ganz gewiss nicht umsorgt.

Ich hätte ihn gern wiedergesehen. So ein schöner, schöner Mann. Der fliegen kann. Wenn man ihn nur ließe. Das Dorf hat ihn nicht gelassen. Aber er kann es.

David steht auf. Wirft die Bettdecke ab, und Marthe sieht, wie sich auf seinem schmalen, aber doch muskulösen Rücken.

Wie viele Muskeln mein David bekommen hat. Haut und Knochen und Muskeln. Alles zum Vorschein gearbeitet, was in ihm steckt.

Gänsehaut breitmacht. Winzige Erhebungen auf immer

noch leicht brauner Haut. Ein Leberfleck genau in der Mitte der Wirbelsäule, der die Form einer bauchigen Blumenvase hat. Marthe hat David einmal gefragt, ob seine Mutter auch solch ein Mal auf dem Rücken trägt, und er hat geantwortet, er habe nie den nackten Rücken seiner Mutter gesehen. Das erschien ihr so bizarr, dass sie es ihm nicht abgekauft hat.

Man kann doch nicht Kind einer Frau sein, deren nackten Rücken man nie im Leben gesehen hat. Ich glaube es bis heute nicht.

Seid ihr nie zusammen baden gegangen?

Meine Mutter hat immer einen ziemlich hochgeschlossenen Badeanzug getragen.

Und in der Wohnung, nie? Nicht einmal hast du deine Mutter entblößt gesehen?

Sie war eine schüchterne Frau, verklemmt. Bestimmt verklemmt. Ich habe sie nie gefragt. Es schien mir immer selbstverständlich, sie nicht nackt oder halbnackt zu sehen.

Bestimmt hat sie das gleiche Mal an der gleichen Stelle gehabt.

Ist das wichtig, November?

Ja. Es ist eine Verbindung. Weißt du?

Wenn sie morgen zum Dorffest gehen, wird sie sich mit David und Robin und Robins Mutter an einen Tisch setzen. Sie hofft.

Ich hoffe, dass David nicht bei Schulz sitzen will. Wir holen uns noch Radomski an den Tisch. Der kann uns ein wenig aufmuntern mit seinen Geschichten. Und wir werden aufpassen müssen, dass Robins Mutter nicht zu viel trinkt.

Wir müssen morgen auf Robins Mutter aufpassen.

Die unglückliche Alkoholikerin?

Vielleicht ist sie nicht unglücklich.

Ach November.

David holt sich ein langärmliges Unterhemd aus dem Schrank. Der Schrank ist alt und hässlich. Er hat mal Davids Tante gehört. Zuerst haben sie ihn auf den Hof gestellt, weil sie ihn mit all den anderen Sachen entsorgen wollten, dann wieder ins Zimmer getragen, weil sie irgendwas für die Klamotten brauchten. Marthe hat den Schrank mit Schleifpapier bearbeitet und weiß gestrichen. Quer über beide Türen einen roten, zwei Zentimeter dicken Strich. Beide Striche treffen sich unten in der Mitte des Schrankes. Wenn sie nachts aufwacht, sieht sie die roten Striche.

Ich wache oft auf. Viel zu oft. Weil es dieses Geräusch gibt. Das aus meinem Körper kommt. Mein Körper verlässt mich. Irgendwo entsteht etwas darin.

Ihr Körper verlässt sie. Das ist mal gewiss. Als sie in der großen Stadt war, wollte sie eigentlich zur Gynäkologin gehen. Einmal im Jahr muss sein. Und jedes Mal, wenn sie dort ist, versucht die Frauenärztin.

Mir diese Mammografie aufzuschwatzen. Nur weil meine Großmutter Brustkrebs hatte. Das ist doch verrückt. In Amerika.

In Amerika lassen sich Frauen prophylaktisch die Brüste entfernen. Es gab mal ein Foto. In einer Zeitschrift. Auf dem Foto waren Frauen abgebildet, die das alle hatten tun lassen. Die Anordnung wie beim Abendmahl.

Ich habe mir das Foto ausgeschnitten und in meinem Zimmer. Ich vermisse mein Zimmer. An die Wand gehängt. Bis David es abgemacht hat.

Dann ist sie ins Krankenhaus gekommen. Nur ein Jahr später.

Sieben Tage lang war ich der Gebärmutterhals auf Station zwei B. Danach eine saubere Narbe und auf dem Krankenblatt ein Carcinoma in situ. Und die Frau im Nachbarbett.

Die hatte ausgesehen wie Marthes Großmutter. Ein bisschen. Am Anfang war sie etwas Gutartiges, das aus der Gebärmutter entfernt werden sollte. Nach der Operation eine leergeräumte Frau. Totaloperation, totaler Krieg, totale Finsternis. Alles muss raus. Das hatte der Frau vorher niemand gesagt. Warum?

Warum erinnere ich mich jetzt an diese Frau? Die dann

tagelang gejammert und geweint hat, sie fühle sich so leer und werde nie wieder laufen können, wo doch nun alles nachrutschen würde in die Leerstelle in ihrem Körper.

David. Meinst du nicht, wir beide sollten uns mal untersuchen lassen? Vorsorge? Das macht man hier auf dem Dorf wahrscheinlich viel zu selten. Du bist so dünn geworden. Und aus meinem Körper kommt nachts ein Geräusch.

Was für ein Geräusch, November. Was redest du?

Ich weiß nicht, vielleicht.

Fühlst du dich krank?

Nein.

Dann musst du auch nicht zum Arzt.

David, das ist doch Blödsinn. Vorsorge heißt, man geht zu einem Arzt, bevor man sich krank fühlt.

Ich brauche das nicht.

Du brauchst das nicht?

November, ich bin immer gerührt zu hören, wie sehr du am Leben hängst. Und dass du gleichzeitig weiter alles sammelst, was vom Ende des Lebens erzählt. Findest du das nicht seltsam?

Überhaupt nicht.

David kriecht noch einmal zu ihr unter die Bettdecke. Legt seine Hand auf ihren Bauch. Schweigt, als sei an diesem Tag alles gesagt, was gesagt werden musste. Schließt die Augen.

Wir hätten hier die Heizung anmachen sollen, David. Wenigstens heute mal.

David nickt.

Gehst du morgen früh zu den Gleisen?

David nickt.

Nimmst du mich mit?

David schweigt.

Vor einhundert Minuten ist die Sonne untergegangen. Sie hat manchen Eiszapfen zum Tropfen gebracht. Noch immer liegt die Temperatur fast zehn unter null. Und doch stehen die Frauen des Dorfes und der Nachbardörfer in dünnen Schuhen und feinen Strumpfhosen vor dem Landgasthof. Die Absätze ihrer Schuhe graben kleine Löcher in den verharschten Schnee. Die in derben Stiefeln hier stehen, waren so klug, ihre Schuhchen in Plastiktüten zu packen und über die dünnen Strumpfhosen Wollenes zu ziehen. Wenn es losgeht mit dem Fest, wird zuerst die Damentoilette gestürmt. Für den letzten Fertiggang. Damit hat Krüger, der kein Frauenkenner ist, nicht gerechnet. Aber es wird ihn ärgern, dass sich die erste Schlange nicht am Tresen bildet, sondern vor dem Klo.

Die meisten Frauen haben ihren Männern gesagt, sie könnten etwas später kommen. Und die Männer fanden es richtig so. Es wäre ihnen unangenehm, neben ihren herausgeputzten Ehefrauen rumzustehen und darauf zu warten, dass Krüger die Tür zum Landgasthof öffnet. Sie werden später hier sein und so tun, als ginge sie das alles nichts an. Werden sich erst einmal an den Tresen stellen und einen Kurzen trinken. Um locker zu werden und sich nicht komisch vorzukommen. Dann werden sie zu den Tischen schlendern, an denen ihre Frauen Plätze für sie freigehalten haben.

Da die Frauen sich ordentlich herausgeputzt haben, sind die Männer in Anzüge gestiegen. Ein paar haben sich verweigert und erklärt, dass Jeans und ein ordentlicher Pullover es auch täten. Der ganze Affentanz um dieses Fest hat sie ordentlich nervös gemacht. Krüger hat ihnen was eingebrockt mit seiner

Idee. Aber gut. Warum nicht auch mal miteinander feiern? Schließlich leben sie alle noch.

Prokorski steht ganz vorn an der Tür. Lutscht an einem Eiszapfen und tritt von einem Fuß auf den anderen, als könne er sich nicht entscheiden, was Stand- und was Spielbein ist. Hin und wieder klopft er an, aber noch öffnet niemand. Es hat sich herumgesprochen, dass Krüger den Beginn der Party sehr festlich gestalten will. Was das bedeuten mag, kann niemand sagen. Im Moment sieht es hinter den Fenstern und Türen so dunkel aus, als sei alles nur ein Scherz, den sich jemand mit ihnen machen wollte. Und als seien sie die Deppen, die sich feingemacht haben, ohne zu wissen, ob sie wirklich eingelassen werden.

Wer herkommen wollte, hatte im Vorfeld dreißig Euro zu bezahlen. Für Essen und ein Begrüßungsgetränk. Möglicherweise meint das dann nicht einen Kurzen, sondern eher ein labbriges Krabbelwasser, wie die Frauen es mögen. Man wird sehen. Im Zweifelsfall trinken die Männer ihren Frauen zuliebe, die sie heute mal in einem etwas anderen Licht betrachten können, einen halbtrockenen Sekt am Anfang.

Gleich hinter Prokorski stehen die Frauen aus dem Konsum. Schulz hat gesagt, er würde später kommen, aber seine Frau ist bereits da. Sie trägt eine Pelzstola um den Hals, und der Lidschatten glitzert wie Lametta. Ihre Lippen glänzen ebenfalls, die Pelzstola hebt und senkt sich, als sei Schulzens Frau einen Halbmarathon gelaufen und versuche nun, wieder zu Atem zu kommen. An der Seite und etwas abseits Robin mit seiner Mutter, daneben die Neuen aus der Stadt und Radomski. Schon jetzt sortieren sich die Gruppen, weiß jeder, wer mit wem an einem Tisch sitzen und reden wird. Der Hundemann steht allein und reagiert verlegen, als die Neue aus der Stadt ihm zuwinkt und bedeutet, sich zu ihrer Gruppe zu gesellen. Aber er macht es. Interessant.

Berberg, der sonst dafür sorgt, dass niemand ohne Alkohol durch Tage und Nächte kommen muss, steht mit seiner Frau auch etwas allein da. Der Mann weiß fast am besten, wie es um alle bestellt ist. Finge der an zu reden, bliebe nicht viel Gutes übrig. Heute wird er keinen Cent verdienen. Krüger hat sich nicht von ihm beliefern lassen, stattdessen alles selbst rangefahren und mit anderen Verträge gemacht. Berberg beschließt in diesem Augenblick, dass Krüger sein Feind ist. Der hat ihn ausgebootet, und das wird er sich nicht bieten lassen. Hier im Dorf und in den Dörfern ringsum hat nur deshalb jeder irgendwie sein Auskommen, weil niemand ihm reinpfuscht und man sich Aufträge zuschiebt, wenn es welche gibt. Krüger hat den ungeschriebenen Deal gebrochen. Das wird ihm noch leidtun.

Berberg fährt inzwischen einmal pro Woche zu den Baracken. Die Fremden kaufen nur Alkoholfreies. Und Süßigkeiten. Auf die Sache mit dem Tee ist er erst gekommen, als ihn einer von denen gefragt hat. Tii hat er gesagt und dann noch einmal Tschai, und Berberg hat eine Weile gebraucht, bis ihm klar war, was gemeint ist. Jetzt kauft er massenhaft schwarzen Tee. Beuteltee. Zucker ebenso. Auch mit solchen Sachen kann man seinen Schnitt machen. Am Anfang ist er mit bunten Mischungen gekommen. Hagebutte, Pfefferminz, grün, Fenchel und solche Sachen. Aber die Fremden kaufen nur schwarzen Tee. Und löslichen Kaffee.

Schulz hat ihm erklärt, dass die Muslime keinen Alkohol trinken. So eine Scheißreligion können sie hier nicht gebrauchen. Die würde ihn in den Ruin treiben. Und ehrlich, wer will denn das ganze Elend völlig ohne Alkohol anschauen. Kein Wunder, dass die Leute in den Baracken immer gucken, als sei ihnen gerade jemand gestorben. Ist ja vielleicht auch so. Man hört so einiges über deren Geschichten. Allerdings sagt Krüger, die stimmen fast alle nicht. Weiß der Teufel, wer recht hat. Jetzt im Moment wäre Berberg bereit, Schulz recht zu geben. Weil er auf Kriegsfuß mit Krüger steht. Er wünscht sich, die Getränke mögen nachher nicht reichen und Krüger käme angekrochen. Ob er nicht noch was auf Lager habe und schnell aushelfen könne. Natürlich würde er aushelfen. Aushelfen und auskosten.

Jetzt kommt der Bürgermeister mit seiner Frau. Obwohl alle wissen, dass er einer von Schulzens Gnaden ist, bildet sich für den Mann eine kleine Gasse. Das macht ihn verlegen. Seine kleine Frau jedoch plustert sich auf. Sie trägt einen dicken Steppmantel. So ein Ding, in dem selbst die dünnsten Menschen aussehen, als würden sie für Autoreifen werben. Die Frau des Bürgermeisters besonders, denn ihr Steppmantel ist weiß.

Die Leute werden unruhig. Es ist Punkt neunzehn Uhr, und Krüger hat zu sieben eingeladen. Prokorski klopft noch einmal an die Tür, hält dann inne, lauscht, nickt und geht zur Seite. Hat also wieder einen Befehl von einer seiner Internen bekommen.

Im Landgasthof gehen die Lichter an. Auf einen Schlag. Laute Musik ertönt. Atemlos durch die Nacht. Da hat sich Krüger aber was überlegt. Prokorski gibt schrille Töne von sich. Es lebe Krüger, ruft er und fuchtelt mit den Händen, als dirigierte er Helene Fischer und das ganze Dorf zugleich. Alle lachen. Auch der Bürgermeister und seine Frau, die beim Lachen ein wenig auf und ab hüpft, als sei ihr weißes Michelingewand mit Helium gefüllt.

Die Tür zum Landgasthof geht auf, und gleich am Eingang stehen die feingekleideten Minijobberinnen, tragen Tabletts in den Händen, auf denen gefüllte Sektgläser und Gläser mit Saft stehen. Wohlwollend sehen die Männer, die inzwischen gekommen sind, weil sie doch zu neugierig waren, dass eine von ihnen ein Tablett trägt, auf dem lauter Kurze stehen. Braun und weiß, so ist es richtig.

Der Gastraum sieht schön aus. Das finden alle. Und der Tresen glänzt. Hat sogar Spiegel im Rücken der Bedienung, und über den Spiegeln steht ein ganzes Flaschenbataillon. Alle sind in diesem Moment überzeugt, dass es eine schöne Party wird. Die erste seit. Ach egal. Seit langem halt. Vielleicht denkt der eine und die andere trotzdem, dass es in Ellas Tanzscheune auch nicht schlecht gewesen ist. Aber das ist so lange her, und Ella ist tot. Die Scheune hat sich Schulz unter den Nagel gerissen. Hat ein neues Tor einbauen lassen, so groß, dass auch schweres Gerät durchfahren kann. Der Neue hat ihm dabei geholfen. Es sieht so aus, als würde aus der einstigen Tanzscheune ein neuer Reparaturstützpunkt für Maschinen, die es auf den Äckern braucht. Der Mais ist in jeder Hinsicht gefräßig.

Gegenüber vom Tresen steht ein gewiss fünfzehn Meter langes Buffet. Das ist die Gegenleistung für ihre dreißig Euro. Eine gute Gegenleistung. Krüger hat sich nicht lumpen lassen. Viel Wildbret, ordentliche Beilagen, sogar ein Angebot für Vegetarier. Mal schauen, wer davon essen wird. Die Süßspeisen sehen ebenfalls appetitlich aus, und ausreichend Fett ist vorhanden. Schließlich braucht es eine Grundlage für die harten Sachen. Auf den Tischen stehen kleine Schilder mit einer goldenen Nummer. Die Minijobberinnen haben nach ihrem Crashkurs verlangt, dass die Tische nummeriert werden. Sonst würden sie durcheinanderkommen beim Bedienen, sich verheddern, vertun, vermachen. Und wenn sie erst mal nervös sind, könnte noch so einiges schiefgehen.

Krüger findet. Das hat er schon immer gefunden. Dass die schwächste Stelle in jedem System das Personal ist. Daran lässt sich nichts ändern, das weiß er. Biete den Leuten einen befristeten Job, bei dem sie mit vierhundert und ein bisschen Trinkgeld nach Hause gehen, und sie werden dir irgendwann Ärger machen. Wie man jemanden motiviert, dem man kein Angebot unterbreiten kann, weiß Krüger nicht. Schulz scheint das eine oder andere Geheimnis zu kennen. Dem laufen die Leute nicht so schnell weg, obwohl der bestimmt nicht besser bezahlt.

Aber heute, das ist sein, Krügers, Tag. Sein Fest, sein Dorf. Der Gastraum ist voll. Hinten in einer der Nischen sitzt sogar Schulz, dessen Frau wieder aussieht, als sei sie in einer

Kutsche vorgefahren. Als lebten sie noch in Gutsherrenzeiten. Was sie, bei Licht betrachtet, auch tun. Aber eben modern und moderat.

In einer Viertelstunde, wenn sich alle sortiert und die Teller noch nicht vollgepackt haben, wird Krüger eine kleine Rede halten. Er wird sagen, dass es an der Zeit ist, sich wieder zusammenzufinden. So wie es mal gewesen ist in Vorzeiten, als die Unterschiede zwischen ihnen noch vergleichsweise klein waren. Er wird keine Nostalgie beschwören, schließlich sind ihm die neuen Zeiten in vielem entgegengekommen. Aber er wird sagen, dass ein Dorf ein Zentrum braucht und eine Zukunft. Es wird eine erste Bewerbungsrede sein, denn er will Bürgermeister werden. Das verkündet er heute noch nicht, am Ende muss alles seinen ordentlichen Gang gehen, und der Wahlkampf hat noch nicht begonnen. Aber wenn er heute schon mal die Worte Zentrum und Zukunft benutzt, dann nur, um zu sagen, dass er für beides sorgen wird. Das Zentrum hat er heute eröffnet, um die Zukunft wird er sich kümmern.

Er wird nicht über die Fremden reden. Also kein Fass aufmachen. Auch wenn es ein Leichtes wäre, das heute zu tun. Aber er wird sagen, dass zu einer Zukunft auch Sicherheit gehört. Und dass man dafür sorgen muss. Jeder soll sich sicher fühlen. Er wird das Wort Heimat benutzen und sagen, dass jeder Mensch ein Recht auf Heimat habe. Das ist ein versöhnlicher Satz, der sogar die Fremden einschließt. Alle im Saal werden wissen, dass die Heimat der Fremden nicht hier ist. Er wird über Gastfreundschaft reden. Dass die wichtig ist und ihnen seit jeher im Blut liegt. Aber auch alle wüssten, Gastfreundschaft darf nicht ausgenutzt werden. Mehr wird er dazu nicht sagen.

Stattdessen wird er von seiner Idee sprechen, einen Tourismusverein zu gründen, und die Frage in den Raum stellen, warum sie ihr Licht so unter den Scheffel stellen, wo sie doch etwas zu bieten hätten. Vielleicht werden an der Stelle einige grinsen, aber viele werden ihm zustimmen. Und natürlich haben sie hier Potenzial. Das verrottete Waldbad ließe sich wiederbeleben, Gästezimmer in den Häusern wären denkbar, hier im Landgasthof wird er ein paar Zimmer herrichten lassen, dass sie vermietet werden können. Schulz kann seinen Laden aufmachen, sie würden sich alter Traditionen besinnen und so tun, als hätten sie die immer gepflegt. Wenn der Breitbandausbau vorankommt, haben sie ein weiteres Pfund, mit dem sich wuchern lässt. Und wenn Schulz will, soll er das Maislabyrinth zu einem Touristenmagneten ausbauen.

Krüger ist sich sicher, dass er Bürgermeister wird. Deshalb plant er schon jetzt die diplomatische Ebene seines Handels. Schulz wird er einen Pakt vorschlagen. Er zieht vielleicht die Bürgerwehr zurück und lässt die Fremden erst mal in Ruhe. Schulz unterstützt ihn im Gegenzug bei der Kandidatur. Sie haben sich bislang, trotz allen Unbehagens und ewiger Konkurrenz, immer einigen können. Letztlich geht es darum, im Dorf und in den Dörfern ringsum das Sagen zu haben. Die Leute sind zu träge, sich um ihre Angelegenheiten zu kümmern. So träge, dass sie gut und gern zwei Platzhirsche vertragen können. Und dann ist es auch egal, ob die sich mögen oder nicht. Und wenn Schulz nicht mitmacht, nicht einschlägt in den Handel, dann gibt es eben richtig Krieg. Gerade fühlt sich Krüger ausreichend für solch einen Kampf aufgestellt. Die Bürgerwehr hatte zwar nichts zu tun bekommen, aber auch das kann er als Sieg hinstellen. Es ist nur deshalb friedlich geblieben, weil es die Bürgerwehr gibt.

Krüger hat lange an seiner Rede gebastelt. Er wird sie gleich halten. Mit einem kleinen Zettel in der Hand, um zu zeigen, dass er nicht ablesen muss, sondern alles im Kopf hat. Heute beginnt eine neue Zeitrechnung. Die Party hier wird ein Zuschussgeschäft. Aber das ist es ihm wert. Anderswo müssen sie ihre ganzen Wahlkämpfe bezahlen. Da ist das hier noch ein guter Deal.

Im Gastraum haben sich Menschen und Gruppen verteilt.

Ihre Reviere markiert und Tische besetzt. Nur Prokorski rennt von einer Gruppe zur anderen. Schulz zwingt ihn dann, sich zu ihm an den Tisch zu setzen, was der Ehefrau ein höhnisches Lächeln entlockt.

Robins Mutter hat den halbtrockenen Sekt ausgeschlagen und zu einem Glas Apfelsaft gegriffen. Ob sie durchhalten wird, weiß sie selbst nicht. Ihrem Sohn zuliebe schaffte sie es gern. Ihre Leber hat längst begonnen, sich zu zersetzen. Um das zu wissen, muss sie nicht zum Arzt gehen. Heute sieht sie zum ersten Mal, dass ihr Junge gar nicht mehr so viele Pickel im Gesicht hat. Wahrscheinlich ist er durch mit der Pubertät. Sie hat davon so gut wie nichts gemerkt. Gleich wird sie den Lindenblatts, die mit am Tisch sitzen, sagen, dass die wegen ihr keine Apfelschorle trinken müssen. Sie könnte sagen, dass dies eher kränkend denn hilfreich ist. Aber das wird sie sich nicht trauen. Sie findet die Lindenblatts nett, auch wenn der Mann ihr viel zu schweigsam ist. Radomski kann sie auch nach so vielen Jahren nicht einschätzen und weiß gar nicht, warum der hier mit am Tisch sitzt. Sie alle haben der Rede von Krüger zugehört und am Schluss auch geklatscht. Marthe hat die ganze Zeit, während Krüger redete, ihren Mann angeschaut, während sie sich Marthe in Ruhe ansehen konnte. David hat zu Krüger geguckt, und somit war der Kreis durchbrochen.

Robins Mutter zupft an dem Kunststoffgesteck, das auf dem Tisch steht. Irgendwas muss sie mit den Händen machen. Rauchen geht ja auch nicht mehr. Krüger hat am Schluss seiner Rede das Buffet für eröffnet erklärt, und viele sind sofort aufgestanden und haben sich einen Teller vollgeladen. An ihrem Tisch hat das jedoch noch niemand getan. Robins Mutter hat auch keinen Hunger. Sie ist fast nie hungrig. Das kommt vom Saufen. Wenn sie sich diesen David Lindenblatt so anschaut, könnte man denken, der trinkt auch. Er ist sehr dünn. Aber er hat keine geplatzten Äderchen im Gesicht, das Weiß der Augen ist wirklich weiß, die Haare glänzen, und die Zähne sehen sehr schön aus. Überhaupt ist David wahrscheinlich ein schöner Mann. Ihr ist völlig der Blick für so etwas abhandengekommen.

Zwei Tische weiter sitzen die Frauen aus dem Laden und haben sich nicht mehr viel zu sagen. Sie hoffen darauf, wenn die Musik losgeht, von ihren Männern auf die Tanzfläche geholt zu werden. Jedenfalls die, deren Männer noch leben. Aber so wird es nicht kommen. Sie werden aufstehen und die Kerle zum Tanz auffordern müssen.

Die Männer stehen in drei Grüppchen am Tresen und trinken sich die Welt und das Leben langsam schön. In einer Gruppe wird halbherzig diskutiert, ob Krüger ein guter oder eher ein schlechter Bürgermeister sein würde. Und ob ihm neben der Bürgermeisterei noch ausreichend Zeit bliebe, sein Biogasimperium auszubauen. Niemand redet von den Toten in den Biogasanlagen. Der Spuk scheint erst einmal unterbrochen, und daran zu rühren könnte ihn glatt wiederbeleben. Stattdessen sprechen sie über Krügers Ankündigung, hinten im Hegelerwald, der nur so heißt, weil er vor gefühlt einhundert Jahren dem alten Hegeler gehört hatte, eine Motocrossstrecke aufzubauen. Die Bratzen auf ihren Motorrädern würden ihnen ordentlich Krach ins Dorf bringen. Trotzdem keine schlechte Idee, und die aufgelassenen Kiesgruben eigneten sich prima für so was.

Krüger geht noch einmal ans Mikrofon und kündigt an, dass in einer Viertelstunde der Tanz eröffnet wird. Er präsentiert einen Mann aus der nahe gelegenen Kleinstadt, den er als DJ Bob vorstellt. Der hatte dann fur jeden Geschmack etwas im Angebot. Viele im Gastraum fragen sich, woher Bob wohl wissen kann, welche Musik sie mögen. Sie tun das, noch bevor sie sich fragen, welche Musik sie eigentlich gern hören.

Schulz überlegt, ob es nicht wirklich besser wäre, mit Krü ger einen halben Frieden zu schließen und den Mann zum Bürgermeister zu putschen. Das wäre einfach. Die Partei der Besorgten ist noch zu jung und zu zerstritten, um in der Gemeinde das Sagen zu haben. Wird noch kommen, aber jetzt nicht. Schulz sind Parteien scheißegal. Er selbst war lange genug in einer, um zu wissen, dass man das eine denken und das andere sagen kann. Und das ewig und ewig. Und dass eine solche Mitgliedschaft in bestimmten Zeiten dem Eigenen dienlich ist. Deshalb sind ihm die Besorgten ein wenig suspekt. Die tun nämlich so, als machten sie alles aus Überzeugung. Wäre die Überzeugung in seinem Sinne, könnte das in Ordnung gehen. Ist sie aber nicht. Die Besorgten wollen, dass die Fremden komplett verschwinden. Das wäre schlecht für ihn, denn Tatsache ist, dass er an den Leuten ziemlich gut verdient. Und gleichzeitig sein Ansehen bei den Behörden gestiegen ist. Er hat ihnen ein Problem vom Hals geschafft, und zwar ohne dass es bis jetzt auch nur einmal gebrannt hat. Das ist denen im Landkreis viel wert, denn nicht weit von hier hat der Staatsschutz schon das eine und andere Mal ermitteln müssen. Wegen Brandstiftung und Körperverletzung und all solcher Dinge. Krüger allerdings wird behaupten, es sei nur ihm zu verdanken, dass alles friedlich geblieben ist. Ihm und seiner Bürgerwehr.

Aber wenn er sich mit Krüger einigermaßen gut stellt, pfeift der bestimmt seine Bürgerwehr zurück. Die sowieso keinen Schaden anrichtet. Aber eben auch nicht gut für die Reputation ist. Schulz kann Krüger nicht leiden. Aus tiefstem Herzen mag er den Mann nicht. Aber das sollte hintanstehen, wenn es darum geht, sich für die nächsten Jahre aufzustellen und am Ball zu bleiben. Die Frage ist nur, ob er das wirklich möchte. Weitermachen. Gerade ist ihm nicht danach.

DJ Bob bringt sich in Position. Ein paar von den Männern am Tresen wenden ihm müde ihren Kopf zu und überlegen, ob es jetzt besser ist, eine rauchen zu gehen. Denn die Weiber werden bestimmt gleich losstürmen und tanzen wollen. Es ist ungeschriebenes Gesetz, nicht nein zu sagen, wenn sie einen auffordern.

Doch bevor DJ Bob mit Helene Fischer ins Vergnügen starten kann, geht die Tür zum Gastraum auf. Sehr langsam und bedächtig. Unbemerkt von allen. Und dann stehen sie da. Neun Fremde. Alle tragen Wollmützen der gleichen Fabrikation. Die sie nun abnehmen und in den Händen halten.

Für einen kurzen Moment ist es wirklich still im Gastraum. Als seien alle hier als Komparsen aufgefordert, sich zu benehmen wie Menschen, die in Dörfern, die fast wüst gegangen sind, in einer Kneipe rumsitzen und sich nichts mehr zu sagen haben. Die Stille hält nicht lange. Im Leben ist es schwierig, lange zu schweigen und auf Fremde zu starren, die hier offensichtlich nicht hergehören, aber nun mal hier sind.

Am Tresen entsteht eine kleine, wellenförmige Bewegung. Nun ist Platz für die Fremden, wenn sie denn an den Tresen wollen. Freie Tische gibt es ja nicht mehr. Krüger entblödet sich nicht, zu den Fremden zu gehen und sie auf Deutsch zu fragen, ob sie einen Tisch reserviert hätten. Dann merkt er wohl selbst, wie bescheuert das klingt. Zeigt mit der rechten Hand noch halbherzig Richtung Tresen und verkrümelt sich zu seiner Frau. Die Fremden stellen sich an den Tresen. Behalten ihre dicken Jacken an. Einer fragt nach Tii. Die Vierhunderteurokraft hinterm Tresen nickt und schmeißt den Wasserkocher an. Holt Teebeutel aus dem Schrank und stellt neun Tassen mit je einem Teebeutel darin auf den Tresen.

Ohne dass sich jemand wirklich bewegt, entsteht um die Fremden herum Leere. An den Tischen wird geredet, als sei nichts. Nur eben ein wenig leiser. DJ Bob weiß nicht so recht, ob er jetzt mit Helene Fischer starten soll oder mit Udo Jürgens oder gar nicht. Die Fremden sehen nicht aus, als wären sie zum Tanzen gekommen. Möglicherweise aber werden alle ein wenig locker, wenn er jetzt laut Musik spielt.

Die Fremden stehen schweigend am Tresen und trinken ihren Tee. Trauen sich nicht, die Teebeutel aus den Tassen zu nehmen, bis ihnen die Tresenfrau ein Kompottschälchen hinstellt und bedeutet, dass sie die da reintun können. Die Plakate haben am Barackenzaun gehangen, und einer, der mal ein Semester in Deutschland studiert hat, konnte ihnen erklären, was draufsteht. Also sind sie hergekommen. Aber es sieht nicht so aus, als freute man sich über ihr Kommen. Neben dem Musikmenschen steht der Mann, von dem sie einmal in der Woche Dinge kaufen können. Und neben ihm der, dem sie ihre Wohnstatt zu verdanken haben. Dann ist da noch der Mann, der hin und wieder mit anderen Männern am Zaun steht und darauf zu warten scheint, dass etwas passiert.

Eine Frau kommt zu ihnen und fragt auf Englisch, wie es ihnen geht. Sie nicken und sagen fine. Die Frau sagt, dass sie bald in die Baracken, sie sagt Heim, kommen wird, um Deutschunterricht zu geben. Die Fremden nicken und sagen thank you. Dann sagt die Frau you are welcome und geht wieder an ihren Platz.

Die Fremden sind allein. So allein wie auf dem Meer und in den Baracken. Sie trinken ihren Tee aus, setzen die Mützen auf und gehen.

Kaum haben sie die Tür hinter sich geschlossen, startet der DJ mit der Musik. Er hat entschieden, mit Hulapalu von Andreas Gabalier anzufangen. Das hier sind nicht die Wiesn, aber der Titel rockt. Das weiß DJ Bob. Er hat es schon oft ausprobiert. Und tatsächlich füllt sich die Tanzfläche. Die Frauen gehen zum Tresen, und die Männer stellen ihr Bier ab, um sich ins Unvermeidliche zu fügen.

Marthe schaut David an und formt mit den Lippen die Frage, wie es sie hierher verschlagen hat. David zuckt mit den Schultern. Robins Mutter bestellt sich einen Wein. Robin nimmt ihr das Kunststoffgesteck, an dem sie die ganze Zeit rumfummelt, aus der Hand und sagt der Kellnerin, die nur eine Minijobberin ist, dass sie keinen Wein brauchen, aber zwei Apfelschorlen.

David steht auf und sagt, er ginge jetzt mal eine Runde durchs Dorf. Marthe fragt, ob sie mitkommen kann. David schüttelt den Kopf.

Ich bin gleich wieder da.

Wirklich?

Ja wirklich. Aus dem Dorf kommt man doch nachts gar nicht fort.

DJ Bob wechselt zu Helmut Lotti. Der Löwe schläft in dieser Nacht. Helmut Lotti kann das sehr gefühlvoll bestätigen.

Das Dorf tanzt dazu.

Marthe hört die Hunde bellen. Das Dorf hat gefeiert. Nun schläft es wieder. Noch sind einige Menschen auf der Straße, die im ganzen Ort den gleichen Namen trägt, weil mehr nicht lohnt. Die Hunde sind es nicht gewohnt, dass die Nacht nicht ihnen allein gehört. Ihr Gebell mischt sich mit der einen oder anderen betrunkenen Ansage. Bevor die Menschen zurück in ihre Häuser gehen, versichern sie sich, dass dies ein schönes Fest gewesen sei. Sie haben keine Möglichkeit zu vergleichen, aber ihr Urteil wiegt trotzdem. Es war ein schönes Fest. Und beim nächsten Mal würde es wieder schön werden. Krüger hat versprochen, dass es ein nächstes Mal geben wird.

Marthe hat auf dem Küchentisch einen kleinen Zettel gefunden. Von David. Auf dem Zettel steht:

Ich komme wieder.

Das Auto steht noch auf dem Hof, keines der Fahrräder fehlt, in der Küche ist die Heizung an, und neben dem Zettel liegt ein kleiner flacher Stein, der hübsch aussieht. Wohlgeformt und schön gemasert. Solche Steine findet man hier. David findet sie. Auf seinen Wanderungen entlang der Gleise und über die endlosen Äcker, die im Sommer nicht begehbar sind, weil der Mais zu hoch steht und zum Fürchten aussieht.

Ich komme wieder.

Das heißt, David ist fortgegangen. Aber doch nicht richtig. Nichts von seinen Sachen fehlt, im Badezimmer sieht alles aus wie immer, Davids Geldbörse liegt auf dem Fensterbrett in der Küche. Sein Telefon auch.

Marthe, nenn mich November, das ist der Name, der am besten zu mir passt, hat David so oft darum gebeten, nicht ohne Telefon in den Wald zu gehen. Nun hat er es getan. Sie wird bereits in wenigen Minuten anfangen, sich Sorgen zu machen. Es ist dunkel. Es ist kalt. Hinter den Maisfeldern beginnt der Wald, und der ist groß genug, darin zu erfrieren. Wenn man es richtig anfängt. Aber David wird doch nicht erfrieren wollen.

Marthe denkt an die Frau des Hundemannes. Die im Wald verschwunden sein soll. Vielleicht hat auch sie einen Zettel hinterlassen, auf dem stand:

Ich komme wieder.

Wie viele Stunden mag David schon fort sein? Es ist vier Stunden her, seit er das Fest verlassen hat. Ist er gleich nach Hause gegangen, hat den Zettel geschrieben und sich aufgemacht? Hat er noch gewartet, überlegt, ob er gehen und wiederkommen soll und wohin er gehen möchte? Marthe weiß es nicht.

Ich weiß es nicht.

Sie kocht sich Tee und gießt ihn in eine große Thermoskanne. Kramt nach der Zigarettenschachtel, die sie vor Wochen gekauft und dann in der Küche in eine Schublade gelegt hat. Nur für den Fall der Fälle. Der jetzt eingetreten ist. Sie schält sich aus dem Kleid, das sie auf dem Fest getragen hat. Zieht einen Pullover von David an, eine Thermostrumpfhose und einen alten Rock, dessen Wolle vom vielen Waschen verfilzt ist. Steigt in ihre gefütterten Gummistiefel, denen sie heute Morgen den Dreck aus dem Profil der Sohlen gewaschen hat. Stellt sich im Wohnzimmer ans Fenster. Blickt auf die Straße. Alles weiß, Schneeberge, die sich am Straßenrand türmen, ein sternenklarer Himmel, Stille. Nicht mal mehr die Hunde bellen.

Ich komme wieder.

Marthe versteht nicht, was passiert ist.

Ich weiß nicht, was passiert ist. So kann man einander doch nicht verlieren.

Muss sie jetzt schon die Polizei rufen? Das Dorf aufwecken? Seine Bewohner bitten, ihr bei der Suche nach ihrem Mann zu helfen? Ist David warm genug angezogen? Hat er sie verlassen? Was ist auf dem Fest passiert?

Ein Hund läuft am Haus vorbei. Es könnte der des Hundemannes sein. Wenn sie jetzt in Verzweiflung gerät.

Wenn ich panisch werde.

Wohin ginge Marthe dann?